星海社
FICTIONS

# 大樹館の幻想

乙一

星海社

Book Design　Veia
Font Direction　紺野慎一＋阿万愛

乙一

OTSUICHI

# 大樹館の幻想

Phantom in the Woods

目次

## 登場人物

| | |
|---|---|
| 穂《ほ》村《むら》時鳥《ほととぎす》 | 大樹館の使用人 |
| | |
| 御主人様 | 大樹館の当主 |
| 奥様 | 故人 |
| | |
| 冬夜《とうや》 | 長男、数学教師 |
| 彗星《すいせい》 | 次男、芸術大学講師 |
| 月郎《つきろう》 | 三男、大学生 |
| | |
| 泉《いずみ》 | 冬夜の妻 |
| 恋《れん》 | 冬夜と泉の娘、中学生 |
| 航《こう》 | 冬夜と泉の息子、小学生 |
| | |
| 赤《あか》空《そら》遠《とお》野《の》 | 彗星の教え子、大学生 |
| | |
| 蘭《らん》堂《どう》与《よ》一《いち》 | 大樹館の設計者、故人 |

# 序章

凶器《きょうき》を振《ふ》り下ろした時の感触《かんしょく》が、まだ自分の手にのこっている。手斧《ておの》は皮膚《ひふ》と肉を断ち、肋骨《ろっこつ》をへし折り、心臓《しんぞう》を破壊《はかい》した。その行いの罪深《つみぶか》さに恐怖《きょうふ》する。しかし自分を突《つ》き動かしたのは愛だった。この世界を暗闇《くらやみ》に閉じこめようとも、確固たる信念を持ちそれを為《な》さなくてはいけなかった。この殺人は、愛すべき者との繋《つな》がりの証明でもあるのだから。罪を覆《おお》い隠《かく》すように、地上を覆う炎《ほのお》が、何もかもを灰にしてくれたらいい。赤色の輝《かがや》きと地獄《じごく》の熱が、大樹館《たいじゅかん》の柱や天井《てんじょう》を、床《ゆか》や壁《かべ》を、大樹の幹《みき》と枝を、すべて何もかも消し炭にしてくれることを望んだ。

大樹館には秘密の仕掛《しか》けが隠されている。もしも警察《けいさつ》の介入《かいにゅう》があったなら、捜査《そうさ》の結果、仕掛けの存在に気付かれてしまったかもしれない。そうなる前にすべてが灰と塵《ちり》になり蜃《しん》気楼《きろう》のようになくなってしまうことは都合がいい。この炎は自分のあずかり知らない所で発生した災害である。しかし、このような状況《じょうきょう》にならなければ、自ら火を放っていたかもしれない。

大樹館を脱出《だっしゅつ》し、一緒《いっしょ》に麓《ふもと》を目指している同行者たちを順番に見つめる。夜の時間帯だが周囲は明るい。遠くの山林を焦《こ》がす炎が一帯を照《て》らしているのだ。不安そうにしている者。同行者をはげましている者。泣いている者。

その時、一人が立ち止まり、大樹館にもどると宣言《せんげん》した。

愚《おろ》かな判断だ。これから燃えてしまう屋敷《やしき》に引き返すなんて、死にに行くようなものだから。しかし決意は固《かた》そうだ。引き止めたが、麓へ向かう自分たちとは反対方向に、その背中は遠ざかっていく。

針葉樹林《しんようじゅりん》を蝕《むしば》みながら炎は広がりを見せていた。煙《けむり》と火の粉《こ》が渦《うず》を巻《ま》きながら地上を離《はな》れ空へと上っていく。鳥たちはすでに避難《ひなん》を終えているのか姿《すがた》を見ない。

＊　＊　＊

「……あの、僕、やっぱり大樹館にもどって、穂村《ほむら》さんを連れてきます」

月郎《つきろう》が声をあげると、引き止める同行者たちの声がいくつも起きた。炎が押し寄せている今、屋敷に向かうのは危険な行為《こうい》だ。それはわかっているのだが、決心は揺《ゆ》らがなかった。

「みんなは麓を目指してください」

月郎は大樹館の方へと来た道を引き返す。煙の立ちこめる夜空が、地上から放射《ほうしゃ》される炎の光を受けて赤色に染《そ》まっている。胸《むね》の内には心配と不安がうずまいていた。穂村時鳥《ほととぎす》の顔を思い出して月郎は焦燥《しょうそう》にかられる。

穂村時鳥は大樹館で働いている使用人だ。古めかしい型《かた》のメイド服を着た黒髪《くろかみ》の美しい女性である。淡々《たんたん》と仕事をこなし、物事に動じない冷静な性格で、十九歳《さい》の月郎よりもすこしだけ年上だった。月郎の趣味《しゅみ》の話にも退屈《たいくつ》そうなそぶりも見せず耳を傾《かたむ》けてくれた。彼女は今頃《いまごろ》、炎に囲まれた大樹館の中に一人きりでいるはずだ。月郎は運動が得意な方ではなかったので、すぐに息があがってしまったけれど、立ち止まっているわけにはいかない。

　月郎の向かう先に巨大な樹木のシルエットが見えてくる。その大樹は山の中腹にそびえていた。つづら折りになった石の階段を上ると、大樹の幹を囲《かこ》むように建設された異様《いよう》な形状の洋館の姿もあらわになる。今まさに炎が屋敷の外壁《がいへき》にまとわりつこうとしているところだった。

　周囲の山々から蝗《いなご》の大群《たいぐん》が押し寄せて来るかのように火の粉が降《ふ》り注《そそ》いでいる。地面の枯《か》れ葉や乾燥《かんそう》した小枝が発火し、蹂躙《じゅうりん》の音へと変化する。炎の輝きは熱波をともない、近づく者たちを焼こうとしていた。月郎は煙を吸い込んで激《はげ》しくむせながら、大樹館の地上階正面の玄関《げんかん》ホールへと飛び込む。

「穂村さん！　声が聞こえたら返事をしてください！」

　煙の立ちこめる大広間へと進みながら月郎は叫《さけ》ぶ。大樹館にしがみついた炎が、建築に用いられている様々な材料に熱の負荷を与《あた》えた。構造が歪《ゆが》み、不気味《ぶきみ》な低い振動《しんどう》を生じさせる。破壊の音が渾然一体《こんぜんいったい》となった大合唱は、巨大な生命体が苦悶《くもん》のうなり声をあげているかのようだった。月郎は恐怖と戦いながら螺《ら》旋状《せんじょう》の回廊《かいろう》を前進し穂村時鳥を探す。大樹館はまもなく燃え落ちるだろう。世界が沈《しず》むかのように。

# 第一章

一

暗闇の中、どこか遠くから、あるいはすぐ近くから、男児の幼《おさな》い声がする。

（おかあさん……、ああ……、おかあさん……）

海の底から浮上《ふじょう》するように、私はゆっくりと眠《ねむ》りから覚め、やわらかな毛布から抜《ぬ》け出した。木製ベッドに腰掛《こしか》けてあたりを見回す。天井付近に明かり取りの小窓《こまど》があり、模様《もよう》の入った薄《うす》い磨《す》りガラスがはまっているのだが、朝日がのぼる前の暗さだった。今の声は何だったのだろう。部屋には私しかいないのに。

屋敷を取り囲む針葉樹が風で揺れて軋《きし》む音をたてていた。乾燥した樹皮が砕《くだ》けて剝《は》がれ落ちる様が目に浮かぶ。電灯を点《つ》けると蜂蜜色《はちみついろ》の光で淡《あわ》く室内が照らされた。壁掛け時計の針《はり》を確認してみたが二度寝《にどね》をするほどの時間はなさそうだ。このまま起きて仕事をはじめようと思う。立ち上がると裸足《はだし》の裏《うら》に、木目の浮《う》き出た床板のでこぼことした感触や冷たさがあった。靴《くつ》を履《は》いて私は部屋を出る。

屋敷の奥《おく》まった位置に使用人専用のモザイクタイルの手洗《てあら》い場があり、そこで私は顔を洗った。部屋に戻るとクローゼットからお仕着せの服を取り出し、鏡《かがみ》で全身を確認しながら身に付ける。丈《たけ》の長い黒色のクラシカルな形の服だ。

（おかあさん……）

また声がした。幼子《おさなご》が発したような声は、未発達な舌《した》の筋肉《きんにく》で紡《つむ》がれた言葉のように、輪郭《りんかく》が曖昧《あいまい》である。

「だれ？」

おそるおそる呼びかけてみた。返事はない。私が寝起きしている使用人部屋に隠れられる場所は限られていた。なにせ小さな部屋なのだ。電灯の明かりが作り出す濃《こ》い影《かげ》の奥に目をこらしながら、ベッド下やクローゼットの中を確認してみるが、声の主は見つからなかった。

きっと、まだ私は寝ぼけているのだろう。それとも、何か別の物音を、幼子の声だと聞き間違《まちが》いをしてしまったのかもしれない。気味の悪さを感じながら部屋を出る。

使用人しか使わない細い通路を抜け、柱や壁に装飾《そうしょく》がなされた広々とした廊下に出る。大樹回廊の電灯のスイッチをパチンと入れると、同時にいくつもの照明機器に電流が流れ、フィラメントが震《ふる》えながら光を発しはじめる。色つきガラスのランプシェードを内側から煌々《こうこう》と輝かせ、赤や緑や青の光線を放った。それらは暗い宇宙に浮かぶ惑星《わくせい》たちのように華《はな》やかで、寂《さび》しさをすこしだけ軽減させてくれる。

私は厨房《ちゅうぼう》で朝食の支度《したく》を開始した。山の中腹にある屋敷だが電気とガスは問題なく使える。水道は湧《わ》き水を汲《く》み上げてポンプで送られていた。食料保管庫の木箱から玉葱《たまねぎ》や人参《にんじん》を運んできて刻《きざ》み鍋《なべ》でスープを作る。立ち上る水蒸気《すいじょうき》が開け放した小窓から出て行った。いつもならそろそろ朝日が差しこむ時間だけど、今日は曇《くも》っているらしく外は明るくならない。

食料保管庫に積んである野菜の木箱の中身や、缶詰《かんづ》めの量を確認しておこうと思った。足りないものがあれば、麓の町に電話をして配達してもらわなくてはいけない。今晩は特別な日なのだから。

山に吹《ふ》く風が薄い窓ガラスを小刻みに振動させていた。乾燥した玉葱の皮の匂《にお》いと、芋《いも》の表面についた土の匂いに包まれながら食材の量を確かめる。その時、また、あの声がした。

（おかあさん……。きこえて……いますか……。おかあさん……）

缶詰めを足下に落としてしまう。私は両手で耳を押さえ、声が聞こえないようにぎゅっと力を入れてみた。

（こたえて……ください、おかあさん……）

おどろくべきことに、耳をふさいでもその声は聞こえてきた。これは幻聴《げんちょう》にちがいない。

「だれです？」

私は返事をしてしまう。直後、幻聴など知らないふりをすべきだったと後悔《こうかい》した。

（ああ、おかあさん……。ぼくの、こえ……、とどいて、いるのですね……。よかった……）

幼子の声が反応する。次第に恐怖を感じはじめた。私の頭はついにおかしくなってしまったらしい。原因にひとつだけ心当たりがあった。ここ最近の私の体調の変化と、それによる心理的な負荷が原因にちがいない。

私には悩《なや》んでいることがある。だけどそのことを、だれにも話すことができないまま平気なふりをして仕事を続けていたのだ。それが限界に達してしまったのだろう。

「あなたは、だれなんです？」

（ぼくは、いま……おかあさんの、おなかの、なかから……、はなしかけて、います……）

私は自分のお腹《なか》を見下ろした。黒色のお仕着せの上にエプロンを重ねている。

（おかあさん……、たいじゅかんは、まだ……ありますか？　もえて……いませんか？　ぼくは……あなたを、……まもりたい……。だから……よびかけて、いるのです……）

お腹にあてた手のひらに、かすかな声の振動が感じられた。確かにその声は私の体の内側から発生しているようだった。しかしそれはどうも音の振動とは異《こと》なる種類のようにも感じられる。物理的な現象というより、もっと別の何かが、私の手の皮膚をこそばゆく震えさせているようだ。

（ぼくは、あなたの……おなかに、はっせい……した……、ちっぽけな、にんげん、です……。いまは、みはったつな……、にくの、かたまり……でしか、ない……。ああ……、こえが……、とぎれ……、て………、………、………）

幼子を思わせる声は次第に小さくなり、やがてついには聞こえなくなった。声の振動も手のひらに感じない。自分のお腹をさすってみたが、ぺったりとした、平らな普通のお腹である。しかしそれが、今のうちだけだということを私は理解していた。

自分は妊娠《にんしん》しているのではないか、という自覚がすこし前からあった。この二ヶ月間、毎月のものが来ていない。あれが原因だろうかと、思い当たる出来事が実はある。確かそれは七月末のことだったから、その時に生命が宿ったのだとすれば、ちょうど今は九週目くらいだろう。

今、私のお腹に命が本当に存在しているのなら、胚《はい》の状態から胎児《たいじ》と呼ばれる状態へと成長している時期だ。しかし、お腹の中の胎児がこうやって話しかけてくるなどという事態は想像もしていなかった。

そんな馬鹿《ばか》なこと起こるわけがない。今のは幻聴に決まっている。妊娠してしまったという悩み、だれにも相談できない孤独《こどく》、そういう不安定な精神状態のせいで、私はきっとありもしない声を聞いていたのだ。私はそう思い直し、噴《ふ》きこぼれそうになっているスープの火をあわてて消しに行く。

## 二

大樹館地上階の南東の外縁部《がいえんぶ》に、広々としたダイニングがある。糊《のり》がきいた白色の清潔《せいけつ》なクロスをテーブルにかぶせ、私は朝食を並《なら》べた。スクランブルエッグやボイルしたソーセージを盛りつけた皿、サラダのボウル、湯気のたつスープ、トーストの横にはバターを添《そ》え、各種類のジャムの小皿も用意する。私自身の食事はすでに手早くすませていた。しかしダイニングに来たのは月郎君だけだった。

「お父様はずっと部屋にこもっています。きっとしばらくは出てきてくださらないでしょう。夕餉《ゆうげ》までにお仕事が片づけばいいけれど。今日はお母様の十三回忌《かいき》ですからね」

月郎君は一人で席について食事をはじめる。私はグラスに氷《こおり》を入れてアイスティーを注《そそ》ぎ彼の前に置いた。

月郎君は麓の町の大学に通う学生である。肌《はだ》はきめ細かく陶器のようだ。黒髪は光沢を帯《お》びており、少女のような繊細《せんさい》な顔立ちで、年齢にそぐわないほどの思慮《しりょ》深い瞳《ひとみ》を持っていた。月郎君を前にした時、いつも頭の中に思い浮かぶのは、洞窟《どうくつ》の奥に眠る紫色《むらさきいろ》のアメジストだ。暗闇でその宝石に光をあてたなら、魔術師《まじゅつし》が魔法を解《と》き放った時のように、光線が紫色のオーロラとなって、洞窟を夜の宮殿《きゅうでん》へと作り替《か》えるだろう。月郎君の姿を視界にいれることを、私は目の保養と呼んでいる。

「穂村さん」

名前を呼ばれた。

穂村時鳥というのが、私の名前である。

「兄さんたちは、何時ごろに来るでしょうか」

「冬夜《とうや》様のご到着はお昼過ぎだとうかがっています。彗星《すいせい》様からは連絡がございません」

「彗星兄さん、今日のことを忘れてないといいけれど。お母様が病気で亡《な》くなったのは十二年前です。十三回忌は来年の話だと思い込んでいるかもしれません」

故人《こじん》の亡くなった当日を一回目の命日として計算するため、十三回忌とは、十二年目の命日に行われる法事なのだという。それにしても、細い指を顎先《あごさき》にあてて考え込む月郎君の横顔は芸術性が高く、この場に写真家がいないことが悔《く》やまれた。

朝食の後、月郎君は温室のベンチで読書をするためにいなくなる。私は銀色のトレイに朝食の皿を並べると、大樹館最上階の御主人様《ごしゅじんさま》の御部屋《おへや》まで運ぶことにした。

地上階の大広間を起点とする大樹回廊は、傾斜《けいしゃ》のある長い螺旋状の通路である。時計回りにゆるやかなカーブを描きながら、料理のトレイを抱《かか》えて私は静かに移動する。

大樹回廊を上から見たなら、巻き貝の渦巻きのような形をしているだろう。最初の一周は直径百メートルほどの大きな円を描き、次の二周目は直径七十五メートルほど、最後の三周目は直径五十メートルほどの円である。傾斜角は五度程度《ていど》だが、最初の一周を終えた時点ですでに一般的な家屋の屋根よりも高い地点に到達する。三周目を終えた時点では、周辺の針葉樹がはるか下に見えるような高さとなる。

大樹回廊の終着点は、御主人様の御部屋の手前にある円形の小さな空間である。そこには木製のテーブルが置かれてあり、昨晩の食事に用いた空《から》の食器が置かれていた。運んできたトレイをテーブルに置くと、着衣の乱《みだ》れを整えた後、私は御主人様の御部屋の扉《とびら》をノックする。

「穂村です。朝食をお持ちしました」

御主人様からの返答はない。執筆《しっぴつ》に集中されているのだろう。この家で暮《く》らす者は何人《なんぴと》も御主人様のお仕事を中断させてはならなかった。御主人様の紡《つむ》ぐ物語こそ、この世界で最も価値のあるものだから。私たちはその神聖《しんせい》な儀式《ぎしき》を邪魔《じゃま》しないように心がけなくてはならないのだ。

「こちらのテーブルに置かせていただきます」

返事がない場合はそうするようにあらかじめ決められている。閉ざされた扉の前で私は一礼した。その状態ですこしの間、動きを止め、耳をすます。扉の下端と床板の間に、ほんのわずかな隙間《すきま》があり、そこから室内の気配が伝わってくる。御主人様の咳払《せきばら》い、体重をかけた時の椅子《いす》の軋み、衣服の生地《きじ》がこすれて室内の空気のゆらぐ音。物語を書き綴《つづ》る万年筆《まんねんひつ》の音。文字が生み出され、物語が編《あ》まれていく。世界が整い、完成へと近づいていく。それらのかすかな気配に感謝しながら、空の食器を回収して扉の前を離れた。

地上階北東、外縁部に洗濯室《せんたくしつ》があり、大型の海外製のドラム式洗濯機と、ガスによる乾燥機が、何台も連なって壁一面に並んでいる。そのすべてを稼働《かどう》することは滅多《めった》にない。今の大樹館に住んでいるのは、御主人様と月郎君、そして私だけなのだから。

コンクリート製の床のひび割れが昨年よりも大きくなった気がする。大樹の根が成長し、地上階のいくつかの部屋に影響《えいきょう》をあたえているのだ。小型のトランジスタラジオのダイヤルを回し、周波数を天気予報に合わせた。しばらく曇り空が続き、乾燥した風が吹くらしい。

洗濯物をかかえて勝手口から大樹館北東の裏手に出る。山の斜面の針葉樹林が揺れて音をたてていた。物干《ものほ》しロープにひっかけたシーツが風にあおられ、ばたばたと激しくおどる。暗い色の雲が低い位置を流れ、頭上に広がった大樹の太枝をかすめていく。

樹齢数千年の巨大な針葉樹が、螺旋状の洋館の中心に立っていた。大樹館はその幹を取り囲むように設計された建築物である。

亡くなられた奥様は旧財閥《きゅうざいばつ》の血筋《ちすじ》で、この山は奥様の家系が御先祖様から受け継《つ》いだものだという。大樹館があるのは山の南側の斜面の中腹あたりだ。人里から離れたこの山に、巨大な針葉樹が存在していたことは、近代になるまで知られていなかったという。近隣《きんりん》の里に住む者たちの中には、ある霧《きり》深い晩、突如《とつじょ》としてこの巨大針葉樹が現れたのだと信じている者もいる。

巨大針葉樹は、おとぎ話に出てくる世界樹を想像させるほどの大きさと迫力《はくりょく》を持っていたが、一般的に想像される世界樹のように緑色の葉を茂《しげ》らせてはいなかった。枯れて化石のようになった巨木には、一枚も葉っぱがついていない。また、長く樹齢を重ねた広葉樹は、幹が肥大《ひだい》して曲がりくねるものが多いけれど、この巨大針葉樹の幹は神殿の柱のようにまっすぐだ。私は直接、その時の姿を見たことはない。現在、大樹の幹の大部分は洋館に覆い隠されているからだ。

大樹館の中心、最上階の屋根よりも高い位置から、巨大針葉樹は外に露出《ろしゅつ》し、枯れた太枝が私たちの頭上に現れる。枝はいくつにも分かれながら細くなり、天に向かって根を張るように、まるで煙が霞んで空へ溶けていくように広がっている。

奥様と御主人様の発案で、巨大針葉樹の幹を囲むように洋館が建築され、二十年前に大樹館は完成した。私が四歳の時である。麓の町からこの屋敷の異様な姿を眺《なが》めることはできない。周辺を囲む山によって遮《さえぎ》られているからだ。国道から脇道《わきみち》に入り、渓流《けいりゅう》にかかる橋を渡《わた》り、鬱蒼《うっそう》とした暗い自然のトンネルを抜けた先にようやく大樹館は見えてくる。季節によっては濃い霧がかかっていることもあり、白く霞《かす》んだ山間部に大樹と融合《ゆうごう》した洋館が現れる様は幻想的である。

地上階の中心付近から屋根がせり上がり、擬《ぎ》洋風《ようふう》建築の巨大な塔《とう》が浮上する。螺旋状に渦巻きを描きながら三周、建築物は空を目指して屹立《きつりつ》する。場所によって煉瓦造《れんがづく》りの壁面もあれば、漆喰《しっくい》の場所もあり、植物の蔦《つた》が覆っている部分もある。細かく面が刻まれ、建築物というよりは有機的な巨大な生き物にも見える。晴れた日に観察していると、陽光の角度が変化するにつれ陰影《いんえい》は動き、大樹館の全体がゆっくりと呼吸しているように錯覚《さっかく》するのだった。

五年前、はじめてここに来た時、バベルの塔《とう》みたいなお屋敷だなと思った。大樹館はその塔の建築様式を、木造の従来《じゅうらい》の日本建築と西洋建築の様式を織《お》り交《ま》ぜたものに変更《へんこう》し、外壁に小部屋や塔をスカートのフリルのように螺旋状に連ね、中心軸《ちゅうしんじく》に枯れた巨大針葉樹を突き刺《さ》したかのような外観なのである。

しかし大樹館は絵画のバベルの塔ほどに縦長《たてなが》ではない。バベルの塔は螺旋状の通路が塔の外壁を何周もしながら空を目指しているが、大樹回廊の螺旋は三周だけなので、全体的に横へと広がっているような見た目である。また、地上階が塔の城下町のように水平方向へ広がっているのも大きな違いだろう。

大樹館のある土地は、山の中腹に切り開かれた平坦《へいたん》な場所であり、東西に細長く潰《つぶ》れたような逆三角形をしている。地上階はその土地を埋《う》めるように広がっていた。庭と呼べるほどの開けた空間は存在せず、外壁の近くまで周辺の針葉樹林が迫《せま》っている。東から北東にかけて、洗濯物を干せる程度の空《あ》き地がくっついているだけだ。西側には特に何もない。

私がこの屋敷で働くことになったのは、御主人様が哀《あわ》れんでくださったからだ。私の父はこの大樹館の建設に携《たずさ》わっていたが、高所からの転落事故によって亡くなっていた。当時のことは、まだ小さかったので、おぼえていない。明瞭《めいりょう》に記憶《きおく》している最初の出来事は、母に連れられて冬の海に行った時のことだった。

母は私を強く抱《だ》きしめた状態のまま海へ飛び込んだ。父の死から立ちなおれなかった母は、心中《しんじゅう》を決意したのである。私はもがいて逃《に》げようとしたけれど、母の手が腕《うで》に食い込んで離れなかった。体の周囲でたくさんの泡《あわ》のはじける音がした。自分の体が母と一緒に暗い海の底へと沈んでいく様は今でもはっきりと思い出せる。そして母は帰らぬ人になり、私だけが生き残ったのである。

私は児童養護施設《しせつ》に引き取られた。時間はかかったけれど人並《ひとな》みの生活を送れるようになり、学校にも通い、私は成人することができた。施設のお手伝いをして暮らしていたある日のことだ。大樹館というお屋敷から使いの方が現れ、使用人の仕事を紹介してくださったのである。それまで屋敷で働いていた使用人が辞《や》めてしまうため、新しい働き手を探しているのだと言われた。御主人様は私の存在を以前から把握《はあく》しており、ずっと気にかけてくださっていたようだ。お給金がもらえるのならどこでもいいという気持ちがあり、私はここで働くことを決めた。

私にはなりたい職業というものがなかった。それ以前に、自分の人生というものに現実味が感じられなかった。本当の私は母と一緒に海の底へ沈んでしまい、それきりなのではないか、という想像が頭から離れなかった。

大樹館で住み込みの使用人として働いている私は、本当に存在しているのだろうか。もしかしたら、ここにいる私は、今まさに海の底で死にかけている自分が見ている夢なのかもしれない。

酸素《さんそ》の欠乏《けつぼう》で脳《のう》が機能停止をする寸前、一瞬《いっしゅん》が永遠にも等しくひきのばされ、私は大樹館などという実在しない屋敷の幻想の中で寝起きしているのではないだろうか。

もちろん、そうではないことを願っているけれど。

## 三

お昼過ぎに軽食を御主人様の御部屋に運んだ。扉越《ご》しにお声掛けをしてみたが、執筆中のためだろう、返事はなかった。耳をすますと原稿《げんこう》用紙に文字を綴る音が聞こえてくる。朝食の食器は空になっており、トレイに載《の》せられた状態で扉の前のテーブルに置かれていた。

午後三時頃、正面玄関の呼び鈴《りん》が鳴らされたので出てみると、長男の冬夜様とご家族、そしてタクシー運転手らしい格好の男性が立っていた。運転手は息をきらしており、足下に全員分の荷物が置かれていた。冬夜様が財布から紙幣《しへい》を数枚出して彼に渡しているところだった。冬夜様は車を運転しないため帰省の際はいつもタクシーを利用されるのだ。運転手は紙幣を受け取ると、頭を下げて長いつづら折りの石階段を下りて行った。

大樹館の正面玄関は南側にあり、車止めの空き地は山の斜面を下った先にあるのだ。冬夜様はタクシー運転手にチップを払い、荷物を運ばせたらしい。

「お久しぶりです、穂村さん」

「ご到着をお待ちしておりました、冬夜様」

冬夜様は銀縁眼鏡《めがね》をかけた怜悧《れいり》な顔立ちの方である。スーツに包まれた手足はすらりとして細長く、動作のひとつひとつに知性と都会的な洗練《せんれん》さがあった。冬夜様は数学の教師である。月郎君が洞窟のアメジストなら、彼は氷雪《ひょうせつ》のクリスタル。無色透明《とうめい》の冷たい輝きは彼の鋭《するど》いまなざしと英知を想起させる。雪原にそびえ立つ孤高の塔の天辺《てっぺん》、純銀の台座に載せられて飾《かざ》られている水晶《すいしょう》を手にすることができたのは、たった一人の美しい女性である。

「私は父にご挨拶《あいさつ》してくる。父は部屋にいるのかな」

「御主人様は御部屋にこもって御執筆されています。何日も前からずっと」

「扉越しに話しかけてみよう、仕事の邪魔をしない程度に。きみは妻と子どもたちをよろしく頼《たの》む」

「承りました」

冬夜様が玄関ホールを抜けていなくなると、彼のご家族と大量の荷物がのこされた。荷物を運搬《うんぱん》するためのカートを用意していたので鞄《かばん》やスーツケースを積む。おそらくそれらは海外ブランドの高級品で、私の一年間のお給金を合わせても、たったひとつさえ買うことはできないだろう。

「いつ来ても素晴《すば》らしいお屋敷ね。映画の撮影《さつえい》で滞在《たいざい》した海外の古城を思い出すわ」

冬夜様の奥様である泉《いずみ》様が、玄関ホールのシャンデリアを見上げながら、両手を広げてくるりと回った。栗色《くりいろ》の髪はウェーブしており優雅《ゆうが》な雰囲気《ふんいき》を放っている。仕草のひとつひとつに華があり、舞台を見ているかのような錯覚をする。

「ねえ、月郎様は？　いるんでしょう？　どこにいるかわかる？」

はずむような声で私に話しかけてきたのは長女の恋《れん》さんだ。彼女は十三歳。冬夜様と泉様の美しい部分を受け継いだ女の子である。きらきらとした大きな瞳に周囲の光が反射し、好奇心や冒険心《ぼうけんしん》が凝縮《ぎょうしゅく》して輝いているかのようだった。彼女は月郎君のことが大好きで、大樹館に来た時はいつも彼の後を追いかけていた。

「月郎様はこの時間、いずれかの図書室で読書をされていることが多いかと」

大樹館には大小の図書室が点在しており、百年前の絵本から最新の学術書まで書架《しょか》に並んでいる。壁一面を洋書が埋め尽《つ》くしている部屋、画集の棚《たな》によって通路が迷路《めいろ》のようになっている部屋などもあった。

「わかった。探してみるね」

そう言って駆《か》けていく恋さんは、光の鱗粉《りんぷん》をふりまきながら身軽に飛んでいく妖精《ようせい》のようだ。

冬夜様の二番目のお子様は、母親である泉様の後ろに隠れて出てこない。今年で十歳になるはずの少年だが、背丈が低く、まだ未就学児《みしゅうがくじ》の雰囲気があった。

「航《こう》、ご挨拶しなさい」

泉様にうながされ、航君がおそるおそる顔を出して私に会釈《えしゃく》をしてくれる。黒髪はぼさぼさで、目が隠れるほどに長い。服のボタンがずれていたり、靴紐《くつひも》がほどけているのに気にしていなかったりと、少し変わった男の子という印象である。

「こんにちは、穂村さん……」

航君の声は耳をすまさなくては聞こえない程度の音量だった。

荷物を積んだカートを押し、泉様と航君を客室まで案内する。といっても、冬夜様の御《ご》一家《いっか》が大樹館に宿泊《しゅくはく》する際は、いつも同じ部屋を使っているので、私がいなくても迷《まよ》うことはなかっただろう。

巨大な樹木に螺旋状に巻き付いているこの洋館が一匹の巨大な蛇《へび》だとするなら、大樹回廊は蛇の背骨のようなものだ。回廊の左右には部屋がいくつも並んでおり、明かり取りの小さな窓がいくつかあるけれど、曇天《どんてん》の今日は全体的に薄暗い。飾ってある深い青色のアンティークランプが、大樹回廊を水中洞窟のように照らしていた。

大樹回廊の一周目の範囲を私たちは低層領域と呼んでいる。低層領域内部にも複数の階層が存在した。数字をつけた階数表示が避けられたのは煩雑《はんざつ》になりすぎるせいだろうか。大樹回廊の二周目は中層領域、三周目は高層領域だ。

泉様たちの客室は、大樹回廊の低層領域外縁部に位置している。室内に泉様と航君をお通しして、私は荷物をカートから下ろす。清潔な白色のシーツでベッドメイキングは済《す》ませていた。換気《かんき》のために開け放しておいた窓のそばで、風が落ち着きなくカーテンをはためかせている。

「すばらしい景色。まるで世界の果てに来たみたい」

泉様が窓辺に立ち、胸に手をあてて感動をもらす。

大樹館の南側は山の下りの斜面が広がっており、針葉樹林の樹冠よりも高い位置に客室の窓があるため見晴らしが良い。大樹館へと上ってくる石階段や、遠くの山々を眺めることができた。太陽が雲で遮られているため、針葉樹林の濃い色の葉はほとんど黒色のように沈んで見える。画家が自分の筆致《ひっち》を残さないよう慎重《しんちょう》に何重《いくえ》にも塗《ぬ》り重ねたような深い色合いだ。

「何かお飲み物をご用意いたしましょうか」

「お願い。私は紅茶《こうちゃ》にベリーのジャムを。航にも何か持ってきてくれる？」

私は部屋のすみに立っている十歳の少年にむきなおる。航君は落ち着かない様子で室内を見回していた。

「航様、搾《しぼ》りたての果物のジュースをお持ちしましょうか。それとも、ミルクになさいますか」

「ミルクを、おねがいします」

航君は注目を集めるのが苦手らしく、私が見つめていることに気付くと、恥《は》ずかしそうに顔をふせた。泉様や恋さんの華やかな雰囲気とは対照的な、ひかえめな雰囲気の少年だった。

「あ……」

航君が何かに気付いたような声を出す。それから、声を出してしまったことを恥じ入るようにしていた。

「航様、何か？」

質問してみたが、彼は首を横にふるばかりだ。前髪の隙間からのぞく彼の目は、私のお腹の辺《あた》りにじっと向けられていた。

航君にはどうやら霊感《れいかん》があるらしい。

「あの子には不思議なものが見えるそうです。何年も前に死んでしまった人を町で見かけたり、同じ交差点に行く度に、車に轢《ひ》かれて殺された猫《ねこ》の鳴き声を聞いたりするそうです。死者たちの魂《たましい》がこの世界に留まり続け、それを感じ取っているのです。冬夜兄さんは頭が固いから、航のことを信じてくれないみたいだけど」

月郎君が私に語ってくれた。

「世の中には科学で解決できない神秘がたくさんあるのに、冬夜兄さんは何もかも否定するものだから、航はいつも萎縮《いしゅく》してしまうのでしょう」

冬夜様は科学の人だ。理知的で現実的な人であり、霊的な存在は決して認《みと》めようとはしない方だ。航君が見聞きするものはすべて、精神的なストレスに起因する幻覚や幻聴の類《たぐ》いだと結論づけているという。長兄のことを話題にする時、月郎君はすこしだけ冷たい目になった。

一方、月郎君は神秘を愛する少年だった。世界中の心霊現象やオカルト現象、超心理学、未確認飛行物体など、不思議な出来事に彼は興味《きょうみ》を抱《いだ》いた。冬夜様とは正反対である。彼を愛する恋さんは、その好みを把握しており、航君の心霊体験を話すことでいつも気を引いていた。

「魂と言えば、航は女の人が妊娠しているのも一目でわかるそうですよ。幼稚園《ようちえん》の先生に赤ちゃんができたのを、本人が知るよりも先に言い当てたそうです。妊婦を見た時、あの子の視界には、母親の魂とは別の、もうひとつの魂の輝きがお腹の辺りに見えているのかもしれません」

「魂というのは実在するのですか?」

私は疑問を口にする。肉体は魂の器であるという考え方があることは知っていた。もしも魂が存在するのなら、いつどの段階で発生するのだろう。何もないところから出現するのだろうか。それとも、母親の魂から枝分かれするように生じるものだろうか。

「魂がなければ、僕たちは空っぽです」

「冬夜様だったら、どのように答えるでしょう」

「冷笑されて終わりでしょうね。あの人は、人間の感情全部が、脳細胞《のうさいぼう》で起きている化学反応の結果だと思っています」

「では、彗星様は?」

次男の彗星様は芸術大学で講師を務《つと》めており、芸術家としても様々な都市で個展を開いている方である。大樹館には彗星様専用のアトリエがあり、急に戻ってきたかと思えば、何日もこもって石膏像《せっこうぞう》や巨大な絵画を制作することがあった。

「彗星兄さんこそ魂を燃焼させて作品を作っているように見えます。でも、そういう話に興味はないんじゃないかな。彗星兄さんがいつも気にしているのは、その日に何のお酒を飲むかってことだけです」

魂について語る月郎君は、洞窟に眠るアメジストが魔力を放ったみたいに、瞳を美しく輝かせるものだから、ずいぶんと目の保養になる。

一人になった時、魂とは何なのかについて思いをめぐらせた。月郎君の説明によれば、魂は非物質的なもので、永遠不滅の存在だという。肉体は時間経過とともに老《お》いて朽《く》ち果てるが、魂は時間と無縁の存在らしい。死後、私たちの魂はどこへ向かうのだろう。生まれてくる前、私たちの魂はどこにあったのだろう。魂にも大きさや重さはあるのだろうか。大人の人間が発する魂の輝きと、胎児の発する魂の輝きとでは、その光量に差はあるのだろうか。フィラメントが光を放つ時に熱を発するように、魂も熱を帯びているのだろうか。

御主人様の昼食用の皿やフォークやナイフが、いつのまにか厨房の流しに置かれていた。ついに御主人様が御部屋から出てきてくださったのかと思ったが、冬夜様が扉の前のテーブルに置かれていたものをついでに回収してきたのだという。料理は食べてくださったらしく、皿は空だったそうだ。

「扉越しに挨拶をしてみたが返事をくださらなかった。父はもう何日くらい小説を書きつづけているんだ？」

「わかりません。お食事はとってくださっているようですね。安心しました」

冬夜様の書斎《しょさい》に紅茶を運んだ時、そのようなやり取りをした。御主人様が何日も御部屋にこもって執筆をなさるのはよくあることだ。私たちは感覚が麻痺《まひ》しているのかもしれない。

そろそろ夕餉の準備に取り掛からなくてはならなかったが、私を眠気が襲《おそ》った。部屋ですこし休憩《きゅうけい》しようと決めて、ベッドに横たわってお腹を手のひらであたためる。急な眠気は妊娠の影響のひとつだと聞いたことがあった。私の中には本当に胎児がいるのだろうか。航君が私のお腹にむけていた視線は、私のお腹に、もうひとつの魂の輝きを発見したからだろうか。

朝に聞いた幻聴。私の子どもだと名乗った幼子を思わせる声。あれは何だったのだろう。外で針葉樹の幹が風で押され、歯ぎしりを思わせる耳障《みみざわ》りな音を立てている。乾《かわ》いて石のようになった樹皮が、幹のたわみによってひび割れを起こし、剝がれ落ちる音がする。私は何度も寝返りをうち、頭と胸が不安で締《し》めつけられる。

(……おかあさん……。たいじゅかんは……、まだ……ありますか……)

朝に聞いた幻聴の内容を思い出す。大樹館がまだ存在するかどうかを気にしていた。まるで、これから無くなってしまうことを心配するような言い方だ。私の心が作り出した幻《まぼろし》の声だとしても、どうしてあんな発言をしたのだろう。

もうそろそろ覚悟《かくご》を決めて医者に診てもらったほうがいい。暇《ひま》をもらって麓の町に行こう。私は両手で顔を押さえた。自分の肉体が変質する怖《こわ》さ。不気味さ。自分ではない他人が、お腹の中の空間に発生し、私とは異なる意思を持っている理不尽《りふじん》さに怯《おび》える。

私は何度も深呼吸すると、大樹館が寄り添う樹齢数千年の巨大針葉樹を頭の中に描いた。霧深い夜、突然に出現したという大樹は、ほとんど枯れてしまっている状態だけど、これまでどんな強い風が吹いても幹が折れることはなかった。太枝は空を突き刺すフォークのように逆立ち、無数に枝分かれを繰《く》り返している。風によって細い小枝が折れて大樹館の上に降り注ぐことはあるが、太枝が落下してきたことは一度もない。専門家に言わせると大樹は今も生きており、すこしずつ成長を続けているという。どっしりと構《かま》えた大樹を思い描くと、心が安らかになっていく。

私の母も、お腹に子どもが宿った時、不安な時間を過ごしただろうか。私が望まれて生まれてきた子なのか、それとも、望まれずに生まれてきた子なのか、それを質問することはもうできないけれど。

## 四

助手席の窓から入る風が、遠野《とおの》の赤色の髪を揺らす。二人乗りの外国製の車は、スピードを保ったままカーブの多い山間部の道を走行していた。すれちがう車がいたら自分に向かってくる気がしてスリル満点だろう。左ハンドルの車だから、遠野の座っている助手席は右側にある。しかし、町を離れて以降、一台のタクシーと山道ですれ違っただけで、他に車は見ない。

寒々しい針葉樹林がガードレールの向こうに広がっている。どこまでも同じ景色なので、同じ場所をぐるぐると走行しているのではないかと錯覚してしまいそうになる。この道の先に例の建築物があるという知識を事前に知らなければ、自分はどこに連れて行かれるのかと不安だったに違いない。

「大丈夫か、遠野。車酔《くるまよ》いしてないか?」

運転席でハンドルを操作しながら彗星先生が聞いた。ギアの回転数を細かく変化させながら、さほどブレーキを踏《ふ》まずに危なげなくカーブを曲がり切る。彼にとっては通り慣れた道なのだ。

「うん、平気」

「吐きそうになったら言ってくれ。何度かやられたことがあるんだ」

遠野は横目で彼を見る。端正な顔立ちだ。これまでに何人の女性がこの助手席に座って彼の横顔を見つめたことだろう。

遠くの山々は暗い影に覆われている。真っ暗な半円形のトンネルが前方に現れ、車はヘッドライトを点灯させてその中へ突入する。国産車と赴《おもむ》きの異なるエンジン音が反響し、こだまを置き去りにする。

「ずいぶん遠いんですね」

「もうすぐだ」

闇の奥にトンネルの出口が見えた。光の中に突入すると、ざあっと一瞬だけ雨の中をくぐり抜けるような音がして、フロントガラスに水滴《すいてき》がついた。彗星先生はワイパーを動かして視界を確保する。水煙のようなひんやりとした空気が窓から入ってきた。

「雨ですか？」

「植物についていた水滴だろう。風で飛んできたらしい」

今日はそうでもないが、いつもこの辺りは霧が立ちこめているそうだ。急に空気が肌寒くなり、遠野は助手席の窓を閉めた。いつのまにか標高の高い場所にいる。空の雲がずいぶん近く感じられた。

まもなく大樹館の姿が山間部に現れるはずだ。ルドンが描いた巨人サイクロプスのように、突如として異様な何かが自分たちの眼前に姿を見せるのだろう。その光景を想像し遠野は気を引き締める。外観の写真は以前に見たことがあった。内部を撮影した写真も、確認できるものはすべて穴が開くほど眺めている。遠野にとって大樹館という建築物は特別な存在だ。実物を目の当たりにした時、自分は何を思うだろう。

畏怖《いふ》？　それとも、憎《にく》しみ？

「そんなに楽しみなのか？」

彗星先生がちらりと遠野を見て言った。

ミラーを確認し、自分の口の両端がつり上がっていることに気付く。まるで笑っているみたいに。

遠野は赤色の髪をかき上げてごまかした。

＊　＊　＊

私が大樹館で働きはじめた時、すでに奥様は故人だったので、写真でしかそのお姿を拝《はい》見《けん》したことがない。奥様の若い頃の写真や肖像画は、生前に着ていた夜会用のドレスや帽《ぼう》子《し》やアクセサリー等と一緒に、大樹館内のギャラリーに飾られている。

銀板写真と思われる撮影方式で写し取られた奥様の姿は特に美しい。長い黒髪は深遠な夜を想像させ、ほっそりした白色の頰《ほお》は幽玄《ゆうげん》な色気を放っていた。今にも涙《なみだ》がこぼれ落ちそうな濡《ぬ》れた瞳に、悲しみの気配が凝縮され、夜という概念《がいねん》が人間の姿を得たならばこのような女性になるのではと想像させられる。銀板写真は古い木材で作られた額縁《がくぶち》におさまっており、裏板を固定する金具のうち数ヶ所は錆《さ》びついていたものの、残りは新しいものに変更され、大切に使われているのがわかった。それをギャラリーからダイニングに運んできて、テーブル上に花と一緒に並べて飾る。

夕餉のメニューは事前に決めていた。前菜はラングスティーヌのカクテルサラダ、スープはじゃがいものヴィシソワーズ、メインディッシュはフィレステーキとフォアグラのソテーに赤ワインソースだ。サイドディッシュにトリュフ風味のポテトグラタン、季節の野菜のバターソテー、デザートにはダークチョコレートのムースとラズベリーソースを考えている。ワインセラーからブルゴーニュ産の年代物の赤ワインを何本か見繕《みつくろ》っていた。

厨房で下ごしらえをしていると、外から車のエンジン音がかすかに聞こえてくる。彗星様が到着したのだろう。外国製の車はエンジンの音が特徴的《とくちょうてき》なのですぐにわかる。

正面玄関に立って彗星様の到着をお待ちすることにした。しばらく立っていると、胸元のはだけたシャツを着た彗星様が石階段を上ってくる。私に気付くと笑顔で手をふってくださった。

「時鳥、元気だったか？」

明朗《めいろう》な声だ。長兄の冬夜様は冷たい雰囲気のある美男子、月郎君は暗い雰囲気のある美少年だが、彗星様はそのどちらとも方向性が違う。笑った顔は子どものように無邪気で太陽のようだ。三人の中では最も背が高く、ひきしまった体つきである。顔の美しさは共通しており、さすが三兄弟なだけあった。彼は絵画とアルコールを愛し、情熱の赴《おもむ》くまま大樹館を飛び出して芸術家になった人物だ。彼をイメージする時、砂漠《さばく》で輝く赤色のルビーが頭に浮かぶ。太陽の光を受けて放たれる輝きは、砂漠をさすらう旅人たちの灯台となり勇気を与えることだろう。真っ暗な夜にもその光は失われず、迷い人は地平線に見える赤色の光線をたよりに道を行く。

私は彼に会釈を返そうとして、もう一人の人物の存在に気付いた。彗星様に同行者がいるという事前の連絡はなかった。

彼女は彗星様のすこし後ろから針葉樹林にはさまれた石階段を上ってくる。しかし途中で大樹館を見上げると、言葉を失った表情で立ちすくんだ。髪を赤色に染めた女の子で、十代後半から二十代前半くらいだろう。体つきは細く、頰にそばかすがあった。背丈の低い痩《や》せた女の子という印象で、黒色のシャツに赤色のスカートという服装だ。二人の荷物は小さな鞄がひとつだけで、彗星様が肩《かた》に引っかけている。

「彗星様、そちらの方は？」

「教え子だ。最近、つきあいはじめた。念のため部屋は別にしておこう。姪《めい》っ子や甥《おい》っ子の道徳観念に影響をおよぼすかもしれないからな。彼女の客室を追加で用意しておいてくれ」

「……あ、どうも、赤空《あかそら》遠野です。『遠野《とおの》物語《ものがたり》』の、遠野です……」

彼女は大樹館から一時も視線を外さないまま、心ここにあらずという様子で自己紹介する。屋敷をはじめて訪《おとず》れた人はよくこのようになった。

石階段を上ってくる時、大樹の枝が空を侵食《しんしょく》し、神話的な迫力をともなって来訪者《らいほうしゃ》の眼《がん》前《ぜん》にそびえ立つ。その幹に巻き付いている大樹館は、建築物というより、意思を持った何か大きな存在のようにさえ感じられる。

「途方もないお屋敷ですね、彗星先生」

「そうだろう？」

「連れてきてくださってありがとうございます」

遠野さんは彗星様の腕に抱きついた。彼女の赤髪はうなじが見えるくらいの短さで、耳がちょうど隠れるような形をしており、毛先が色々な方向へはねている。

「こいつが大樹館を見たがってな。だから連れてきた。世界の色んな建築に興味があるらしい」

彗星様の腕の筋肉に頬ずりをする格好で遠野さんが私に視線を送る。いたずらっぽい目は野生の猫を思わせる危険な輝きを放っているが、目鼻立ちはかわいらしく整っていた。

「それでは遠野様の御部屋をご用意します。アレルギーなど、食べられないものはございますか？」

彗星様は遠野さんをほどいて先に玄関ホールへと進む。

「アレルギーはありません。あなたが穂村時鳥さん？　あなたのことは先生から聞いてる。美人で働き者の、だけど、可哀想《かわいそう》なメイドがいるって」

彗星様はすでに大広間へと歩いていたので、遠野さんの話は聞こえていなかったようだ。彼女は赤髪を跳《は》ねさせながら彗星様を追いかけた。


「母の十三回忌だぞ。何を考えてるんだ」

銀縁眼鏡の奥の怜悧な目は普段よりも冷たさをましていた。冬夜様は腕組みをして弟の彗星様を睨《にら》む。遊戯室《ゆうぎしつ》のビリヤード台で彗星様は九番のボールを狙《ねら》っていた。私はちょうど彗星様の依頼《いらい》で海外産のビールを持ってきたところである。遊戯室にはビリヤード台の他に、スロットマシンやピンボールマシン、トランプや世界中の変わったボードゲームなどが集められている。『コズミック・エンカウンター』や『トワイライト・ストラグル』、『ディプロマシー』といったゲームだ。他にも、遊び終えるのに数百時間も必要なすごろくもある。

彗星様はキューを構えた姿のまま返事をした。

「どうせただの食事会だ。お坊《ぼう》さんを呼んでお経《きょう》を読んでもらうわけじゃないんだろ？」

ボールの弾《はじ》かれる音が響《ひび》く。九番のボールは壁に跳ね返った後、ポケットに入ることなく転がった。彗星様に悔《くや》しそうな表情はない。私の持ってきたビールを手に取り冬夜様と向き合う。

「それより兄貴、顔色が病人みたいだ。仕事が忙《いそが》しくて眠れてないのか？」

「おまえのせいで気分がすぐれないだけだ。連れてきた女は今どこにいる？」

「屋敷の中を探検しに行ったらしい。いつもふらふらと勝手にどこかへいなくなるんだ。俺のことなんか、どうでもいいみたいに。でも、そこがいい」

「勝手に一人で行動させているのか？」

「何か問題でも？」

ビールを一口飲んで彗星様は再びキューを構える。冬夜様は額《ひたい》に手をあてて頭痛に耐《た》えるような表情をした。

「彼女が大樹館を出ていく時、ポケットの中をよく調べるんだぞ」

「何か盗《ぬす》んでいくと思ってるんだな？」

「この屋敷には価値の高いものが手の届く距離《きょり》に平然と飾られている。絵画に悪戯《いたずら》をして傷《きず》をつける可能性だってある」

「遠野はそういうことをしない。俺にはわかる」

「前の恋人《こいびと》は、おまえが寝ている隙に腕時計を盗んで消えたんだろう？」

「プレゼントしたんだ。俺は寝た振りをしていた」

興味深いお話だったが、いつまでも聞いているわけにはいかなかった。夕餉の仕込みの続きをしなければならない。私は一礼して遊戯室を後にする。

冬夜様が心配されるのも無理はない。御主人様の物語の熱烈《ねつれつ》な読者が世界中に存在し、献上《けんじょう》された芸術作品や宝飾品が大樹館には飾られていた。月郎君の話によれば、御主人様が所有する芸術作品のほとんどは海外に保管されており、屋敷にあるのはその一部らしいのだが、それでも凄《すさ》まじい数の美しい品々を大樹館のギャラリーで眺めることができるのだ。

大樹回廊を反時計回りに下って地上階の厨房へ向かう。ゆるやかにカーブした螺旋状の廊下には、扉が並んでいるだけでなく、所々に脇道ものびている。大樹回廊から内側に向かって枝分かれした通路の先にも階段があった。同じ低層領域の中に、複数の階層があり、ほとんど立体迷路のように入り組んでいる。脇道の奥へ行くほどに、大樹の幹へ近づくほどに、部屋の形状は様子がおかしくなり、なぜか天井の高さが半分ほどの場所もあれば、室内が三角形に区切られている場所もある。使い勝手の良くない部屋は物置きになっていた。

大樹回廊の起点となる南の大広間で赤空遠野さんを見かける。彼女は顎に手をあてて真《しん》剣《けん》なまなざしで壁や柱の造りを眺めていた。私に気付くと警戒《けいかい》するような目で後ずさりをする。人間の登場にいつでも逃げられる準備をする野生動物のようだった。染められた髪の赤色は派手すぎない程度の落ち着いた色合いである。会釈をして通り過ぎようとしたら後ろから声をかけられた。

「ねえ、ちょっと待って」

私は立ち止まり、彼女と向き合う。

「あなた、ここで働きはじめて長い？」

「五年になります」

「毎日、この屋敷の隅々《すみずみ》まで掃除《そうじ》してるの？」

「一日ではとても無理です。よくご使用になる部屋は毎日掃除しますが、そうでないところは月に一度くらいでしょうか」

「一度も入ったことのない部屋もあったりする？」

「ございません」

遠野さんは天井を見上げる。大広間は豪奢《ごうしゃ》な造りだ。黒檀《こくたん》の重厚な雰囲気の壁と床。カットされた水晶の集合体とも言えるシャンデリアが天井に吊《つ》るされている。

大広間の南には玄関ホールへ続く出入り口があり、東にダイニングへの両開きの扉がある。西の壁には大樹回廊の起点となる傾斜した床の通路が口を開けていた。大樹回廊の手すりと柵がそこから延びて、大広間の中ほどまで侵食している。手すりは木製で先端が植物の蔓のように丸みを帯びていた。大広間には他にも廊下への出入り口が複数繋がっている。

「この屋敷、隠し通路や秘密の部屋があったりしないかな」

「そのようなものはないかと」

「ただの使用人が知ってるわけないか」

遠野さんは私に興味を失ったように息を吐《は》いた。

「どうぞ、もう行っていいよ」

会釈をして私はその場を離れる。ダイニングを経由して厨房へ向かった。

遠野さんは彗星様の教え子だと聞いたけれど、芸術大学の建築学科の学生なのかもしれない。だから屋敷の造りに関心があったのだろう。隠し通路や秘密の部屋の存在を私は知らないけれど、大樹館にそういうものがあってもおかしくはないという期待感は理解できた。それを許容《きょよう》する雰囲気がここにはある。

大樹館に足を踏み入れると平衡《へいこう》感覚が麻痺したような状態に陥り、幻想と現実の境界があいまいになるのだ。螺旋状の回廊を移動しているうちに、三半規管《さんはんきかん》が催眠術《さいみんじゅつ》にでもかかったみたいに機能しなくなり、壁や天井が蠕動《ぜんどう》しているように思えてきて、巨大な生命の体内に入り込んでしまったかのように錯覚する。そんな時、大樹館の壁を剝いでみれば、その裏側には肉と血があるんじゃないかと想像してしまうのだった。

# 五

大樹館にはいくつもの柱時計があり、それらが一斉《いっせい》に時を告げる。夜が訪れ、十三回忌の夕餉の時間が迫っていた。ダイニングに集まった人々のために月郎君がレコードで静かなジャズ音楽を流してくれた。会話の邪魔にならない程度のひかえめなピアノの旋律《せんりつ》が、水彩《すいさい》の抽象《ちゅうしょう》絵画のように室内の空気に色彩をあたえてくれる。壁際に並べられたアールデコ調の椅子に腰掛けて彗星様と遠野さんが談笑していた。私は厨房とダイニングを何度も往復しながら配膳《はいぜん》の準備をする。

「そろそろ親父《おやじ》を呼んでくるか」

彗星様がダイニングを出て行った。いつまでたっても御主人様が姿を見せてくださらないので、お声掛けをすることに決めたらしい。

冬夜様はテーブルで泉様との対話を楽しんでいる。冬夜様はあまり笑った顔を見せない方だが泉様に対しては別だ。心から奥様のことを愛していることがうかがえる。眼鏡の奥の細められた目に、いつもの冷たい印象はない。お二人は恋愛結婚《れんあいけっこん》だった。海外旅行をしている時、荷物を盗まれて途方にくれていた泉様を助けたことがきっかけで交流がはじまったという。当時の冬夜様は芸能関係に詳《くわ》しくなかったため、旅行先で助けた彼女が、映画やドラマに出演《しゅつえん》されている方だという認識はなかったらしい。

それにしても、氷の貴公子《きこうし》を思わせる孤高の存在が、たった一人の女性に対してだけ甘《あま》くなるという関係性は、私の胸を大いに高揚《こうよう》させる。家ではどのような会話をするのだろうかと妄想《もうそう》がはかどった。銀縁眼鏡をかけた美しい顔が、泉様の前でだけほころんだり、不安や動揺《どうよう》を見せたりするのだろうかと、尊《とうと》い気持ちにさせられる。

恋さんはステレオの前にいる月郎君に話しかけていた。恋する乙女《おとめ》の目で彼のことを見つめている。お互《たが》いに好きな音楽の話をしているようだ。彼女は幾重《いくえ》にも薄布を重ねたような仕立てのいいドレスを着ており、可憐《かれん》な人形のようである。

航君は窓辺に立ってカーテンの隙間から暗い外の景色をながめていた。彼も特別にフォーマルな服を着せられていたが、白色のシャツはズボンからはみ出していたし、ポケットの内側の生地も飛び出ていたし、靴紐は、やはりほどけている。ダイニングは地上階にあるため、窓の外に見えるのは、針葉樹林の無数の幹が闇の中に立っている光景だ。航君はそれをずっとながめて楽しんでいられるような少年だった。

彗星様がいなくなると、赤空遠野さんはテーブルに一人で座って銀食器を興味深そうに観察していた。泉様が彼女のことを気にされている。テーブルをはさんで彼女に話しかけ交流を試みようとしたものの、冬夜様が「放っておきなさい」という仕草で引き止めるので会話は続かなかった。

やがて彗星様がダイニングにもどってきた。彼の手には紙切れがにぎられている。

「ドア越しに親父に呼びかけてみたが返事はなかった。そのかわり、ドアの前にこんなメモが置かれていた。ドアの下の隙間から出したのだろう。親父の筆跡《ひっせき》でこう書いてある。【物語の執筆を続ける。食事は後で運ぶこと。合い鍵《かぎ》での入室を許可する】だそうだ」

冬夜様がその紙切れを受け取って確認する。次に月郎君が受け取って眺めた後、メモは私にたどり着く。確かに御主人様の筆跡だった。紙の素材にも見覚えがある。御主人様がいつも物語の構想を書きつづっているノートだ。定規《じょうぎ》か何かを押し当てて、ページを一枚、切り取ったのような形跡である。

「十三回忌の食事会というのをお忘れになっているのかもしれない」

冬夜様は細い顎に指をあてて難しい顔をする。

「ちゃんとそのことも伝えたぜ。孫たちも来てるけどいいのかって。返事はなかったけどな」

「お父様は執筆を優先することになさったのでしょう。何よりも大事なことですから」

月郎君はそう言うと、恋さんを振り返る。

「もちろん、お父様は、恋さんや航君にお会いすることをずっと楽しみにしてらっしゃいました」

「ええ、わかっていますわ、月郎様。小説の続きより優先すべきことが、この世に存在するでしょうか」

物語が紡がれること以上の幸せはない。その場にいる者たちは全員、そのことを理解していた。私たちの暮らしは御主人様の創造的活動によって支えられ、守られているのだ。御主人様の物語は私たちの規範であり、精神的な支えであり、共同体の絆そのものである。御主人様の不在を嘆くより、物語が執筆されることを感謝すべきだろう。

夕餉を始めることになった。テーブルには人数分の椅子を並べていたのだが、いつも御主人様の座る椅子だけが空いている。銀色の燭台《しょくだい》に火を点《とも》すと、淡い暖色《だんしょくけい》系の光が人々の顔を照らし、陰影が生き物のようにゆらゆらと動いた。飲み物の希望を聞いてワインやジュースを注いでまわる。前菜の皿を運び、料理名や食材の説明をした。幸《さいわ》いなことに、私の料理は集まった人々の口に合ったようだ。

「とてもおいしいわ、穂村さん」

泉様がほめてくださった。

「え、あなたが作ってるの？　これを？」

遠野さんがおどろいた顔をする。

厨房で料理の仕上げをして皿に盛りつけた。英国製の配膳用ワゴンに載せてダイニングへ運ぶ。テーブルでは奥様の思い出話が披露《ひろう》されていた。

「彗星先生のお母さんって、どんな人だったの？」

「お袋《ふくろ》は占《うらな》い全般が好きだった。大樹館に飾ってある水晶玉や古いタロットカードやウィジャボードはお袋が買い集めたものだろう。特に占星術《せんせいじゅつ》について詳しかったよな」

彗星様が冬夜様に視線を向ける。

「占星術には関係のない宇宙関連の知識もお持ちだった。宇宙の果ての銀河の話、様々な天体の話を母から聞いた。まるで実際に見てきたかのように母は宇宙の話をしたものだ」

「お袋の家系をたどっていくと、外国のとある貴族につながるらしい。魔女と契約《けいやく》した一族だと噂されている。もしかしたら本物の魔女の血をひいていたのかもな」

「作り話だ。魔女などいるものか」

銀板写真に残された奥様の妖艶《ようえん》な表情を全員が見つめる。

「私、月郎様の話も聞きたいです」

恋さんが月郎君に話しかける。月郎君は申し訳なさそうに言った。

「僕は冬夜兄さんや彗星兄さんみたいに、お母様のことをあまりおぼえてないんだ。小さな頃、絵本を読んでくださったという記憶ならあるけれど。物心《ものごころ》ついた時、お母様は病院のベッドにいたから……」

十二年前、奥様が亡くなった時、彼は七歳だったはずだ。月郎君が目をふせると長いまつ毛が影を作り、その瞬間、ため息をもらしそうになるほど銀板写真の奥様と重なって見えた。今にも涙がこぼれ落ちそうな瞳。夜の具現化。彼の顔立ちと神秘的な雰囲気は奥様ゆずりだろう。

奥様を死者の世界に連れ去ったのは脳腫瘍《のうしゅよう》だとうかがっている。病院での闘病《とうびょう》の末に死去し、遺体《いたい》は火葬《かそう》され、大樹館からすこし離れた場所の墓地に埋葬《まいそう》されたという。

「入院する前のお袋は、心を病《や》んでいるようだった。脳腫瘍の影響もあったのかもしれないが、幻覚や幻聴を見聞きしていたようだ。特にひどかったのは、当時の使用人が、厨房で卵《たまご》を落として割ってしまった時のことだ。卵の殻《から》が割れた音を聞いて、自分の頭が割れたと思い込んだのかもしれない。悲鳴を上げて気絶してしまったんだ」

彗星様は痛ましい表情をした後、蠟燭《ろうそく》の明かりの中で目を閉じる。冬夜様と月郎君も同じように目をつむり、他の方たちもそれにならった。遠野さんはすこし戸惑《とまど》っていたけれど、場の雰囲気を察して同じようにする。長い黙《もく》とうがダイニングで行われた。


縁が銀でコーティングされたお皿に、ダークチョコレートのムースを載せる。ラズベリーソースをかけてミントの葉を添えた。デザートをテーブルに並べ、珈琲《コーヒー》と紅茶の用意をする。航君には果物のジュースを運んだ。全員、味に満足してくださったようだ。ムースを口に入れた恋さんは夢見《ゆめみ》心地《ごこち》の表情になっている。しかし、食後の雑談の時間にちょっとした諍《いさか》いが生じた。発端《ほったん》は泉様の発言だった。

「そろそろ冬服を出さなくちゃ。クローゼットの整理をしていると、毎年、腰が痛くなるのよね。私、腰痛《ようつう》がひどくて」

「義姉《ねえ》さん、鍼治療《はりちりょう》をしてみてはいかがですか。僕の知りあいに腕のいい鍼の先生がいるんです。一度やってみると、体が楽になりますよ」

月郎君の話を聞いて、冬夜様が首を横にふった。

「やめてくれ。泉に鍼なんか勧《すす》めるんじゃない」

「私はやってみたいな。月郎君、鍼の先生を教えて」

「あんなものに金を払うのは許《ゆる》せない。詐欺《さぎ》みたいなものだ。科学的な根拠《こんきょ》は何もないんだ」

他の人々もその会話を聞いていた。私はダイニングの壁際に立ち、珈琲や紅茶のおかわりをいつでも出せるように準備している。冬夜様は強い口調で意見を述《の》べた。

「鍼という医療行為については、様々な国で何十年もの間、医療関係者が臨床《りんしょう》試験を行い検証した。その結果、鍼治療の本質は、催眠術と同じものだとわかったのだ」

月郎君は納得《なっとく》できないという顔をする。

「鍼治療と催眠術は違います。鍼に鎮痛《ちんつう》効果があることは疑いようがありません。実際に大勢の人の痛みが取り除《のぞ》かれています」

「わかってる。人類は何千年もの大昔から鍼治療の効果を知っていた。発掘《はっくつ》された化石から鍼治療のための道具が発見されたんだ。鍼を皮膚に刺すことで苦痛はやわらぐのだと、昔から人々は気付いていた。だが、それらはすべて錯覚でしかなかった。馬鹿げた話に聞こえるかもしれないが、すべては人類全体の思い込みの結果だったのだ」

冬夜様はいつもの冷たい目で月郎君を見つめている。

「いいか、月郎。人体には、気《き》や経絡《けいらく》などというものは、存在しない」

鍼治療の施術《せじゅつ》なら私も受けた経験がある。腰痛がひどい時、月郎君にお勧めされて麓の町の治療院で施術してもらったのだ。寝台《しんだい》に寝かされ、細い鍼を体の様々な箇所《かしょ》に刺された。皮膚にちくりとした痛みが一瞬だけあり、その後はじんわりとした温かみが体の芯《しん》からわいてくる。体内には気というものが流れており、人の健康を司《つかさど》っているのだと教わった。気の流れを経絡というのだが、経絡の重要なポイントである経穴《けいけつ》という場所を鍼で刺《し》激《げき》することにより、その循環《じゅんかん》をよくするのが鍼治療の基本的な考え方である。

しかし冬夜様は人体に気など流れておらず、経絡など存在しないという。それならば、なぜ私は施術後に腰の痛みが癒《い》えたのだろう。月郎君が首を横に振る。

「人体にはまだ科学で解明できない部分があるのです。鍼治療は、その神秘的な場所に作用して効果を引き出しているのです。気や経絡の存在を、科学はまだ見つけられていないだけなのでしょう。幽霊や死後の世界と同じです。科学で存在を確かめられないというだけで否定するなんてどうかしています」

「いいや、科学は鍼治療のメカニズムを解き明かしたんだ。その結果、思い込みによる鎮痛作用だとわかった。誤解《ごかい》しないでほしいが、科学者たちは真剣に気や経絡の正体を調べようとした。その正体が解き明かされたなら、研究することでより多くの人が救われるはずだから。しかし、様々な臨床試験を経《へ》て判明したのは、鍼治療が結局のところ、気のせいだったという事実だ」

「じゃあ、どうして鍼を刺すと痛みが治るの？」

泉様が質問する。

「神秘というベールのせいだ。何千年もの歴史や、鍼を刺された時の小さな痛み、支払った金額、施術室の雰囲気、それらの複合的な暗示的効果により、人体が思い込むのだ。そして苦痛は消え癒やされる。各国で臨床試験が行われた。伸縮性《しんしゅくせい》の鍼が開発され、患者《かんじゃ》に鍼の施術を行ったふりをしたのだ。実際は体に刺さりもしない偽物《にせもの》の鍼だぞ。皮膚に与えられる感触は、鍼治療を受けた時と変わらないように調整された。しかし驚《おどろ》くべきことに、患者の痛みはそれで癒えてしまったのだ。皮膚に鍼が刺さってもいないのに、刺さったと思い込んだ患者の錯覚により、鍼治療の効果が現れてしまったというわけだ」

冬夜様のお話は本当のことだろうか。皮膚に鍼を刺して経穴を刺激することで鎮痛作用がもたらされる、というのが鍼治療の原理だったはずだ。それをせずに痛みが消えたのなら、施術そのものには意味がないことになってしまう。

「その話なら僕も聞いたことがあります。実際は、鍼を否定したがっている科学者たちがその研究を行っていたそうなのです。最初から結論ありきで実験は行われていたのでしょう」

泉様と恋さんと遠野さんは戸惑った様子で二人を交互《こうご》に見ている。航君は退屈そうに足をぶらぶらさせていた。彗星様はといえば、この状況をおもしろがるような表情で、小さめのワイングラスに口をつけていた。デザートの時間に入った辺りで、彗星様は甘いポートワインに切り替えていた。

「大勢の人が鍼によって救われているんです。何千年も前から人々の生活の中に根付いているんです。その文化すべてを冬夜兄さんは否定するのですか？」

「否定はしない。鍼治療の根底にあるのは人間の善性《ぜんせい》だ。他人の痛みを救ってあげたいという動機が、鍼治療をする側にも、それを広める側にもある。それは立派なことだ。だが、大半の科学者たちは、それが錯覚でしかないのだと理解してしまった。神秘のベールが剝がれ、鍼治療の本質を知ってしまった者たちは、もう鍼を刺されたとしても鎮痛効果は得られないだろう。まやかしだとわかっているのだから、思い込みによる錯覚は得られない」

「え、じゃあ、私たちにはもう鍼治療が効かなくなっちゃったってこと？　今の話を聞いたら、もう錯覚は得られないってことだから……」

遠野さんが怪訝《けげん》な表情をする。冬夜様が回答する前に、月郎君が発言した。

「大丈夫です。鍼治療が錯覚などというのは誤《あやま》った情報です。人によって効果のありかたが違うのは確かですが、冬夜兄さんの話を聞いただけで効果が現れなくなるようなものではありません」

「月郎、自分がそれを信じているからという理由で、私の家族に布教してほしくはないんだ。善い行いをしているつもりかもしれないが、私はそれがまやかしであることを知っている。だから、家族を守るために反論させてもらった。例えば、苦しみから解放されるという理由で、家族が何らかの宗教《しゅうきょう》に勧誘《かんゆう》されていたら、引き止めたくもなるだろう。勧誘された本人が、実際に苦しみから解放されるのだとしても」

その時、ポートワインを飲み干した彗星様が口をはさむ。

「俺はいいと思うけどな、鍼治療の正体が錯覚でも。鎮痛作用があるのなら問題ないだろう？　実際、戦場で麻酔薬《ますいやく》が切れた時、鍼を頼りに手術をした記録《きろく》があるらしい。兵士は痛みをそれほど感じることなく手術を乗り越えた。まさに奇跡だ。鍼治療がなければ兵士は死んでいたかもしれない。腰痛がひどくて鍼治療を受ける側は、納得して金を払っているんだ。どこに問題がある？　経済が循環して結構なことだ」

月郎君が立ち上がる。目を伏《ふ》せてうつむいていた。

「冬夜兄さんの、頭ごなしに神秘を否定する考え方が僕は嫌《いや》です。ごめんなさい、こんなはずじゃなかったのに。空気を悪くしてしまって。ああ、お父様がこの場にいてくださったなら、どんなに良かったでしょう。きっと僕たちに、正しい答えを示してくださったはずです。僕は部屋にもどります……」

そう言うと月郎君はダイニングを出て行ってしまう。恋さんは彼の消えた扉を見つめた後、冬夜様を振り返って睨みつけた。大きな瞳から、ぽろぽろと涙がこぼれ落ちた。

「お父様なんて、嫌《きら》いよ」

そう言うと立ち上がり、月郎君を追いかけるように彼女もいなくなった。

# 六

低層領域の北側に広々とした浴室《よくしつ》がある。檜《ひのき》で作られた浴槽《よくそう》からは森林を思わせる香《かお》りが湯気とともに立ち上り、壁の端から端まである窓からは針葉樹林を眺めることができた。地上からは十メートル以上も高い位置にあるため、裏手の土地からのぞかれる心配もほとんどない。ボイラー室で作られた熱は、汲み上げた地下水を温め、併設《へいせつ》されたサウナを蒸気で満たしている。夕餉を終えたタイミングで私は大樹館に滞在する方々に入浴のお声掛けをする。泉様と航君が最初に浴室を利用することになった。ちなみに私は地上階の奥まった場所にある使用人専用の小さな浴室をいつも寝る前に利用している。

ダイニングの片づけがまだ済んでいなかったけれど、それよりも大事な仕事が私にはのこされていた。御主人様の御部屋に食事をお持ちしなければならない。御主人様のメモ書きは私のお仕着せのポケットにしまってある。御主人様が用件を書き記してドアの前に置いておくことはよくあることだった。

【物語の執筆を続ける。食事は後で運ぶこと。合い鍵での入室を許可する】

私は銀色のトレイに料理の皿を並べた。籐編《とうあ》みのバスケットに、御主人様が好きなワイナリーの一番上等なワインとグラスを入れる。一通りの準備を終えると、料理を運ぶ前に一度、執務室へと向かった。

執務室は大広間から近い位置にある。本来なら執事が様々な書類仕事を行う部屋なのだろう。壁の全面に棚があり、様々な資料や書類が収まっている。中央に置かれた木製机の上には、緑色のランプシェードのライトや黒電話が並んでいた。木製机の引き出しにダイヤル式の南京錠《なんきんじょう》がはまっており、数字を合わせて解錠する。引き出しを開けると、主要な部屋の合い鍵が触《さわ》り心地の良い布の上に並べられていた。

客室や書斎の鍵はそれぞれ二本ずつあり、片方は部屋の主が所有し、もう一方は合い鍵として執務室に保管されていた。二本の鍵の作りはまったく同じ真鍮製で、ずしりと重く、光を受けると鈍《にぶ》い金色に輝いた。持ち手の部分に部屋の名前が刻印《こくいん》されているのだが、御主人様の御部屋の鍵だけは、大樹をシンボルとした美しい装飾があしらわれている。職人の手による細かなもので、美術品としても価値があるだろう。

御主人様の御部屋の合い鍵をポケットに入れて執務室を後にした。厨房にもどると、大樹館の照明がゆらぐように明滅をはじめる。風のせいで電力の供給が不安定になっているのだろうか。呼吸しているかのように、厨房の白熱電灯の光が膨《ふく》らんだり萎《しぼ》んだりしている。水道の蛇口《じゃぐち》の先から水滴が落ちて、水場のモザイクタイルの上ではじけ、湿《しめ》った音をたてていた。

（…………さん……）

その時、私は幼い声を聞いた。だけどそれは、はたして耳で聞いたのか、それとも頭の中にだけ鳴っている幻聴なのか定かではなかった。

（おかあさん……）

冷たい空気が首筋を撫《な》でていく。周囲に視線をさまよわせるが、朝と同じで、自分の他にだれもいなかった。声は舌ったらずで不明瞭な部分もあったが、私に向かって話しかけているのだとわかる。

（きこえて、いますか……おかあさん。ぼくは、いま、おなかの……なかから、よびかけて、います……）

お腹に手のひらをあてる。音の波動と異なる種類の振動が手の表面をくすぐった。振動の発生源《はっせいげん》は私の下腹部の中心で、そこに声の主がいるらしい。私は子宮に向かって返事をする。

「……やめて、話しかけないで」

（ああ……きこえて、いるんですね。よかった……ぼくは、あなたの……おなかに、やどった……、あたらしい、いのち、です……）

「何も聞こえません。これはきっと幻聴だから」

しかし幼子の声は続いた。

（いいえ、ぼくは、そんざい、……しています、あなたの、しきゅうで、……まどろんで、いるのです。おかあさん……、おつたえ……したいことが、はなしを……きいて、ください……）

耳を押さえても声は聞こえる。悪夢のようだった。

（おかあさん……、いまは……いつですか……？　おくさまの、じゅうさんかいき……、しょくじの、あつまり、まで……、どれくらい……）

「ついさきほど終わりました。私の幻聴ならしっているはずです」

放っておけばいいのに私は返事をしてしまう。するとお腹の中から、おどろいて息をのむような気配が伝わってくる。羊水《ようすい》に包まれているはずの胎児は、まだ一度も呼吸をしたことなんかないはずなのに。おそるおそるという雰囲気で幼子の声が語りかけてくる。

（ああ……おかあさん、いま……、なんじ……ですか……）

「二十時です。胎児のくせに時間の概念を知っているの？」

（ごしゅじんさまの……、おへやは……まだ、あけて、いませんね……？）

「これからお食事をお持ちしようと思っていたところです。あなたが話しかけてきたせいで、私はお仕事を中断しているのです。さあ、幻聴の胎児よ、そろそろどこかに行きなさい」

（だめです、おかあさん……。ごしゅじんさまの、おへやを、あけては……）

お腹の奥から悲痛な叫びが聞こえてくる。

（あいかぎ……を、……いますぐ、すてて、ください……。ぼくは、うんめいを……、かえるために、……はなしかけて……いるのです……）

私のお腹はまだ膨らんでいないけれど、おそらくこの胎児は小指の先くらいの大きさにちがいない。白色の小さな肉片にすぎないくせによくしゃべる。

「決めました。あなたを堕胎《だたい》することにします。今度、麓の町の病院に行って、あなたをとってもらいます」

（おかあさん……ぼくを、……ころすの、ですか……？）

幼子の声がひどく不安そうだったので胸が痛む。頭が冷や水を浴《あ》びせられたようになった。

「その、堕胎というのは、言い過ぎたかもしれません。でも、私は今、混乱《こんらん》しているのです。お腹の中から話しかけられるなど、不気味なことですから。正直、気持ち悪いのです」

（おきもちは……りかい、……できます……）

生まれてもいないのに他人への心遣《こころづか》いができるのはすごいことだ。

（おかあさん、ちかくに、ラジオは、ありますか……。ニュースを……きいて、ください……。ぼくの、ことばを……、しんよう……して……、ほしいのです……）

厨房の隅に小型のトランジスタラジオを置いていた。スイッチを入れると雑音がスピーカーから流れてくる。ダイヤルを回してニュース音声の周波数を探している間、胎児が独《ひと》り言《ごと》を発していた。

（……おかあさん、……おとこが、ひとを……、おそって……にげています……。ちかくの……まちで、……おきた……じけんです……）

潮騒《しおさい》を思わせる雑音が消え、ニュースを報道しているラジオ局の音声が聞こえてくる。原稿を読み上げるニュースキャスターの明瞭な声だ。

（まちで……おとこが、がいとうえんぜつ……を……、していた、せいじかを……、ころそうと、したのです……。……それから、にげて……やまに……。そいつは……ひを……、はなった……のです……）

しばらくすると、男性アナウンサーがその内容のニュース原稿を読み上げた。事件が起きたのは今から数時間前のことで、大樹館のある山間部からすこし離れた町の出来事だった。犯人の男は山林に逃げ込んだ後、追いかけてくる警察から逃《のが》れるために火を放ったという。火は消防隊員と近隣住人の手により一時間後に消火されたものの、男は今も逃亡中《とうぼうちゅう》だった。

トランジスタラジオを手に取ってスピーカーに耳を押し当てる。このアナウンサーの声も私の幻聴という可能性はないだろうか。何が本当で何が妄想なのかわからなくなってきた。胎児の語った事件が、どうやら実際に起きている。私はその事件について何も知らなかったので、お腹の中にいる小さな生命は、私よりも世間の情報に通じているということになる。

（もうそう……なんかじゃ、ありません……。……ぼくは、……しっている、これから……おきることも……）

後ずさりした私の肘《ひじ》が、洗って乾かしていたホーローの鍋にあたってしまい、騒々《そうぞう》しい音をたてながら床を転がった。持っていたラジオを置いて、私は額に手をあてる。

（ごしゅじんさまの……、おへやに……はいっては、いけません……。かぎを……すてて……なくした、ふりを、するのです……。ひとを、よんでも、……いけません……。むかんけいで、いなければ……。そうする、ことが……、ひつよう……なのです……）

子宮にいる胎児の切実そうな声が無条件に私の感情へうったえかけてくる。幼子の声は言った。鍵をなくしたふりをしろと。部屋に入るなと。その声は次第に途切れ途切れになってきた。周波数があわなくなったラジオ放送のように。

（ぼくの、……からだが……まどろみから、……さめようと……。……もっと、はなしを……。おかあさん……、へやを、あけないで……。ぜったいに……。…………）

再び胎児は沈黙した。外の風が一際強く吹いてうなり、窓ガラスがおびえるように小刻みに震えていた。

## 七

料理の並ぶ銀色のトレイを抱えて私は夜の大樹回廊を進む。ゆるやかな傾斜を持つ螺旋状の廊下の床材は、拭《ふ》き漆《うるし》によって濡れたような黒色に染められた杉《すぎ》や欅《けやき》や楢《なら》である。場所によって木目の印象や板の張り方が微妙《びみょう》に違っていた。壁や天井の造りは移動しているうちに変化する。漆喰の壁、煉瓦の壁、教会のようなアーチ型の天井、鏡張りになって自分と目があう天井。

低層領域の終わりから中層領域の前半にかけて客室の扉が並んでいた。真鍮性の鈍い金色に輝くプレートが扉にはまっている。日当たりの悪い北側には遊戯室や図書室や音楽鑑賞のための部屋があった。外に面した壁が無くなって手すりだけの通路となっている場所もある。大きな庇《ひさし》が張り出しているおかげで、雨の日でも濡れずに移動することができた。

大樹回廊の渦巻きをぐるりと回って高層領域に入ると部屋の数が減った。回廊の内側に執筆資料の文献を集めた部屋がいくつかある。回廊の外側に部屋は見当たらず、薄いガラスの入った木製の格子窓が一定間隔《かんかく》で設置されているだけとなる。窓からは下の階層の屋根が階段状に螺旋を描きながら続いている様を見下ろせた。視線を空に向けたなら、大樹の枝の広がっている様も観察できるだろう。風のおだやかな晴天の日、枝には多くの鳥たちが止まって休憩している。青色の鮮《あざ》やかな尾羽《おばね》を持つ鳥や、歌うように囀《さえず》る真っ赤な嘴《くちばし》の鳥たちが、枝と枝の間を自由に飛び回り、鳥たちの楽園となっている。

しかし今は、暗闇の中で風の吹きすさぶ音がするだけだ。大樹の枝が風を切り、発せられる空気の擦過音が、笛の音色のように大樹回廊に響く。窓ガラスには料理を運んでいる私の姿が反射して映《うつ》りこんでいた。

壁際に置かれた台座の上に、古めかしいガラス製のランプがあり、その前を通ると私の影が壁や天井に広がった。御主人様の御部屋が近くなると、大樹回廊には不思議と静寂《せいじゃく》が立ちこめる。風切り音も遠ざかり、自分の吐息《といき》と足音だけが聞こえるようになった。壁は白色の漆喰である。螺旋の径《けい》はすぼまり、時計回りにカーブを描いた先の、南側に面した場所に回廊の終着点がある。

御主人様の御部屋の扉の前に、小さな円形の空間があった。木製テーブルの上に、料理のトレイとワインボトルのバスケットを置く。胎児の言葉を思い出していた。気にすることなどないと、ここまで料理を運んできたけれど。

御主人様の御部屋を開けてはいけない。胎児は切実な声で私にそう訴《うった》えかけた。合い鍵は捨てて、なくしたふりをすべきだと。ありもしない声が聞こえただけだろうか。でも、それなら、ラジオから聞こえた報道はなんだったのだろう。私の知らなかったニュースをあの胎児は把握していた。

最初は気味が悪かった。しかし、話を聞いているうちに、私のことをお母さんと呼んでくる幼い声に対して、胸が締めつけられるような気持ちになってくる。自分でも予想していなかったことだ。私は心の奥で家族というものにあこがれていたのだろうか。母親としての自覚など私にまだあるはずもなかったが、幼子の声で何度もそう呼ばれるうちに、母性というものが否応《いやおう》なく湧いてくるのがわかった。

職務として私は御主人様の御部屋に料理を運ばなくてはならない。そのように指示をしたメモ書きがあったのだから。合い鍵で部屋を開け、室内の机に料理の配膳をするのだ。でも、私の中に迷いが生じていた。

御主人様の御部屋の扉は、山小屋の出入り口を思わせる古びた木製である。白っぽい枯れた木の板で作られており、重厚さはないが、紀元前《きげんぜん》から存在するようなたたずまいがある。迷いを振り切るように私は扉をノックしてお声掛けした。

「御主人様、穂村です。お料理をお持ちしました」

御主人様の返事はなく、室内で身じろぎをするような気配もしなかった。椅子の軋む音や衣擦《きぬず》れの音もしない。

「御主人様、聞こえてらっしゃいますか」

お休みになっているのだろうか。

「お料理をお持ちしました。御主人様……」

その時、大樹回廊の渦巻きを延々《えんえん》と歩いてきた影響か、すこし眩暈《めまい》がした。妊娠のせいで体調が不安定だったというのもあるだろう。それとも、胎児との対話で何が現実かわからなくなったせいだろうか。立ちくらみがして、よろけそうになり、私はその場に膝《ひざ》をついてしまう。

目の前に扉があった。床との間にほんのわずかな隙間が見える。いつもならその隙間から室内の御主人様の気配が感じられるはずだった。しかし今、室内は無音だ。そのかわり、普段は嗅《か》ぐことのない異様な臭《にお》いがした。

私は混乱し、何とか声を出して、立ち上がる。

「あの、御主人様……。私、合い鍵を忘れてきてしまったようです。その、お料理は、こちらのテーブルにありますので……。もうしわけございません、失礼します……」

嘘《うそ》をついたことに罪悪感《ざいあくかん》を抱きながら、私は一礼してその場を去ることにした。

テーブルにトレイとバスケットを残し、反時計回りに大樹回廊をもどる。御主人様の御部屋が背後に遠ざかると、風が夜に渦を巻く音がもどってきた。

扉の前に膝をついた時、室内の空気が、床との隙間から漏《も》れて、私の鼻腔《びくう》に入ってきたのである。その時に私が感じたのは濃密な血の臭気《しゅうき》だった。

何かが起きようとしている。いや、すでに起きてしまった後なのだろうか。合い鍵で扉を開けて室内を確認すべきだったのかもしれない。でも、切実な胎児の声を思い出してしまった。絶対に扉を開けてはならない。人を呼んではならない。無関係でなければいけない。

考え事をしながら下りの傾斜をあるいていると、足をもつれさせて転びそうになる。もしも派手に転んでお腹の胎児に何かがあったらと思うと、急に怖くなり、慎重にあるかなければと考える。堕胎という言葉を口にするほど不気味だったのに、今はなぜかあの幼子の声を聞きたかった。そして、何が起きているのかを問いただしたかった。

地上階に戻り、私は考え事をするために執務室ですこしだけ休んだ。ダイニングの片づけをしていなかったことを思い出し、食器を洗い場に運んで奇麗《きれい》にしていると、彗星様がやってくる。

「時鳥、ワインセラーに入らせてもらっていいか。安心しろ、親父が大事にしているコレクションには手をつけない」

彗星様は、私が無言で立っていると、怪訝な表情をする。

「どうした？　何かあったのか？」

私は心の挙動が表情に表れにくい人間だけど、なぜか彗星様は私の動揺に気付いた。彗星様は人間の絵を描き続けている方なので、些細《ささい》な変化を察知できるのかもしれない。一瞬、彗星様にすべて話してしまおうか迷ったが、胎児の言葉を思い出して口を閉じた。

「ご報告すべきことがあります」

そのように前置きして頭を下げる。

「御主人様の御部屋の合い鍵を無くしてしまったようです」

「無くした？　心当たりは？」

私は首を横にふる。

「まあ気にするな。合い鍵はそのうち見つかるだろう。親父も腹が減ったら姿を現すはずだ。いつ無くしたか、わかるか？」

「わかりません。どこかで落としてしまったのでしょうか……」

「足下を気にしながら歩いてみる。拾ったらおまえに報告するよ。ところで、遠野を見なかったか？　あいつに見せたい建築の写真集があるんだ」

彗星様はワインセラーに行き、赤ワインを何本か選んで立ち去った。私のお仕着せのポケットに、ずしりとした重みのある鍵が入っている。

その頃、大樹館に滞在する方々は思い思いの場所で夜の時間を過ごしていたようだ。夕餉の終わりにダイニングを飛び出した月郎君は図書室にいたらしい。恋さんは泣いている彼を発見して寄り添っていたという。冬夜様は書斎で仕事を、泉様は航君と一緒に入浴した後、古い幻灯機の置いてある部屋で外国の写真をスクリーンに映して楽しんでいたようだ。気付くと航君はいなくなっており、どこかで一人でかくれんぼをしていたそうだが。赤空遠野さんは、大樹館の入り組んでいる辺りを歩き回りながら奇妙な建築様式を観察していたらしい。用件のある時は執務室を訪《たず》ねてもらい、私が部屋にいなければ書き置きをのこしてもらうようにしていたが、特に呼び出しを受けることなく夜は更《ふ》けた。

頭の中で考えごとをしながら、ほとんど無意識に体をうごかして仕事をする自分がいた。夕餉の際に飾っていた奥様の写真を元の場所へ戻す。中層領域のギャラリーの奥に奥様の遺品が展示してある部屋があり、そこの壁にかけた。その帰り道、大樹回廊で恋さんに遭《そう》遇《ぐう》する。彼女はお風呂《ふろ》に入ったらしく、かわいらしいネグリジェ姿だった。すこし恥ずかしそうにしながら彼女は言った。

「お祖父様にお祈《いの》りを捧《ささ》げてもかまわないかしら」

彼女は大樹回廊の先の方を見つめ、胸の前で両手を組み、頭をたれた。

「お祖父様、今日はお会いできなかったのが残念でなりません。お祖父様が物語を紡いでくださっているおかげで、私たちはこうして暮らすことができています。たった一人きりで執筆をなさるのは、きっと孤独でおつらいでしょう。その苦しみをすこしでも代わってあげられたらと、恋はいつも思っています。おやすみなさい……」

恋さんは顔をあげると、泉様と航君のいる客室へと消えた。

一日の終わり、私は使用人専用の小さな浴室で体を奇麗にすると、使用人部屋に引き上げた。寝巻き姿でベッドに入る。入浴前に着ていたお仕着せは洗濯室の汚れ物入れの中だ。お仕着せは何着も替えがあるため、毎日、洗う必要はない。ポケットに入れていた御主人様の御部屋の合い鍵は、使用人部屋に持ち込んで、クローゼットの中にひとまず隠していた。

ベッドの中で目を閉じ、うとうとしかけた時、例の幼子の声が聞こえてくる。

（……おかあさん……）

私は飛び起きて部屋の照明を点けた。すっかり眠気が吹き飛んだ状態で、鏡の前に移動し、服をたくしあげて自分のお腹を見つめる。まだ平らな状態のお腹には、へそのくぼみがあった。

（おかあさん……、きこえますか……）

「ええ、聞こえています。いくつかあなたに、聞きたいことがあります」

（ようやく、つながった……。おかあさん、おはなし、することが……できて、うれしいです……）

鏡越しに私はお腹に語りかける。

「あなたの言う通りにしました。あなたがどうしてもそうしてほしいと言うから、御主人様の御部屋には入らず、人も呼ばず、無関係をつらぬきました。でも、どうしてそうしなければならなかったのか、理由を教えなさい」

本来なら胎児の言うことなんて従《したが》う必要はなかったのに。

（ごしゅじんさまの……おへやを……、あけなかった、のですね……）

「そのまま引き返しました」

（それから……、どう、なりました……か……）

「一日が終わって、みなさんは部屋で眠ってらっしゃいます」

服をたくしあげたことで、私のお腹は空気にさらされ冷えてきた。手のひらをあてると、その温かさがお腹に広がる。下腹部の奥から、安堵《あんど》した様子の言葉が発された。

（よかった……。おかあさんの、うんめいは、……へんか、したようです……）

「私の運命？」

（へやを……あけて、いたら……、おかあさんは、うたがわれて、いました……。はんにん、として……。あいかぎを、もって、いました、から……。おちついて、きいて、ください……ごしゅじんさまは……もう……。ああ……おかあさん……、あのかたは……、すでに……へやで……、ころされて……いるのです……）

どこからまぎれこんだのかわからない小さな蛾《が》が、電球の回りを飛んでいる。その影法師が室内の壁や床や天井をちらつかせるように暗くした。私の心の影響で、一切の物音が遠ざかってしまったような気がする。胎児の言葉がすぐには飲み込めなかった。御主人様が部屋で殺されている、などと。

「冗談《じょうだん》でも、そのようなことを言ってはいけません」

（ほんとう、なのです……、あのかたは……もう……）

「嘘です。亡くなっているだなんて」

胎児に対する憤《いきどお》りがわいてくる。あまりにも不敬《ふけい》だ。しかし、頭の片隅にほんのすこしだけ冷静な部分が残っていた。

「そういえば、血の臭いが」

扉の前で私の鼻腔が感じ取った血臭は、もしかしたら、と思う。胎児の話が本当なら、あの臭いは御主人様の血だったのだろうか。服をおろして鏡の前を離れた。クローゼットに隠していた合い鍵を取り出す。

「今から御主人様の御部屋を確認してきます」

(おかあさん……、まって……)

「あなたの言ったことが本当なら、大変なことです」

(おへやの、かぎは……、すてて、ないのですね……)

「見てわからないのですか？　ほら、ここに」

(ぼくに、みえるのは……、おなかの、なかの、……あたたかい、くらやみ、だけ……。おかあさん、へやを……あけては、いけません……。それが、はんにんの……けいかく、なんです……)

「犯人？」

現実味のない言葉に驚いてしまう。

(おかあさんが……へやを、あけたら……。はんにん、あつかいを、されて……、ふこうに、なるのです……。だから、おかあさん……しらない、ふりを……しなくては……)

胎児は今にも泣きそうな声だ。合い鍵を握《にぎ》りしめたまま深呼吸してベッドに座る。胸が苦しくなり、寝巻きの心臓のあたりをわしづかみにする。御主人様が殺されたなどと考えるだけで忌《い》まわしかった。しかし胎児の声の印象は切々として真実を心から語っているように思える。

（あのかたは、ころされて……しまわれたのです……）

幼子の声で胎児が説明してくれた。混乱する頭で私は情報を繋ぎ合わせる。

扉には鍵がかかり、窓の出入りも不可能な状況だったという。御主人様の御部屋の窓には、鋳鉄製《ちゅうてつせい》の頑丈《がんじょう》な格子がはまっており、人が出入りできるようにはなっていないのだ。そのため、もしも私が部屋に入っていたら、合い鍵を唯一持っていた第一発見者の私が疑われ、犯人扱いされていたのだと、胎児は主張した。

（……でも……、おかあさんは、へやを、あけなかった……。はんにんの、けいかくは、はたん、したはず……）

「あなたの話が真実だという証拠《しょうこ》は？　あなたが、私に取り憑《つ》いて唆《そそのか》そうとしている悪魔ではないという確証がほしい」

胎児は考えこむような沈黙をはさんだ後、それから言葉を発する。

（おかあさんの……なまえは、ほととぎす……）

「そうです。それがどうかしましたか？」

（ぼくの……なまえは、つばめ……です……）

穂村ツバメ。この子の名前は、穂村ツバメというらしい。

私はだれにも話したことはなかったけれど、いつか子どもが産まれたら、そういう名前をつけたらどうかと考えていたところだった。胸の中にしまってある、ちいさな思考の欠片《かけら》を、この胎児は読み取ったのだろうか。

「まだ、完全に信頼できません」

（おかあさん……）

「私はまだあなたを産んでもいないし、名付けをした記憶もないのです。でも、そうですか。あなたは、私の息子で、ツバメという名前なのですね」

正体不明の相手が急に人格を得たように感じられる。お腹の中から聞こえてくる声は、やはり私の息子が発しているものなのだろうか。

「穂村ツバメ」

（はい……おかあさん……）

「名前の由来を聞いたことはありますか？」

（はなを、くわえた……つばめを……、おかあさんが、みたと……）

「ええ、そうです。大樹館でお仕事をしている時のことでした」

大樹館で働きはじめて間も無い頃のことだった。そのツバメは、光沢のある藍黒色《らんこくいろ》の背をして、喉《のど》と額が赤色だった。いかにも速く飛べそうな美しいフォルムで、窓の外を旋回していたのである。

私は大樹回廊の最上階のすこし手前の窓から、その気持ちがいい光景を眺めていたのだが、ツバメは窓辺の私に気付いたらしく、通りすぎざまに目があった。すごい勢いでどこかにいなくなったかと思うと、再び私のいる窓辺に引き返してきて、その時は驚いたことに、嘴に可愛《かわい》らしい白色の雪みたいな野花をくわえていたのだ。

ツバメは私のいる窓の外側に着地したかと思うと、野花をそっと置いて、またどこかに飛んでいってしまった。私は夢を見ていたのだろうかと思ったが、窓辺には確かに白色の小さな花びらをつけた植物が存在しており、実際に手に取って確かめることもできた。

私はそれを使用人部屋に持ち帰って、少しの間、大切に保管した。押し花にでもすればよかったと、後で後悔したけれど、いつのまにかそれはどこかになくなってしまっていた。

それから私は、自分に子どもができたら、ツバメという名前にしようと思うようになった。男の子だったとしても、女の子だったとしても、違和感《いわかん》がないだろう。

私はようやく胎児の言葉を信じて話を聞こうという気持ちになる。

「教えて。あなたが突然、私に話しかけてきたのは、御主人様のことと無縁ではないのですね」

（ぼくは、おかあさんを……すくいたいのです……。ああ……、おかあさん……。ぼくは、おかあさんの……、むじつを……しょうめい、したいのです……）

胎児の声には無念さが感じられる。御主人様の御部屋に入らなかったことで、犯人の計画を破綻させたと胎児は言ったけれど、まだ何も解決してはいなかった。御主人様を手にかけた存在がこの世にいるのなら、罪を償わせる必要があった。見つけだして八つ裂《ざ》きにしなくてはならない。

（はんにん、を……、つかまえたい……。ああ、おかあさん……、だれも、しんじては……いけません。ぼくの……おとうさんの……ことも……）

「父親を知ってるの？」

（おかあさんが……、おしえて……くださいました……。すいせい……。それが……おとうさんの、なまえ……です……）

八

時鳥《ほととぎす》という鳥はカッコウ目カッコウ科に分類される鳥類の一種である。頭と背中は灰色で、翼《つばさ》と尾羽は黒褐色《こっかっしょく》、目のまわりに黄色のアイリングがある。漢字で時鳥と表記する以外にも、杜鵑、杜宇、蜀魂、不如帰、子規、田鵑などの字をあてることもある。

初夏頃に日本にやってくる渡り鳥で、その鳴き声が聞こえたら田植えの時期だと昔の人々は判断していたという。時を告げる役目を担《にな》っていたから、名前にこのような漢字が当てはめられたのだろう。

「変わった名前だな。戦国武将に殺されないようにしろよ」

大樹館で働きはじめてすぐのころ、私にそう言ったのは彗星様だった。すでに彗星様は大樹館を出て一人暮らしをしていたが、広々とした使い勝手の良いアトリエが大樹館にあったので、時折、創作活動のために帰っていたのである。彼は御主人様と同じで、創作がはじまると何日間もアトリエにこもった。

アトリエには様々な人物のデッサンが飾られている。彗星様の絵は見る者に人間賛歌《さんか》を抱かせた。描かれた男性の筋肉や女性の胸の膨らみを見て人体の美しさに気付かされる。

初夏のある日、大樹館に大量の虫が発生した。羽虫やダンゴムシ、ヤスデ、毛虫などが屋敷内のいたるところに現れたのである。数年に一度こうなるらしく、大樹館の特別な構造が原因ではないかと推測されていた。

大樹館は巨木の幹を囲むように設計された螺旋状の洋館である。ただ周囲を囲むだけでなく、いくつかの部屋では大樹の幹を室内に取り込んでいた。

例えば最上階に位置する御主人様の部屋などは、大樹の幹が丸ごと床と天井を貫通《かんつう》している。幹は直径が五メートル以上あり、御主人様の御部屋に足を踏み入れると、巨大な幹の湾曲した面が、御主人様のベッドの向こう側に聳《そび》えているのだ。

大樹回廊の内側、中心付近に位置する部屋のいくつかでは、壁と床と天井の一部分を削《けず》り取るように、大樹の幹が部屋に侵食している。本棚や柱時計のある普通の空間に、突如、乾燥した樹木の表面が露出している様は、日常と非日常が交じり合っているようで不可思議な光景である。

「この屋敷は大樹と一体化している。樹皮の裏側の隙間を通って、虫たちが地中から上がってきて屋内に侵入してくるのだろう。時鳥、殺虫剤をまいて虫たちを殲滅《せんめつ》するぞ。ついてこい」

彗星様はその日もシャツの胸元をはだけて着ており目のやり場に困った。冬夜様や月郎君と違い、彗星様は運動が趣味らしく健康的な体つきをしている。

彼の向かった先は地上階の園芸用倉庫だった。大樹館の入り組んだ内部には、大小様々な物置きや倉庫があるのだが、園芸用倉庫はその中のひとつである。

地上階は全体的に東西へ広がった形をしているのだが、その中心付近に大樹が生えており、地面に根をひろげている。その周辺だけはドーナツ状に部屋が存在しなかった。大樹の根元を避ける形で建築されているからだ。その空間は低層領域の無数の部屋によって頭上に蓋《ふた》をされていたが、地上階の中心付近を通る廊下に窓があり、まるで暗い中庭のような扱いで、大樹の根元を眺めることができた。

園芸用倉庫は玄関ホールと反対側の北側の縁に位置している。巨大な木製の棚が三つ並んでおり、針金を巻いたものや袋に入った肥料などが保管されていた。壁には草刈《くさか》り用の鎌《かま》や鋸《のこぎり》や小型の斧などが壁掛け用のフックによってかけられている。彗星様は倉庫に入ると、棚に並んでいた手押しポンプ式の小型のブリキ製噴霧器《ふんむき》を手に取る。

「時鳥、虫は平気か？」

「苦手です」

「虫の種類によって使う殺虫剤が違ってくる。こいつはムカデやヤスデ用の薬だ。おまえには毛虫用のエアゾールタイプのスプレーをやる」

彗星様は私に縦長の円筒形《えんとうけい》をした殺虫剤噴霧器を貸してくださった。こちらは容器内にあらかじめ封入《ふうにゅう》されたガスの圧力によって薬剤が噴出する仕組みである。

私たちはそれぞれに大樹館の虫たちを駆除《くじょ》してまわった。漆喰の壁にはりついた体毛に覆われる蠢《うごめ》く者たちを見かけると、生理的嫌悪感《けんおかん》で肌が粟立《あわだ》ち、続いて怒《いか》りがわいてくる。殺虫剤をたっぷりかけると、やがてその体は丸くなって床に落ちてころがった。彗星様が私に声をかけてくださった。

「楽しいだろう。戦争をやっているみたいで俺は好きなんだ」

「私は楽しくありません」

私の噴射する薬は、無数の足を持った黒光りする者たちには効《き》かなかった。彗星様の説明した通り毛虫専用らしい。ガスが薬剤を霧にして射出すると容器内の圧力が低下して缶の表面は冷たくなった。ガスというものは膨張《ぼうちょう》する時、周囲の温度を持っていくのだと、どこかで教わったことがある。

不思議なことに御主人様の御部屋の近くでは虫たちを見かけなかった。地面に近いほうが害虫もわきやすいということだろうか。それとも、虫たちも御主人様を敬《うやま》い、迷惑をかけてはいけないと、避《さ》けるように暮らしているのだろうか。

「上だ！　時鳥！　避《よ》けろ！」

低層領域の一室での出来事だ。彗星様がそう叫んだので頭上を見ると、その直後、天井にはりついていた毛虫が落ちてきて肩に着地したのである。ずしりとした重みがのしかかった。手のひらほどもある、これまでに見たことのない大きさの化物だった。真っ黒の体を濡れたような針状の毛が無数に覆っている。私は死を覚悟した。身動きできない私に彗星様が駆け寄ってきて、噴霧器の先端で毛虫をはらい落とし、床に転がったそいつを足で踏みつぶした。体液をまき散らしながら、そいつは死んだ。

彗星様が履いていた靴の裏側に、べっとりと毛虫だったものがへばりついた。それに辟《へき》易《えき》しながら、彗星様は私に声をかけてくださった。

「大丈夫だったか？」

「これから数日は悪夢を見ることでしょう」

肩に乗った重みの感触はなかなか消えなかった。

「案外、平気そうだな。普通は悲鳴をあげたりすると思うんだが」

「とても、ひどい気持ちです。私は心の挙動が表情に出にくい人間でして……」

心臓が競走馬の脚のように高速で脈動しているというのに、私は無表情で淡々として見えるらしい。昔はそうじゃなかった。ちいさな頃は他の子と同じように、笑ったり、泣いたり、怒《おこ》ったりという感情が素直に表現できていたはずだ。母と一緒に海の底へ沈んだ日、感情表現の能力を私は海の底に忘れてきてしまったのだ。

その後、彗星様は虫の死《し》骸《がい》の掃除を手伝ってくださった。害虫駆除が終わると、達成感のある笑顔で彗星様はビールを飲み始める。厨房の冷蔵庫《れいぞうこ》から瓶《びん》を出して栓《せん》を開けると、一気に喉へ流し込み、気分爽快《そうかい》という表情で笑った。

「俺が大樹館にいる時で良かったよな。そうじゃなかったら、時鳥だけで対処しなくちゃならなかっただろう。月郎は虫が苦手だし、仕事中の親父を頼るわけにもいかない。兄貴が滞在中だったとしても無理だ。兄貴の虫嫌いは月郎を凌駕《りょうが》する」

「本日は、ありがとうございました」

「咄嗟《とっさ》の時、時鳥という名前は呼びにくかったぜ。何とかならないのか」

「他の皆様のように苗字《みょうじ》で呼ばれてはいかがでしょう」

「穂村より、時鳥という名前の方がおもしろい」

「私は気に入っていません」

「どうして。戦国武将に人気だぞ」

「その印象しかありません」

時鳥と言えば、鳴かない時鳥を前に、それぞれの戦国武将がどのように行動するのかを詠《よ》んだ歌が有名である。織田信長《おだのぶなが》であれば【鳴かぬなら殺してしまえ時鳥】、豊臣秀吉《とよとみひでよし》なら【鳴かぬなら鳴かせてみせよう時鳥】、徳川家康《とくがわいえやす》なら【鳴かぬなら鳴くまで待とう時鳥】。本人たちが詠んだわけではなく、江戸時代後期に出版された随筆集《ずいひつしゅう》にて、それぞれの性格をあらわす歌として紹介された狂歌《きょうか》だという。その歌の存在で時鳥という鳥がいることを知った人が大半ではないだろうか。

「時鳥という名前が五つの音だから都合よく使われた気がしてなりません。五七五《ごしちご》に当てはめやすかったのでしょう。殺されたり、鳴かされたり、待っていられたり、ひどいと思います」

「まあ、待て。あの歌は時鳥でなければ成立しない。五つの音だからというわけじゃない。時鳥だからこそ、戦国時代の英傑《えいけつ》たちは、声を聞きたかったのだ」

彗星様は表情をすこしひきしめた。芸術大学で学生たちに教えている時の顔つきだったのだろう。本来の端正な顔立ちがより際立って見えた。

「知っているかもしれないが、時鳥という鳥には、不吉な意味合いがある」

「そのようですね」

大昔の書物には、時鳥の初鳴きを聞くと離別があるとか、鳴き声をまねると厠《かわや》に血を吐くなどと記されているらしい。不気味な鳥とされ、声を忌む雰囲気があり、平安時代には黄泉《よみ》の国へと導《みちび》く鳥などという扱いをうけていたようだ。散々である。

「だが、俺の勝手な解釈になるが、戦国武将たちが時鳥を鳴かせようとしたのは、時鳥が時を告げる鳥だったからだ。田植えの時期に到来し、その鳴き声は農耕《のうこう》のはじまりの合図とされていた。歌の詠み手はひとつの言葉の中にいくつもの意味を潜《ひそ》ませているものだが、戦国武将にとっての【時】とは、おそらく、新しい時代のことだろう。時鳥が鳴くことによって人々に告げるのは、新しい時代のはじまりの合図だったというわけだ」

「新しい時代、ですか」

「そうだ。あの狂歌は、時代の節目に現れた英傑たちが、それぞれどのように新たな時代を作ろうとしていたかを表現したものだ。だからこそ、その鳴き声を聞きたかったのだ。他の鳥では、新たな時代のはじまり、などという抽象概念を人々に想起させることはできない。だからあの歌では、時鳥という鳥が選ばれたのだ。おまえにとっては、自分と同じ名前の鳥が、武将たちに好き勝手にやられて気分が悪いかもしれないが」

彗星様はビールを飲み干して二本目の栓を開ける。彼の説明を聞いて腑《ふ》に落ちた。

「これまで、どうして私の名前が戦国武将とセットになっているのかと理不尽な思いをしていました。興味深いお話です」

「それはそれとして、巨大な毛虫がおまえの肩に落ちた時は、おもしろかったよな」

「いいえ、すこしも」

「時鳥という鳥は毛虫を主食として生きている。だからあれは、今までに食べられた毛虫たちの復讐《ふくしゅう》だったのかもしれない」

「冤罪事件です」

その後、彗星様は自分のアトリエにもどり、私は噴霧器などを片づけた。時を告げる鳥、時鳥。使用人としての雑務をこなしながら時間というものについて考えるようになった。月郎君と話をした時は魂について考えさせられたものだけど。魂は不変で永遠なものだという。それなら、魂は時間の影響をうけないのだろうか。などと、私は想像を膨らませた。

害虫駆除の一件があり、私と彗星様はよく話をするようになった。彼がアトリエで作品の制作をする時、人物モデルをお願いされたこともある。大型のキャンバスに鉛筆の線を走らせる彗星様は、自分の魂を刻みつけるかのように真剣なまなざしをしていた。

今年の初夏、時鳥が鳴き声をひびかせる時期、酔った彗星様に愛の告白をされたのだが、いまにして思うと彼の冗談だったのかもしれない。場所は大樹館の東、洗濯物を干している空き地だった。物干しロープにひっかけられた白色のシーツが、風をはらんで揺れ動く中、私は抱きすくめられたのである。

彗星様は人間味のある方だった。大人の男性のはずなのに、笑い方は少年のようである。彼が他人を貶《おとし》めている場面を見たことはなく、駄目《だめ》な部分を丸ごと受け入れてくれるような包容力があった。月郎君は美の化身として近づき難いものがあるけれど、彗星様の場合はそれよりずっと打ち解けやすい雰囲気を持っている。

しかし関係は長く続かなかった。彗星様がそういう性分の人だというのはあらかじめわかっていた。毎週のように違う女性とおつきあいしている方なのだ。それほどショックを受けなかったのは、私も本気で彗星様に入れ込んでいたわけではなかったということなのだろう。

私たちのことを、御主人様や月郎君は気付いていらしただろうか。知らないふりをしてくださっていたのかもしれない。私がお暇をいただいて麓の町へ行くのは稀《まれ》だったから、彗星様にお会いする時はいつも大樹館だった。普通の一軒家《いっけんや》だったら気付かれるような関係性も、この複雑で広大な造りの大樹館ならば、藪《やぶ》の中へ隠しものをするようなものだ。

## 九

毛布の中でしばらく寝つけなかった。手のひらをお腹にあてると、寝巻きの生地越しに皮膚の感触があった。今、胎児は羊水に包まれて沈黙している。彼は、これから起きる出来事をいくつか把握しているらしく、私に様々な忠告《ちゅうこく》をしてくれた。彼の話を疑わずに聞くという方針でしばらくは動こうと思っている。私の中にある母性のようなものが、幼子の声に寄り添いたがっていた。

（ぼくは、とある、じっけんの……、ひけんしゃ……なのです……。それは、せいしんを……、じかんの、むこうに……、いる……じぶんに、かさねる……という、ものです……）

胎児の説明は部分的であり、こちらが想像力を駆使して全体をつなげる必要があった。彼の声は確かにお腹の胎児から発せられているが、発言者である穂村ツバメ自身は、おどろくべきことに、十数年後で暮らしている存在らしい。ちいさな子どもがしゃべっているような、たどたどしい発声になってしまうのは、胎児の未熟《みじゅく》な体に引っ張られているせいだと彼は言う。

（ぼくは……だいがくに、かよっている……がくせい、なのです……）

胎児の暮らす未来において、穂村ツバメは理系の大学に通っているという。大学の敷地の片隅に、誰からも忘れられたような古めかしい煉瓦造りの研究棟《けんきゅうとう》があり、顔見知りの教授たちがそこを出入りして熱心に何かを議論していたそうだ。

ある日、その研究棟で実験の被験者を募集《ぼしゅう》しているとの話を聞いた。参加者には報酬《ほうしゅう》を支払うが研究内容は口外禁止とのことだった。彼は興味本位で関わることに決め、研究棟でいくつかの書類にサインをした後、教授たちから説明を受けた。そこで行われていた研究が、薬を用いた精神の時間遡行《そこう》についてのものであることを、その時に彼は知ったという。

「時間遡行、ですか？」

（おとぎばなし……を、きいている、みたい……でした……）

時間遡行とは通常の時間の流れから独立して過去や未来へ移動する試みのことらしい。はたしてそのようなことが可能なのだろうか。実験の参加者は彼の他にもいたそうだが、全員、懐疑的《かいぎてき》だったという。研究者たちの試みは、被験者たちにある種の薬物を投与し、まどろみの中で精神を過去や未来へ送り込むというものだった。

元々は教授たちも時間遡行の研究をしていたわけではなく、退行催眠療法と呼ばれるカウンセリングの有用性の調査をしていたにすぎなかったという。退行催眠療法とは、被験者をリラックスさせた状態におき、半ば催眠術のようなやり方で、問題の原因となる過去の出来事を思い出させ、現在の視点から自分を客観的に見つめなおすことで解決に導くというものである。

退行催眠療法と時間遡行の関連が発見されたのは、幼少期の事故により脳に障害《しょうがい》が残っているという患者の証言だった。その患者が退行催眠によって幼少期の記憶に深く入り込んだ時、まどろんでいる状態の中で、実際に時間の流れを遡《さかのぼ》って過去の自分の脳に干渉《かんしょう》しているとしか思えない体験をしたというのだ。

過去の自分自身に入り込んだその患者は、過去の世界の自分自身を操縦し、歩き回ることさえできたという。ただ過去を思い出したのではなく、意識が実際に時間を遡ったのだと主張した。研究者たちはその報告に興味を抱いた。なぜなら、その患者が本来は知っているはずのない出来事を、退行催眠の最中に見聞きしていたからである。

その患者は脳の楔前部《けつぜんぶ》という場所に事故で障害を負っていた。頭頂《とうちょう》葉《よう》内側面の後方に位置し、縁溝《えんこう》と頭頂後頭溝《こうとうこう》と頭頂下溝《かこう》で囲まれた領域である。楔前部の主な機能は、視空間や過去の記憶を参照し、世界と自分の関係性を正しく認知するというものだ。

研究者たちは、その領域を薬品の投与によって麻痺させた状態で退行催眠療法を試みることにした。動物による実験を繰り返した後、ついに人間を使ってデータを収集することになる。そのような経緯《いきさつ》で、穂村ツバメを含《ふく》む数名の被験者が薬品を投与され、まどろみの中へ沈んだというわけである。

研究結果はおどろくべきものだった。

（ぜんいんが……せいこうは、しません、でした……。でも……ぼくには、てきせいが……あったのでしょう……）

退行催眠の最中、意識と肉体との関係性が希薄《きはく》になり、空間とは異なる方向に自分という人間の魂が薄く引き伸ばされていく感覚を味わったという。

（ぼくは……そのとき、げんざいと、かこの、りょうほうの、じぶんに、かさなりあって、いたのです……。ぼくは……ここに、いるのに……、べつの……こうけいが、みえました……）

彼らはそれを、まどろみの時間遡行と呼んだ。しかし、脳に障害を負っていた患者が話していたように、過去の自分の肉体を動かして歩き回ることまではできなかったという。薬による意図的な機能低下の状態では限界があるのかもしれない。まどろみの時間遡行は、過去の自分と重なり合い、ただ目の前に広がる光景を傍観《ぼうかん》することしかできないというものだった。また、未来の方向へ精神を引き伸ばすこともできず、垣間《かいま》見ることができるのは過去の景色ばかりだったという。

（みらいは……たくさんに、わかれています……。だから……そのぜんぶに、せいしんが……うすく……うすく……ひきのばされて、なにも……みえない、のかも……）

結果を疑う研究者もいた。過去の自分と重なり合い、その時代の光景を肉体の内側から傍観するだけなら、過去を追体験する退行催眠療法となんら変わらないのだから。

（そのころ……、ある、はっけんが、せけんを……にぎわせて、いました……。それを、りようして……、けんきゅうが……おこなわれる、……ことに、なりました……）

時間遡行とは無関係な分野で、海外の研究機関がある論文を発表した。量子もつれ現象を利用した精神感応についての研究である。脳に電極を埋め込んだ猿《さる》が、言葉を使わず、手をふれた人間に対し、明確に木の実やバナナや玩具《おもちゃ》のイメージを送り込むことができたのだという。

（のうに、でんきで、あつりょくをかけ……、とくべつな……のうはを、ほうしゅつ、するのです。こえを……だざず、ことばや、イメージを、とどける……ことが、できた、のです……）

穂村ツバメが関わっている煉瓦造りの研究棟でも、精神感応の研究がはじまった。短期間で様々な改良が加えられ、脳に電極を埋める必要もなくなったという。様々なコードがつながった機器を頭にはめて、人体による精神感応の実証実験が行われる。そのすべてが成功したわけではなかった。精神感応に適性のある者と無い者とがいたらしい。

（ぼくには、そちらにも……、てきせいが、ありました……）

穂村ツバメは、まどろみの時間遡行と精神感応の両方の実験に参加し、どちらも良好な結果をのこすことができた唯一の被験者だった。教授たちはそこでさらなる科学的なテーマに興味を抱いた。この二種類の発明を組み合わせることで、過去の世界のだれかに、言葉やイメージを送信することができるのではないか、というものだ。幸いなことに、時間遡行に作用する脳の部位と、精神感応に関係する脳の部位は別の場所であり、おたがいに干渉することがないらしいとわかった。

しかし精神感応を成立させるには条件がある。身体的に接触していなければイメージや言葉を相手に送信できないのだ。シンプルなイメージ、あるいは短い単語であれば、皮膚が接触している程度で充分《じゅうぶん》だが、複数のイメージや単語を安定して送信するには、さらに強い繋がりが必要だったという。

(ぼくは……その、じょうけんを、しったとき、うんめいを……かんじたのです……。ぼくと……からだが、つながっている、そんざい……。おかあさんと、ぼくが……へそのおで、つながっている……とき、ぼくは……おかあさんに、こえを……とどけることが、できるかも……しれないと……)

私は理解する。時間遡行の研究をしている教授たちは、穂村ツバメの個人的な動機を利用しているのだ。実験に参加すれば過去に存在する母親を救えるかもしれないと。教授たちは彼の精神をまどろみの中で過去へと引き伸ばし、私のお腹の中の胎児へと重ねたのにちがいない。胎児は臍《へそ》の緒《お》で私に強く結びついており、複数の言葉を送り届けることを可能としたのである。

(……おかあさん……あなたの、ことを……きょうじゅたちに、はなし、ました……。たいじゅかんの、ことも……)

今も彼は薬によって脳の一部が麻痺させられた状態で退行催眠を受けているのだという。その精神は彼の暮らしている未来と、私がいる過去の両方に引き伸ばされ、重なり合って存在しているそうだ。未来にいる彼は、言葉を過去に向かって送信する電波塔のようなものだ。私の子宮で羊水に漂《ただよ》っている胎児は、その言葉を受信して私に声を聞かせてくれるラジオのようなものらしい。同一人物の肉体を利用した時間通信機とも言えた。

(ぼくは、じかんをこえて……、へそのおで、つながっている……おかあさんに、ことばを、おくりとどけて、いるのです……。ぼくは、おかあさんを、すくいたかった、のです……)

精神が時間遡行できる範囲は、被験者の肉体が存在している期間となる。自分自身の肉体の中にしか行けないのだから、自分が生まれる以前の大昔には時間遡行できないのだ。私のお腹の中に、まずは胚《はい》の状態で彼の肉体は発生し、それから胎児となり、赤ん坊となる。胚の状態の時は彼に話しかけられなかったから、胎児くらいの大きさにならないと、脳が未発達のため精神を重ねられなかったのかもしれない。

（ぼくは、まにあった……。おかあさん……うんめいが、かわり……ました……。でも……おわっては、いません……。はじまった、ばかり、なのです……。ああ……おかあさん……。どうか……、どうか……。…………。…………）

幼子の声が途切れ途切れになる。

ふと気付くと、白色の小さな胎児が、羊水で表面を湿らせながら暗闇の中に浮かんでいた。

白色の膜《まく》をはったかのような目。

未発達の口が稚魚《ちぎょ》のようにぱくぱくと動いている。

針葉樹のまっすぐな幹が胎児の周囲に立ち並び、奥深くへ、真っ暗になって見えなくなるまで、どこまでも続いていた。

そこは大樹館がある針葉樹林だろうか。

それとも私のお腹の中にある暗闇だろうか。

私は眠りの中にいて、どうやら夢を見ていたらしい。目を開けて室内を見回す。明かり取りの窓は暗く、朝食の支度のために起きるような時間でもなかった。外から聞こえてくる風の音は昨日と変わらず、大樹の巨大なシルエットの背景に低い雲が渦巻いている様子が頭に浮かぶ。

ベッドに腰掛けて昨晩のことをひとしきり思い出してみたが、何が夢で何が現実なのかがわからなくて混乱する。本当にあった出来事はどれだろう。お腹にむかって声をかけてみたが返事はない。穂村ツバメとの繋がりは一定ではなく、声が聞こえたり、聞こえなかったりするようだ。

御主人様はすでに亡くなっているのだと、彼が昨晩、教えてくれた。

最上階の御部屋はいわゆる密室の状態にあり、御主人様はベッドの上で亡くなられているという。御部屋の鍵は室内の机の引き出しにしまわれていたそうだ。犯行を行うことができたのは、合い鍵を持つ私以外にいなかった。穂村ツバメの暮らす世界において、警察はそのように判断したらしい。幸い、証拠不十分で不起訴《ふきそ》となったようだが、世間から犯罪者扱いをされたまま、穂村ツバメが七歳の時、失意の中で私は病死したそうである。暮らしが困窮《こんきゅう》しており、充分な医療を受けられない状態で亡くなったのだ。自分の死のタイミングを教えられるのは気分のいいものではなかったが、運命が変化すればその死からも免《まぬが》れることができるはずだという。

昨晩、私が合い鍵で御主人様の御部屋を開けていたなら、胎児が話したような展開になっていたのかもしれない。私は容疑者となり、世間から疑われたまま非業《ひごう》の死を遂げていたのかもしれない。

しかし、御主人様のいなくなったこれからの世界を思うと私は暗い気持ちにさせられた。御主人様の物語は世界中の人々に希望と生きる意味を教えてくださった。御主人様の物語が出版される前と後では、社会の仕組みも、人々の心のあり方も、何もかもが一変した。私たちはどのように生き、どのように死ぬべきなのか、その疑問の答えが御主人様の紡ぐ物語には書かれている。私たちは幸福のあり方を知った。訃報《ふほう》がもたらされたなら、世界からまるで光が消えてしまったように感じられるだろう。想像するだけで胸が苦しくなり、このまま二度と夜明けなど来ないのではという気持ちになる。

御主人様をこの世界から奪《うば》った罪人に裁《さば》きを下さなくては。

（おわっては、いません……。はじまった、ばかり、なのです……）

胎児はそのように言ったけれど、確かにその通りだ。私が容疑者候補《こうほ》から外れたことで一件落着という話ではない。犯人を特定し、自分の行いの罪深さを自覚させながら血祭りにすべきだ。

しかし、まず私のやるべきことは、何も気付いていないふりをして朝食を作り、大樹館にいる方々をもてなすことだろう。御主人様の死を胸にしまいこんだまま、周囲の様子を観察しなくてはならない。だれかおかしな挙動をする者がいないかを見定めるのだ。御主人様が何者かに殺害されたというのなら、犯人は大樹館にいるだれかである可能性が高かった。とても信じ難いことだけど。

私は無表情でいるのが得意だから都合がいい。精神と身体とが乖離《かいり》している。表情の変化にとぼしいから、かわいげがないと思われることが多かったけれど。悲嘆《ひたん》を胸に押し込み、何も知らないふりをしてお給仕を続けられるはずだ。

その時、大樹館のどこかで騒々しい音がした。

重量のある何かが倒れ、同時にあらゆる雑多なものが散らばったり壊《こわ》れたりしたような衝撃音《しょうげきおん》。

私はベッドから立ち上がり電灯のスイッチを入れる。何か良くないことが起きたのではないかと胸騒ぎがあった。

靴を履いて使用人部屋を出る。リネン室、洗濯室、使用人専用の簡素なトイレや掃除用具入れなどが並んでおり、どこにも問題がないことを確認しながら移動する。

照明を次々と点灯させながら周囲をうかがっていると、足音が聞こえてきた。大樹回廊に飾られた照明の青色や緑色の光の粒《つぶ》を受けながら、かつて私に愛を囁《ささや》いた男が現れる。眠そうな顔をした彗星様だ。夕餉の時に着ていた服装と同じだったので、浴室を利用することなく今までワインで酔いつぶれていたのかもしれない。大広間の私に気付いて彼は立ち止まる。

「時鳥、今の音は？」

「わかりません」

「厨房でおまえが何かをひっくりかえしたんじゃないかと思って、いそいで見に来たんだ。ちがうのか？」

「私は部屋で休んでいました」

私たちはお互い、親密だったことなど忘れたかのように距離を保って会話することができた。

大広間につながっている複数の廊下は、枝分かれを繰り返しながら地上階をぐるりと回っている。絨毯《じゅうたん》のしかれた広い廊下沿いには、宝石や彫刻《ちょうこく》のギャラリーが並び、奥まった場所にある簡素な通路には物置き部屋がある。手近な部屋を手分けして調べたものの、音の発生源は見つからない。

「だれか、起きてますか？」

少年の声がした。大広間にもどると、黒色のシルク生地のナイトガウンを羽織った月郎君がシャンデリアの下に立っている。ナイトガウンは彼の薄い肩を際立たせ独特の色香《いろか》を放っていた。夜の国の貴公子が地上へ降りてきたかのように幻想的である。

「彗星兄さん、穂村さん、さきほどの音は何だったのでしょう？」

「おまえも聞いたよな」

「はい。まるで世界が壊れて砕け落ちたかのような音でした。それと、その少し前に、何か小刻みな振動があったように思います」

「俺は気付かなかった。時鳥は？」

私は首を横に振る。

「すみません。私もわかりませんでした」

「じゃあ、僕の気のせいだったのかもしれませんね……。穂村さんが寝ている部屋からは、音はどのように聞こえましたか?」

「壁をはさんですぐ、という感じではありませんでした。でも、地上階のどこかから聞こえたように思えます」

私たちは音の発生源を探した。居住用の部屋以外は施錠されていないため合い鍵を持ち出す必要はない。大樹の根元を避けるような形で、ドーナツ状に部屋は連なっており、切り分けたバームクーヘンのような形の部屋が多かった。中心付近を通る時、廊下の窓から大樹の根元の暗い空間を見たけれど、特におかしな点はない。

埃《ほこり》のかぶった椅子や机が積み上がっている部屋、日用品や消耗品《しょうもうひん》の保管場所になっている部屋、医療用の包帯や薬品が保管されている部屋などが並んでいる。用途不明のただ真っ暗な部屋、途中で不自然に煉瓦の壁がある部屋、上下水道の配管や空調のダクトが一ヶ所に集められている部屋。

地上階の北側の縁に、ボイラー室や園芸用倉庫があった。彗星様と月郎君がボイラー室にむかったので、私は園芸用倉庫の扉を開けようとする。その時、何か積み上がったものが崩《くず》れるような音が扉越しに聞こえてくる。それに反応した彗星様と月郎君が、私のところへ駆け寄ってきた。

園芸用倉庫の扉をおそるおそる開けてみると、すぐに違和感がある。まだ照明のスイッチを入れていないのに、天井からぶら下がる裸電球《はだかでんきゅう》が、電熱線を震わせながら辺りに弱々しい光を放っていたのだ。だれかが室内にいるのかもしれない。

「これはひどい」

彗星様が室内をのぞきこんでつぶやく。倉庫内は悲惨《ひさん》な状態だった。大型の棚が奥から手前にドミノ倒しになっており、棚にならんでいた様々なものが床に散乱していたのである。あの騒音はこれが原因だったらしい。室内に視線を巡《めぐ》らせてみたが、だれかがいるようには見えなかった。さきほど扉越しに聞こえたのは、棚からこぼれて重なっていた重たい品々が崩れた音なのだろう。

月郎君はナイトガウンの裾《すそ》をひらめかせながら、倒れている棚に近づいた。壊れた金属の何かの破片や、ガラス容器の砕けたもの、袋が破れてあふれだした菜園用の土や肥料といったものが床の上に散らかっている。殺虫剤の薬品のような臭いがしたので、彗星様と害虫駆除をした時のことを思い出した。スプレー缶が足下に転がっている。

倉庫には私の背丈よりも高い大型の棚が全部で三つ並んでいた。それらがすべて折り重なるように倒れている。これはすさまじい衝撃だったにちがいない。状況を確認していた月郎君の足が、ふいに止まった。息をのむ気配があり、彼の肩が一瞬、はねたように見えた。月郎君が、何かに気付いたらしい。

照明の電熱線が羽虫のような音を出しながら暗くなったり明るくなったりを繰り返す。

床の上の惨状が光の下に現れたかと思えば、再び闇に覆われる。彗星様が腕を水平にのばして私を倉庫の惨状から遠ざけようとした。

「時鳥、見るな」

しかし私はすでにそれを見ていた。室内にはだれもいない、と判断したのは間違いだった。人がいた。もしも彗星様と月郎君がいなかったら、私は子宮の胎児に話しかけていただろう。お腹に手をあてて、なぜこんなことが起きたのかと、問いかけていたにちがいない。

血の臭気が漂いはじめた。いや、最初からその臭いは立ちこめており、それを目にしたことで、私の鼻が自覚したのかもしれない。昨晩、御主人様の御部屋の前で感じたのと同じものだった。棚の下から細い腕が突き出ている。彗星様と月郎君が二人がかりで棚をどかそうと試みたが、あまりの重さに動かすことは叶わなかった。下敷《したじ》きになっていたのは冬夜様で、彼は棚と床の間に挟まれ、すでに事切《ことき》れているのだった。

# 第二章

一

冬夜様が数学教師として教壇《きょうだん》に立ち、黒板に数列を書き記している様子を、たくさんの女生徒が憧《あこが》れの目で見つめていたことだろう。いつも仕事を抱え込まれており、大樹館に滞在中も書斎で書き物をしていることが多かった。書斎は高層領域の手前にあり、冬夜様専用の寝室も隣接している。泉様や恋さんや航君と別の場所で寝ていたのは、夜更けまで仕事をしていても家族を起こさないようにという配慮だったにちがいない。

大樹館には至《いた》るところにギャラリーが配置され、様々な芸術作品を鑑賞することができるのだが、中層領域の一画にバベルの塔を題材にした絵画を集めている部屋があった。旧約聖書の創世記に登場するバベルの塔は、螺旋状の塔として描かれることが多いため、大樹館との親和性が高く、特別に部屋が設《もう》けられているのだろう。

ある日、私が掃除のためにその部屋を訪れると、ご家族で帰省中だった冬夜様が一人、腕組みをしながら絵画鑑賞をされていた。彼が見つめていたのは十六世紀頃に描かれたバベルの塔の油絵だった。

かつて人々は天に達する塔を造ろうとした。神の領域に手が届く高い塔を。しかし神はその傲慢《ごうまん》さに怒り塔を壊してしまったのだ。神は降臨《こうりん》し「人間は言葉が同じなためこのようなことを始めた。人々の言語を乱し通じない違う言葉を話させるようにしよう」と宣言した。それから人々は異なる言語で話すようになり、現場は混乱し、塔の建設をやめて世界各地へ散らばった。

バベルの塔の物語は、時代を経て語り継がれ、大勢の画家によって描かれている。宗教絵画として神の偉大《いだい》さを広める目的もあったのだろう。ギャラリーに並んでいる絵画には、天辺が雲の浮かんでいる辺りまで建築されながらも、神の怒りによってまさに崩壊している最中の塔もある。端の方に描かれている人々は、嘆《なげ》き、天をあおぎ、混乱している。

冬夜様が一人で絵画鑑賞している姿はめずらしかった。邪魔をしてはいけないと思い、私は掃除道具を持って部屋を退出しようとしたのだが、呼び止められた。

「穂村さん、ちょっといいかな。すこし意見を聞きたいのだが」

腕組みを崩さずに絵画を見つめながら冬夜様は言った。

「バベルの塔の伝承について、以前から気になっていたことがある。神はなぜ塔を破壊したのだろう？」

「人間の傲慢さに対して怒ったのだとうかがっておりますが」

私はすこし緊張《きんちょう》しながら回答する。銀縁眼鏡の奥の怜悧な目は、美しく純粋であるが故《ゆえ》に、曇ったものを許さないのではないかという雰囲気があった。

「だれに聞いた？」

「子どもの頃、施設にあった絵本で。それに月郎様もそのように教えてくださいました」

「月郎とはよくそういう話をするのか」

「はい。絵画の前で聖書のお話をしてくださいました」

冬夜様は私を振り返り、腕組みを解いて顎に手をあてる。バレエダンサーのように優雅な動きだ。手足が細長いため、ひとつひとつの仕草が映《は》える。

「人類は塔を造り、神に挑戦した。神の頂《いただき》に手を触《ふ》れようと試みたのだ。本来ならほめられるべきことのように思えるのだが」

「昔はそれが畏《おそ》れ多いことだと思われていたのでは。天に届く塔を造るなど、自分は神と同格なのだと主張するようなものですから」

そもそも普通に考えたなら天に届く塔など建造できるはずがない。どれほどの建築資材が必要となるのだろう。荒唐無稽《こうとうむけい》な計画に思える。

それに、高い塔を造ったとしても、そこには手で触れられるものなど存在せず、空気が薄くなって真空状態に近づいていくだけだ。などと思うのは、現代の知識が頭にすりこまれているせいだろうか。当時は空の上に何があるのかわからなかった。もしかしたら世界全体を覆うような天井があるのかもしれないと、想像されていたかもしれない。

冬夜様は教師そのものの表情で語った。

「私はこう思う。もしかしたら神は怒ってなどいなかったんじゃないかと。塔は崩れてしまったが、結果的に人間は、様々な言語を手に入れた。神は罰としてそれを行ったのではなく、様々な言葉を授《さず》けたのだと解釈できないだろうか。人間が神の領域を知りたいと思うのは当然のことだし、科学はそのように発展し、それまで名称のなかった様々な現象に名前をつけた。自然界を分析《ぶんせき》し、発見があるたびに言葉が増えた。人類は言葉を作ることで見えないものを認知する。言葉が増えることで、派閥が生まれ、諍いも増えてしまうけど。だからバベルの塔のエピソードは、見方を変えてみれば科学者についての話のようにも思える」

「私にはよくわかりませんが、そうなのですか?」

人々が様々な言語を使っているのはこのような経緯があったからだ、という落とし所にバベルの塔のお話は着地する。しかし冬夜様は、言語というものを広範な意味合いで解釈しているようだ。

「文系とか理系という言葉がある。以前はそういう言葉もなく、二つの間はグラデーションだった。しかし、ある時期から理系と文系という二つの言葉が生じ、学生たちは二種類の派閥に属することになり、自分はそのどちらのタイプなのかを明確に判断するようになった。世界を認知するために言葉は生まれ、言葉が生まれたらグラデーションだったものの間に明確な線引きがなされる。まるで国境のようだ。本来は地続きの土地だった場所に境界を定め、別々の国にしてしまうのだから」

「聖書を書かれた方も、そのようなイメージを織り込んで、バベルの塔についての記述をされたのでしょうか。つまり、冬夜様が解釈したような視点を秘《ひ》めてエピソードは作られたのでしょうか」

「いや、単純に人間の傲慢さと神の偉大さを伝えるために創作された物語だったと思う。

モデルとなった事件が過去にあったのかもしれないが。私が勝手に、この物語はこう解釈することもできると想像したにすぎない。あるいは、そのようにも解釈できる深みをもっていたから、永遠性を獲得《かくとく》できたのかもしれない。解釈の余地がない作品はすぐに人々から忘れ去られ消えていく。一方、この世の真実を孕《はら》んでいるかのように解釈のできる作品は、時代を経て語られながら、絵画のテーマとなり、後世まで残りつづけるものだ」

冬夜様は人さし指で銀縁眼鏡のブリッジのあたりを押し上げて絵画と向き合う。

「バベルの塔を描いた作品は、制作された年代の建築技術がちりばめられているのも興味深い。人力で動かす当時のクレーン、漆喰の粉がこぼれて白色になっている壁。塔の内部に教会らしきものまで見える。ここに描かれている人類は、神を敬う精神を忘れないまま天を目指しているらしい。私には、顕示欲《けんじよく》のために高い塔をたてたのではなく、空の上に何があるのかを知りたくて建築しているようにも見えるのだ。科学者が自然の摂理《せつり》を追い求めるかのように」

冬夜様は靴音をひびかせながら部屋を出ていった。掃除道具を抱えた私は絵画の前に立ち、建設中の螺旋状の塔の姿を少しの間ながめた。その絵画の中で、空はまだ牧歌的な青さだが、薄暗い影をもった雲がいくつか漂いはじめ、塔の一部が隠れている。神がまもなく人々に災禍《さいか》をばらまこうとしているのだろうか。あるいは冬夜様がおっしゃったように、人々に言葉を与えるために神は現れるのだろうか。言葉は世界の解像度を上げるための顕《けん》微鏡《びきょう》なのかもしれない。人類は神様から顕微鏡をプレゼントしてもらったのだと解釈するなら、バベルの塔は巨大なバースデーケーキのようにも見えてくる。

## 二

床に散らばった雑多なものを避け、冬夜様を引っ張り出そうとしたが、うまくはいかなかった。冬夜様の手はひんやりとしている。棚と床の隙間を覗《のぞ》いてみると、電球の光の届きにくい闇の向こうに、眼鏡が外れた状態の冬夜様の顔が確認できた。フレームのゆがんだ銀縁眼鏡が近くで見つかっており、そのレンズは割れていた。凄まじい衝撃があったのだろう。

園芸用倉庫には二ヶ所の出入り口がある。一方は屋内の廊下に通じるもので、私と彗星様と月郎君が倉庫内に入る時に開けた扉だ。もう一方は反対側の壁にある勝手口で、こちらは大樹館の裏手へとつながっている。そちらの扉を調べてみると、ほとんど開閉できない状態にあることがわかった。扉を押して開けようとしても、数センチメートルほどの細い隙間ができるだけで動かなくなる。隙間から外を覗くと、裏手に積んでいた木箱が倒れており、それらがふさいでいるのがわかった。これでは出入りすることなどできないだろう。しかし、勝手口は普段、部外者が入らないように施錠されているはずだ。木箱で開閉できない状態とはいえ、施錠されていないのはなぜだろう。

彗星様は青ざめた表情で床の上を観察している。

「木片の楔《くさび》が、取れていたのかもしれない。そのせいで、兄貴は……」

その呟きを聞いて、私と月郎君は息をのむ。

園芸用倉庫の床は板張りで、よく見ると全体的に山なりに反っていた。大樹館の建設当時、この床は完全な水平だったという。

大樹館の基礎《きそ》となる部分は大樹の根を避けて造られている。地中に伸びている根の位置を把握し、隙間を通すように硬《かた》い地盤《じばん》まで縦穴《たてあな》が掘《ほ》られ、そこにコンクリートを流し込んであるらしい。しかし、大樹の根が成長したか、あるいは地震などの影響で地面そのものが動いてしまったのかわからないが、大樹の根の一部が持ち上がり、床下の構造を歪ませてしまっているそうだ。専門家の話によれば、影響は地上階の一部の部屋にとどまるとのことだから、放っておかれたまま現在に至る。洗濯室のコンクリート製の床もひび割れているが、原因は同じである。

園芸用倉庫の場合、床が山なりに歪んだ結果、棚がぐらついてしまうようになったので、棚と床の隙間に三角形の楔形の木片をいくつも噛ませて安定させていた。おかげで三つの棚は、よりかかった程度では傾《かし》ぎもしないはずだった。

しかし、今朝、理由は不明だが、それらの木片がとれてしまっていたのではないか、と彗星様は呟いたのである。棚が倒れやすくなっているところへ冬夜様がやって来て、何らかのきっかけで下敷きになってしまったのだろうと。

〈園芸用倉庫 現場断面図〉

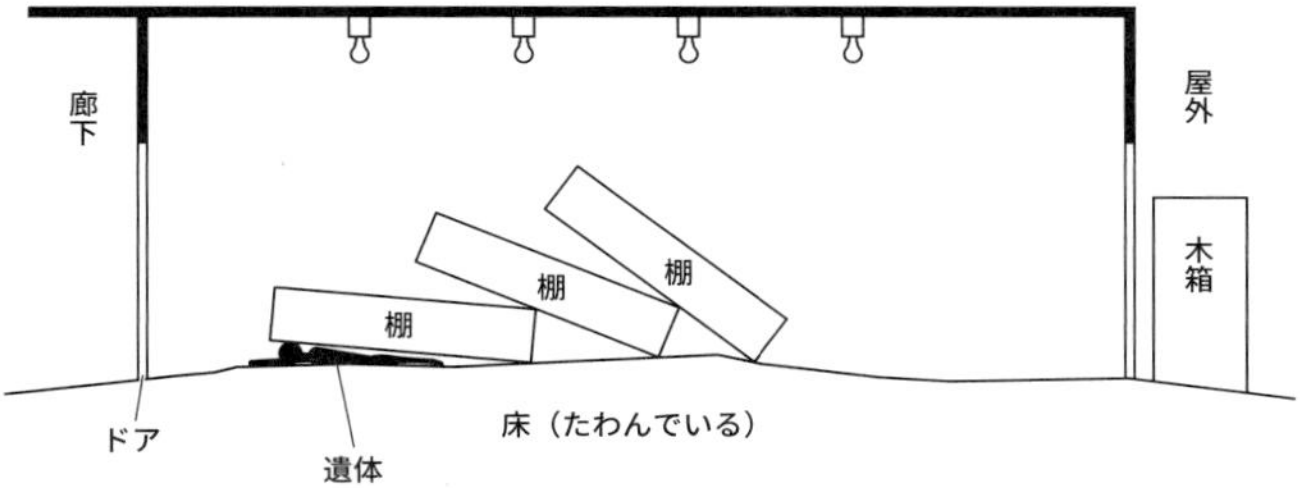


〈通常時〉

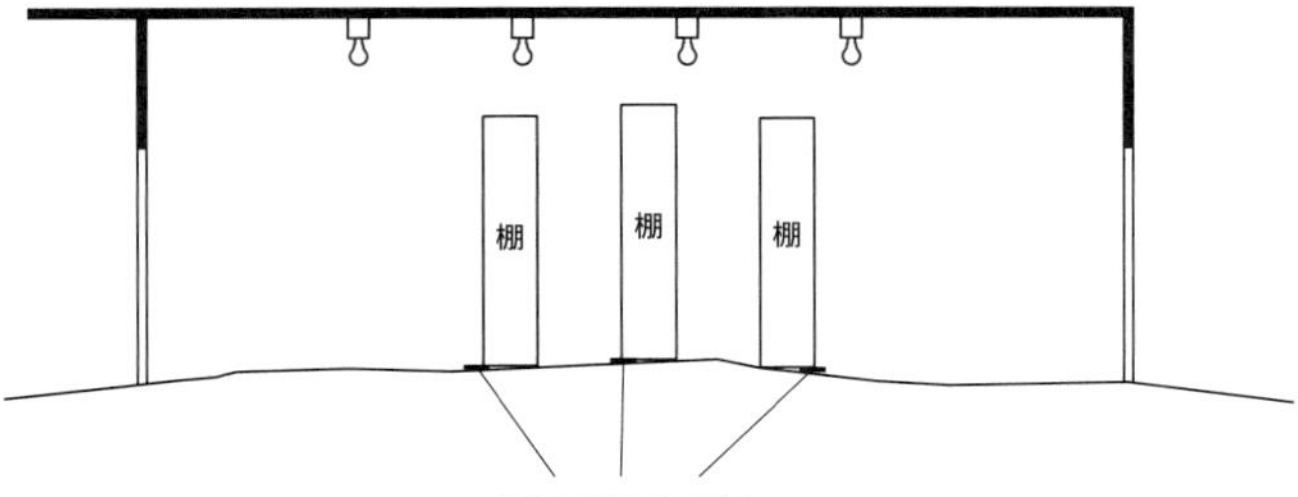

「兄貴は夜通し仕事をしていたにちがいない。夜明け前、何かが必要になってこの倉庫に来た。棚の荷物を引き出そうとした時、木片の楔が外れていたせいで、棚がぐらついて兄貴の方へ倒れてしまったんだ」

月郎君は首を横にふって涙を拭《ぬぐ》う。

「でも、ここには園芸用品しかありません。冬夜兄さんは何をとりにきたのでしょう。それに、見てください、彗星兄さん。三つの棚は奥から手前にむかって折り重なるように倒れています。冬夜兄さんは最後に倒れた棚の下敷きになっているんです。最初に倒れた棚は、冬夜兄さんからもっとも離れた位置にある棚だったはずです」

廊下側の壁を手前とし、勝手口のある壁を奥と見なすならば、月郎君の言う通りである。

「時間差でこうなったのかもしれない。最初に倒れたのは手前の棚だけで、それが兄貴の命を奪った。その時の衝撃と振動があまりにすごかったから、のこりの棚も倒れてしまった。結果的にドミノが倒れたように折り重なった状態が完成したわけだ」

月郎君は納得していない表情だったが、議論を続けるつもりはなさそうだ。

「このことを、みなさんに伝えなくてはいけません……。お父様にも……」

彼が目をふせると長い睫毛が表情に影を落とす。私たちは冬夜様の御遺体をそのままに倉庫を出ることにした。

私は発言しなかったが、はたして本当に事故なのだろうか、と思っていた。棚と床の隙間に差し込まれていた木片の楔は、正確な数はわからないけれど複数あった。ひとつの棚に何ヶ所も、わずかな隙間もゆるさないというほどにしっかりと嚙まされていたのである。木片のひとつがたまたま外れていたとしても、棚がぐらついて倒れる場面は想像できない。三つの棚が一度に倒れたとなると、ほとんどすべての楔が外れていたはずだ。自然にそうなることなど、ありうるだろうか。私には冬夜様の死が、人為的に引き起こされた事象に思えてならなかったのである。

大樹館の様々な場所にある柱時計が一斉に鳴り響く。空が晴れていれば夜明けの光によって山の稜線《りょうせん》が浮かび上がっている時間だ。しかし分厚い雲が世界を覆い、夜と朝の境界を曖昧にさせていた。

彗星様と月郎君と私で手分けして他の者たちに事情を話すことになった。彗星様は赤空遠野さんのところへ、月郎君は御主人様の元に、私は泉様や恋さんや航君のいる客室へ向かう。

部屋の前で私は深呼吸して扉をノックした。泉様と二人の子どもたちは起きていた。

「何があったの。すごい音がして、人の行き交《か》っている足音が聞こえたけど」

泉様は光沢のある生地の寝巻きにガウンを羽織っている。棚の倒れた音で目を覚ましていたようだ。白色のパジャマ姿の航君は、ぼんやりと窓辺に立っている。

「私、部屋を出て調べに行こうとしたの。でも、お母様に引き止められて動けなかった」

恋さんは昨晩と同じフリルのついたかわいらしいデザインのネグリジェ姿だ。

泉様は不安そうな顔で私に問いかける。

「あの人はまだ書斎にいるの？　大樹館に泊《と》まる時、寝る前にいつも私と子どもたちの様子を見に来るのに、昨晩はずっと来なかった。徹夜《てつや》で仕事をしているのかしら」

「冬夜様は、園芸用倉庫にいらっしゃいます……」

私は緊張しながら口を開いた。

冬夜様が倒れた状態で発見されたことや、騒々しい音はおそらく棚が倒れた際の音で、その下敷きになったのだろうという推測を説明する。夫の死、父の死を理解し、泉様と恋さんは宝石のように美しい目を驚きの形に変化させた。膝から力が抜けたように立っていられなくなり、泉様はベッドに座り込んでしまう。母を支えるように恋さんが隣《となり》で手を握りしめ、肩を寄せ合った。無言の時間の後、すすり泣きの声がはじまる。

私は窓際の航君が気になって近づいた。彼は私たちの会話が聞こえていないのか、ずっと外を眺めている。

「航様、お父様のことでお話がございます」

床に膝をついて目線を航君と同じにする。航君は私の方をちらりと見て、それから窓の外を指さした。針葉樹林にはまだ闇が濃く広がっており、生き物の気配はない。

「どうかされましたか？」

「……さっき、僕、人を見たような気が、したのです」

航君の目は夢と現実の間でまどろんでいるかのように焦点があっていない。まだ寝ぼけている表情だ。

「だれかが、木と木の間に立って、じっとこちらを見ていたのです。だれだろうと思って、目をこらしたら、それは僕のお父様だったのです。お父様は、僕にきづくと、悲しげな様子でうなだれ、木の間を、奥へとあるいて行かれました。やがてその姿は、すうっと暗くなって、消えてしまったのです。お父様は、どこへ行かれたのでしょう」

私は窓の外を確認したが、それらしい人影はどこにもなかった。彼は夢を見ていたのだろうか。それとも、死者の姿を見てしまったのだろうか。

冬夜様の御遺体を確認していただくため、園芸用倉庫に泉様と恋さんと航君を案内することになった。可憐な泉様がハンカチで目元を押さえている様は、悲劇を題材とした映画の一場面のようである。

園芸用倉庫に入ると、泉様は恋さんといっしょに、棚の下から出ている冬夜様の手を握りしめていた。倉庫内は換気のための窓がなく、血の臭気とともに、肥料や土の臭いが渾然一体《こんぜんいったい》となっていた。床に落ちていた冬夜様の銀縁眼鏡のフレームを泉様が拾い、手の中に包みこんだ。私の隣でその光景を見守っていた恋さんが、泣くのをこらえながら話をする。

「これまでに何度も、お父様なんかいなくなればいいのにと、夜空に願ったことがありました。私、お父様と喧嘩《けんか》をすることが多かったんです」

航君は泉様の横で四つんばいになり、倒れた棚と床の隙間をのぞき込んでいる。父親の遺体を見ても彼はぼんやりとした表情のままだ。状況は理解しているはずなのに、悲しんでいる様子はない。

「特に航なんかは、お父様に対して、あきらめのような感情を抱いていたのではないかしら。航は普通の人には見えないものが見えるんです。私たちはそれを、ゴーストと呼んでいます。だけどお父様は航のことを信じてくださらなかったのです。お父様は航が心の病気なのだと決めつけてらっしゃいました。航のことを他人に話す時、お父様の顔に、恥《はじ》の感情が垣間見えることがあったのです」

冬夜様の御一家にお会いするのは帰省の時だけだったので、彼が家族からどう思われていたのかを知るのは初めてだった。

「口喧嘩をしてもお父様には勝てなかった。頭が良くて、最後には無理やり、説得させられてしまうから。でも、お父様はいつも格好良くて、そしてだれよりもお母様を愛していらしたの。お父様がこんなことになって、私、後悔しているんです。もっと、甘えておけば良かったと」

両手で顔を覆って恋さんは泣き出す。薄い肩が嗚咽《おえつ》とともに上下した。

冬夜様へのお別れを終え、私たちは園芸用倉庫を後にする。全員が押し黙ったまま大樹回廊を移動した。階層移動用の階段は大樹館の様々なところにあるのだが、大樹回廊から内側に向かって枝分かれした脇道に入り、入り組んだ場所を通らなくてはならないため、特別な事情でもなければ大樹回廊の螺旋状のスロープを利用する。

途中で彗星様と赤空遠野さんに遭遇した。遠野さんは今にも吐きそうな表情で壁に寄りかかっていた。彗星様はその介抱《かいほう》をしている。

「俺たちのことは気にしないでくれ。こいつは二日酔いで青ざめているだけなんだ。あの騒々しい音にも気付かないで、さっきまで部屋で眠りこんでいたらしい。今からトイレで吐かせてくる」

彗星様は私たちを見て気まずそうに言った。彗星様から状況の報告をうけたらしく、遠野さんは泉様を見ると沈痛な面持ちで会釈する。

「あの……、この度は、お悔やみ申し上げます……。こんな大変な時に、私なんかが、居合わせてしまって……」

赤色に染めた髪を手でかき上げ、彼女は頭痛に耐えるようなしかめっ面をしていた。泉様は無言で遠野さんの前を素通りする。無視しているというより声が聞こえていない様子だった。園芸用倉庫を後にして以来、泉様は何か思い詰めた表情である。

恋さんも泉様に続こうとしたが、ふと立ち止まり、髪をかきあげた遠野さんをまじまじと見つめた。泣きはらして目元の赤くなった少女に視線を注がれ、遠野さんは困惑気味に視線をさまよわせる。恋さんは首をかしげて彼女に問いかけた。

「赤空さん、私、あなたのことを、どこかで見たことがあるような気がします。あなたの兄弟か姉妹が私と同じ学校に通っているのかしら」

「気のせいだと思いますよ。一人っ子ですし。ああ、でも、絵のモデルをやったことがあるから、それかもしれない。彗星先生が私を描いてくれたんで、その絵をどこかで見たのかも。この屋敷のアトリエにも置いてあるはずだから」

「そうかもしれませんね」

恋さんはそう言うと泉様を追いかけた。

「なあ、時鳥、二日酔いに効く薬を後で持ってきてくれないか」

彗星様が私に声をかける。

「かしこまりました。後ほど、お届けにまいります」

地上階の薬品保管庫には様々な医薬品が常備されている。風邪薬《かぜぐすり》、塗り薬、漢方、絆創膏《ばんそうこう》や包帯や湿布《しっぷ》、手術に使用するようなメスや鉗子《かんし》、さらには特別な免許《めんきょ》がなければ使うことの許されない麻酔薬らしきものまでそろっていた。よく探せばモルヒネや医療用大麻《たいま》も見つかるだろう。

航君が床板の継ぎ目につまずいて転びそうになったので、彼を支え、手を握りしめながら大樹回廊を歩いた。時折、航君は私のお腹のあたりを横目で見つめている。そこにある魂のかすかな光を発見し、気にしているのかもしれない。

泉様たちの客室の前で、今度は月郎君に出会った。彼は色つきガラスの照明の光をくぐり抜けながら、大樹回廊の先から下りてくるところだった。

「義姉《ねえ》さん。それに、みんなも……」

「月郎様」

恋さんは彼に駆け寄って抱きつくと、胸に顔を押し当てて泣きはじめる。月郎君はやさしいまなざしで彼女の背中をさすった。泉様に沈痛な視線を送って会釈した後、私を見る。

「お父様に呼びかけてみたけれど、返事をくださらないのです。扉は鍵がかけられたまま開きません。冬夜兄さんのことを伝えて扉をノックしてみたのだけど……。何だか、嫌な予感がします……」

不安そうに月郎君は睫毛《まつげ》を震わせた。彼は恋さんをそっと体からひきはなし、部屋で休むように言い聞かせる。月郎君と恋さんの会話はまるで若い恋人たちのようで初々しい気持ちにさせられる。叔父《おじ》と姪という関係だが、二人とも十代だったし、特に月郎君は年齢を超越《ちょうえつ》した妖艶な雰囲気を放っていたので、崇高《すうこう》な絵画を目の当たりにした時のように見《み》惚《ほ》れてしまうのだ。

航君が私の手を離して月郎君に近づくと、小声で何かを話しかけた。月郎君は身を屈ませ、航君の口元に耳を近づけて聞いていたが、はっとした表情をする。

「冬夜兄さんのゴーストを……？」

「はい、あれは夢だったのでしょうか。お父様は、木と木の間を遠ざかって、やがて見えなくなりました」

「夜明け前のまだ暗い時間帯だったはずだ。照明もないし、距離もあったのに、それでも見たというんだね？」

「なぜだか、わかりました。暗いはずなのに、ぼんやりと、僕には見えたのです」

「ありがとう、よく教えてくれたね」

月郎君が頭を撫《な》でると、航君はうれしそうに目をほそめた。自分の話を否定せずに聞いてくれる相手のいることが、どれだけ彼の助けになっていることだろう。航君は月郎君によくなついていた。

航君が部屋に入って扉を閉めると、大樹回廊に私と月郎君がのこされる。

「電話が不調で、どこにもつながらないみたいです。冬夜兄さんのことを警察に報告しようとしたけれど、だめでした」

「電話が、ですか……？」

「少なくともリビングの電話はつながりません。執務室の電話を試してみてください。どちらもだめだったら、電話回線が途切れている可能性があります。強風の影響でしょうか。それとも……。ああ、せめてお父様が呼びかけに応じてくださったなら、どんなに心強いでしょう」

月郎君はナイトガウンの胸の辺りを握りしめ、不安そうにしていた。

三

兄の死は本当に事故だったのだろうか？

自室で着替えながら月郎は考える。園芸用倉庫で目にした光景が頭から離れなかった。涙がこみ上げてくることに自分でもおどろかされる。長兄の冬夜とはあまり親しい関係ではなかった。昨晩も些細なことで口論になり、夕餉を険悪な場にしてしまった。それでも兄の死を、自分は悲しいと感じているのだ。

月郎の部屋は趣味の品々であふれている。世界中の心霊写真を集めた本、ゴーストが取り憑いて動かしていたといういわくつきの西洋人形、黒魔術のミサに使用されていた銀の燭台、深夜に覗き込むと死者と目が合うという鏡、ガラスケースに入った河童《かっぱ》の腕のミイラ、南米で出土したオーパーツ。幼かった頃、それらの品々を二人の兄に見せて自慢したことがある。次兄の彗星は興味深そうにあれこれと質問してくれたが、冬夜は一瞥《いちべつ》したのみだった。銀縁眼鏡の奥の目は月郎のことを冷笑していたように思う。

月郎は部屋を出ると、大樹回廊を反時計回りに下りた。義姉の居室の前を通る時、すすり泣きの声が聞こえてくる。泣いているのは義姉だろうか。それとも恋だろうか。部屋を訪ねて慰《なぐさ》めの声をかけるべきか、立ち止まって迷ったが、月郎は再び歩みを進める。

外に出て電話線の状態を確認するつもりだった。何か嫌な予感がする。住み慣れた大樹館が兄の死によって変質してしまった。父が返事をくださらないのも不安を大きくさせる要因である。

父の御部屋の扉を叩いて、冬夜の死を報告したけれど反応はなかった。取っ手を動かしてみたが、扉は固く閉ざされたまま開かない。普段は執務室に保管されている合い鍵は、現在、行方不明の状態らしい。園芸用倉庫を出た後、父の御部屋に向かう時、彗星がそのようなことを月郎に教えてくれた。

今こそ父の声を聞きたかった。

自分たちに進むべき道を教えてくださるはずだった。

御部屋の中で父は今も執筆を続けているのだろうか。しかし、耳をすましてもそのような気配はしなかった。ならば眠っているのだろうか。扉を叩く音も、呼びかける声も届かないほど、深い眠りの中にいるのだろうか。

それとも、まさか……。

月郎はそれ以上、考えるのを止めた。

大広間から玄関ホールへと移動し、正面玄関から外に出る。普段よりも風が強く、低い位置を雲が流れていた。大樹館の地上階の外壁に沿って月郎は移動する。電話線が繋がっているのは確か西側の裏手の外壁だった。

大樹館の外壁と周辺の針葉樹林との間を月郎は進む。足下は植物の生《お》い茂る荒《あ》れ地である。見上げると暗い緑色の樹冠が、ごうごうと風にあおられながら大樹館の外壁のすれすれを揺れていた。

電気を供給する電力線と電話線は、山頂付近に立つ鉄塔から複数の電信柱を経由して大樹館外壁の接続ボックスへと繋がっているはずだった。針葉樹林の中に紛《まぎ》れこんだ電柱から、数本の黒色のケーブルが延びている。しかし、その中の一本が途切れて地面に垂《た》れ下がっていた。

どれが電力線で、どれが電話線なのかが月郎には判別できなかった。状況から鑑《かんが》みて、途切れているものが電話線なのだろうと判断する。切断面を確認したが、刃物で切られたような鮮やかな印象ではなかった。力任せに接続ボックスから引き抜かれたように、二本の絶縁された銅線が、それぞれ別の方向によれている。

電話線が繫がっていたはずの接続ボックスが地面に転がっている。電話線が引き抜かれた際、その力を受けて外壁から外れてしまったらしい。修復は難しそうだ。

どうしてこうなったのだろう。強風でどこかの針葉樹が折れてしまい、電話線を引っかけた状態で倒れてしまったのだろうか。しかし、電力線が無事で、都合よく電話線のみに不具合が起きている状況に、やはり違和感を抱いてしまう。

月郎は針葉樹林の奥の薄暗い辺りを見渡した。地面からまっすぐに生えた幹が幾重にも奥へ並んでいる。シダ植物が幹の根元に茂っていた。

ふと、航が教えてくれたことを思い出す。

もしも冬夜の魂が、今もこの近くをさまよっていたなら、そして遭遇することができたなら、死の原因について何かを教えてくれるかもしれない。昨晩のことを謝《あやま》ることもできるだろうか。月郎は、彼に会いたくなった。

「冬夜兄さん……」

声をかけてみたが、風の吹きすさぶ音が聞こえるのみだった。

＊　＊　＊

落ち着かない気持ちのまま朝食の用意にとりかかる。トリュフオイルで風味づけをしたスクランブルエッグ、スモークサーモンとクリームチーズ、バゲットやクロワッサンやパン・オ・ショコラの入ったかごをダイニングテーブルに並べた。バターやジャムの瓶、ヨーグルトやグラノーラやナッツ類、オレンジやパッションフルーツのフレッシュジュースや、緑葉物を使ったスムージーも準備する。しかし、ほとんどが手付かずのまま残った。

朝食の時間になってもダイニングを訪れる方はいなかった。恋さんと航君と泉様は部屋にこもったきり出てこない。二日酔いの遠野さんは客室で寝込んでいるらしく、彗星様も彼女に付き添っていた。月郎君の姿も見かけなかった。

執務室の電話を調べてみた。警察の番号を回してみたけれど繋がる様子はない。彗星様に二日酔いの薬を届ける時、その旨を報告したところ、車で警察を呼んでくるべきだ、と彼は言った。

「月郎に、俺のところへ顔を出すように言ってくれ。あいつか俺のどちらかが麓の町まで行くことになりそうだ。その相談をしたい」

その月郎君はどうやら外に出て屋敷の周辺を調べてくださっていたらしい。彼が外からもどってきたのは、ダイニングを片づけるべきか迷っている頃だった。憔悴《しょうすい》した表情で、かごに入っていたライ麦のパンをひとつ手に取った。窓辺に立ち、針葉樹林を見つめながらパンをちぎってゆっくりと咀嚼《そしゃく》する。

「ここにはだれも来ていないのですか？」

「はい」

「全員ですか？　みんな、今、どこに？」

「みなさま、御部屋にこもっていらっしゃいます」

彗星様からの伝言を月郎君に伝える。

「わかりました、後で彗星兄さんに会ってきます。さきほど外で電話線の様子を見てきたのですが、屋敷に引き込まれるあたりで途切れていました。風で偶然《ぐうぜん》に切れてしまったようにも見えたのですが、よくわかりません」

「復旧はむずかしそうですか」

「専門の知識と道具がなければ……」

月郎君はすこし悔しそうにしている。

「それから、園芸用倉庫の裏口も見てきました。やはり扉を塞《ふさ》ぐような形で木箱が倒れていましたが、通れるように片づけておきました。木箱や地面の汚れ具合から、何日もあのままの状態だったんじゃないかという気がします」

パンをちぎる手が止まっていた。月郎君も食欲がないのだろう。窓越しに見える深い針葉樹林の暗闇へと視線を向けている。

「僕はゴーストを探して歩き回っていたのです。航が、冬夜兄さんを見たと話していましたから。針葉樹林の奥に行けば、もしかしたら冬夜兄さんのゴーストがいるんじゃないかと思って……」

「いらっしゃいましたか？」

「だめでした。僕には航みたいな霊感がないのでしょう。冬夜兄さんのゴーストにもしも会えたなら、昨晩のことを謝りたかったのですが。あんなのが最後の会話になるだなんて、思っていませんでしたから」

月郎君がダイニングからいなくなると、私はテーブルにあまっている朝食を一ヶ所にあつめ、片づけずにそのまま置いておくことにした。お腹をすかせた人たちが後でやって来るかもしれない。

その後、御主人様の下へ朝食を運ぶことにした。私は御主人様の現在の状況を知らない、ということになっているのだ。普段通りの行動を心がけなくてはならなかった。

料理を載せたトレイを持ち、大樹回廊を時計回りに移動した。高層領域に入ると、外側に面した窓から風の吹きすさぶ薄暗い世界が見渡せた。揺れながらひしめく針葉樹林は黒々とした大海のようである。空から無数の小さなものが落ちてきて屋根に当たり音をたてる。大樹の枝の先端部分の針のような細枝が風に砕けて降り注いでいるのだ。

円形の空間に置かれたテーブルには、昨晩の料理が手付かずのまま残されていた。

「穂村です。朝食をお持ちしました」

わかっていたことだけど、返事はない。木製の扉を見つめ、今、御主人様のお声が聞こえたなら、どんなに私たちは安心するだろうかと考える。想像もしていなかったことが起きて、私たちは皆、途方にくれていた。死とは断崖《だんがい》のようなものだ。私たちは暗闇へ続くその淵《ふち》を歩かされている運命の囚人《しゅうじん》なのだ。

大樹館がこの土地に完成したのは二十年前だ。まだ二十年しか経っていないのか、というのが私の感想である。壁や天井や床の素材はどこも歴史を感じさせる風合いを持っている。わざと古く見えるように木材が加工されているのではない。触った感じが実際に古いのだ。外壁の一部が煉瓦造りになっているのだが、はりついた苔《こけ》やひび割れの雰囲気は、何百年も前からここに存在しているかのように長い歴史を感じさせた。

私が浴室の掃除をしている間に、月郎君と彗星様の間で話し合いが行われたらしい。結果、彗星様が御自分の車で麓の町まで行き、大樹館で起きていることを警察に相談してくることになった。彗星様は一人、大樹館を出て石階段を下りていった。

ガラス張りの温室で植物に水をあげている時、幼子を思わせる声が聞こえてくる。

（おかあさん……、ああ、おかあさん。……ぼくの、こえ……きこえて、いますか……）

水の入った如雨露《じょうろ》をそばに置き、私はお腹に手をあてて返事をした。

「聞こえてます。あなたが呼びかけてくるのを待っていたのよ。聞きたいことが、たくさんあるから」

（よかった、まだ、つながって……いるなんて、きせき、です……）

「昨晩以来だから、六時間以上は間が空きましたね」

（ぼくの、じかんは、れんぞく、しています……。こえが、すこし、とぎれたと……おもったら、おかあさんの、ほうだけ……、じかんが、すぎている……）

私と彼の時間の流れ方には違いがあるらしい。時間が六時間以上も過ぎたのは私の方だけで、昨晩の会話は胎児にとって、ついさきほどのことなのだ。

「私の視点では数時間おきに連絡が来るように感じていました。でも、実際は、最初に言葉のやり取りがあって以来、ずっとあなたは、まどろみの時間遡行とやらを続けていたのですね。それより、大変なことになりました。夜明け前、冬夜様が亡くなられたのです。あなたはこのことを知っていたの？　知っていたのに、教えなかったの？」

私の発言は、未来にいる穂村ツバメにとっても予想外のものだったらしい。戸惑うような声で胎児から返答がある。

（とうや……おじさんが……？　なぜ……）

「あなたも知らなかったのですか、冬夜様が亡くなられるという出来事を」

（こちら、では……とうや、おじさんは、いきて、らっしゃいます……。どうして……）

「園芸用倉庫で棚が倒れたのです。その瞬間はだれも見てはいませんでしたが、冬夜様はその下敷きになって亡くなられたようです。あなたの知っている歴史では、こんなこと起きてないの？」

（……はい……。ぼくが、おかあさんの……うんめいを、かえたから、でしょうか……）

私は昨晩、胎児の提案を受け入れた。結果、御主人様の御遺体は発見されず、何事もなく次の一日がはじまった。時間に枝分かれが生じ、この世界は別の歴史を歩みはじめたのだ。

（ぼくの、せかいでは、よるの、あいだに……けいさつが、おかあさんを……、つれていったのです……。つぎのひ、じこは、おきて、いません……）

「昨晩、警察を呼んだのですか？　電話で？」

（きろくが、のこって……います……）

昨日の夜の間は、まだ電話線が無事だったということだろうか。私の行動の変化により、警察が大樹館へ来ることはなくなり、何事もなく夜は過ぎた。その結果、早朝の冬夜様の事故死につながった。でも、あれはただの事故だったのだろうか。

（こんなに、ひげきが……、つづく、もので、しょうか……。もしかしたら、じこでは、なかったのかも……）

「私も疑っています。冬夜様は事故死されたのではなく、だれかに殺されたのかもしれないと。理由はわかりませんが」

私は胎児に、冬夜様の御遺体の状況について説明する。夜明け前の時間、すさまじい音が発生した時のことや、遺体発見までの経緯などを話しているうちに、私の手足は冷たくなった。事故死だとするなら、棚が倒れた時の騒音時に冬夜様は亡くなられたことになる。

それから遺体発見まで、十分程度だろうか。

園芸用倉庫には冬夜様の御遺体の他にだれもいなかった。勝手口は木箱で塞がれており開かない状態だ。廊下側の扉を通って外に出たのなら、私たちに鉢合《はちあ》わせする可能性が高かったはずだ。

（たなを、たおす、しかけが……、あったのかも……しれません……）

「そうですね。時間経過で、あるいは遠隔操作で、棚を倒せる工夫がなされていたのなら、犯人は倉庫内にいる必要はありませんからね」

犯人はきっと安全な場所にいたのだ。事前に冬夜様は殺害されていたか、眠らされた状態で倉庫に横たえられていた。犯人は自分を安全圏《あんぜんけん》に置いて、何らかの仕掛けで園芸用倉庫の棚を倒し、事故に見せかけたのではないか。

犯人……。

その犯人とは、おそらく御主人様に害を為した存在と同一人物だろう。それなら、冬夜様の死の謎《なぞ》を解明することが、私たちの求める諸悪の根源の特定に繋がるはずである。

しかし、どのような仕掛けを作れば、棚が勝手に倒れてくれるだろう。倉庫の床はたわんでおり、床に噛ませていた木片をあらかじめ取り除いていたことは間違いない。あと一押しで倒れてしまうような不安定な状態にしておき、最後の引きがねを仕掛けにゆだねたのだ。倉庫内をあらためて調査すべきだろう。犯人がのこしていった痕跡《こんせき》が見つかるかもしれない。

しかし、私の行動の結果、冬夜様が亡くなられたのだと思うと、気持ちが沈んでしまう。私にも死の責任の一端があるのかもしれない。

│私が昨晩、御主人様の御部屋を開けていたら、このようなことにはならなかったのでしょうか」

（それでは……、おかあさんが、ふこうに、なってしまうのです……。このような、ことが、おきるなんて……。はんにんの、せいです……。おかあさんは、わるく、ありません……）

「ありがとう。そう言ってもらえると、気が楽になります」

（おかあさん、どうか、しあわせに……、なって……ください）

温室内にベンチがあり、私はそこに腰掛ける。天井付近から垂れ下がる蔦が、先端を螺旋の形にしていた。

（そういえば……）

胎児が再び語り出す。

（かみが、あかいろの……じょせいに、きをつけて……。あかぞら、とおの、から……、めを……はなさないで……。あのひとは、かくしている、のです……。じぶんの、もくてきを……）

胎児は彼女についての情報を過去の事件資料で読んで把握していた。

赤空遠野という人物もまた、大樹館の関係者だったことを私は知る。

# 四

大樹回廊の起点となる南の大広間から、螺旋状の通路をすこしだけ上った先に、リビング空間が広がっていた。低層領域の南西、外縁に位置する一画である。いつもならソファーに人々が集まり、レコードの音楽が流れ、談笑の声が響いているはずの場所だった。彗星様はバーカウンターで自分のお酒を作り、月郎君は子どもたちとボードゲームで対戦しながら笑っていたことだろう。みんなの楽しげな気配が聞こえたなら、御主人様も御部屋を出てきてくださったにちがいない。

しかし今のリビングは閑散《かんさん》としてだれもおらず、がらんとした空間に、私の押すカートの音がむなしく響いた。カートには布製のランドリーバッグがついている。私がやるべきことは人々を観察することだ。洗濯の汚れ物を回収するふりをして、一人ずつに話しかけてみようと思っていた。

薄暗い回廊に点在する間接照明の光をくぐり抜け、まずは泉様と恋さんと航君がいる部屋を訪ねてみる。ノックして用件を述べると扉が細く開かれた。室内にいたのは泉様だけで、二人の子どもたちの気配は感じられない。泉様はドアの隙間からおびえるような目で私を見つめる。

「お洗濯したい汚れ物がありましたら……」

私の言葉の途中で、彼女は凍《こお》りついた表情のまま何も言わずにドアを閉ざしてしまった。その反応がすこし異様なものに感じられる。夫の死を悲しんでいるというより、何かに恐怖しているようだ。まるで死神を恐れているかのように。呼びかけても、もう扉を開けてはくださらなかった。死が日常を壊してしまった。これまで普通にあったものが瓦解し、私たちはすっかり見慣れない世界に突き落とされてしまったようだ。

泉様のことを心配しながら、ランドリーバッグのカートを押してさらに大樹回廊を上る。赤空遠野さんが二日酔いで寝込んでいるはずの客室をノックしてみたけれど返事はない。彗星様がガレージへ向かった時、彼女が同行した様子はなかったけれど、どこへ行ったのだろう。月郎君の部屋もノックに反応がなかった。普段通りの行動を心がける必要があったので、大樹回廊の終着点まで上り、御主人様の御部屋の扉も形だけノックをしてみた。もちろん返事がないことはわかっている。悲しみを押さえつけて、私は来た道をもどることにした。

大樹館の柱や壁が、時折、小さくひび割れるような音を発する。家鳴りというものだろうか。あるいは、大樹が今もすこしずつ成長している影響で建物が軋んでいるのかもしれない。

脱衣所で大量のタオル類を回収し、それらを洗濯して干した。ダイニングテーブルにならべていた朝食を確認したところ、数名が食事をした形跡がある。昼食にサンドイッチを大量に作っておき、同じようにテーブルへ置いておこうかと考えた。

さっそく厨房でサンドイッチに挟む具材を用意する。フォアグラのパテ、ロブスターの尾肉《おにく》、新鮮《しんせん》な野菜を食料庫から出す。動き回っていたら、こんこん、と柱をノックする音がした。赤空遠野さんが厨房の入り口の壁に背中を寄りかからせて立っている。

「えっと、喉が渇《かわ》いたんだけど、何かない？　炭酸水《たんさんすい》とか」

野良猫《のらねこ》を思わせる彼女の目は、くりくりとよく動き、厨房内のいろいろな場所を観察している。首まわりが大きく開いたシャツを着ており、サイズの合っていない大きめのズボンを穿いている。どちらも彗星様のものだった。

厨房には業務用の冷凍庫《れいとうこ》、冷蔵庫、製氷機が設置してある。冷蔵庫から炭酸水の瓶を出して製氷機の氷をグラスに入れた。しかし瓶の栓を開けたタイミングで遠野さんが言った。

「グラスはいらない。瓶のまま飲むよ」

瓶を渡すと彼女は口をつけて飲みはじめた。白い喉がうごくのを見つめる。

「他にも何かご入り用のものがありましたらお申し付けください」

「大変だね、あなたも。こんな状況なのに食事の用意？」

「仕事ですから」

私は返事をしながら、胎児から聞いた話を思い出していた。奥様の十三回忌の食事会に飛び入りで参加することになったこの女性には、だれにも話していない秘密があるらしい。

「そういえば、車のこと、もう知ってる？」

「何のことでしょう」

「彗星先生が弟さんと相談して、どちらが麓へ行ってくるのかを決めたの。結局、彗星先生が車で行ってくることになったんだけどね。ガレージに行ってみたら、タイヤがパンクさせられていたらしいよ。先生の車だけじゃなく、他のタイヤもね」

南側の斜面を下りた先に、コンクリート造のガレージがある。宝石のような光沢を放つクラシックカーが三台と、月郎君が大学への通学に使用している原動機付きの二輪車が置かれていたのだが、どれも動かせない状態になっていたらしい。彗星様はしばらくガレージ内にとどまって修理を試みたものの、あきらめて大樹館に戻ってきたという。

「ねえ、このお屋敷で、なにが起きてるの？」

電話も使えなくなり、麓への移動手段も失われた。徒歩で山道を行けば、いつかは町までたどり着けるはずだが、何時間もかかる距離だ。これらが犯人の仕業《しわざ》だとするなら、どのような考えがあるのだろう。大樹館を外部から孤立させようとしているのだろうか。

遠野さんは炭酸水の瓶を片手に厨房内を歩き回る。

「きっと、だれかの仕業よね。先生のお兄さんの事故死と関係があるのかな」

電話の不通は強風の影響だという可能性もあったが、こうなってくると、だれかが意図的に通信を遮断《しゃだん》したとしか思えない。

私が御主人様の御部屋を開けていたなら、すぐさま警察が電話で呼ばれていたらしい。胎児の暮らす世界では、おそらく車もパンクさせられてはいなかったのだろう。これらの状況の食い違いは、やはり、御主人様の御遺体が発見されたかどうかに起因している気がする。そこが歴史の分岐点《ぶんきてん》だ。

「この屋敷、呪《のろ》われているんじゃないの？　そういえば建設中に人が死んだのよね。確か、あなたの……」

「私の父のことだと思います。私はまだ小さくて、当時のことをおぼえていませんが」

「高い所から足をすべらせて落ちたのよね」

彗星様からその話を聞いたのだろうか。それとも、大樹館に関する記録を読んでそのことを知ったのだろうか。

「あなたのお父さんの怨念《おんねん》がこの屋敷に残っていて、住人たちを呪い殺している、とか」

「私の父は、もしかしたら遠野様のお父様とも顔見知りだったかもしれませんね。大樹館の建設に携わっていたのですから、その可能性は大いにあります」

私の発言は彼女に劇的な効果をもたらした。遠野さんは大きく目を開き、警戒するように後ずさりする。その反応で私は理解した。胎児が教えてくれた情報は真実だったのだ。

「あなた、何で、それを……？」

遠野さんは私を睨む。彼女の素性に関して明らかになるのは、本来であれば警察による関係者への事情聴取が行われるタイミングだった。御主人様の御遺体が発見され、私が取り調べ室で尋問《じんもん》を受けている間に、彼女が隠していた背景も公《おおやけ》になったという。

「遠野様のお父様は、大樹館を設計された蘭堂与一《らんどうよいち》様だったのですね。御主人様や奥様とも親交の深い方だったとお聞きしています」

蘭堂与一。巨大針葉樹を中心とする螺旋状の屋敷を設計した人物である。彼女とは苗字が違うけれど、それは母親が再婚したせいだ。蘭堂与一という人物は、だいぶ前に亡くなっていた。

遠野さんは悔しそうに私を見ていたが、やがて息を吐き出し、気まずそうに片方の手で顔をおおった。

「教えて、何でばれたの？　知ってるのは、あなただけ？」

「蘭堂様のお写真をどこかで拝見したことがあり、雰囲気が遠野様にそっくりでしたので。それに、蘭堂様にお嬢《じょう》様がいたという話を、御主人様からも伺《うかが》っておりましたから、もしかしたらと思い」

すべて嘘である。しかし、先ほど恋さんが遠野さんとすれ違った時、ふと立ち止まり、どこかで似た人物に会った気がする、という反応をしていた。もしかしたら蘭堂与一の写真を恋さんは建築雑誌か何かで見ていたのだろうか。

「このことは彗星様にもお伝えしていません」

「それはよかった。先生はまだ知らないってことね。まあ、ばれたところで、別にいいんだけどさ」

「お聞きしてよろしいでしょうか。なぜ、お父様のことを秘密のまま、彗星様に近づかれたのです」

「この屋敷にもぐりこみたかった。そうするには、彗星先生の恋人になるのが手っ取り早いと思ったわけ。大樹館の関係者が私の通っている大学で働いていると知ったのは偶然だったけど。私が蘭堂与一の娘《むすめ》だってことを知ったら、警戒されるんじゃないかと思ったの。だから、だまっていることにした」

遠野さんは、言うべきかどうか逡巡《しゅんじゅん》した後、口を開いた。

「父が自殺したこと、あなたも知ってるでしょう?」

私はうなずく。大樹館を設計した蘭堂与一は、完成から数年後に心を病んで自死した。それは有名な話だ。遠野さんがうつむくと、赤色に染めた髪の毛が流れて表情を覆い隠す。

「死の間際、父は、大樹館に関するすべての資料を燃やしたの。まるで重大な秘密を隠すみたいに。きっとそのことは彗星先生も知っているはず。私の父が自殺した理由は、はっきりとわかっていないけれど、大樹館に原因があるんじゃないかと私は思っている。大樹館に関わってから父は精神を病んだの。母の話では、大樹館の設計をする前と後では、まるで別人だったって……」

顔を上げて彼女は私を見つめた。

「父の死の理由を知りたい。大樹館には私の父を追いつめるような秘密が隠されているんじゃないかな。でも、私が蘭堂与一の娘だとわかったら、彗星先生は、私を遠ざけるんじゃないかと思った。そうなったらこの屋敷にもぐりこむのは難しくなるでしょう。だから、無関係な女の子のふりをして接近することにしたというわけ。でも、彗星先生のことが好きってのは本当だからね。もちろん、長続きはしないと思う。移り気なところがあるから」

知っています。と言いかけて、私は無言を貫《つらぬ》く。

「あなた、大樹館で働いていて、彗星先生に言い寄られたことはなかった？」

「ありました」

「まあ想像通りね」

遠野さんはそれから厨房の造りを観察する。流し台のタイルの表面に指先をあてて滑《なめ》らかさを確認していた。大樹館は彼女の父親がこの世に生み出した最後の作品である。彼女の存在が血と肉を分けた生物学的な意味での子どもだとするなら、大樹館は蘭堂与一の精神を遺伝子とした子どもなのだ。

しかし、蘭堂与一を追いつめた秘密とは何だろう。螺旋状の洋館は複雑な形状をしている。無数の部屋が大樹回廊を軸に繋がり、大樹の幹へ絡みつくようにしながら天を目指している。蔦の絡《から》まっている壁面、煉瓦造りの部屋、木製の壁、大樹回廊の内側でひしめきあう小部屋と重層的に絡みあう廊下や階段。混沌《こんとん》として歪《いびつ》でありながら、全体では調和し、神話の世界からこの世に存在しているかのような迫力を放っている。設計した蘭堂与一という人物は天才であり狂人でもあったのだろう。完成後も数年間、彼はこの屋敷を改修し続けたと聞いている。そしてある時、すべての資料を焼却《しょうきゃく》して首を吊ったのだ。

「私の予想では、大樹館には秘密の部屋がどこかにあって、世間に知られたらまずいものが隠されているのよ。父は隠し部屋の設計をひそかに頼まれていたというわけ。でも、良心の呵責《かしゃく》に耐えきれず、心を病んだのではないかしら」

「隠し部屋には、何が？」

「少年少女たちを監禁《かんきん》するための牢屋《ろうや》や拷問《ごうもん》器具」

「御主人様にかぎって、そのようなことは……」

「無いと言い切れる？　そもそも、私はその御主人様って存在に会ったことがないんだよね。こんな状況なのに部屋から出てこないなんて。本当にそんな人、存在しているの？　彗星先生のお父さんが、世界的に有名な小説家だというのは知っている。でも、奥さんの十三回忌の食事会にも現れず物語を書きつづけるなんて非常識よね。みんなが御主人様と呼んでいる存在は、もしかして存在してないんじゃない？　全員が夢でも見ているのよ。そういう存在がいると思い込んで暮らしているわけ」

「まさか、そんな……。御主人様が存在していなければ、どうして私はここにいるのです」

「そんなの、あなた次第よ」

遠野さんは私に背を向けて厨房の出入り口へむかう。廊下の手前で立ち止まり、炭酸水の瓶を持ち上げて照明にかざした。

「淡い青色の瓶って奇麗。宇宙空間に広がるガス星雲の色って感じ。分厚いガラスの中に浮かぶ、小さな空気の点々が星に見えるから。穂村さん、私のこと、もうすこしの間、みんなにだまっててよ。こんな異常事態だけど、私にとっては、父が自殺した原因を調べるチャンスなんだよ。あ、そういえば」

言い忘れていたことを思い出したような表情をする。

「宝石やアクセサリーが飾ってあるギャラリーを眺めたんだけど、何だかちょっとあやしいのが混じってたよ」

「あやしい、とは？」

「偽物なんじゃないかってこと。全部じゃないけどね。一度、鑑定《かんてい》してもらったほうがいい。だれかが偽物にすりかえて売り飛ばしたのかも」

「鑑定士の技能をお持ちなのですか？」

「そういうわけじゃないけど。宝石の内部を通り抜けた光が、心に訴えてこなかったわけ。色も、その輝きも、まがい物の光線でしかなくて、私を感動させてはくれなかった。つまり直感ってこと」

彼女はそう言い残して厨房からいなくなる。秘密の部屋を探しにむかったのだろう。五年間、この屋敷で働いているけれど、私はそのような部屋があるという噂を聞いたことがない。しかし、蘭堂与一が大樹館についてのあらゆる資料を死ぬ間際に焼却したというのは事実だから、知られてはならない秘密が大樹館の設計図には記されていたのではないかという説には真実味を感じるのだった。

# 五

ゼンマイ式振り子時計の針が正午を指す。私はダイニングのテーブルにサンドイッチを並べた。メロンやグレープフルーツなどの果物をカットし、ガラス製の細かな装飾がほどこされたピッチャーに氷水をたっぷりと入れる。朝食に集まらなかった方々も、今回はダイニングに現れた。

彗星様と遠野さん、恋さんと航君、そして月郎君が時間差で大樹回廊を下りてくる。最初のうちは死の気配が薄靄《うすもや》のように漂い重苦しい雰囲気だったが、食べ物でお腹がふくらむと、ほっとした顔つきになる。座って食べられるように椅子も用意していたのだが、立食パーティのように立ったまま全員が食事をしていた。

「月郎様、私、どうしたらいいかしら。お母様が心配なの。お父様のことがあったから、仕方のないことだと思うけど、様子がおかしいの。何かを怖がって、ベッドの中で震えていらっしゃるのです」

恋さんが月郎君に話しかけている。

「冬夜兄さんのゴーストを見たのかもしれない。ゴーストを見た人は、恐怖で心を蝕《むしば》まれるというから」

「ゴーストって？　何のこと？」

遠野さんが彗星様に聞いた。彼女は果物ばかり食べている。二日酔いで吐いたばかりなので、サンドイッチのようなものより、瑞々《みずみず》しいものを体が欲しているのかもしれない。

「肉体が朽ちた後、魂だけになった存在のことだ。航にはそういうものを見る力が備《そな》わっているらしい」

私たちは航君に視線をむける。彼はスクランブルエッグをはさんだサンドイッチを食べていたが、かじりついた方とは逆側から中身がはみ出して床に落ちている。私は手早くそれを拭きとった。

「ゴーストが人に危害をくわえることはないの？」

遠野さんの質問に、恋さんが返事をする。

「以前、ゴーストが航の体に入り込んで、自分を傷つけようとしたことがあります。あれは夜中のことでした。航が急にベッドから立ち上がったかと思うと、他人が意識を乗っ取ったみたいに、知らない外国の言葉で話しはじめたの。それから、自分の腕を爪《つめ》で掻《か》きむしって……。あの時は、とても怖かった……」

恋さんは途中から遠野さんではなく月郎君にむかって話している。不安そうに瞳を揺らす表情は、見る者の庇護欲《ひごよく》をかきたてた。演技だとしたら母親から女優の能力を受け継いでいることは間違いない。

私はすこし離れた位置で給仕をしながら、全員の表情や仕草を観察する。おかしな挙動をしている者はいなかった。

彗星様が口を開いてみんなに話しかける。

「みんなもすでに聞いていると思うが、電話がつながらなくなっている。警察に連絡を入れて、兄貴のことを報告することができない。それに、ガレージの車も、何者かの手によってパンクさせられていた」

航君以外の方々が視線を交わして不安そうな表情になる。

「もしかしたら、不審者《ふしんしゃ》が大樹館の周囲をうろついていて、ガレージに忍《しの》び込んだのかもしれない。念のため外には出ないように。俺はこの後、すこし休んで、麓の町まで歩いてみようと思う。警察に話をして、人を連れてもどってくるつもりだ。問題ないか？」

「ありがとう、彗星兄さん」

月郎君が代表で私たちの心を代弁してくれる。麓の町まで徒歩で移動するのは大変な苦労だ。途中で熊《くま》などの危険な野生生物に出くわす可能性もある。その役目を自ら買って出てくれた彗星様に感謝していた。

「このまま兄貴の遺体を放っておくわけにもいかないからな。だが、その前に気になることがある。親父のことだ。姿を見せず、返事もせず、どうも嫌な予感がする。何とかして部屋の中を確認したほうがいい。子どもの頃からずっと、俺たちは教えられていた。物語の執筆を邪魔してはならない、許可なく部屋に入ってはならない、と……。だが、今回ばかりは許されるはずだ」

「穂村さん、お父様の御部屋の合い鍵は、まだ見つかっていませんか？」

「残念ながら……。申し訳ありません」

私は月郎君に頭を下げる。合い鍵の紛失《ふんしつ》の件はすでに全員が知っていた。本当は使用人部屋のクローゼットに隠していたが、胎児の言う通り、どこかに捨てておいた方がいいのかもしれない。今後、私が疑われるような状況に陥った時、部屋を調べられて合い鍵が見つかったら、やっかいなことになる。

「すこし危険ですが、僕が屋根伝いにお父様の御部屋の近くまで行ってみましょう。窓越しに御部屋の中をのぞきこむことができるかもしれません」

月郎君が発言する。

御主人様の御部屋は最上階にあり、地上からもっとも離れた高所にある。普通の建築物であれば外壁を登って窓を外から確認するのは難しいだろう。しかし大樹館の場合はそれができる構造だった。

地面にひろがっている地上階部分。その中心付近がせり上がり、渦巻き状に連なる洋館が空にむかって屹立している。渦巻き状の洋館は大樹回廊を骨子としており、巨木の周囲を三巻きして最上階へと繋がっている。場所によって屋根の形や高さには、ばらつきがあるものの、全体としては階段状に部屋が並んでおり、地上階の屋根から御主人様の御部屋のすぐ近くまで、渦巻きを描きながら続いているのである。

例えば地上階のどこかの外壁に梯子《はしご》をかけ、まずは低い屋根に上る。大樹回廊の起点となる場所から螺旋状に屋根を伝って行けば、細かな段差しか存在しないため、それほど苦労せず、やがて最上階の御主人様の御部屋の近くまで行くことができるというわけだ。

しかしそれは防犯上の弱点でもあった。そのため御主人様の御部屋の窓には、しっかりとした鋳鉄製の格子がはまっている。窓を割って室内に入ることはできないが、格子の隙間から様子をうかがうことならできるはずだ。カーテンが閉ざされていなければいいけれど。

ただし、足を踏み外して転落すれば怪我《けが》を負うのは間違いないため、屋根を上るのは危険な行為である。すぐ下の階層の屋根に引っかかる場合でも、十メートル以上も落下することになるのだから。月郎君の体が転落して、運悪く尖塔《せんとう》のように尖《とが》っている屋根で貫かれてしまう様を想像し、私は恐ろしくなる。

「いけません、月郎様。町から人手が来てくださるのを待ちましょう。彗星お兄様が呼んできてくださるのでしょう？　お祖父様の御部屋のことは、それからでもいいのではありませんか？」

恋さんが真っ青な顔でひきとめた。

「慎重にやればきっと大丈夫。お父様の状況がいつまでもわからないことの方が、僕には心苦しいのです。扉を叩《たた》いても、返事をくださらないことの方が……」

姿を見せてくださらない御主人様に、人々は嘆き、混乱していた。まるで親に見捨てられた幼子のように、心細さを抱えながら、私たちはこれからどうすべきかを考えなくてはならなかった。

食事と対話を終えた方たちが大樹回廊を移動して各自の部屋へ戻っていく。ダイニングを出て行く直前、恋さんが私に話しかけてきた。

「お母様に何か食べるものを差し上げたいの。残っているサンドイッチを持っていってもいいかしら」

「後ほど、私が御部屋までお持ちしましょうか」

「そうしていただけるとうれしいです」

恋さんが弱々しく微笑《ほほえ》む。いつもなら彼女が笑うと、色とりどりのちいさな花や蝶《ちょう》がふわりと視界を彩《いろど》るような気がするのだが、今日はさすがに精神が参っているようだ。ぼんやりと立っていた航君の手をひいて彼女もダイニングを後にした。

トレイに二人分のサンドイッチと水差しを準備する。泉様の分と御主人様の分だ。御主人様の昼食をこれまで通り用意すべきか悩んだけれど、御遺体がまだ発見されていない状況なので、昼食を御部屋の前まで運ぶことにした。

大樹回廊の最初の渦巻きを一周すると、地上から二十五メートル以上の高さに到達する。大樹回廊の内側にむかって脇道がいくつも枝分かれしており、大樹を中心とした同心円状に廊下が延びていた。大樹回廊の内側の空間は窓が作りづらいため、窓を必要としない物置きや、薄暗いギャラリーなどの小部屋がひしめいている。階段が点在し、低層領域内でも複数の階層に分かれていた。まるで石けん水に息を吹き込んだ時にできる泡の集合アパートのように、大樹回廊の内側の隙間を小部屋たちが埋めているのである。

人が居住するための部屋は大樹回廊の外側に並んでいる。眺望《ちょうぼう》のことを考慮した結果だろう。そのため大樹館を外から眺めた時、大樹回廊に沿って窓のある部屋が階段状に連なっているように見えた。大樹回廊の床は傾斜しているが、各部屋の床は水平なので、部屋の床と天井の高さはすこしずつずれながら、スカートのフリルのように外壁に連なっているのだ。

泉様たちの部屋の前にたどり着いてノックをする。

「穂村です。お食事をお持ちしました」

「ありがとうございます。テーブルに置いてください」

扉を開けてくれたのは恋さんだった。室内に招き入れられ、窓際のテーブルにサンドイッチと水差しを置いた。部屋にいるのは憔悴した表情でベッドに横たわる泉様と、心配そうにそれを見つめる恋さんだけだ。航君は他の部屋へ遊びに行ったのだろうか。大樹館に滞在している時、彼はよく一人でかくれんぼをしていた。音楽室のグランドピアノの下や、大樹回廊内側の小部屋が入り組んでいる辺りの謎の隙間にうずくまっていることが多い。

「お母様、穂村さんがお食事を持ってきてくださいました。お召《め》し上がりになりませんか？」

恋さんがベッドの泉様に寄り添う。

すこし前に部屋を訪ねた時の、泉様から感じられた鬼気《きき》迫る雰囲気はうすれていたが、思い詰めた表情は変わらなかった。昨日まで一緒に暮らしていた相手が、今朝、遺体となって発見されるというのは、想像を絶する出来事だろう。彼女の精神的なショックは計り知れない。

「お父様のことを思うと、私もつらいです」

恋さんは泉様の手に自分の手を重ねながら言った。

「でもね、お母様、私はこのことをプラスに考えようと思うのです。お父様が亡くなってしまったことは残念だけど、良かったこともいくつかあると思うの。例えば、お母様は女優の仕事にもどりたかったけれど、お父様が強く反対するものだから、あきらめていたでしょう？　お父様は、お母様を家の中に閉じこめて独り占めしたかったのよ。職場で他の男性と会話をするのを嫌がっていらした。でも、これからはもう、好きなことを好きにしていいんじゃないかしら。お父様の顔色をうかがって、やりたい仕事をあきらめるようなことは、もうしなくていいの。これからの人生のことを思えば、お父様が亡くなったことは、良いことだと思えてくるのではないかしら」

私は恋さんの話を聞きながら、すこしだけ驚いていた。冬夜様は心から泉様のことを愛していらしたが、少々、束縛《そくばく》が強かったらしい。はじめてそのことを知った。

ベッドの上でゆっくりと身を起こして、泉様は首を横に振る。

「気持ちの切り替えが早いのね。お父様が亡くなって、良かったただなんて、よくそんなひどいことを……。あの人はすばらしい方だった。格好良くて、頭も良くて……、でも、そうね、時々、あの人のことが怖く感じることもあった」

「お父様が何よりもおそれていたのは、お母様の愛情が消えてしまうことだった。だからお父様は、お母様が望むものを何でもプレゼントしてくださった。自由だけは、くださらなかったけれど……」

泉様はすこしだけうつむいて何かを考えるような沈黙をはさみ、それから私に視線をむける。

「穂村さん、二人だけで話ができないかしら。お願いしたいことがあるの。恋、私はもう平気だから、すこしの間、他の部屋に行っててくれる？」

泉様の目にすこしだけ活力がもどっていた。恋さんの話が効果を発揮《はっき》したのだろうか。すこし心配そうなそぶりを見せながら恋さんが出ていくと、部屋は私と泉様だけになる。

泉様は早朝に見た時の服装で化粧《けしょう》もしていないが、それでも整った容姿である。透《す》けるような肌は、ある種の神々《こうごう》しさをまとっており、妖精の女王を想像させた。彼女はベッドから立ち上がる。彼女越しに風の吹きすさぶ窓の外の風景が見えた。薄暗い針葉樹林の海は寒々しい。

「穂村さんに、すこし妙な頼みごとをしたいのだけど」

「何なりとお申し付けください」

「あの人の遺体は、まだ倉庫にあるのよね？　あの人の腕を、確認してきてほしいの」

「腕ですか？」

倒れた棚と床の隙間から、冬夜様の片方の腕が出ていた。私と彗星様と月郎君で御遺体を引っ張り出そうとした時、私はその手をつかんだから、よくおぼえている。

「朝、遺体を確認しに行ったでしょう？　ショックで記憶がすこし曖昧だけど、私、その時、あの人の腕にすがりついたの。確か右腕だった」

私は、どちらの腕だったかを、すぐに思い出せなかった。

「あの人、左腕の内側に火傷《やけど》の痕《あと》があった。それがなかったということは、やっぱり右腕だったと思う」

「それならば、間違いなさそうですね」

「長袖《ながそで》のシャツに覆われていたから最初は気付かなかったけれど、よく見ると白い皮膚に、注射針を刺したような痕があったの。前日には、そんなもの、なかったと思う。あの注射の痕は、なんだったのかしら。部屋にもどってくる時、歩きながら考えていたの。もしかしたら、あの人、だれかに毒の注射を打たれて、殺されたんじゃないかって……」

泉様の中でその考えは膨れ上がり、ついに誰のことも信じられなくなったという。洗濯の汚れ物を回収するために私が訪ねた時、彼女は私を殺人者かもしれないと思って警戒していたのだろう。話を聞きながら私は内心でおどろいていた。注射の痕など、初めて聞く情報である。

しかし時間がたつと、注射の痕は自分の見間違いだったかもしれないと自信がなくなってきたそうだ。だから私に確認してきてほしいのだと彼女は言った。

「電話もつながらないし、車のタイヤもパンクさせられていたのでしょう？　考えたくないけれど、だれかがそれをやったのよ。あの人が死んだのも事故のせいではなく、だれかの行いによるものではないかしら。穂村さん、あなたはどう思う？」

「犯人は、冬夜様の意識を奪う薬を注射して昏倒《こんとう》させたのかもしれません。園芸用倉庫のあの位置に寝かせ、時間差で棚が倒れる仕掛けを作っていた可能性もあります」

今朝、胎児と交わした会話を思い出しながら発言する。

「ああ、ありがとう。私の話を笑い飛ばさずに聞いてくれて。あの人は、だれかの手によって殺害されたのかもしれない。そう思うと怖くてしかたなかったの」

ずっと不安でしかたなかったのだろう。恋さんにも相談できずに彼女は苦しんでいたのだ。

「注射の痕跡の有無を確認してまいります。泉様はお休みになってください」

依頼を承諾《しょうだく》すると彼女は安堵の表情をしていた。一礼して部屋を退出する時、窓から遠くを見ている泉様の姿が目に入る。薄暗い雲が渦を作りながら流れ、不明瞭な輪郭の山々は暗い。航君が見た冬夜様のゴーストは、もう死者の国へ旅立ったのだろうか。それともまだ、この風景のどこかにたたずんでいるのだろうか。

冬夜様は数学教師であり科学主義の人だった。昨晩、鍼治療というものは錯覚によって痛みを取り除いているにすぎないと論じていたけれど、あんな風に言い切ってしまう人はめずらしいように思う。ほとんどの人は、皮膚に鍼を刺すという行為と、痛みがやわらいで体調が改善する結果との間に、どのような仕組みがあるのかを深く考えないものだ。人体には経穴というものがあり、気の流れを活性化するのだと言われたら、そういうものかと納得する。実際に鎮痛作用があれば、気の流れがよくなったおかげだと理解し、鍼治療の神秘に感謝する。自分は合理主義者だと思っている人の中にも、鍼治療は何となく信じている人は多いのではないか。

おそらく冬夜様は、死後に魂が天国や地獄へ行くなどという話にも否定的だったにちがいない。宗教によって救われる人が大勢いる。だけどそれらは創作された物語であり、実際には魂など存在せず、天国や地獄も架空のものだという態度を、冬夜様ならば表明していたにちがいない。死者となってしまった冬夜様は、今、自分のおかれた状況を、どうとらえているのだろう。

御主人様の御部屋の前のテーブルにサンドイッチと水差しを置いた。朝食は手付かずのままのこされている。朝食を回収して大樹回廊を反時計回りに下り、厨房で後片づけをする。その後すぐ園芸用倉庫へ向かった。地上階の窓のない廊下に空き部屋や物置きがならんでいる。その先の奥まった位置に園芸用倉庫やボイラー室のある一画があった。地上階の北側の外縁部、正面玄関とは正反対の位置だ。

園芸用倉庫の扉を開けると血の臭気がただよってくる。照明のスイッチを入れた。電球のフィラメントが震えながら光を放ち、惨状を闇の中から浮かび上がらせる。

折り重なるように倒れた三つの大型の棚。床の隙間から冬夜様の白々とした腕が出ている。死後数時間たっているが、その皮膚はまだはりがあり艶《なま》めかしく映った。砂浜に打ち上げられた白色の幻想的な魚類の腹のようだ。指が関節の部分でわずかに曲がっており、奇麗に切りそろえられて整った爪は、冬夜様の几《き》帳面《ちょうめん》さを表している。ガラス容器や機械の破片、破れた肥料の袋や拗《ねじ》くれた針金などが周辺に散らかっていた。

形容し難い臭気がただよっており、私は吐き気を催《もよお》した。倉庫には農薬の粉もぶちまけられ、それらと血の臭いが混じりながら立ちこめているのだった。吐きそうになっているのを、つわりだと勘違《かんちが》いしたのだろうか。お腹の中の胎児が数時間ぶりに話しかけてきた。時間の流れ方が違うため、彼の視点では前回の対話からほとんど時間が経っておらず、一瞬だけ私の声が聞こえなくなったという程度にちがいないけれど。

(おかあさん、おかあさん……)

幼子の声は、雑音の海から明瞭な輪郭を得て浮上するラジオ音声のようだ。会話が途切れ途切れになってしまうのは、胎児のまどろみの深さに関係しているのだろうか。

(きこえて、いますか……おかあさん……)

「ええ、聞こえています。でも、今はあまり、落ち着いて話すことができません」

鼻と口をおさえて、できるだけ呼吸をしないようにする。

(おかあさん……、じょうきょうを、おしえて、ください……。はんにんの、とくていは、できましたか……?)

「まだです。今、園芸用倉庫にいます。冬夜様の御遺体を調べるの。あとそれから、遠野さんと話しました。彼女のお父様のことも」

本来ならば、私と彼女の間に接点などなく、大した会話もないままに私は容疑者として捕《と》らえられていたはずだ。これまでに起きた出来事を胎児に報告しながら、私は冬夜様の御遺体のそばに屈《かが》みこんだ。

棚の下から出ているのは、泉様がおっしゃった通り右腕だった。長袖のシャツに覆われているが、袖口のボタンがはずれているため、大きく開いている。寝巻きではないところを見ると、昨晩、入浴しないまま徹夜でお仕事をされていたのだろうか。

「泉様がおっしゃっていたのです。冬夜様の腕に注射の痕があったと。私はその確認をしている最中です」

（ああ、どうして……。ぼくが、しらない、こと、ばかり……）

胎内から聞こえてくる幼い声がありがたかった。目の前に死体があるという恐ろしさを軽減させてくれる。自分がこの空間に一人きりではないという心強さを与えてくれる。

私は冬夜様の腕に手をのばし、シャツの袖口をつまんで上にずらしてみた。青色の血管が透けて見えるほどの真っ白な皮膚が、電球の光をあびてあらわになると、肘の内側のあたりに、ぽつんとインクを垂らしたような、紫色の皮膚の変色が確認できた。

「見つけました。注射の痕です。泉様がおっしゃっていたことは本当でした」

（しゃつに、ちのよごれ……は、ありますか……？）

「血の汚れですか？　腕の周辺には見当たりません。でも、体の下に血だまりがあります。棚が倒れた時、どこかを怪我して出血しているのでしょう。肩のあたりは真っ赤です」

棚の重みによって冬夜様の体から血が押し出されている。床板の隙間から流れていかなかった分が、散乱したものを赤色に浸《ひた》しながら棚の下に広がっていた。

「冬夜様は薬物を投与され、事前に殺害されたか、昏睡《こんすい》状態に陥らされ、この場に寝かされた可能性があります」

死因の詳細《しょうさい》は専門家にお願いしなければわからない。でも、完全に事故死に見せかけたかったのなら、毒物を注射して殺したのではないと思う。遺体から毒物が検出されたなら、すぐに他殺だとわかってしまうから。

でも、犯人はどこまで事故死への偽装《ぎそう》にこだわっていただろうか、とも思うのだ。電話線の切断は風の影響かもしれないと思える範囲だった。でも、車をパンクさせたのは明らかに人為的なものだとわかる。御主人様の御遺体が発見されたなら、すべての偽装は無駄になるはずだ。

（おかあさん、まわりに……、なにが、みえますか……？　みえている、ものを……、おしえて、ください……）

「わかりました」

棚が倒れている状況や、床に散らばっている品々の様子、空気中に立ちこめる臭気について話をする。殺虫剤の缶が転がっていたので手に取ってみるが、特に破損《はそん》箇所はない。倉庫の壁には鎌や鋸などの器具がフックに引っかけられて並んでいる。棚の倒れた衝撃で、いくつかは床に落ちていたけれど。ふと、周囲を見渡して気付いたことがある。

「斧が見当たりません。壁のフックに手斧がかけられていたはずなのに」

（それなら、ぼくは……ばしょを、しっています……。おのは、ごしゅじんさまの、おへやに……、あるのです……）

「どうしてです？」

（ここに、あった……おのが……、きょうき、なのです……）

御主人様は手斧によって心臓を破壊されて亡くなっているのだと、胎児は言った。その凶器は密室状態の床に放置されているのだと。私はその様を想像し、罪深さに言葉を失う。やはり犯人を見つけ出して八つ裂きにする必要がありそうだ。それにしても、犯人は御主人様殺害の凶器を手に入れるため、園芸用倉庫を出入りしていたことになる。

（とうや、おじさんは……、はんにんに、そうぐうして……、ころされた……？）

「その可能性もあります」

倉庫内を歩き回って様々な角度から現場を眺めた。倒れている三つの棚のうち、勝手口にもっとも近い棚に、気になるものを発見する。棚の天板の上部、中央付近に小さな釘《くぎ》が立っていたのだ。先端部分が中途半端に刺さり、頭の部分が指先ひとつ分ほど出っ張る形でのこっていた。

「以前はこのような釘、あったでしょうか。棚の天板の上にも、いろんな物が置いてありました。この釘がある位置にも、物の入った箱が隙間なく並べられていたはずです」

釘が出っ張っていたら、物を出し入れする度に引っかかったはずだ。

「ほかの棚の天板に釘は見当たりません」

（てんじょうを、しらべて……ください……）

天井は木製の梁《はり》がむきだしの造りだ。照明のための配線が梁の側面を通っている。銀色の小さな金具が、梁に刺さっているのを発見する。

「U字の釘です。それが木製の梁の側面に刺さっています。ほんの小さなものです。位置はちょうど、冬夜様の御遺体の真上あたりです」

U字の釘は、二ヶ所の尖った部分を梁の表面に食い込ませていた。配線を固定するために使用される種類の釘だ。配線工事をした人が手違いでそこに刺してしまい、そのまま放置されているだけという可能性もあったが、それにしては真新しい。配線に使用されている他のU字釘はくすんでいるのに、私が見つけたものは電球の光を反射させている。これを利用し、何らかの工夫をすることで、園芸用倉庫の外にいながら棚を倒すような仕組みを構築したのかもしれない。

（ほそい、ひも……など、おちて、いませんか……？）

それらしいものを探してみる。散らかった品々の中に、細い針金を巻いたものがいくつか見つかった。しかし、仕掛けに使用されたなら適度な長さに切られているはずだ。発見できたのは未使用のものばかりである。

もしかしたら犯人がすでに仕掛けの大部分を回収して捨ててしまっているのではないか、という気がする。棚の天板と梁の釘については、引き抜くのに手間がかかるため、放っておかれているのかもしれない。

〈園芸用倉庫 現場断面図〉

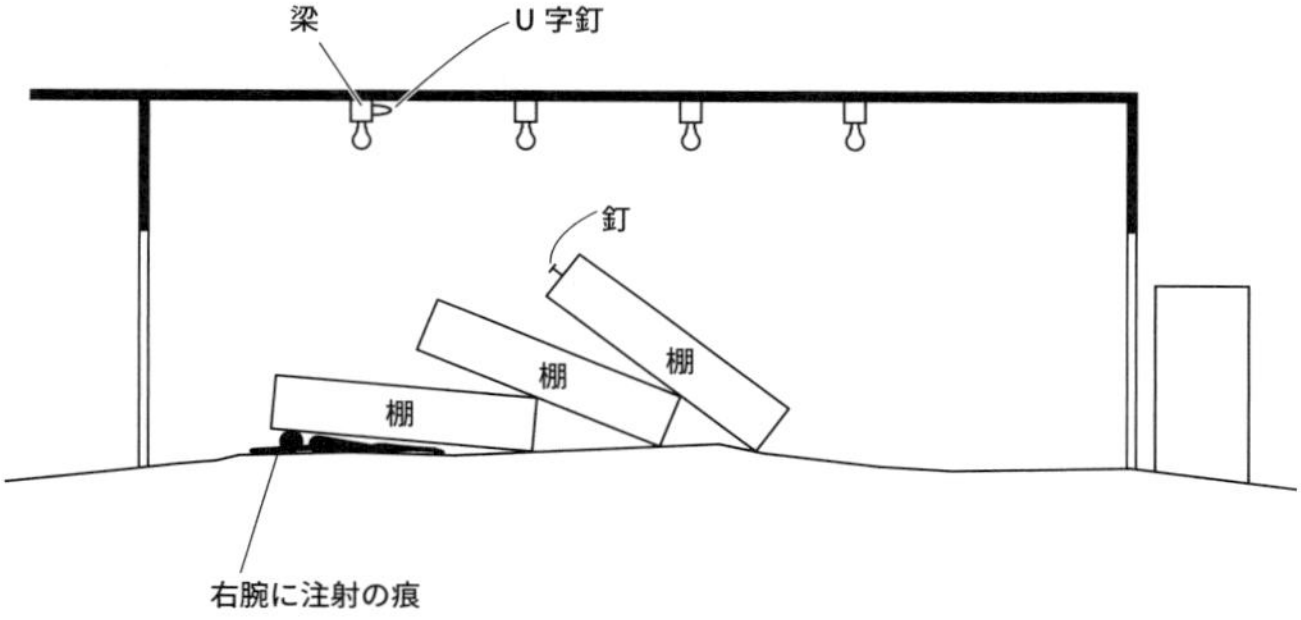

ふと、月郎君が言っていた何気ない言葉を思い出す。棚の倒れる騒音が聞こえるしばらく前に、小刻みな振動を感じたというのだ。それはかすかな振動だったらしく、私と彗星様は気付かなかった。もしかしたらそれもまた、棚が倒れる仕掛けに関係していたのではないかと想像させられる。

私は調査を切り上げることにした。泉様のところへ戻り、冬夜様の腕に注射の痕が確かにあったことを報告しなければならない。照明を消して廊下に出ると、むせるほどの臭気から解放されて深呼吸した。

「外部の侵入者が犯人という可能性はないでしょうか……」

私はそのように問いかけてみる。何者かが大樹館に忍び込んで恐ろしい犯行を行っているのではないか、という説を考えてみた。大樹館に滞在している人々の顔を思い浮かべてみたが、その中のだれかが犯人だと考えるのは気が重かった。

しかし、棚を倒す仕掛けを作るには、地上階の床の一部がたわんでいることを知識として持っていなければならない。木片の楔によって棚が固定されていたことをあらかじめ把握していたものが犯人だ。部外者であるわけがない。

幼子の返事はなかった。胎児のまどろみが浅くなったのだろう。お腹の中にむかって何度か呼びかけてみたが、普通の胎児らしく沈黙したままだった。

# 六

使用人部屋へ立ち寄り、クローゼットに隠していた御主人様の御部屋の合い鍵を取り出す。どこへ捨てたらよいだろうかと思案しながらお仕着せのポケットへ入れた。どこかの窓から針葉樹林にむかって放り投げてしまえばいいとは思うのだが、できることなら頃合いを見計らい、偶然に発見したふりをして回収したいのだ。後でちょうどいい場所を吟味《ぎんみ》して捨てることに決めた。

移動する私の靴音が壁や天井に反響する。他の方々はどこで何をして過ごしているのだろう。園芸用倉庫で想定以上に時間をつかってしまった。彗星様はもう徒歩で麓の町に向かって出発されたのだろうか。月郎君は螺旋状の屋根伝いに、御主人様の御部屋の近くまで行ってみたのだろうか。梯子の準備など、お手伝いをするつもりでいたのだが。

大広間から大樹回廊に入り、時計回りの傾斜をすこし上ると、リビングの横を通る。ソファーセットの置かれた広々とした空間があり、壁際にアルコールの並んだバーカウンターがあるのだが、そこにだれかが腰掛けていた。赤色に染めた髪で赤空遠野さんだとわかる。近づいてくる私の靴音に少し前から気付いていたらしく、彼女は椅子に座ったまま体をひねり、大樹回廊に顔をむけていた。彼女は背丈が高いほうではないので、カウンターチェアに座ると足が床につかず、宙に浮いてしまうようだ。

「穂村さん、ちょうど良かった。あなたが通るのを待ってたんだよ。さっき、これを拾ったの。もしかしたら、あなたが探していたものなんじゃないかと思って」

野良猫が塀《へい》からジャンプするような身軽さで、彼女は椅子から飛び降りた。遠野さんが取り出して見せてくれたのは真鍮製の鍵である。持ち手の部分が大樹を模した美しい装飾に加工されている。動揺を隠しながら、私はその鍵を受け取った。見間違うことなどありえない。それは御主人様の御部屋の鍵だったのである。

「すぐそこの、大広間の真ん中に落ちてたよ。よく目立つ位置にね。御主人様の御部屋の合い鍵をなくしてたんでしょう？　それなんじゃないかって思ったんだけど、違った？」

彼女に気付かれないよう、片方の手でお仕着せの服のポケットを確認する。合い鍵は、確かに私が持っている。クローゼットから取り出したばかりだ。どうしたことだろう。つまり御主人様の御部屋の鍵が、二本ともこの場に存在していることになる。

「そう、ですね。これは御主人様の御部屋のもので間違いありません」

「じゃあこれで部屋に入れるね。彗星先生の弟さんが、屋根に上がって窓からのぞく必要もなくなったわけだ」

「まだ月郎様は屋根に上がられていないのですね」

「たぶんね。見学しようと思って、大樹館の外に出て、すこしぶらぶらしてたんだけど。全然、そういう気配ないから、あきらめて戻ってきたところなんだ。大広間を通りかかった時、この鍵を見つけたの」

遠野さんが拾ったこの鍵は、おそらく御主人様が普段から所持している方の鍵だ。私が合い鍵を持っているのだから、そのような結論が導き出される。

知らないうちにもう一本、合い鍵が作製されていた可能性はないだろうか。いや、作製されたばかりの合い鍵だったら、角に金属の鋭さがあるものだ。この鍵には、使い込まれた傷や角の丸みがある。装飾の細かな作りにも本物の風合いがある。

でも、御主人様の御部屋の鍵は、室内の机の引き出しに入っていなければおかしい。胎児の暮らす世界において、大樹館にやってきた警察が室内を調査し、そのことが記録として残されているのだから。その鍵が、どうして、ここにあるのだろう。

また、歴史が変化した。そうとしか思えない。本来であれば、昨晩、私が合い鍵で御主人様の御部屋を開けて容疑者となるはずだった。おそらくそれが犯人の計画だったのだ。しかし、私は合い鍵を紛失したと主張し、いつまでも部屋を開けないまま現在に至る。そのため犯人は次の一手を打ったのだ。

犯人は計画を本来の軌道《きどう》に戻そうとしている。あらためて私に御主人様の御部屋を開けさせようとしているのだ。そのため、御主人様の御部屋の鍵を持ち出して、目立つ位置に置いておいた。私はそのように推理する。

犯人はおそらく、私が本当に合い鍵を紛失したと思っている。だから、私が鍵を見つけたなら、すぐに御主人様の様子をうかがいに行くはずだ、と予測している。

私に、御主人様の御部屋を開けさせたがっている。

「どうしたの。探し物が見つかったのに、うれしそうじゃないね」

「内心では、よろこんでいます」

「ちっともそうは見えないけど」

「感情が表に出ない性質なのです」

「あなたって、変わってるね」

鍵が見つかったこの状況で、御主人様の御部屋へ様子をうかがいに行かないのは不自然に映るかもしれない。でも、部屋を開けたら、私は容疑者にされてしまう可能性がある。殺人現場は密室状態だ。合い鍵を持っていた私こそが犯人だと疑われ、胎児のおかげで回避できた歴史へと戻されかねない。

「彗星先生が言ってたよ、あなたのこと。笑わないし、怒らないし、悲しまないって」

「心外です。感情はありますよ」

だけど私の言葉は、他人には淡々と聞こえるようだ。その自覚はあった。

「彗星先生、あなたのことを気にしてた。私、ちょっとだけあなたたちの関係を怪《あや》しんでるんだけど」

「それは困りましたね」

「まるで人形としゃべってるみたい」

遠野さんは頬にかかった赤い髪をぱっと手ではらいのける。

「私は大樹館の探検にもどろうかな」

冬夜様を殺害した犯人が、遠野さんだという可能性はないだろうか。例えば、冬夜様は彼女が屋敷内を歩き回ることに否定的な様子だった。私の知らない場所で、遠野さんは冬夜様に行動を注意され、口論になり、半ば事故のように彼を殺害してしまったのだ。

しかし、棚を倒す仕掛けは、倉庫の床がたわんでいることや、棚が不安定な状態になっていることを知識として持っていることが前提となる。昨日、初めて大樹館を訪れたばかりの彼女にはできないはずだ。

彼女は冬夜様殺害の嫌疑から最も離れた位置にいる。

「あの、遠野様」

怪訝そうな表情で彼女は振り返る。彼女の目は細められたり広げられたり、瞳の部分があっちに行ったりこっちに行ったりして、実に表情豊かだ。心の動きが目にそのまま伝達されている。きっと彗星様には、そういう部分が愛《いと》しいと思えるのだろう。私とは正反対の女の子だ。私はこんな風に心のさざ波が表に現れないから。

「昨日から御主人様が御返事をくださらないことが心配でなりません。何事もないと良いのですが。そこで、今から御部屋へ御伺いしてみようと思うのです」

「それがいいかもね」

「よろしければ、遠野様も御一緒しませんか？」

「私みたいな部外者が行っても大丈夫？」

「遠野様を御主人様に御紹介する目的もございます。蘭堂与一様とは懇意《こんい》にされていたと伺っておりますし、部外者とは言えないのでは」

「そういえば、知り合いの娘みたいなもんか」

犯人が鍵を見つけやすい場所に置いていたのは、遺体を発見させ、私を容疑者に仕立て上げるための行動だろう。しかし、すでに状況は変化している。犯人の思惑はもう通用しないはずだ。

合い鍵を紛失したという私の宣言から、遠野さんが鍵を拾うまで、一晩が経過している。よって、私は次のように主張すればいい。

私は合い鍵を紛失していました。その間、きっと私以外のだれかが拾って所有していたのでしょう。御主人様を殺害したのは、そのだれかに違いありません……。

それでもう、私はたった一人の容疑者ではなくなる。御主人様の御遺体の第一発見者になっても、私が疑われるリスクは昨日の段階よりもずっと低い。

「来てくださいますか、御一緒に」

「わかった。むしろありがたいよ。彗星先生のお父さんの部屋がどんな造りなのかも気になってたし」

彼女に同行をお願いしたのは保険である。御遺体発見時、だれかが一緒にいることは、私にとって有利だ。私は何もあやしいことをしていない、無実である、と後に彼女が保証してくれるだろう。

さっそく私たちは移動を開始する。彼女が拾った方の鍵を手の中に握りしめていたが、歩く度にポケットの中のもうひとつの鍵が揺れているのがわかった。冬夜様の腕の注射の痕跡について、泉様にご報告もしたかったのだが、ひとまず後回しにさせていただこう。

大樹回廊に響く二人分の靴音を聴きながら、ふと気付いた。遠野さんが話していたような秘密の通路が、やはり大樹館には存在しているのかもしれない。

合い鍵はずっと私が保管しており、御主人様の御部屋の唯一の扉は施錠され、閉ざされていた。もうひとつの鍵は、胎児からもたらされた情報によれば、室内の御主人様の机の引き出しの中に保管されていたはずである。

それなら、犯人はどうやって密室状態の部屋から、鍵を取り出し、大広間に置くことができたのだろう。御主人様の御部屋には、扉が施錠されていたとしても出入りできるような隠し通路が存在するのではないか。そして犯人はその場所を知っているのではないか。私はそう思いはじめたのである。

色ガラスのランプシェードを通り抜けた光が、螺旋状の回廊の漆喰の壁を染めている。客室の並ぶ辺りを通りすぎ、壁が無くなって望楼のように手すりだけの場所へ差しかかる。風が私たちの髪と服の生地を揺らした。手すりの向こうには大樹館の北側に広がる針葉樹林の絶景が見える。上りの斜面なので遠くの山々を望むことはできないが、黒々とした針葉樹の海が高波のようにせり上がっている様は壮観である。

「父の仕事の集大成ね……」

螺旋の回廊を二周し、高層領域に入ったあたりで遠野さんが言った。天井と壁の設置面の処理を観察している。

「父が設計した他の建物には完璧な調和があった。でも、大樹館にあるのは混沌そのもの。それぞれの部屋が複雑に絡み合っている。どういう風に設計図を描いたらこんな建物になるのか想像もつかない」

混沌という表現は確かにあてはまる。大樹回廊の内側に広がる小部屋の迷路には、どうして存在するのかわからない用途不明の空間があった。椅子が一脚だけ中央に置いてある部屋、床一面に砂が敷き詰められている部屋、どこにもつながっていない扉、不自然に斜《なな》めに分断されている部屋。常人には理解のできない巨大建築物だ。そういえば、バベルの塔の【バベル】とは、ヘブライ語で【混沌】を意味するのだと、どこかで聞いたことがある。人々に言葉をもたらすのと引き換えに壊れてしまった塔。何かを失う時、私たちは何かを得るようにできているのかもしれない。しかし、御主人様を失った私たちが、何を得られるというのだろう。

「天辺には彗星先生のお父さんの部屋があるんだよね。そういえば、彗星先生のことなんだけど、サンドイッチを食べてる時、麓の町まで俺が行くって言ってたじゃない？　でも、あの後、すごく眠そうだったのよ。部屋に戻った直後くらいから、強烈な眠気におそわれたみたいに、ベッドに倒れ込んで寝息をたてはじめたの。どんなに呼びかけても起きないくらい深い眠りだった。だから私、先生を部屋に放っておいて、一人でふらふらしてたわけ」

「朝が早かったので、お疲《つか》れだったのでしょうか」

　夜明け前にすさまじい音で目が覚めて、冬夜様の御遺体を発見し、それからずっと緊張感の中で動きつづけている。眠気に襲われるのも無理はない。

　大樹回廊の壁や天井の雰囲気が変化する。貴族の屋敷を思わせる造りだったものが、まるで千年前の山小屋を思わせる剝き出しの土壁になる。竣工《しゅんこう》して二十年しか経っていないはずなのに、大昔から存在しているかのような風合いである。人間の手が生み出した建築物という気がしなかった。大樹と同様、霧の中から不意に存在を現したかのような、何かの手違いでこの世に顕現したかのような、神秘的な存在に感じられるのだ。

　大樹回廊の外側に面した壁に、開放的な窓が見られるようになった。職人による手作りのガラスは表面が波打ち、厚さも均一ではなく、景色がゆらめいて見えた。窓越しに頭上を見ると、葉を落とした大樹の枝が天に向かって逆立ち、鉛色《なまりいろ》の渦巻く雲の中へ消えている。ここまで上ってくると人間社会の物音は遥《はる》か下に聞こえなくなり、あとはもう静かな天上の世界が回廊の先にある。

「彗星先生のお父さんの部屋って、真ん中に大樹の幹が丸ごとあるんだよね？」

「真ん中ではありません。出入り口と反対側、北側の奥まった位置です。大樹の幹が床と天井を貫くように室内に聳えています」

　御主人様の御部屋は南北に長い八角形の形をしている。大樹の幹は北側の壁付近にあり、幹に接する位置にベッドが置かれていた。南北の中心軸に沿って、大樹に頭をむけるような格好で、いつも御主人様は眠りにつかれているのだ。

「部屋に秘密の何かが隠されているとしたら、大樹の幹があやしいと思う。一部が、ぱかっと割れて開閉するようになっているとか？　その奥に縦長のトンネルがあって、別の階層に移動できるんじゃないかな？」

「大樹の中心が空洞になっているということですか？」

「木の幹って、中心部分はあまり重要じゃないんだよ。根から吸い上げた水を葉っぱまで通しているのは、樹皮に近い部分。だから、外側だけのこしておけば、中心をくりぬいたって基本的には平気なわけ。そもそも、この大樹は葉っぱがついてないし、水を通す必要なんてないのかもしれない」

「強度不足で大樹が折れてしまうのではないでしょうか」

中心をくりぬいた状態では、あの巨大な枝を支えきれるとは思えない。

「鉄骨やコンクリで補強してるのかもよ。無理に思えるかもしれないけど、想像できたってことは、実現可能なんだと思う。人間が想像したことって、大抵は実現できてしまうから」

遠野さんは壁や窓枠を手のひらで撫でながら歩いている。大樹回廊の内側には資料室や化石の展示室が並んでいた。高層領域は渦巻きの中心に近いため一周の直径も小さくなるが、それでも部屋を造る充分なスペースがあった。金属製の台座がついた古めかしいランプが暖《あたた》かい光を放っている。遠野さんは立ち止まり、ランプシェードを眺めてため息をもらした。

「美術館に展示されていてもおかしくないものが、ここでは普通に使われているのね」

彼女の説明によれば、このランプは特別に価値の高いものだという。被せガラスと酸化腐食彫りの技法によるキノコの形をしたアンティークのガラス工芸品である。

螺旋は最後に南側へと回り込んで小さな円形の空間へとつながっていた。大樹回廊の終着点である。少し前に私が運んだサンドイッチと水差しが手つかずの状態でテーブルに載っている。

雑音が消滅し辺りは神聖な気配に満ちていた。私は古めかしい木製扉に近づいてノックをした後、お声がけした。

「御主人様、穂村です。お伝えしたいことがございます」

扉の奥にどのような光景があるのかを胎児に聞かされて知ってはいたが、何も知らないふりをして私は演技をする。

「どうか、御返事を。みなさま心配してらっしゃいます。御主人様の御姿を見ることができず、御声も聞くことができず、不安そうにしてらっしゃいます」

返事はない。胸の中に心細さがあった。暗い夜道で迷子になった時のような、あるいは世界から切り離され永遠の孤独へ放り出されたような寂しさだ。私はなおも声をかけようとしたが、遠野さんが一歩前に踏み出したので口を閉じる。彼女は無言でドアノブを回した。鍵がかかっており、開かない。

「私、赤空遠野って言いますす。御部屋に入らせていただきますね」

遠野さんが私に視線を向けてうなずいたので、私は御主人様の御部屋の鍵を、扉の鍵穴に差し込んだ。軽くひねると、小気味の良い音をたてて解錠される。

ついに扉を開けた。室内の空気が外に漂い出すと、御主人様の御部屋にいつも立ちこめていたお香《こう》を思わせる匂いにまじり、例の血の臭気があった。遠野さんが私よりも先に入室したけれど、数歩だけ歩いて立ち止まり、肩を震わせた。

入り口付近の天井は低く平らだが、奥は礼拝堂を思わせる高いアーチ型の天井になっている。天井付近に、はめ殺しのステンドグラスがあり、そこを通過する外光によって室内は淡い蜂蜜色へと染められていた。

東側と西側の壁にはそれぞれ二ヶ所ずつ窓があり、窓の下には作り付けの横長の木製机がある。御主人様は普段、東側の机で執筆され、西側の机で御食事をしていた。

左右対称で構成された室内の直線は、奥まった箇所の一点に収束するように設計されている。その一点とは、巨大な湾曲した大樹の幹であり、御主人様がお休みになっているベッドである。

いつもは汚れのない真っ白な寝具が、今日は赤色に汚れている。仰向《あおむ》けになった御主人様の心臓の辺りを中心に、木苺《きいちご》のジャムをこぼしたかのような血が広がっているのだ。

「……え、……どういうこと……？」

遠野さんは立ちすくんでその場から動かない。私は彼女の横を通りすぎて室内を観察する。いくつかのことを確かめなくてはならなかった。まずは出入り口付近、東側の壁の扉を押し開いた。その奥に洗面所とシャワー室とトイレがある。手早くそれぞれの空間を見たが、だれかが隠れている様子はない。

今度は出入り口付近の西側の壁だ。こちらは書架とクローゼットになっているのだが、壁と同じ素材と模様で作られているため、一見すると何もないただの壁面のように錯覚する。書架は引っ張り出して使うタイプのもので、普段は側面の板しか見えない。クローゼットは折れ戸タイプの両扉が前面にあり、開けて中を確認すると、御主人様のスーツや冬物のコート類がハンガーにかかっていた。収納ケースや靴の箱も積んである。広々としたクローゼットだが、中にだれも潜んではいなかった。

ちなみにクローゼットも書架と同じで動かせるようになっている。夏用と冬用のクローゼットが、それぞれ奥と手前に配置されており、衣替えの季節になると入れ替えられる仕組みである。

「……何してるの？」

遠野さんが私を見て怪訝そうな表情をしている。

「確認しているのです。だれもいないことを」

「あなた、あれ、見えてないの？」

彼女はベッドを指さす。

「把握しております。もちろん」

血を流し、呼吸をやめた御主人様の顔は、白色になっており、まるで化石に変質してしまったかのようだ。胸の奥から際限なく悲しみが突き上げてくる。それらすべてを私は途中でせき止めて自制心を保っていた。

ベッドに近づき、御主人様のお顔をすこしだけ見つめた後、床に膝をつく。姿勢を低くして頬を床にくっつけるような格好になり、ベッドの下にも人が隠れていないことを確認した。流れた血はベッドのマットレスに吸収されたらしく、床には滴《したた》っていない。

大樹のあまりに巨大な円柱は、部屋の奥の壁をすべて覆い隠しているため、北側の壁そのものに感じられる。その低い位置に何かが突き立っていた。凶器となった手斧のようだ。樹皮に刺さった刃先の部分に赤色の汚れが付着している。位置は御主人様のベッドの真上あたりだ。私はその光景に疑問を抱いた。後で胎児に報告しなくてはならない。

「ね、ねえ……、だれかを呼んできた方がいいんじゃない……？」

「そうした方が良いでしょう。でも、その前にもうすこし、調査しておかなくては」

犯人がまだ、この空間に隠れているかもしれない、という可能性をできるだけ排除しておきたかったのである。

大樹の巨大な幹に張り付くような格好になりながら、裏側に回り込んで北側の壁を確認する。大樹の幹と北側の壁の隙間は二十センチメートルほどで、人が隠れるのはそもそも困難だ。床の上から天井付近まで、視線をすみずみまでさまよわせてみたが不審者は見当たらない。

〈御主人様の御部屋 間取り図〉

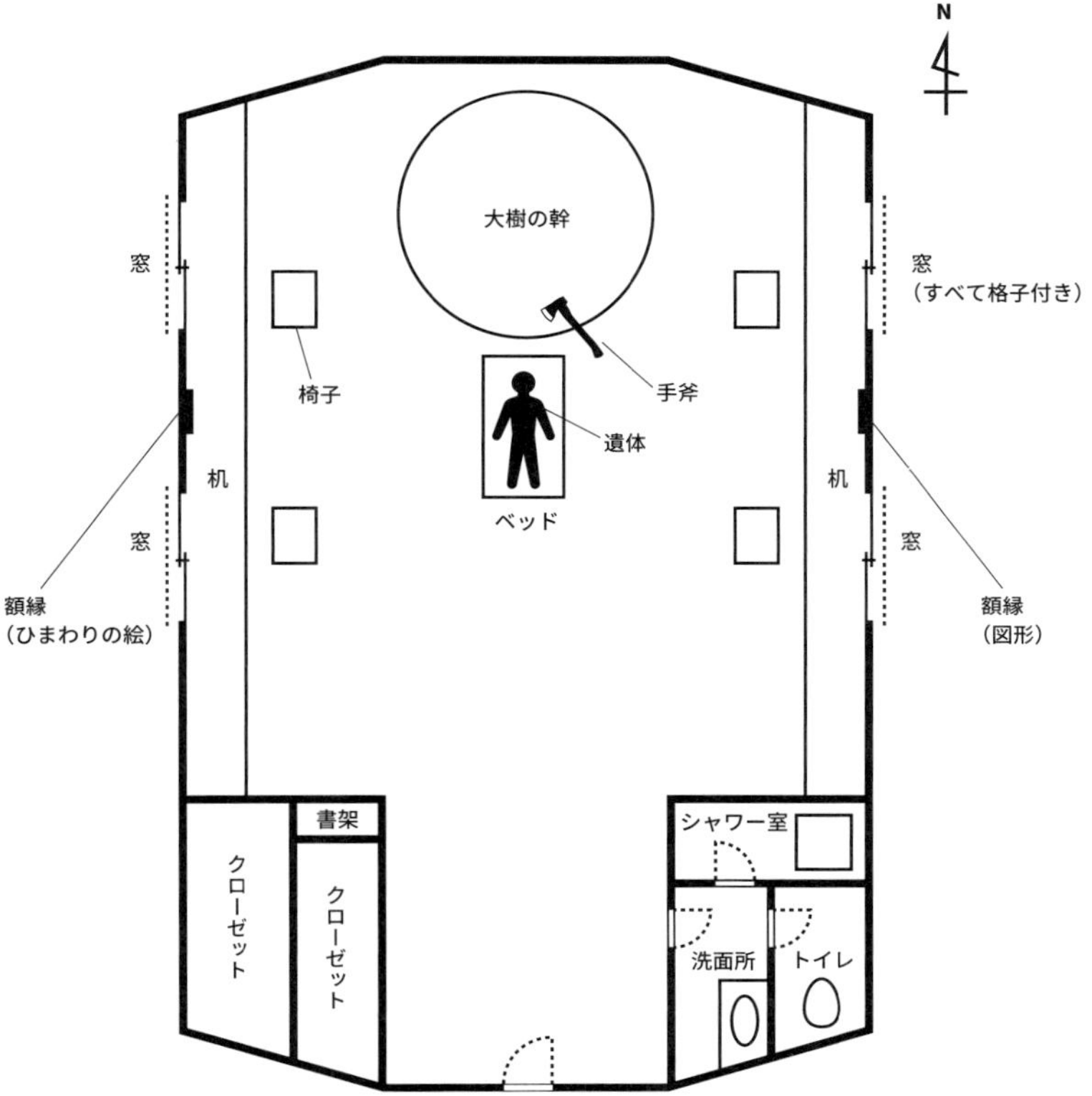

東西の壁に二ヶ所ずつ、合計四つの窓がある。カーテンはすべて開かれており鍵は施錠されていた。窓の外には防犯のため、頑丈な鋳鉄製の格子がはまっている。だれかが窓から侵入したとは思えない。天井付近のステンドグラスの窓も同様のことが言える。こちらははめ殺しで開閉はできず、割られた形跡もなかった。また、東西の壁にはそれぞれ額縁が飾ってある。片方はひまわりの絵で、もう片方は数学的な図形だ。特に異変はない。

「どうして、そんなに、落ち着いてるの」

遠野さんは御主人様の御遺体と私を交互に見て震えていたが、吐き気をこらえるように後ずさりをして部屋を出ていった。室内をひとしきり確認できたので、そろそろだれかを呼んだ方がいいだろう。

冷たくなった御主人様の御体にすがりつきたかったが懸命《けんめい》に自制する。そのかわり、毛布の上に出ていた枯れ枝のような腕に、そっと触れさせていただいた。ひんやりとした硬い感触だった。亡くなって一晩が経過しているのだ。体温はすっかり抜け落ちてしまい、横たわっているのは人の体というよりも、砂浜で何年も風雨にさらされた流木のようだった。

私は一礼し部屋を後にする。大樹回廊をすこし下った位置に、御主人様の御部屋へ背をむけるような姿勢で、遠野さんが座り込んでいた。

「そこで休んでいてください。私は皆様へ報告してきます」

「う、うん、わかった……」

彼女をのこして私は大樹回廊を反時計回りに移動する。クラシカルなお仕着せの長いスカートは走るのにむいていない。御主人様が亡くなられた悲しみ、犯人に対する憤りに、視界の周辺が暗くなって今にも気を失いそうだった。

だれかを呼ぶために大樹回廊を下っていくと、まず最初に目に入るのは冬夜様の書斎だったが、当然、そこにはだれもいないと判断して素通りする。中層領域をしばらく行くと、彗星様のアトリエ兼用の寝室がある。

「彗星様！　穂村です！　お伝えしたいことがございます！」

しかし、返事はない。遠野さんの話によれば、昼食後、彗星様はベッドへ倒れ込むように眠りはじめたという。今も深い眠りの中にいるのかもしれない。私は別の部屋の扉を叩いた。

「月郎様！　御主人様のことで、お話があります！」

こちらも返事はなかった。

続いて泉様の御部屋に呼びかけてみる。

「泉様！　御部屋にいらっしゃいますか⁉」

最後に泉様と話をしたのは、昼食のサンドイッチをお持ちした時だ。室内に航君はおらず、恋さんも途中から退室したのをおぼえている。二人の子どもたちは、今、どこにいるのだろう？　泉様のお返事も聞こえてこない。

おかしい。大樹館から人が消えてしまったかのように反応がなかった。だれの返事も聞こえないまま、私は大樹館をさまよう。

「月郎様！　いらっしゃいますか⁉」

複数の図書室を順番に見て回った。さきほど月郎君の部屋の扉を叩いても返事はなかったが、そもそも彼が室内にいなかった可能性もあったからだ。その場合、彼は図書室のどれかにいるのではないかと推測した。結局、彼を発見することはできなかったが、通りかかった遊戯室のビリヤード台の下で倒れている航君を発見した。

「航様！」

おどろいて駆け寄り、体をゆすってみたが、眠っているだけらしいと判明してほっとする。しかし彼の眠りは深く、一向に起きる気配はなかった。放置しておくわけにもいかないため、彼の小さな体を背負ってリビングへ移動し、ソファーに横たえた。衣服に覆われた少年の薄い胸が、ゆっくりと上下する度に寝息がもれている。くるくるとカーブした黒髪は、顔を半分、覆い隠してしまう長さだ。航君の寝顔を見つめながら私は途方にくれる。

この不可解な状況は、何者かの仕業だろうか。薬品保管庫に行けば様々な種類の睡眠薬が棚にしまってある。その中のひとつが使用されたのではないかと考えた。

昼食時、私はサンドイッチをテーブルに用意し、ダイニングに来た者たちが自由に食べられるようにしておいた。犯人はそれを見て、他の方たちが来る前に薬を仕込んだのかもしれない。

どうしてそのようなことをしたのだろう？

おそらく、私以外の全員を眠らせようとしたのだ。私は他の方々と一緒に食事をすることはない。そのため睡眠薬による眠気を回避するだろうと犯人は予測していたのではないか。私だけが動き回っている大樹館で、大広間の目立つ位置に御主人様の御部屋の鍵を置いておく。当然、発見するのは私だ。もしもその際、だれも眠っていなかったなら、私は彗星様や月郎君にそのことを報告し、全員で御主人様の御部屋へ向かったかもしれない。おそらくそれでは犯人にとって不都合なのだ。

犯人は、私一人で御主人様の御遺体を発見させたかったのではないか。私を容疑者に仕立て上げるために。

それなら、私に同行した赤空遠野さんの存在は、犯人にとって想定外だったのだろう。彼女は昼食時に果物ばかり食べ、サンドイッチには手をつけていなかった。おそらくそのおかげで薬の影響を免れたのだ。彼女が眠らず、同行をお願いできたことは、私にとって幸運だった。

航君をリビングに寝かせたまま、もう一度、各部屋の扉を叩いてみることにする。

「起きてください！　彗星様！　月郎様！　泉様！」

呼びかけていると、ようやく反応があった。まず最初に月郎君の部屋の扉が開かれる。

「穂村さん、何が……」

今まで室内で深い眠りについていたのだろう。頭痛に耐えるような表情だった。

「月郎様！　御主人様が！」

彼に近づいて体を支える。ほっそりとした骨格はまるで少女のようだ。透き通る白い肌には、青色の血管までがうすく見える。薬の影響だと思われるぼんやりとした目で彼は首をかしげる。

「お父様が、どうかしたのですか？」

「それが」

言葉がすぐには出てこない。

「御主人様が、御部屋で……」

それだけ言うと、彼は何かを察したのか、切迫した表情で大樹回廊を移動しはじめる。私はすこし遅《おく》れて彼の後を追いかけた。

高層領域に入ると静けさが立ちこめる。地上が遠ざかり、人間の営みから切り離され、最上階の付近は天上世界に属しているのだ。南に向かって曲線を描く回廊の先に、月郎君の立ちすくんでいる後ろ姿が見えた。私はそこで思い掛けない光景に出会う。

床に赤空遠野さんがうつぶせで倒れていた。彼女の頭から流れた血が、大樹回廊の傾きによって細い線をひいていた。月郎君は屈んで彼女の肩をゆすった。周囲には割れたガラスの破片と、古めかしいランプの残骸が転がっている。

「良かった。気を失っているだけのようです」

月郎君が言った。私は遠野さんのそばに駆け寄り怪我の状態を確認する。後頭部を何かで殴《なぐ》られたような印象の傷だ。皮膚が切れて出血しているが、骨に異常はなさそうだ。周辺の状況から、ランプで殴られたのだろうと推測できる。

私が遠野さんの怪我を見ている間に、月郎君は御主人様の御部屋に向かった。

直後、嘆きの声が聞こえてくる。

## 七

中層領域の客室に赤空遠野さんを運び、ベッドに横たえて毛布をかける。後頭部の怪我は私が応急処置をした。傷口にガーゼをあてて包帯を巻いている。遠野さんはだれかに襲われた可能性が高い。でも、彼女が狙われた理由とは何だろう。私たちは遠野さんが目覚めるのを待つことにした。襲われた時、もしかしたら彼女は犯人の顔を目撃したかもしれない。

遠野さん以外の関係者がリビングに集められた。黒色を基調とした空間に、丸い形の照明が淡く輝いている。彗星様と月郎君、泉様と恋さんと航君がそろっていた。航君はすでにソファーで目を覚ましており、母親と姉にはさまれて座っている。

御主人様の訃報は全員に伝えられていた。先ほどまで全員が最上階で御遺体を確認し、泣き崩れ、しばらく動けない状態だった。今後のことを相談するため、お互いを支えながらようやく低層領域まで戻ってきたところである。

「……ああ、お祖父様が……、まさか、そんな……」

恋さんは両手で顔を覆って泣いている。航君は顔を蒼白にして体を震えさせていた。泉様は胸の辺りをぎゅっと手で押さえてつらそうにしている。

私と遠野さん以外、強烈な睡魔に襲われて眠っていたらしい。彗星様と泉様はそれぞれの自室で眠っており、私が扉を叩いてお声掛けしたことにも気付かなかったという。恋さんは絵本を集めた図書室の椅子で眠ってしまっていたようだ。

遠野さんが大広間で鍵を拾い、私と一緒に御遺体を発見したことなど、大まかな経緯は説明を終えている。しかし、御主人様の死をまだ受け入れられない精神状態にあり、他のことを考える余裕など、だれにもあるはずがなかった。起きてはならないことが起きてしまったのだ。

「くそ……」

彗星様がバーカウンターに拳《こぶし》を叩きつける。

私は御主人様の死を事前に把握していたけれど、それでも悲しみが薄れることはなかった。その場にいる全員と等しい痛みを感じている。私たちに進むべき道を教えてくださった御主人様が、もうこの世にはいないのだ。

窓の分厚いガラスは外の景色を歪ませていた。雲が太陽を隠し、暗い色に沈んだ針葉樹林の海が波打っている。その光景は、母と沈んだ海を私に想起させた。泡が弾ける音。母の長い黒髪が海藻《かいそう》のように私の腕や足に絡みついてくる感触。最後の呼吸が肺《はい》から出ていってしまい、意識が暗闇へと途絶える瞬間の恐怖。

私が今いるこの世界は現実のものだろうか。私はこれまで幾度も同じ質問を自分に投げ掛けてきた。身体と世界がうまく噛み合っておらず、乖離状態にあるような気がしてならない。世界のすべてが白昼夢のように感じられた。昨日の出来事や一昨日《おととい》の出来事が、自分の記憶なのか、それとも私の妄想なのか自信がなくなってくる。そもそも、大樹館と呼ばれるこの巨大な建築物は本当に存在しているのだろうか。もしかしたら、私も、ここにいる人々も、大樹が見ている夢の一部なのではないかとさえ思う。

時空が軋み、ひび割れるような音がする。ぴしり、と弾けるような音。きりきり、めきめき、と、外の針葉樹の乾燥した樹皮が、風に押された幹のたわみに耐え切れず、亀裂《きれつ》を走らせているのだ。

彗星様がグラスに注いだ琥珀色《こはくいろ》のウィスキーを一息に飲んだ。もう何杯目になるだろう。目がすわっており危険な気配を漂わせている。

「彗星兄さん、もうそれくらいにしておいたら」

月郎君が話しかける。彗星様はグラスを叩きつけるようにバーカウンターに置いた。大きな音が出て、恋さんと航君が、びくりと肩を震わせる。

「すまない」

彗星様は子どもたちにあやまって、空のグラスに再びウィスキーを注いだ。

月郎君が私たちに向き直って涙を拭う。

「兄さんが徒歩で麓の町へむかう、という話をしていましたが、こんな調子なので……。酔いが覚めるまでは、きっと無理でしょう。僕も、頭が回らなくて、どうしたらいいか……、ごめんなさい……」

恋さんが彼に寄り添い、慰めるように手を握りしめた。

泉様がバーカウンターの彗星様に質問した。

「お義父《とう》様は、本当に亡くなってしまわれたのでしょうか」

「事実だ。義姉さんもさっき見ただろう？」

「いまだに信じられなくて」

「眠っている所を襲われたんだ。手斧で、胸を」

胎児の暮らす世界では、警察が御主人様の御遺体を検視した結果、睡眠薬の成分が検出されたという。犯人は事前に何らかの方法で御主人様に睡眠薬を飲ませ、深い眠りに陥っている状態の時、室内に忍び込んで犯行をおこなったのだろう、と私は考えていた。

しかし、御主人様の御遺体から睡眠薬の成分が検出された、という情報は、まだこちらの世界では未確認のものだから、気をつけて発言しなくてはいけない。

御主人様の胸には、寝巻きの生地を突き破って抉《えぐ》るように深い傷があった。皮膚と肉を突き破り、肋骨を切断しながら、手斧は心臓は破壊したのだ。一撃でそれがなされたのか、それとも、何度も凶器がふり下ろされたのか、私では判別できなかった。お腹から下には毛布がかぶさっていた。心臓がすぐさま機能停止したせいで、御主人様の血は噴出することなく、胸元から静かに衣類の生地や毛布へとしみ込んでいったようだ。

「お義父様は、だれかに殺されたのですか？」

「外部から何者かが侵入し、親父を襲ったのかもしれない。そう考えなければ、この場にいるだれかが犯人ってことになっちまう」

「犯人？　私たちの中の、だれかが……？」

泉様と彗星様の対話を聞いて、恋さんが顔を強《こわ》ばらせる。

「月郎様。月郎様はどう思われますか？　恋は月郎様のご意見に従います」

「お父様は、何か別の理由で天に召されたのかもしれない。闇よりも暗くおそろしい存在が、お父様を亡き者にすることで、人々を絶望させようとしているのです」

「現実逃避、妄想だ」

彗星様が言った。酩酊《めいてい》状態のため、言葉がすこしもつれはじめていた。

「親父を、殺したのは人間だ。俺たちと同じ、人間がやったことだ」

場は緊迫していたが、私を疑っている方がいないことにすこしだけ安堵する。胎児の暮らす世界においては、遺体発見直後の段階で、私が容疑者として疑いの目をむけられたらしい。

「あの……」

泉様が月郎君と彗星様の注意をひく。

「夫の腕に注射針を刺したような痕があったんです」

「注射針、ですか？」

月郎君が怪訝な表情をした。泉様が私を振り返り、問うような視線を送ってきたので、私が説明を引き継ぐ。

「私も確認させていただきました。園芸用倉庫で亡くなられた冬夜様の右腕に、確かに注射されたような痕がありました」

「あの、どういうことなのでしょう。お父様が病院に行かれたという話はうかがっていません。それなのに、腕に注射の痕だなんて……」

恋さんが不思議そうに月郎君を見る。

「断言はできませんが、冬夜兄さんも、だれかに殺害された可能性がある、ということでしょうか」

「殺された？　お父様が？　事故ではなかったのですか？」

恋さんは宝石のような目をこぼれ落ちそうなほど大きく広げた。

御主人様の御遺体は一目で他殺だとわかる状況だし、遠野さんが何者かに襲われた件もある。悪意のある存在が私たちのすぐそばに潜んでいることは事実だ。冬夜様が単純な事故死だと思う人は、もういなくなった。

「僕たちが一斉に眠ってしまったのも不自然です。おそらく睡眠薬のようなものが、食べたものに混ぜられていたのでしょう」

「時鳥と遠野は、眠ってなかった。遠野は昼に、果物ばかり食べていた。睡眠薬が入っていたとすると、サンドイッチか……」

彗星様が呟く。ふと、月郎君が何か気付いた表情をした。

「赤空さんのそばに、だれかついていた方がいいのではないですか？」

「なぜです、月郎様？」

「彼女は襲われて倒れていた。犯人の顔を見た可能性がある。彼女が無事だと犯人が知ったなら、口封じのために戻ってくるかもしれない。念のため、だれかがそばにいたほうがいいでしょう」

「俺が、ついていよう」

彗星様がふらついた足取りでバーカウンターを離れる。しかし酩酊状態がひどく、よろめいて倒れそうになった。私はあわてて駆け寄って肩を支える。

「すまない、時鳥……」

「御部屋までお送りします」

遠野さんを寝かせた時、客室の扉は施錠していた。その鍵は私が持ち歩いていたので、彗星様を支えて一緒に行動するのは理にかなっている。私と彗星様はリビングを離れることにした。

遠野さんの客室は中層領域に位置する。リビングは低層領域の最初の方にあったので、螺旋状の回廊を大きく一周ほど移動しなければならなかった。脇道の奥まった場所にある階段をいくつか経由すれば、大樹回廊を使わなくても上の階層へ行けるのだが、途中の道が複雑だし、このままゆるい傾斜の回廊を進んだ方が楽だろう。

彗星様の脇腹にしがみつくような姿勢になっていると、アルコールまじりの吐息と汗《あせ》、そして男性用の香水の匂いがした。体は細くひきしまっており野性味を感じさせる。彼の名前が彗星というのは、何だか皮肉に思えた。彼の引力に引き寄せられた女性たちが、いつも周囲に大勢ぐるぐると回っている。彗星というよりも、衛星をたくさん従えた惑星のようだ。十六個の月を持つ木星や、十二個の月を持つ土星の方が、彼の名前にふさわしい。それらの月の数も、観測機器の発達とともに、年々、増えていると聞く。むしろ私の方が彗星だ。彼という星に一瞬だけ接近し、すぐに離れてしまったから。

「時鳥、俺は親父と、賭《か》けをしていたんだ」

壁に片方の手を添えて進みながら彗星様は言った。

「俺がゲームに勝ったら、ワインセラーのワインをもらうはずだった」

「全部ですか?」

「ああ、そうだ」

世界各国から集められた希少なワインが大樹館のワインセラーには保管されている。それら全部となると一財産になるだろう。オークションに出せば数千万の値《あたい》がつくものも眠っていると聞いたことがある。

「親父が死んじまって、約束はどうなっちまうんだろうな」

悲しみとも憤りともつかない声だ。彗星様の髪はみだれており、手櫛《てぐし》で整えてあげたくなるのをこらえた。

「時鳥、おまえには、悪かったと思ってる」

「私、ですか？」

「ああ、そうだ。いや、いつか話そう。また今度な……」

遠野さんの客室の扉が、ゆるいカーブの先に見えてくる。彗星様の体から離れようとしたら、腕が私の肩に置かれた。抱き寄せられそうになり、私はそれを手で制する。

「すみません、もう」

「あいかわらず奇麗だな、間近で見ると、おまえの目」

彗星様は名残惜《なごりお》しむように私から離れた。

私はお仕着せのポケットから遠野さんの部屋の鍵を出して扉を開ける。室内をのぞくと、彼女は最後に見た時と同じ状態でベッドに横たわっていた。彗星様は室内に入り、彼女のそばに椅子を移動させてそこに座る。私は彼に鍵を預け、一礼すると扉を閉める。髪と衣服を整えた後、その場を離れた。

リビングへもどるために大樹回廊を移動していたら、下腹部の内側から声がした。胎児が私にむかって話しかけてくる。

（おかあさん、……きこえて、いますか……、おかあさん……）

ちょうどいい。話したいことがたくさんあったから。

息子と対話するため、一人になれる場所を私は探した。

八

大樹回廊が描く螺旋の内側、中層領域の一画に大小のギャラリーがひしめいているエリアがある。美術館のように部屋が数珠繋《じゅず》ぎになり、移動しながら様々な展示物を眺められる間取りとなっていた。希少な動物の骨の標本、見たことのない生き物のホルマリン漬《づ》け、様々な民族衣装、肥沃《ひよく》三日月《みかづき》地帯《ちたい》で発掘された古代の植物の種、中世時代に人を拷問する際に使われていた器具。それらの品々が、宇宙の孤独な暗闇を想像させる薄暗い室内で照明に照らされている。

ギャラリーの狭間にある小さな物置き部屋で私は胎児と話をすることにした。他人の目をはばかっているのは、自分のお腹に声をかけている様を見られたくなかったからだ。

窓のない空間に、埃のかぶったマネキン人形がひしめいていた。壁に大きな鏡が立て掛けてあり、私はその前に立って服をたくしあげるべきか迷う。鏡で自分のお腹を観察したかったが、身に付けているお仕着せは、丈の長いクラシカルな形状で、上下がつながったものである。お腹が見える位置まで裾をたくしあげると、はしたない格好になってしまうので、あきらめることにした。

(こえを、きかせてください……)

「私もあなたの声が聞きたかった。いくつか報告すべきことがあります」

お腹に手をあてて私たちは対話をはじめる。

「御主人様の御遺体を発見しました。遠野さんと一緒に部屋へ入ったの。もうひとつの鍵が地上階の大広間に。犯人の手によって置かれていたようです」

遺体発見の経緯を私は説明する。御主人様の御部屋の状況や、手早く調べることができた範囲内にはだれも潜んでいなかったこと、そして遠野さんが何者かに襲われて倒れていたこと。胎児の感情のゆらぎのようなものが、お腹にあてた手のひら越しにわかった。

（ぼくの、しらない……、できごと、ばかり……）

「歴史がすっかり変わりました。あなたの世界では起きなかったことが、こちらでは立て続けに起きています。そういえば、凶器の位置も、あなたに教わったところにはありませんでした」

御主人様の心臓を破壊した忌まわしい手斧は、私が見た時、大樹の幹に突き立てられていた。しかし、胎児から事前に聞かされていた情報によれば、凶器の手斧は床に落ちていたはずだ。

（そうです……。きょうき、は……、ゆかに、おちていた……。ぼくの、せかい、では……）

「どうしてこのような違いが発生しているのでしょうか」

異なる歴史に突入したのは、昨晩の私の行動がきっかけだ。ということは、昨晩より後に起きた何らかの出来事が、手斧の位置を変えさせた可能性がある。

「それに、犯人は、密室状態の御主人様の御部屋に出入りしたようです。方法はわかりませんが、私たちに御遺体を発見させるため、机の引き出しから鍵を持ち出したのです。その鍵を遠野さんが拾いました。私が無くした合い鍵だとみんなは思い込んでいますが、実はそうではないことを、私と犯人だけが知っているという、ややこしい状況です。秘密の抜け道というものが、本当にあるのかもしれません。だから犯人にとっては、密室状態の部屋を出入りすることなど造作もないのです」

鍵の入手のために部屋へ入った時、手斧の位置が変更になった可能性を検討してみる。例えば犯人は、もともと手斧を大樹に突き刺しておくつもりだったのではないか。しかし、手斧の刺さっていた箇所が、ちょうど秘密の通路の入り口になっていたのかもしれない。触った感じはそう見えなかったが、大樹の一部が扉のように開閉する構造になって、それが手斧の刺さっている場所だったのだ。昨晩も犯人は凶器をそこに刺しておいたが、秘密の通路を使って部屋を出ていく時、大樹の一部を開閉したはずみで凶器が外れ、床に落ちてしまった。その後、鍵を持ち出すために犯人が再び部屋を訪れた際、床に落ちている手斧に気付き、あらためて大樹にしっかりと突き立てたというわけだ。

しかし胎児は納得しなかった。

（たいじゅに、そのような……きずは、なかった、と、きろくに、あります……）

「そうですか……。もしかしたら、それほど深く考えるようなことではないのかもしれませんね。単純に犯人の気が変わったというだけなのかもしれない」

昨晩は凶器の位置なんて気にせず床に放置したけれど、あらためて部屋に入ったら、大樹に突き刺しておいた方が良いと思い直したのだ。その方が、より残酷《ざんこく》で罪深い行いに感じられるから。大樹を傷つけることが、畏れ多いことだと思えるのは、大樹に対する信仰のようなものが私の胸に宿っているせいだろうか。犯人の中にも、同じものがあるのかもしれない。

(ほかに、おかしな……、ところは……?)

「こまかいところまで調査できたわけではなかったから、もっとよく調べる必要があります」

例えば洗面台の下やトイレの収納は開けていない。大人が隠れるには小さすぎる空間だから、調べようとも思わなかった。しかし、部屋の外へ繋がるような、開閉式の扉が収納の奥に隠されていたかもしれない。

書架とクローゼットも引っ張り出して確認をすべきだろう。書架の中には本の背表紙が隙間なく並んでいることを私はあらかじめ知っていた。書架の棚に横たわって隠れるというのは非現実的だ。

クローゼットは、手前に配置されていた方だけ中を確認した。奥のクローゼットを引っ張り出して調査するのは手間だったし必要性を感じなかったからだ。奥まった位置のクローゼットに隠れるのは至難の業だ。折れ戸式の扉を開閉させるには、手前のクローゼットをあらかじめ邪魔にならない位置へ移動させておかなくてはならない。その後、中に隠れてたら、移動させておいたクローゼットを元の位置に戻さなくてはいけないが、中に隠れている状態ではそんなことできるとは思えない。

だけど、それらの未調査の領域を放っておいていいはずがない。何らかの仕掛けが、あるいは秘密の抜け穴のようなものがあるかもしれない。

「もう一度、御主人様の御部屋に行く必要がありそうです」

（きをつけて、ください……。ひとりで、うごきまわって、いたら……、うたがわれる、かも……）

「調べる時は、彗星様や月郎様に事前報告するようにします」

（すいせい……、つきろう……。ああ……とうや、おじさんは……、もう、いないの……ですね……）

胎児の世界では、冬夜様が亡くなったという事実はなく、ご健在なのだ。私は思いついて胎児に質問する。

「この事件で得をしたのは、どなたなのでしょう？　犯人の動機に繋がる疑問ですが、あなたが暮らしている世界において、一番成功しているのは誰なのです？」

未来の視点を利用すれば、犯人が実現したかったことを探ることができるかもしれない。どうして御主人様が亡くなられなければいけなかったのか、という謎を解く手がかりがほしかった。例えば御主人様を殺害することにより、莫大《ばくだい》な富を得た人物がいたとすれば、その人物には動機があったことになる。

（さんにんの、きょうだいは……、それぞれ、ゆたかな、くらしを……、しています……。いさんを、そうぞく、したのです……）

「御主人様が残したものを、全員で等しく分けたのですね？　三人とも幸福なのですか？」

（それ、なのに、すいせい、は……）

胎児は彗星様のことを恨《うら》んでいるようだ。言い方の雰囲気から感情が伝わってくる。

「私は彼に、あなたのことを認知してほしいと願っていたのですか？」

（おかあさんは、あいつ、に……、なにも、いいませんでした……。だれにも、すくいを、もとめな、かった……）

「じゃあ、あの人を恨まないで。彼のせいではありませんよ。私はあなたを、一人で育てたかったのでしょう」

申し訳ない気持ちになり、お腹をなでる。この中に人間一人分の人生が詰まっているのだと思うと、途方もない気持ちになった。これから宇宙に生じる時間というものが凝縮し、ここに宿っているのだ。私の胎内にあるのは時間の卵である。

「あなたの世界の歴史では、私が御主人様を殺害した容疑者となっていたそうですが、その動機は何だったのでしょう？　警察は、私がなぜそのような犯行に踏み切ったと思っているのですか？」

（ふくしゅう、です……）

「復讐？」

（おとうさんの、てんらくし……。そして、しんじゅう、です……）

私の父は、大樹館の建設中、高所から足を滑らせて転落死した。将来を悲観した母は、私を連れて海に飛び込み、帰らぬ人となった。私の中には大樹館の主への強烈な憎《にく》しみが宿っていたはずだ、という物語がねつ造され、復讐のために殺したのだと世間に吹聴《ふいちょう》されたそうである。

（おかあさんは、かなしみの、なかで……しんだ、のです……）

証拠不十分で私は不起訴となったらしいが、世間の人々から疑いの目をむけられ、まともな職を得ることができなかった。貧困《ひんこん》生活の中で息子を愛し、ろくに自分は食事をしなかったという。体の具合が悪くなっても、治療費を節約するために病院へ行こうとしなかった。普通なら治るはずの病気を放置してしまい、結果、私は亡くなってしまったらしい。

（ぼくは……、おかあさんの、むじつを……しょうめい、したい……）

私の運命が変化しても、彼の暮らす世界で私が生き返るわけではない。すでに起きた出来事が改変されるわけではないらしい。彼の目的は、真犯人を特定し、死んでしまった母親の潔白を証明することにあるのだ。

「あなたが暮らしている未来では、泉様は女優に復帰されていますか？」

（いいえ……そのような、はなし……きいて、いません……）

冬夜様がご健在ということは、彼の束縛の影響で、泉様は仕事をあきらめている状態なのだろう。恋さんと航君についても胎児に話を聞いてみたが、交流がないためよくわからないという。

赤空遠野さんのその後についても情報はなかった。彼女の場合、事情聴取の段階で大樹館の設計者の娘だという素性が判明し、私に続く容疑者候補の一人となったらしい。こちらも不起訴になったものの、彼女こそが犯人であると論じる者が、私ほどではないけれど一定数いたという。彼女はその状況に辟易し、ある日、姿をくらませたそうである。名前を変え、どこかでひっそりと暮らしているようだ。

(つきろう、さんが……かのじょの、ゆくえを……、しらべて、いました……)

「どうして?」

(うたがって、いた……のかも、しれない……。ぼくも……、うたがって、いました……)

「月郎様は独自に調査を続けてくれていたの?」

(おかあさんの、けっぱくを……しんじて、くださった……せいかつの、えんじょも……。おかあさん、は……ことわって……いましたが……)

月郎君にもっと頼っていたら、私は長生きできたかもしれない。そうしなかったのは、申し訳ないという気持ちがあったせいだろうか。

(せかいじゅうで……、いろんな、ひとが……、すいりを、しています……。たいじゅかんの、なぞは、おおくの……たんていを、みりょう、しています……)

「探偵《たんてい》?」

未解決事件は伝説化していくものだ。大樹館の事件もそうなってしまったらしい。胎児の世界では、自称も他称も含めた探偵たちが事件の資料を集め、関係者の行動を時系列の表にまとめながら、あれこれと考えているのだという。

「探偵と呼ばれる人たちが、そんなにいるのですか？」

（たいじゅかん、の……じけんを、きっかけに……ふえた、そうです……）

大樹館の事件の謎について推理合戦を繰り広げているうちに、探偵と呼ばれる存在が注目を浴びるようになったとのことだ。大樹館の謎は決着を見せないままだったが、他の事件について雑誌記者からアドバイスを求められたところ、探偵たちは瞬《また》く間に解決してしまったという。以来、何か事件が起きると探偵たちの推理や考察が新聞や雑誌で取り上げられるようになり、子ども雑誌では実在するヒーローのように扱われているそうだ。

「大勢の探偵たちが考えても、大樹館の謎は解けなかったのですか。絶望的な気持ちになります」

（じょうほう、が、すくなすぎる、のです……。じゅうぶんな……、そうさが……できません、でしたから……）

「捜査ができなかった？　警察が大樹館にやってきて、現場検証したのではなかったのですか？」

（ほのおが、なにも、かも……、はいに、した、のです……）

炎？　灰？

「何の話です？」

（おかあさん、ぼくは、その、ことを……、いつか、はなそうと、おもって、いました……。でも、よそうがいの……、ことばかり、おきて……）

「話すタイミングを逸していたのですね。怒ってはいませんから、何が起きるのかを教えてください」

（やまが、もえる、のです……、たいじゅかんも、はいに……なって、きえて……しまいます……。たいじゅ、かんは……）

巨大な薪《たきぎ》となるのです。

胎児はそのように宣言した。信じがたい話だったが、胎児にとっては確定した過去の出来事であり、正確な未来予知でもあった。胎児の暮らす世界においては、御主人様の御遺体が発見された翌日の晩、発生した山火事が広がって大樹館を飲み込んでしまうのだという。

その山火事は、昨日、近隣の町で発生した事件と無縁ではなかった。ラジオの報道によれば、山へ逃げ込んだ男が追っ手をまくために火を放ったという。炎はしばらくして消防隊や近隣の住人の手により消火されたはずだった。しかし実際には、土の下で燻《くすぶ》っていた熱がのこっていたのだという。一晩が経過し、ついにその熱が地表の落ち葉を焦がして、ちいさな種火に成長したのだ。今度は初期段階で消火することができず、人々が気付いた時には手の施《ほどこ》しようのない規模に延焼した。風が炎の勢いを増幅《ぞうふく》させ、乾燥した針葉樹林を燃料として広がってしまうのだ。ここで重要なことは、山火事の発生と大樹館の事件は無関係だということだ。

（れきしは、へんか、しました……、でも……、かじは、おこる……、でしょう……）

大樹館と無関係だから、私の行動の影響を受けることなく、山火事は発生し、燃え広がってくる。数千年の樹齢を持つ巨大な針葉樹とともに、大樹館は炎に包まれるのだ。

「火災が御主人様を殺害した犯人の計画の一部だという可能性は、本当に、ないのですか？火を放った逃亡犯は、あなたの世界では、どうなったの？」

（ほのおに、やかれて、しにました……）

胎児の世界において、山火事は大樹館を灰にし、事件の証拠のほとんどを失わせ、迷宮入りさせてしまった大きな原因だと見なされていた。大樹館が灰にならなければ、密室を破るための抜け穴や仕掛けが、警察の捜査により見つかっていたかもしれない。

火を放った逃亡犯は、大樹館の事件の犯人によって雇われていたのではないか、と想像する者も多いという。証拠隠滅《いんめつ》のために山火事を発生させたのではないかと。しかし、逃亡犯の起こした火事は、一度は消火されたのだ。土の下の熱で一日後に再び火事が起きるなど予測できるはずがない。山火事の広がる方向をコントロールし、大樹館に到達するよう仕向けることも不可能だ。そもそも証拠隠滅をはかりたいのであれば、大樹館の近くで火を放てばいい。だから、山火事は犯人にとっても予想外の出来事だったのだろう、と結論づけられていた。警察が事件現場となった御主人様の御部屋を調査できたのは、山火事が迫ってくるまでの限られた時間だけだったという。

「山火事が迫ってくるのは、今日の夜、ということですね？」

胎児の世界において、御主人様の御遺体が発見された翌日の晩に山火事が広がったというが、それはこちらの世界では今晩にあたる。

（そうです、おかあさん……、たいじゅかん、は……しんやの、れいじ……、に……、もえて、しまうの……です……）

もうじき日は落ちる。明日の朝日が昇る前に、大樹館に展示されている様々な美術品、絵画、貴重な本のすべては炎の中で消えてしまうのだ。御主人様の御遺体も、冬夜様の御遺体も、犯人特定に繋がる証拠も。すべてが灰になってしまう前に、事件解決の糸口を見つけなくてはならなかった。胎児の世界で死んでしまった私の潔白を証明するために。御主人様を殺害した犯人を罰するために。

# 九

物置き部屋を出てリビングに移動すると、月郎君、泉様、恋さん、航君の姿はもうなかった。バーカウンターに彗星様の使ったグラスとウィスキーの瓶が置かれていたので片づけておく。胎児はいつのまにかおしゃべりをしなくなっていた。私はまたしばらくの間、一人きりで行動しなくてはならない。

深夜に山火事が発生することを全員に伝えて避難をうながしたほうが良い。だけど、どうやってそのことを説明しようか。現時点では火災など起きておらず、大樹館が燃えて灰になるなどという未来はとても想像できなかった。すべてを正直に話したところで、信じてもらえるとは思えない。それに、赤空遠野さんはまだ眠ったままだ。彼女を背負って麓の町まで数時間かけて徒歩移動するのは難しそうだ。

答えが出ないまま厨房の方へ向かっていると声をかけられる。

「穂村さん」

恋さんが手を振りながら大広間の中央に立っていた。航君も彼女のそばにくっついている。

「お願いしたいことがあるの」

「はい、何なりとお申し付けください」

二人の子どもたちは不安そうに身を寄せ合いながら立っている。航君は恋さんの後ろに隠れており、彼女の服をぎゅっとつかんでいた。

「お父様の書斎に入りたいのですが、鍵がかかっているの。このお屋敷に来る時、私たち、お祖父様あてに感謝のお手紙を書いておいたのだけど、それがどこにも見当たらなくて。もしかしたら、お父様の鞄にまぎれこんでいるかもしれない……。お父様の鞄にもなかったら、おうちに忘れてきたのだと、あきらめがつくのですが。もう、お祖父様にお手紙をお見せすることはできないけれど、お祖父様の御部屋の前で手紙を読んで、お別れを言いたいのです」

書斎の扉を施錠したのは冬夜様本人だろうか。そうだとしたら鍵は御遺体のポケットに入ったままになっている可能性が高い。だけど御遺体を探るよりも、執務室の合い鍵を持ち出すほうがいいだろう。

「わかりました。合い鍵をご用意しますので、こちらでお待ちください」

「ありがとう、穂村さん。でも、ついていってもいいかしら。私たちだけでいるのは、すこし怖くて。どこかに恐ろしい人がひそんでいる気がします」

恋さんは背丈の低い弟の体を抱きしめ、周囲に視線をさまよわせる。得体のしれない存在が大樹館にまぎれこみ御主人様を殺したのだと、彼女は想像しているようだ。

執務室の前まで恋さんと航君がついてくる。机の引き出しの金具に引っかけていたダイヤル式の南京錠を外し、冬夜様の書斎の合い鍵を私は手にした。

「こちらが冬夜様の書斎の合い鍵です」

恋さんに差し出してみたが、恐々《こわごわ》と見つめるばかりで受け取ろうとはしなかった。

「あ、あの、もしよろしければ、お父様の書斎についてきていただけませんか。私たちだけでは、不安で……」

「もちろんです、一緒に行動しましょう」

恋さんの可憐な外見でお願いされると、何でもしてあげたくなってしまう。

ゆるやかなカーブを描く薄暗い回廊を私たちは連なって進んだ。息を吹き込まれた巻き貝の貝殻のように外の風の音が響いている。虚《うつ》ろで空しく、私たちの魂を凍《こご》えさせるような音楽だ。麓の町から繋がっている送電線が風に揺れている影響なのか、不安定に照明が暗くなって足下が見えなくなる。恋さんと航君はその度に足を止め、おとぎ話に登場する幼い子どもたちのように、暗闇から怪物が襲いかかってこないかと心配そうに息をひそめるのだった。

恋さんが震える声で私に話しかけてくる。

「私、こう思うのです。怖い人がお屋敷に入り込んでいて、私たちを狙っているんじゃないかって。お父様も、お祖父様も、その犠牲《ぎせい》になってしまわれたのではないかしら。その怖い人は、今もどこかに潜んでいるのかもしれません」

「大樹館には隠れる場所がたくさんありますからね」

「ええ、このお屋敷には、たくさんの部屋があるんですもの。そのどこかに逃げ込んでしまえば、なかなか見つからないはずです」

しかし、冬夜様にむかって倒れた棚に、何らかのトリックが使用されていたとするなら、倉庫の床がたわんでいたことを知っている必要がある。大樹館の関係者でなければ知らない事実だ。

「それとも、悪霊《あくりょう》の仕業でしょうか」

恋さんが低い声で呟く。だれかに聞こえてしまうのを恐れているかのような声だ。

「悪霊、ですか?」

「恐ろしいゴーストのことです。そういう存在が大樹館に入り込んで、だれにも見つからない場所に潜んでいるの。きっと、私たちを怯えさせて楽しんでいるのです。そういう存在は、言葉で生者をたぶらかすのが上手なのです」

だれにも見つからない場所に隠れ、言葉で生者をたぶらかす存在。ふと、私は自分のお腹に手をあてて想像した。胎内から聞こえてくる幼子の声が、実は悪霊のものだったらどうしよう。私を唆す存在が、お腹の中に隠れているものの正体だったとしたら。いつからか当たり前のように胎児の言葉を信じてしまっていたけれど、本来、あれは聞こえるはずのない声だ。私を慮《おもんぱか》っているようでいて、実は巧妙《こうみょう》に私の行動をコントロールしているのだとしたら。みぞおちが締めつけられるような不安な気持ちにおそわれる。

「悪霊など、そんなもの、いませんよ」

「あら、お父様と同じことを言うのですね。悪いことをするゴーストは、存在しています」

航君に視線をむける。航君は恋さんの服の生地をつかんで歩きながら、私を見上げて首を縦にふった。

「ゴーストは私たちの世界に直接、触れることはできません。でも、私たちの魂には呼びかけることができる。私たちは普段、ゴーストの声をはっきりと聞くことはできないけれど、無意識のうちに影響されているのです」

中層領域をほぼ一周した辺りに冬夜様の書斎があった。御主人様の御部屋ほどではないが、地上から離れた高い場所にあり、静かな思索《しさく》をするには良い環境だ。この付近の大樹回廊内側への脇道を入った辺りには、高度な学術書を収めた資料室や製図室、電算室なども並んでいる。

書斎の前で私たちは足を止め、合い鍵で扉を解錠した。軋む音をたてて扉が開かれると、二人の子どもたちは室内をのぞきこむ。

「ああ、お父様の御部屋のにおいがします」

見晴らしのいい窓際にデスクが置いてあり、書きかけのノートが広げられ、書物が積み上がっている。壁は本棚になっていて、所々に幾何学的《きかがくてき》な模型が飾られていた。一人用の寝室がつながっており、部屋の境界はステップ状になっていた。大樹回廊の傾斜に合わせて、床と天井がずれているのだ。冬夜様が大樹館で暮らしていた頃に生活していた居室である。

「鞄はどこかしら」

恋さんは書斎を見回した後、ベッドが置かれてある方へ移動する。航君は棚に飾ってある分子モデルの模型を興味深く眺めていた。私はデスクに近づいて冬夜様が残したノートを観察する。難しげな数列がブルーブラックのインクによって記されていたけれど、それが何を意味するものかわからない。ノートの周囲には外国語の本が開かれた状態で置かれていた。冬夜様は数学の教師をしながら現在も論文を執筆されているのだと聞いたことがある。論文のための学術的な資料をまとめていたのだろう。

「冬夜様の鞄は、どのようなものでしたでしょうか」

「どこにでも売っている安物です」

すこし意外だった。泉様は海外ブランドの高級な旅行鞄を持っていたので、冬夜様も同じく高価な鞄を使っているのだろうと思っていた。

「お父様は倹約家《けんやくか》だったのです。でも、私たちには何でも買ってくださったのよ。特にお母様の望むものはすべて。高価な品々を贈《おく》ることでしか、愛情を表現できなかったのかもしれません。不器用な人だったのでしょう」

壁に様々な蝶の標本が飾られており、航君が体を左右に揺らしながらそれを見上げている。オオルリアゲハの羽は縁が黒色で、中心部分は燐光を放っているかのような美しい青色だ。ヘレナモルフォと呼ばれる蝶の羽は、オーロラの夜空に、光輪を持った天使たちが並んでいるかのようである。

「穂村さん！　来て！」

ベッドのある部屋から切迫した恋さんの声がする。そちらへ向かうと、彼女は白色のシーツを見下ろしていた。掛け布団と毛布がめくれており、シーツにも皺《しわ》がよっている。

「どうされました？」

「これ……」

恋さんが指さした先には、シーツに散った暗い赤色の点状の染みがある。それは数ミリほどの、ほんの小さなものだったが、出血して滴った血液のように見えた。赤色のインクだったなら、もっと鮮やかな色をしているだろう。指先で触れてみると染みは乾いており、真新しいものではなかった。

「血でしょうか……」

園芸用倉庫で見つかった冬夜様の腕には注射の痕があったけれど、もしかしたらこの部屋にいる時に襲われたのではないかと想像する。恋さんも同じことを考えたようだ。

「お父様は、部屋で寝ていたところを……？」

「扉は施錠されていたはずです。侵入者はどのようにして入り込んだのでしょう」

「悪霊にはきっと、鍵なんて無意味なのです」

恋さんは脅《おび》えた表情で後ずさりをして壁に寄りかかる。確かに悪霊ならば壁など素通りしてしまえるにちがいない。それとも、この部屋にも何らかの仕掛けや秘密の抜け道が隠されているのだろうか。御主人様の御部屋を出入りしたのと同じ方法で、犯人はこの部屋にも自由に出入りできたのかもしれない。

私は周囲を見回し、壁や床の一部が開閉するような仕掛けがないかを探す。私は想像していた。冬夜様が寝ている状態のところに、何者かが音もなく部屋に忍び込んで、腕に注射をしたのだ。針を刺した時の痛みは一瞬だったはずだ。眠りから覚めたかもしれないが、きっとすぐ、より深い昏睡状態に沈んでしまったのだろう。犯人は冬夜様の体を園芸用倉庫まで運び、棚が倒れる仕掛けを作った。遠隔操作で倒せるタイプか、時間経過によって倒れるタイプの仕掛けである。明け方に犯人の計画通りに棚が倒れ、冬夜様は下敷きとなり亡くなったのだ。

しかし、犯人はどうしてそのような回りくどいことをしなければならなかったのだろう。冬夜様を亡き者にしたいだけならば、この部屋を殺害場所にしても良かったのではないか。

「お父様は、罰を受けたのかもしれません……」

壁際で震えながら恋さんが声を出す。

「私、お母様にも言ってなかったことがあるんです。お父様は隠していらっしゃったけど、私、すこし前から気付いていたの。お父様は、決して、してはいけないことに、手を染めていらしたのです」

「してはいけないこと、ですか？」

恐怖で顔を強ばらせながら彼女はうなずく。

「ああ、どうしましょう、穂村さん。私、知っていたのに、ずっとだまっていたのです。お父様は、大樹館に飾ってあった宝石を、偽物とすりかえていたの。私、見てしまったんです。ガラスのケースを開けて、美しいダイヤモンドやサファイアの粒を手に取り、お父様がポケットの中へしまうのを……。それらによく似たガラス製の模造品を、かわりに置いていくのを……」

私は耳を疑った。あの冬夜様がそんなことをするはずがない、と咄嗟に思ってしまう。私の戸惑いを見て、恋さんは訴える目をした。こぼれおちそうな大きな瞳が濡れている。

「本当なんです。お父様はきっと、大樹館に展示されている品物を売っていたのでしょう。そうして得たお金で、お母様に贈り物をしていたのです。お父様はプライドの高い人でしたから、そんなそぶりは見せなかったけれど、お給料だけではお母様への贈り物が手に入らなかったのです。お母様の愛をつなぎとめるために、あのようなことを……」

恋さんの真剣な瞳を見ていると、それが少女の軽々しい嘘ではないと思える。そういえば赤空遠野さんと厨房で話をした時、ギャラリーに展示されている宝飾品の一部が、偽物かもしれないと彼女は言っていた。その時は信じられなかったが、今はその話に真実味が出てきた。

冬夜様は遠野さんの突然の来訪を快《こころよ》く思っていなかった。彼女が展示物を窃盗《せっとう》するのではないかと心配するような発言をしていたけれど、もしかしたらあの時の冬夜様は、彼女が盗んだものを売り飛ばした時のことまで想像していたのかもしれない。偽物とすりかえた宝飾品を彼女が持ち去って、鑑定にかけてしまったら、展示されていたものが本物ではないとばれてしまうから。

「お父様は罪深い行いをしてしまったのです。お母様は何も知りません。私だけがその真実を知り、だまっていたのです。大樹館に住まう得体の知れない何かは、きっとお父様の行いに怒り、罰を与えたのでしょう」

恋さんは親指の爪の先を噛みはじめる。星々が浮かぶように輝いていた瞳が、今は暗く澱《よど》んでいた。

「だからお父様の死は仕方のなかったことなのです。あの人は罪を犯していたのですから。ねえ、そうでしょう、穂村さん。あの人は、お母様のことを愛するあまり、鳥籠《とりかご》に閉じこめるように家から出そうとしなかった。お母様も、私も、航も、あの人の支配下で暮らさなくてはいけなかった。それでも幸福なふりをしていたの。お父様は亡くなって当然だったのだとは思いませんか?」

恋さんの肩に手を触れる。まるで小鳥のような骨格だ。彼女をどこかで休ませたかったが、血の染みのあるベッドに腰掛けさせるのは気が引ける。デスクのある部屋に革張《かわば》りのソファーがあったので、そこまで彼女を誘導《ゆうどう》して座らせた。恋さんは両手で顔をおおって静かに嗚咽をもらしはじめる。

その時ようやく、航君の姿が見当たらないことに気付いた。

「航様？」

扉が開いている。部屋を出て散歩をはじめてしまったのだろうか。彼は自由な性格だったので、ふらりといなくなることがよくあった。でも、何だか嫌な予感がする。一人で歩き回るという行動が、さきほどまで恋さんの服にしがみついて不安そうにしていた彼の心理状態にそぐわない気がした。

「恋様、ここにいてください。私は航様を探してきます」

そう言い残して冬夜様の書斎を後にする。

薄暗い大樹回廊を、まずは下りの方向に進んで探すことにした。

「航様！　どちらにいらっしゃいますか！」

名前を呼んでみたが返事はない。

さきほどの恋さんの話が頭の中から消えなかった。航君を探しながら考えこんでしまう。冬夜様が泉様に対して心からの愛情を抱いていることは明らかだったが、その愛は歪な方向へとねじまがっていたようだ。冬夜様は、泉様の心が自分から離れてしまうのが怖くてしかたなかったのだろう。だから御主人様の所有物に手をつけてまで、高価な贈り物を続けてしまった。聡明《そうめい》な冬夜様のことだから、それが愚かな行為だとは気付いていたはずなのに。それとも、愛に取り憑かれた心は、善悪の判断ができなくなるのだろうか。愛を失ってしまうことへの不安と恐怖で、自分の行為が正しいのか、そうでないのかが、わからなくなってしまうのだろうか。

大樹回廊の内側に並んでいる扉のひとつが、開きっぱなしになっているのを見つけて足を止める。さきほど、恋さんたちと一緒にここを通った時は閉まっていたはずの扉である。部屋をのぞきこみながら声をかけてみた。

「航様、いらっしゃいますか？」

そこはバロック音楽を鑑賞するための部屋だった。中央に一人がけのゆったりとした長椅子が置かれ、奥の壁には大人の背丈ほどもあるスピーカーが並んでいる。窓のない壁は光沢のある黒色のビロードのカーテンによって覆われており、ゆったりと波打ちながら長椅子を囲んでいる様は、夜の帳《とばり》が具現化した光景に思える。

スピーカーのそばに黄金色のステレオのアンプとレコードプレーヤーが設置され、クラシック音楽のレコードばかりを集めた棚が並んでいる。音楽鑑賞を目的とした部屋が大樹館には複数存在し、部屋ごとに音楽のテーマや年代が決まっていた。この部屋には、バロック音楽を聴くのに最適な種類のアンプやスピーカーが設置されているのだ。

部屋の奥まった位置のカーテンがすこしだけ揺れている。ビロード生地の艶めかしい光沢に、子どもが隠れているような膨らみがあった。

航君の声がする。だれかと話をしているようなひそひそ声だった。彼の声はあまりに小さくて内容まではわからなかったけれど、カーテンの膨らみは一人分だけだったので、だれと話しているのだろうと不思議に思う。

「あの、航様?」

呼びかけると、航君は声を発するのをやめて沈黙する。ビロードの背後からこちらをうかがうようにじっとした後、床に屈みこんだ彼は、兵隊がほふく前進をするような格好でカーテンの下から現れた。

「航様、こちらにいらしたのですね」

彼が立ち上がると、白色のパジャマに埃やちいさなゴミがくっついていたので、屋敷の掃除を担当する使用人として申し訳なく思った。普段あまり使われない部屋は時々しか清掃に入っていないのだ。彼のぼさぼさの髪の毛に引っかかっている糸くずをとりながら話しかける。

「どうしてこの御部屋にいらしたのですか?」

「僕は、呼ばれたのです」

「どなたにです?」

「お祖母《ばあ》様に」

ふぞろいなカールした黒髪の隙間から幼い顔が見上げている。航様の目は黒色の真珠《しんじゅ》のようだった。虹彩《こうさい》と瞳の境界がわからないほど真っ黒だから、焦点があっているのか、そうでないのかも判断しにくい。私に視線をむけているようでもあり、私の後ろの空間を見つめているようでもあり、さらにもっと向こうの、広大な宇宙を視界にいれているようでもあるのだ。

「お祖母様というのは、御主人様の奥様のことでいらっしゃいますか？」

「たぶん、そうです。お祖母様とは、時々、このお屋敷でお会いします。僕に、いろんな話をしてくださるのです」

航君が潜んでいたビロードのカーテンを振り返る。揺れがおさまり、黒色の生地は何事もなかったかのように垂れ下がっている。だれかが立っているような膨らみはない。

「奥様と航様はお友達なのですね」

「はい。お祖母様がカーテンのうしろから手招きをされていたのです。だから僕は、そこでお話をしていたのです」

昨日、十三回忌だった奥様が、この状況でどのような発言をしたのかが気になった。ゴーストという存在は、殺人という異常事態のことをどう受け止めているのだろう。ゴーストならば事件の犯人さえもわかっているのではないだろうか。

「奥様は、どのようなことをおっしゃっていましたか？」

「あの、お祖母様は……」

航君は言いよどむ。

「お祖母様は、穂村さんのことを、話してくださいました」

「私のこと、ですか？」

意外だった。私と奥様は面識がない。五年前に私がこの屋敷に雇われた時、すでに奥様は故人となっていた。会ったこともない私について話をしていたなど想像もしていなかったのだ。航君は黒真珠の目を私にむけて首をかしげる。

「お祖母様は、穂村さんのことを、おそれていました」

「私を？　それは、なぜです？」

「わかりません。理由までは、おっしゃってくださらないのです。でも、お祖母様は、顔がゆがむほど、こわがっていらしたのです、穂村さんのことを。口にするだけでもおぞましいとでも言いたそうに」

航君は何の表情もうかべてはいなかった。もともと彼は表情の乏《とぼ》しい子どもだったが、今はそれが不気味に思えた。

「お祖母様は、他にも、こうおっしゃっていました。穂村さんは、人殺しなのだと」

心臓に、冷たい手で触れられたような気がした。

航君の目の縁に目脂《めやに》がこびりついている。黄色いねっとりとした目脂だ。白色の肌はまるで死人のようである。私は怖くなった。

「穂村さんは、人殺しなのですか？」

「ちがいます、私は……」

「でも、お祖母様が、おっしゃっていました。あなたは、人殺しだと」

私は後ずさりをして彼から距離を置く。

耳鳴りがはじまり、うねるように意識をかき乱した。カーテンがいっせいにゆらぎはじめたが、実際に動いているのか、それとも私の視覚の変調により波打っているのかがわからない。黒色のビロード生地の上を滑っていく優雅な光沢は、夜空を駆けていくラジオの電波のようである。

お祖母様のゴーストが、教えてくださいました。

あなたは人殺し。でも、それは、私のせいだと……。

最後にそう聞こえる。水平だった床はいつしか海面のように上下し、やわらかくなっていた。私の体は平衡を保っていられずに倒れこんでしまう。床に体がぶつかる時、私は本能的にお腹をかばった。しかし私の体は床の固さを感じることなく、そのまま床を突き抜けるように、真っ暗な水中へと沈んでいった。意識が途絶えて私は暗闇に閉じこめられる。

# 第三章

一

海に飛び込む間際、私を抱きしめた母の腕は愛情深かった。一人で死ぬのではなく、私を一緒に連れていこうと母が決めたのは、この世界にたった一人で残されることを不憫《ふびん》に思ったからだろう。私が孤独を感じないようにという、母なりの愛だったのだ。

冷たい冬の夜、緊張して顔を強ばらせた母の髪を、海風がはげしくいたぶるようになびかせていた。母の雰囲気から、まだ幼かった私も、これから恐ろしいことが起こるのだとわかった。母は私の手を引いて堤防《ていぼう》の高いところにのぼった。海は轟音《ごうおん》を暗闇にひびかせていたが、見えるのは外灯の周辺だけだ。すこし離れると黒色で塗りつぶしたような闇がひろがっており、月や星さえも見当たらなかった。

母は私を抱きしめ、重力に体をあずけるみたいに海の方へ体を倒し、私の足の下から堤防のコンクリートの固い感触が消えた。海面にぶつかった直後、全身を冷たい水が包み込んだ。

押し寄せる波は、複雑な水の動きを作り、無数の渦によって私たちの体はもみくちゃにされたが、決して母は私を離そうとしなかった。恐怖と混乱でもがく私を、母がぎゅっときつく抱きしめたまま、私たちは一緒に海底へと沈んでいったのである。

息が苦しくなり、海水が口と鼻に入り込み、そこで私の頭は真っ暗になった。その先、何がどうなったのかわからない。母の腕から逃れられず、一緒に水底の砂の上に横たわって、私もあの日に死んでしまったのではないか。今、大樹館で使用人として暮らしている私は、死ぬ間際に見ている夢なのではないか。

私はよく、そのように想像をする。あるいは、そう思いたいだけなのだろう。そこで記憶を区切ることで、その後のことをできるだけ思い出さないようにしているのだ。

次に目を覚ました時、私は夜明け前の暗い波打ち際にいた。海の向こうの空がぼんやりと紫色になっており、朝が近いことを示していた。黒色の砂に横たわる私の冷たい体に、波が何度もおおいかぶさってくる。私は咳《せ》き込んで海水を吐きながら起き上がろうとしたが、足に力が入らないのと、服に海水がしみ込んで重かったのとで、四つんばいになって這《は》うことしかできなかった。

ようやく波の来ないところまで移動したけれど、死なずに済んだという安堵もなく、私はただ、ぼう然とその場に座り込んで波の音を聞いていた。

ふと、すこし離れた場所に、何か黒い塊《かたまり》のようなものがあった。ほのかに明るくなりはじめた空の、夜と朝の境界が、さきほどの私と同じように横たわっている母の姿を薄闇に浮かび上がらせる。母の体が、かすかに、動いた。砂浜に寄せる波が、母の体を通りすぎて、私の近くまで迫ってくる。

黒い砂に頰をつけた母の顔が見えた。

その目がかすかに開かれて、私を見つめる。

母は私に向かってゆっくりと手をのばした。
波の音は、遠くからも、近くからも聞こえてきた。世界中に反響し、無数に重なってい
た。私の体は恐くて動かなかった。母が助けを求めて手をのばしているのか、それとも私
を海へ引きずり込もうとしているのか、わからなかった。じっと見ているうちに、一際、
高い波が母の体に覆いかぶさり、それから引いていくと、もうそこに母の姿はなくなって
いたのである。
母が波にさらわれる前に私が行動していたら、母は生きていたのではないかと、すこし
経って後悔する。あれは夢だったのだ、私は幻を見ていたのだ、母は最初から砂浜に打ち
上げられてなどいなかった、などと自分に言い聞かせることで心を保った。
私は大人たちの手によって保護されたけれど、以来、喜怒哀楽《きどあいらく》の感情が自分という人間
から切り離され、肉体との距離が開いた場所にあるような気がする。感情がゆりうごかさ
れる出来事があっても、心の発した信号が、私の体へ届くまでにひどく時間がかかってし
まうのだ。
自分の体から抜け出した精神が、部屋の天井付近に浮かんでおり、そこから自分の肉体
を見下ろしているような状態に近い。私は自分の肉体を俯瞰《ふかん》の視点で見下ろしながら、操
り人形を操作するみたいに手足を動かしている。心が乖離した原因は母を見殺しにした罪
悪感で間違いないのだが、そのことから目をそらすため、心の断片は海底に沈んだままに
なっているせいだ、などと夢想しながら暮らしているというわけだ。

母の遺体は見つからなかった。血と肉は分解され、骨は海底のどこかに散らばっているのにちがいない。母のゴーストは、どこをさまようことになったのだろう。心中を決行した堤防の周辺だろうか。それともあの波打ち際だろうか。骨の散らばっている海底だろうか。夜明け前の時間、だれもいない黒色の砂浜に母のゴーストが立っている様を、私はよく想像する。

一人だけ生き残った私を母は恨んでいるだろうか。それとも哀れんでいるだろうか。この世界でたった一人、孤独に生きていかなくてはならないことを。

母が波にさらわれた光景について、私は長いことだれにも言えずにだまっていた。だけど、大人になってから一度だけ、罪を告白したことがある。

「私は人殺しなんです。母を殺してしまったんです」

御主人様は、私の罪深い行いを赦《ゆる》してくださった。

# 二

（おかあさん、きこえていますか、おかあさん……）

幼子の声で私は目を覚ます。いつから呼びかけられていたのだろう。お腹の中の胎児が、繰り返し私を呼んでいる。

（おかあさん、ああ、おかあさん……）

私はベッドに横たわった状態で、毛布が体を包むようにかけられている。ここはどこだろう。上半身を起こして状況を確認した。私が寝かされていたのは、いつも寝起きしている使用人部屋ではなく、大樹館の中層領域にある使われていない客室のひとつだった。ベッドと机と椅子があるだけの簡素な作りで、大樹回廊の内側に位置するために開放的な窓は見当たらない。明かり取りの小窓が天井付近に開いているだけである。よほど大勢の来客がこない限りは使用されず、普段の掃除も後回しにしている客室だったので、床には埃が目立ち、天井の隅には大きな蜘蛛《くも》の巣がたれさがっている。

（へんじを、して、ください……、おかあさん……）

「聞こえていますよ。ちょっと、寝ていたみたい」

私はベッドに腰掛け、お腹に手をあてた。

（ああ、よかった……、まだ、つながって、いた、ようですね……）

胎児のよろこんでいる声を聞いて私もうれしかったが、意識が途絶える前のことを思い出して急速に心が冷える。航君は、亡くなったはずの奥様とカーテンの裏側で対話し、私に関する話を聞いたという。私はその内容に混乱し、血の気が引いて気絶してしまったらしい。妊娠して体調の変化が著《いちじる》しい上に、恐ろしい出来事が続いている。自分で思っていた以上に、体力的にも精神的にもまいっていたのかもしれない。

（いま、そちらは、なんじですか、おかあさん……）

「わかりません。時計がない部屋にいます。でも、外はもう暗いようです」

小窓から外の明るさが確認できる。照明が光を発していなければ、部屋は真っ暗だったにちがいない。私の意識が途絶えた後、どのような経緯でここに運ばれ、寝かされることになったのだろう。

（おかあさん、おぼえていますか。しんやの、れいじまでに、そこを、でないと……）

「大樹館が燃えてしまうのでしたね。わかっています。でも、みんなにそのことを伝える前に、私は倒れてしまったようです。ところで、前よりもあなたの声が明瞭に聞き取れている気がします。なぜでしょうか」

未発達な舌でしゃべっているようなおぼつかなさが、すこしだけ薄れていた。

（こころの、むすびつきが、つよくなった、せいかも……）

それとも、母の夢を見た影響だろうか。お腹の中の胎児との繋がりを、以前よりも強く私の心が求めているのかもしれない。

私は胎児に状況を報告する。冬夜様の書斎へ行き、そこで見聞きしたことを説明した。冬夜様のデスク周辺について話をしていた時、製図の道具を見かけたかどうかを胎児に質問されたので、見なかったと返事をする。航君との対話の内容は曖昧にぼかしておき、疲労で倒れてしまったことにする。胎児はおどろき私の体を労《いたわ》ってくれた。

「貴重な時間が失われてしまいました。どれくらい眠っていたのかわかりませんが、すでに日が暮れているようです。はやく手がかりを見つけ出さなくてはいけません」

ベッドから立ち上がる。すこしふらついてしまったが問題ない範囲だ。ベッド脇に置かれていた靴を履き、部屋を出ようとして扉の取っ手をつかむ。外開きの扉だったが、一センチメートルほど動いただけで、それ以上は開かなかった。外に何か重たいものが置かれてあり、扉が開かないようにされているらしい。力をこめてみたが、どうしようもなかった。

「困りました。私は部屋に閉じこめられているようです」

胎児には外の世界が見えていないため、私のおかれている状況を声に出して説明する。窓のない客室にわざわざ寝かされていたのは、私を閉じこめておく目的があったのだろうか。一体、何のために？　犯人が私を監禁し、調査の妨害《ぼうがい》をしているのだろうか？

扉を叩いて部屋の外にむかって呼びかけてみる。

「すみません。どなたか、いらっしゃいませんか？」

扉をゆすってみるが、一センチメートルのわずかな距離が広がる気配はない。次第に焦りがつのる。このままずっと閉じこめられていたのでは、何もできずに終わりをむかえてしまう。御主人様を殺害した犯人を逃がしてしまい、火災の炎ですべてが灰になり、秘密は永遠のものとなってしまうだろう。

（まどから、でられない、ですか……？）

「高い位置にあって手が届きません。それに、明かり取りの小窓だから、私の体ではつっかえてしまいます」

その時、何者かの近づいてくる気配があった。

「だれか来ます」

私は扉に注目した。足音の主に助けを求めるべきだろうか。しかし、私をここに閉じこめた張本人である可能性もある。足音は私がいる部屋の前で止まり、知っている声が扉越しに聞こえてきた。

「穂村さん、起きていますか？　ドアを叩く音が聞こえました」

ビスクドールを思わせる美しい少年が、詩を諳《そら》んじたり、死海文書《しかいもんじょ》やヴォイニッチ手稿《しゅこう》について熱っぽく語ったりする時に発していた声である。

「月郎様？」

呼びかけると、扉越しに返事がある。

「驚かれたことでしょうね。目を覚ましたら、そのような部屋に寝かされていたものだから。でも、彗星兄さんや泉義姉さんと話しあった結果、念のため、そうすることになってしまったのです。僕は反対したのですが……」

「なぜ私は閉じこめられているのでしょうか」

「それは、穂村さんの服のポケットから、お父様の御部屋の鍵が見つかったからです」

ああ、そうか。私は納得しながらお仕着せのポケットを確認してみる。合い鍵はなくなっており、空っぽになっていた。倒れた私を介抱している時、ポケットからひとりでに落ちてしまったか、だれかが生地の上からその存在に気付いて取り出したのだろう。紛失したと主張していた合い鍵を隠し持っていたのだから、疑われるのは当然だ。私は眠っている間に容疑者候補となってしまい、これ以上、他の方々に危害を加えないようにと監禁されているのだろう。

「穂村さんは嘘をついていたのですか？　お父様の御部屋の合い鍵を無くしてしまったと。なぜ、そのような嘘を」

「月郎様、どうか信じてください。みなさんが想像されていることは誤解です。あの鍵は、倒れる直前に拾ったものなのです」

私は寝起きの頭を振り絞《しぼ》って、何とか都合のいい嘘をひねり出す。

「私は、いなくなった航様を探して、大樹館をさまよっていました。そして、普段はだれも立ち入らないギャラリーの片隅で、無くしていた鍵を偶然にも見つけたのです。後で彗星様や月郎様に報告しようと思っていたのですが、まずは航様を見つけることを優先し、ポケットにしまっていたのです」

遠野さんが拾った方の御主人様の御部屋の鍵は、現場を保存するために扉を施錠した後、彗星様が保管しているとのことだった。扉越しに月郎君の困惑するような気配が伝わってくる。

「穂村さんの言葉が真実なのかどうか、僕には判断ができません。ごめんなさい。ひとまず、何か食べませんか。厨房にあったものを適当に見繕って運んできました」

扉の向こう側で何か重たいものがずらされるような気配がある。おそらく、重めの家具で扉を塞いでいるのだ。待っていると、月郎君が扉を開けて姿を見せてくれた。彼は銀色のトレイを持っている。料理の盛りつけられた皿とスープ、そしてミルクの注がれたコップがトレイの上に並んでいた。私を警戒するようなぎこちない動作で机にそれらを置く。

「月郎様、今、何時かわかりますか？　ここには時計がなくて……」

「十九時をすこし回ったくらいです」

「お夕食をみなさんに作ることができませんでした」

「気にしないでください。勝手に厨房にあるものを食べました。冷めないうちにどうです？」

月郎君は椅子を私にすすめてくれる。見目麗しい少年は、夜の王国へ誘《いざな》う妖精の貴公子のようだった。

「後でいただくことにします。私は、まだここから出していただけないのでしょうか」

「念のための処置です。危害を加えられるんじゃないかという懸念《けねん》と、逃亡するんじゃないかという心配をしているんです」

「私が御主人様と冬夜様を殺害した犯人だと誤解されているのですね」

「それと、遠野さんを襲ったのも、穂村さんなんじゃないかって」

「遠野様を？」

「二人でお父様の御部屋に行き、遺体を発見した、というのはあなたの嘘だったんじゃないか。僕と彗星兄さんと泉義姉さんは、そのように思いはじめているんです。穂村さんは実際には、ずっとお父様の部屋の合い鍵を所持していて、自由に部屋を出入りしていたんじゃないかって。そこへ、鍵を拾った遠野さんがやって来て、お父様の部屋を開けてしまったわけです。室内にいるところを目撃されてしまい、あなたは彼女を襲った。遠野さんは逃げようとしたけれど、追いかけて手近な凶器で殴ったというわけです。だから彼女はあの場所で倒れていた」

「そして、何食わぬ顔をして、第一発見者のふりをしてみんなを呼びに行ったという流れですね」

「本当は遠野さんを殺したつもりだったけれど、彼女は意識を失っただけで済んだ。彼女が目を覚ます前に、どうにかしなければならないと、穂村さんは思っていたかもしれない。でも、その前に貧血で倒れてしまった……。以上が、話しあいによって推測された一連の流れです」

私は疲れを感じてベッドへ座り込む。御主人様の御遺体発見の際、遠野さんを一緒に連れて行けば、私の無実を彼女が証言してくれるだろうと思っていた。しかし実際はより悪い状況になっている。歴史の強制力でも働いているのだろうか。私が容疑者となって世間から疑われたまま死んでいくという、本来の歴史の状態へ戻ろうとする何らかの力が存在しているのだろうか。

その時、下腹部の奥から幼子の声がする。

(おかあさん、そこに、つきろうさんが、いるのですね……)

月郎君の端正な顔を見つめたが、私の胎内から発せられた声に反応する様子はない。彼には聞こえていないのだ。彼の前で胎児に話しかけるわけにもいかないため、幼子の声は無視せざるを得なかった。

「遠野様は、まだ目を覚ましていらっしゃらないのですね？」

もしも起きて話のできる状況だったら、私が襲ったのではないことを、彼女が証言してくれるはずだ。

「まだ眠ったままです。今も彗星兄さんがそばについています。兄さんはまだすこし酔った状態だけど、彼女をこの屋敷に連れて来なければ良かったとぼやいていました。でも、遠野さんがどうしても大樹館に来たがったそうなんです。以前からこの屋敷に興味があったみたいで、それで自分に近づいたのかもしれないって」

私はすこしだけ迷った後、彼女から口止めされていた情報を開示することにした。このような状況だし、情報の共有を優先すべきだと判断したのだ。

「赤空遠野様のお父様は、大樹館を設計された蘭堂与一様なのだそうです。遠野様と少しだけお話をする機会があり、そのことを知りました」

私の発言に月郎君はこちらの想定した以上の動揺を見せる。

「設計士の蘭堂与一……。自殺をされた方ですね。遠野さんのお父様が……？」

「遠野様のお話によれば、大樹館の設計図などの資料をすべて燃やしてから亡くなったそうです。彼女の目的は、お父様の自死の原因を突き止めることです。そのために素性を隠し彗星様へ近づいたのです。遠野様は、大樹館には誰も知らない通路や部屋が隠されているのではないか、と疑っていらっしゃいました。だから彼女のお父様は、大樹館の資料をすべて燃やしてしまったのではないかと」

月郎君は顎先にしなやかな指をあてて考え込むように沈黙する。長い睫毛が伏せられ、陶器を思わせる白い頬に影が落ちた。

「月郎様、御主人様の御部屋には、秘密の抜け道があり、犯人はそこを通って出入りしていた可能性はありませんか？」

「そんなものがあるなんて聞いたこともありません。でも、そうですね。警察が来たら念入りに調べてもらいましょう」

「警察と連絡がとれたのですか？」

「いえ、まだです。電話はあいかわらずだめなんです。僕も一応、ガレージで車や二輪車の状況を確認してきましたが、やはり修理は難しそうでした。彗星兄さんが徒歩で麓の町まで行って警察を呼ぶという計画でしたが、お酒が抜けないうちに暗くなってしまいましたし。明日、明るくなるのを待って出発する方が良いでしょう」

しかし、それでは、だめなのだ。今晩中に大樹館は火災で燃えてしまい、すべて灰になってしまうのだから。

「あの、月郎様。お願いがあります。今のうちに、御主人様の御部屋をよく調べておきたいのです。監視つきでもいいので、私をこの部屋から一時的に出していただくことはできませんか？」

「ごめんなさい、それは、できません。もちろん、穂村さんの無実を僕は信じています。でも、確証があるわけじゃないから……」

私は口をつぐんで思考をめぐらせる。

「さっき、山火事が広がる夢を見たんです」

「夢ですか？」

「そう、夢を見ました。気を失っている時、現実としか思えないほど克明な山火事の光景を。まもなく、視界一面が火の海となり、大樹館も炎に包まれ、世界の終わりのように何もかもが灰となってしまうのです。私にはあれが、ただの夢だったとは思えません。嫌な予感がするのです。もしかしたら、あの夢が、現実のものになってしまうのではないかと」

「予知夢を見たというのですか」

「私にはそうとしか思えません。今のうちに御主人様の御部屋を調査しておかないと、取り返しのつかないことになるのではないかと不安なのです」

「多くの宗教や伝統では、夢が神聖な存在からのメッセージとされることがあります。穂村さんは以前にもそのような体験をされたことがあるのですか？」

「いいえ。でも、山火事の夢を見てから胸騒ぎが止まりません。夢の中だというのに炎は本物の熱を持っていました。目が覚めるのがもうすこし遅《おそ》ければ、夢の中で私は山火事に巻き込まれ、本当に焼け死んでいたかもしれません」

「そうならなくて良かった。夢を現実だと思い込んで焼け死んでしまったら、人体発火現象によってスリッパを履いた足を残して灰になったメアリー・リーサーのようになっていたかもしれない。それこそ新たな密室殺人事件が発生していたことになる。本当に山火事が起きるとするなら、それはいつごろでしょうか」

「おそらくは、今晩中かと……」

普通だったら戯《ざ》れ言《ごと》だと思われるような話だが、月郎君はこのような不思議な現象を真剣に考える少年だった。私の話を否定せずに受け入れてくれる。

「お母様も時々、予知夢を見たそうです」

「奥様も、ですか？」

「お母様は占いがお好きな方でした。守備範囲は占星術でしたが、本来の性質として、アカシックレコードにアクセスしやすい魂の形をしていたようです」

アカシックレコードとは、サンスクリット語で空間や天空を意味するアカーシャに由来する言葉であり、原始からのすべての事象が記録されているという世界記憶の概念のことだ。その正体は人類の集合的無意識であるとも噂されているようだが、私はあまり詳しくなかった。

「著名な予言者であるエドガー・ケイシーも、催眠状態でアカシックレコードにアクセスすることで、知るはずのない出来事を語ったそうです」

「私が見た夢は、現実のものになるのでしょうか」

「それを前提として動きましょう。何事もなければ、それでいいわけですし」

「月郎様、お願いです。私がこの部屋から出られないのであれば、月郎様がかわりに、御主人様の御部屋を調べていただけないでしょうか。大樹館が灰となってしまう前に」

「わかりました。僕がお父様の御部屋を確認してきます。でも、どこを調べたら良いでしょう？」

私たちは秘密の抜け道がありそうな場所をお互いに挙げていった。私が遠野さんと一緒に遺体を発見した時の状況についても改めて説明する。ベッドの下やシャワー室にはだれも潜んでいなかった。クローゼットを開け、冬物のコートをかきわけ、だれかが隠れていないかを探したけれど無人だった。見たものすべてを報告すると、月郎君は感心するような声を出す。

「お父様があのような状態で亡くなっているのに、穂村さんは動揺せず、冷静に侵入者の確認をするなんて。普通はできないことです」

実際は胎児のもたらした情報のおかげで心構えができていたから私は動けたのだ。何も知らなければ悲鳴をあげて立ちすくみ、だれかを呼びに大樹回廊を大急ぎで下っていただろう。

「月郎様、御主人様の御部屋の調査とは別に、山火事からの避難の準備も進めておいてください」

「わかりました。穂村さんの見た夢が現実になるのだとしたら、夜明けを待つ前に僕たちは大樹館を出なくてはいけませんね……」

月郎君は複雑そうな表情で私を見る。

「僕は予知夢という現象が実際に起こりうることを信じているんです。夢を見ている時、僕たちの心は物質の世界から切り離されて自由になる。もしかしたら時間の区切りもあいまいになって、過去や未来にだってさまようことができるかもしれない。明日や明後日の景色が、まどろみの中、まぶたの裏側に映し出されているのかもしれないと。でも、穂村さんの今回の夢は、現実にならなければいい。僕にとってこの大樹館は、お父様と暮らした思い出の家ですから」

月郎君は退室のために扉へむかう。

「穂村さん、もしも山火事が起きたら、かならず呼びに来ます。一緒に逃げましょう」

「はい、お待ちしております」

月郎君は通路に出て扉を閉める。重たい家具を移動させる音が聞こえ、再び私は密室で一人になった。いや、一人ではない。私の胎内にあるもうひとつの部屋に、小指の先ほどの小さな人間がいるのだった。

月郎君が運んできてくれた料理は、すっかり冷めていたけれど、心に染みる味だった。パンをちぎって嚙みしめると、小麦の味が口の中に広がり私は満たされていく。

「まだ、私の声は聞こえていますか?」

お腹にむかって呼びかける。

（きこえて、います、おかあさん……）

「私はもうしばらく部屋から出られないようです。けれど、無意味に時間をすごすのは良くありません。今のうちに事件のことを振り返って、情報を整理しておこうと思います」

（それが、いいでしょう。なにか、きづく、ことが……、あるかも、しれません……）

まずは今朝の出来事についてだ。夜明け前の時間帯に大きな音がした。彗星様と月郎君に合流し、音の原因を調べているうちに、園芸用倉庫で亡くなっている冬夜様を発見したのである。

「大きな音は、倉庫の棚が倒れた音でまちがいないと思います。棚が倒れる音を事前に録音しておき、スピーカーから発したという可能性もありますが……」

大樹館には音楽鑑賞の部屋がいくつもあり、巨大なスピーカーが設置されている。壁は防音性能が高いけれど、扉を開け放しておけば、迫真性のある音を響かせることができるかもしれない。

「でも、あれはスピーカーの音ではなかったと思います。音は地上階のどこかから聞こえました。大樹館に響き渡るほどの音を出せるスピーカーは地上階にありません」

遺体発見時の状況から、冬夜様は倒れてきた棚に押しつぶされて亡くなったのだと当初は考えられていた。事故が起きたのだと判断し、冬夜様を引っ張り出そうとしたところ、彼の手からは温かみがすでに失われていた。ひんやりとして、室温に近い状態だったのをおぼえている。

「私たちが音を聞いて、倉庫にたどり着くまで、十分程度だったと思います。もしも冬夜様が棚の下敷きになった瞬間に亡くなったのだとしたら、十分前には生きていたということになりますね……。本当にそうなのでしょうか」

もっと前に冬夜様は亡くなっていた可能性もある。犯人は遺体の冬夜様を床に横たえ、指定の時間に棚が自動的に倒れるような仕掛けをほどこしておいたのかもしれない。だから体温は失われており、その手は、ひんやりとしていたのだ。

棚の天板の見覚えのない釘。

遺体の真上の梁に刺さっていたU字釘。

例えば、細いワイヤーの先端に輪っかを作り、棚の天板の釘に引っかける。天井の梁のU字釘にワイヤーを通し、勝手口の扉の隙間から外に出す。大樹回廊中層領域の北側には、外側の壁が消えて手すりだけの区間がある。犯人はその手すりのそばに立って、ワイヤーを引っ張ったのではないか。

園芸用倉庫の床はたわんでおり、棚を安定させる楔をあらかじめ取り除いておけば、引っ張られたワイヤーはU字釘を経て、棚を冬夜様の横たわっている方向へと傾かせることができたにちがいない。棚が倒れる時の角度によって、ワイヤーの輪っかは自然と釘から外れ、U字釘を通り抜け、するすると扉の隙間から回収できるだろう。

しかし、釘とU字釘は回収するのにすこし時間が必要となる。冬夜様の遺体が発見された後、関係者たちの目を盗んで園芸用倉庫まで行かなくてはならない。そのため、事前に

〈園芸用倉庫 現場断面図〉

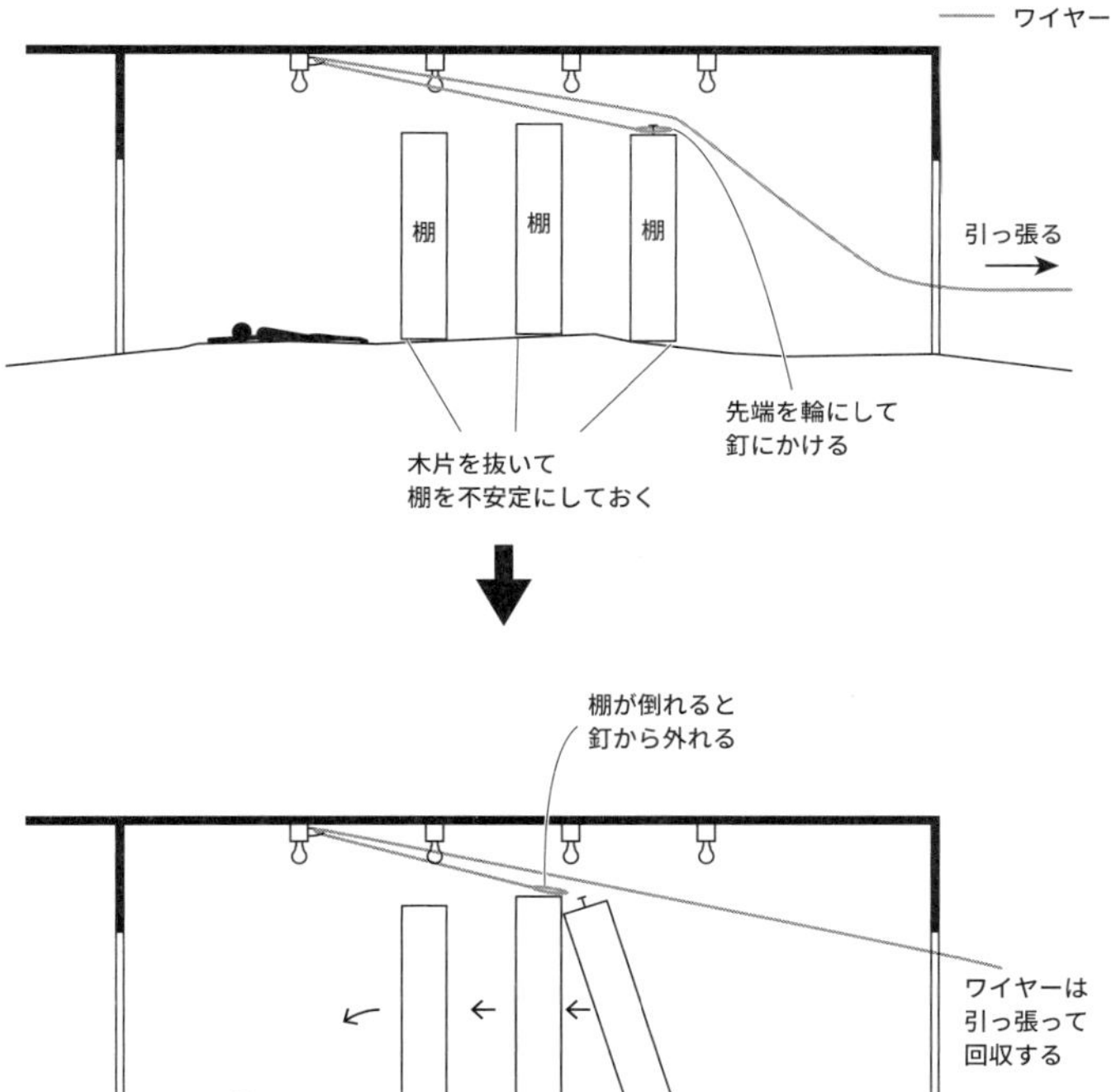
ワイヤー
棚
棚
棚
引っ張る
先端を輪にして
釘にかける
木片を抜いて
棚を不安定にしておく
棚が倒れると
釘から外れる
ワイヤーは
引っ張って
回収する

電話回線を使えない状態にしたのではないか。警察の到着を遅らせるという意味合いがあったのだ。車や原動機付きの二輪車を使えなくさせたのも、同じ理由からだろうか？

（とうや、おじさんの、そでに、ちの、しみが、ありませんでした……）

胎児が発言し、私は記憶をめぐらせる。

棚の下から突き出ている冬夜様の右腕は、長袖のシャツに覆われていた。シャツの袖をすこしだけめくりあげた位置に注射の痕があったのだ。しかしシャツの生地には血の染みはついていなかった。

「あなたはそのことを気にしていましたね。なぜです？」

（ちゅうしゃの、とき、ちが、でた、はず……）

冬夜様が犯人に襲われて注射を打たれた場面を想像してみる。突発的に襲われたのなら、わざわざ長袖をまくりあげて注射を打ったとは思えない。きっと長袖の生地の上から注射針を刺したはずだ。それなら、血の染みがついていなければ不自然だ、と胎児は考えているらしい。

冬夜様の寝室のベッドで血の染みが発見されている。冬夜様はそこで注射を打たれて襲われた可能性があった。

「冬夜様は袖をまくりあげた状態でベッドに横たわっていたのかもしれません。その後、倉庫まで運ばれる途中、袖がずり落ちたのです」

（はんにんは、とうや、おじさんの、りょうかいの、もとで、ちゅうしゃを、したのかも……）

「冬夜様ご自身が、腕を差し出したというのですか？」

（くすり、だと、いつわった、のです……）

犯人と冬夜様は特別に親しい関係にあったのかもしれない。病院で看護師から処置を受けるように、冬夜様は自ら腕を差し出して注射をしてもらったのではないかと胎児は説明する。それなら、冬夜様は袖をまくりあげて注射をしてもらったことになり、状況と矛盾《むじゅん》しない。止血の処置の後、まくりあげていた袖は元通りにおろしたのだ。

その場合、冬夜様は、栄養剤かなにかだと説明を受けて注射をしてもらったのかもしれない。しかし実際は睡眠薬や検出の難しいタイプの毒薬のようなものだったのだ。

それとも、冬夜様と犯人は、いかがわしい薬物を密《ひそ》やかな楽しみとして以前から嗜《たしな》んでいたとは考えられないだろうか。大樹館の薬品保管庫には、医療用のモルヒネなどが保管されている。それを使っていたのかもしれない。

冬夜様にはどうも私の知らなかった側面があるらしい。恋さんの話によれば、泉様へ贈り物をするため、大樹館に展示されていた宝飾品を偽物にすりかえていたようだ。そのあたりの事情こそが、殺害される理由につながっているのかもしれない。冬夜様と犯人の間に、金銭的な問題が発生していたのではないか、などと想像してしまう。

食事を終えた私は、椅子から立ち上がって室内をすこし歩いてみた。埃をかぶっていたが、愛らしい照明器具が光を放っている。植物を模した鋳鉄製の金具。百合《ゆり》の花を思わせるランプシェード。私が移動すると、ベッドと机と椅子しかない空間に、私の影が大きくふくらんだり、小さくなったりする。針葉樹林に吹きすさぶ風の音が空虚《くうきょ》に響いていた。天井から垂れ下がる蜘蛛の巣は、ゆらりとも動いていない。室内に空気の流れはとぼしく、逃げられるような隙間はどこにも無いのだ。

お腹に手のひらをあてた。衣服の生地ごしに手のひらの温かみがある。膨らみのない腹部を見て私が妊娠していると思う人はまだいないだろう。航君は気付いていたようだけど。

「御主人様が亡くなられたのは、何時ごろだったのでしょうか」

今度は御主人様の事件について振り返ってみることにする。

(さいごに、おあい、したのは、いつです……?)

「もう長いこと御部屋にこもりきりで執筆されていましたから、最後にお会いしたのがいつだったかおぼえていないのです。でも、昨日のお昼にはまだ、物語を紡がれている気配が御部屋の中から伝わってきました」

お声掛けをして特に指示がなければ食事をトレイに載せて御部屋の前のテーブルに置いておく決まりになっている。食事の必要がない時などは、扉の前にその旨《むね》を書いたメモが残されており、そのまま厨房へ持ち帰ることにしていた。

「昼食は食べてくださっていました。大樹館に到着された冬夜様が、御主人様にご挨拶に行った際、空の食器を回収してくださっていましたし」

御主人様はすくなくとも昼過ぎまでは生存されていたことになる。そして、奥様の十三回忌の夕餉には参加せず、その料理を私が運んだ時には、もう室内からは血の臭気が漏れていた。その時、私が合い鍵を使って部屋を開けていたなら、心臓を斧で破壊された御主人様の御遺体を発見していたはずで、合い鍵を所持していた私が疑わしい人物となっていたのだろう。それが元々の犯人の計画だった。

御主人様の殺害は、夕餉の時間よりも前だったのだろうか？　後だったのだろうか？　夕餉を終えて全員がダイニングを出た後、私が御主人様の御部屋を訪ねるまで、十五分ほどの時間があったように思う。

「夕餉の直前、彗星様が御主人様を呼びに行ってくださり、指示の書かれたメモが見つかったのです」

執筆を優先することや、食事は後で運んできてほしい旨が綴られていた。御主人様の筆跡による文字である。

「あのような指示を書いたメモが置かれていたことに、今となっては作為的なものを感じます。合い鍵をつかって御部屋に入り、配膳をお願いされることは、これまでにもありましたから、不自然なことだとは思いませんでしたが……。まるで、私に御遺体を発見させるために用意された指示書きのようです。犯人が用意したメモだったのでしょうか。メモが発見されたのは夕餉のはじまるタイミングでしたから、それよりも前に犯人は御主人様の御部屋を訪れて犯行を行っていたことになりますね。扉の前にメモだけを置いて帰った可能性もありますが。でも、犯人はどうやって御主人様の筆跡のメモを用意できたのでしょう」

指示が書かれていた紙は、いつも御主人様が使用していたノートのページで間違いない。紙の質、手触りや固さ、罫線《けいせん》の濃さや間隔などから、それがわかる。もしかすると、以前に御主人様が書いた指示書きのメモを手に入れておいたのかもしれない。昨晩のメモは自室に保管している。後でもう一度、よく調べておいたほうがいいだろう。

「奥様の十三回忌の夕餉の後、私はあなたの忠告を受け、御主人様の御部屋を開けませんでした。合い鍵を紛失してしまったと周囲には説明しています。その時点で犯人の計画にずれが生じ、歴史が変化したはずです。それ以降、あなたが暮らしている世界では起きていない出来事が、いくつもこちらでは発生しています」

冬夜様の死。

電話回線の不通。

タイヤの損傷。

人々の不自然な眠り。

大広間で発見された御主人様の御部屋の鍵。

「御主人様の御部屋の扉は施錠されていました。窓から出入りすることもできません。それなのに、どうやって犯人は室内から鍵を取り出して大広間に置いておくことができたのでしょうか?」

胎児が読んだ事件記録によれば、その鍵は御主人様の御部屋の机の引き出しに入っていた。犯人は密室状態の部屋に入り、鍵を持ち出したことになる。どこかに隠された出入り口があるのかもしれない。でも、どこに？

埃に覆われた照明器具を見つめながら、私はお腹をさする。

「あなたの世界の事件記録でも、御主人様は奥様の十三回忌の夕餉には出席されなかったのですよね？」

（はい、そうです……。ながれは、おなじ、です……。おかあさん、が、あいかぎを、なくしたと、せんげん、するまでは……）

胎児の世界において、穂村時鳥は合い鍵を使って御主人様の御部屋を開け御遺体を発見した。彼女はおどろき、持っていた料理のトレイを落とした。心と体にずれのある私でも、さすがに凄まじい衝撃を受けたのだろう。それから大樹回廊をもどり、人を呼びに行ったそうである。

その時間帯の各関係者の居場所は警察の聞き込みによって判明している。冬夜様は書斎で仕事をしていたが、必要な道具を求めて製図室に移動していたらしい。彗星様は自室でワインを飲んでいた。月郎君は恋さんと一緒に図書室にいたようだ。遠野さんは大樹館の建築様式を眺めながら入り組んでいる辺りを散歩していた。泉様と航君は古い幻灯機の置いてある部屋にしばらく一緒にいたが、途中から航君はいなくなり、一人かくれんぼをしていたという。

歴史が分岐したのはその後だから、彼らが警察に語ったその居場所は、共通した歴史のはずである。つまり、こちらの世界でもその時間、彼らはその場所にいたことになる。

胎児の世界において、穂村時鳥の呼びかけに応じて続々と関係者が集まり、最上階で御主人様の御遺体が確認された。すぐさま警察への通報が行われたという。胎児の世界において電話は通じていたのだ。

警察は朝まで殺害現場の調査を行い、翌日、関係者の大半は麓の町へ移動させられたそうである。御主人様の御遺体も警察病院に搬送された。大樹館の構造に詳しい数名が警察と一緒に行動し、その日は丸一日かけて大樹館内部の調査が行われた。しかし犯人特定につながる有力な証拠は見つからなかった。

深夜、山火事が発生し広範囲に炎が広がった。屋敷にいた者たちは全員避難し大事にはいたらなかったという。大樹館は全焼。樹齢数千年の大樹も焼失してしまった。火災は大樹館の事件とは無関係に発生したものである。

もしも火災が起きなければ、その後も警察による調査は続き、大樹館に隠されていた秘密の通り道や秘密の部屋が発見されていたのではないか。人々はそのように夢想する。しかし現実的な者たちは、合い鍵を所持していた使用人を疑い容疑者と見なした。

「私は自分が犯人ではないことを知っています。私の潔白の事実を知っているのは、私の他には、たった一人しかいません。それは犯人です。ねえ胎児、あなたの暮らす世界の歴史では、御主人様の御遺体は町に搬送されて司法解剖《かいぼう》を受けたのでしょう。犯人につながる何かは見つからなかったのですか?」

(ごしゅじんさまの、ごいたい、から、すいみんやくが、けんしゅつ、されました……。ほかには、なにも……）

　おそらく犯人は事前に御主人様を深く眠らせて、何らかの方法で御部屋に侵入し、手斧を心臓へ振り下ろしたのである。

「犯人はなぜ、睡眠薬を使う必要があったのでしょうか？」

　御主人様が起きていては不都合なことがあったのかもしれない。計画の遂行《すいこう》のためには、ベッドの上で眠っていてもらわなくてはならない何らかの理由があったのだろうか。

　例えば、遠野さんが語っていたように、大樹の幹のどこかが開閉する扉になっており、幹の中心部分が縦穴にくりぬかれ、梯子のようなものが設置されていたとする。犯人は大樹の幹に隠された縦穴を通じて忍び込んだのだ。御主人様が起きていらした場合、幹の一部が開閉したのに気付かれて、犯行は失敗するだろう。そのため、事前に眠らせておく必要があったのだ。

　しかし、警察がそのような隠し通路を見逃すものだろうか。床と天井を貫通して存在する大樹の幹は、あまりに異様であり現実離れした光景である。微《び》に入《い》り細《さい》にわたって調査されたにちがいない。

「大樹の幹の一部が開閉するとしたら、警察を欺《あざむ》くほど巧妙に隠されているのかもしれません」

（みきの、ひょうめんに、とびら、なんて、なかった……。だから、みつからなかった、のかも、しれない……）

「隠し通路なんて存在しなかったという結論ですね」

（いいえ、かくしつうろの、いりぐちは、みきの、ひょうめん、ではなかった、という、いみです……）

「表面ではなかった？」

（みき、そのものが、かくし、つうろの、とびら、だったのです……）

胎児の暮らす世界では、数多《あまた》の探偵たちが大樹館で起きた殺人事件の謎について議論を重ねている。私を容疑者として疑っている警察や世間一般の人々と違い、真実は他にあるのかもしれないと彼らは夢想しているのだ。

胎児が教えてくれたのは、探偵の一人が提示したアイデアだった。

（たいじゅの、みきは、わぎりに、なって、いるのです……）


大樹館は、水平方向に広がる地上階と、その中心にそびえる樹齢数千年の大樹を内部に抱え込んだ渦巻き状の擬洋風建築物から構成されている。大樹の幹を覆い隠すように建設された建築物は、絵画に描かれるバベルの塔のように螺旋状である。外から目にすることができる巨大針葉樹の姿は、最上階の屋根の上から突き出ている部分のみである。

幹の大部分は大樹館の中に埋没《まいぼつ》しており見ることはできないわけだが、屋根の上に広がっている太枝や、無数に枝分かれしたその先の部分の表面積はあまりに大きく、大樹の存在感は圧倒的である。大樹の枝は先端に向かうほど細くなり、遠くから見ると靄《もや》のように空へ溶け込んでいた。

大樹館の内部において、大樹の幹を視認できる場所がいくつかあった。地上階の中心付近を通る廊下には窓があり、薄暗い空間に大樹の根元が見えた。大樹回廊の内側には、幹の一部が壁や天井や床を削るように侵食している部屋が複数ある。御主人様の御部屋は幹の全体を室内に取り込んでおり、床と天井を貫いていた。

しかし実のところ、大樹は切断され、複数に切り分けられた状態にあるのではないか。

そのように推理をした探偵が、胎児の世界にいるという。

（ごしゅじんさまの、おへやの、たいじゅは、てんじょうと、ゆかで、せつだん、されているのです……）

私たちは思い込まされているのだ。大樹館の中心に一本の巨木が今も立っているのだと。

その推理によれば、御主人様の御部屋の幹は、天井と床に接するそれぞれの境界で切断された状態にあるという。部屋を貫通しているように錯覚させ、実際は繋がっていないというわけだ。そのため、大樹の幹は横にずらすことが可能なのだという。屋根の上で太枝をのばしているあまりに巨大な樹冠は、切断面を大樹館の屋根に固定されているにすぎない。

（ごしゅじんさまの、へやの、みきを、うごかすと……、ゆかに、かくされた、ぬけあなが、あるのです……）

階層移動の通路が床に隠されており、輪切りになった幹はそこに蓋をしていたというわけだ。他の階層で室内に露出している幹もまた、切断して形を整えたものを固定しているにすぎない。それを動かせば、階層移動に使える縦穴のトンネルが床や天井に開いているのだ。

「それが本当なら、幹の表面をいくら探しても、開閉する部分が見つからなかったわけです。でも、屋根の上に載った大樹の重みを、このお屋敷の構造で支え切れるでしょうか」

空に向かって広げられた枝の総重量は計り知れない。強風に大樹はさらされており、屋根上に固定された幹の切断面にはすさまじい負荷がかかっているはずだ。はたして耐え切れるものだろうか。

そもそも何のためにそのような造りにしたのだろう。設計の段階で必要な工夫だから、御主人様、奥様、そして設計士の蘭堂与一の全員がそのことを把握していたことになる。また、地上階の床が大樹の根で押し上げられて歪んでしまった時、専門家に見てもらったそうだが、大樹は今も成長し続けているとの報告を受けたそうだ。大樹が切断されているのなら、もっと違う報告になるのではないか。

「御主人様の御部屋の天井は、教会のようなアーチ型をしています。天井との境目で幹が切断されているとしたら、切断面もまたアーチ型をしていたはずです。ならば、スライドできる方向は限られていますね」

切断面の形状と、天井のアーチ型が干渉しない方向に動かすとするなら、南北の縦方向にしかスライドさせられないはずだ。しかし、北側はすぐ間近に壁があるため、実質、南

〈大樹スライド説〉

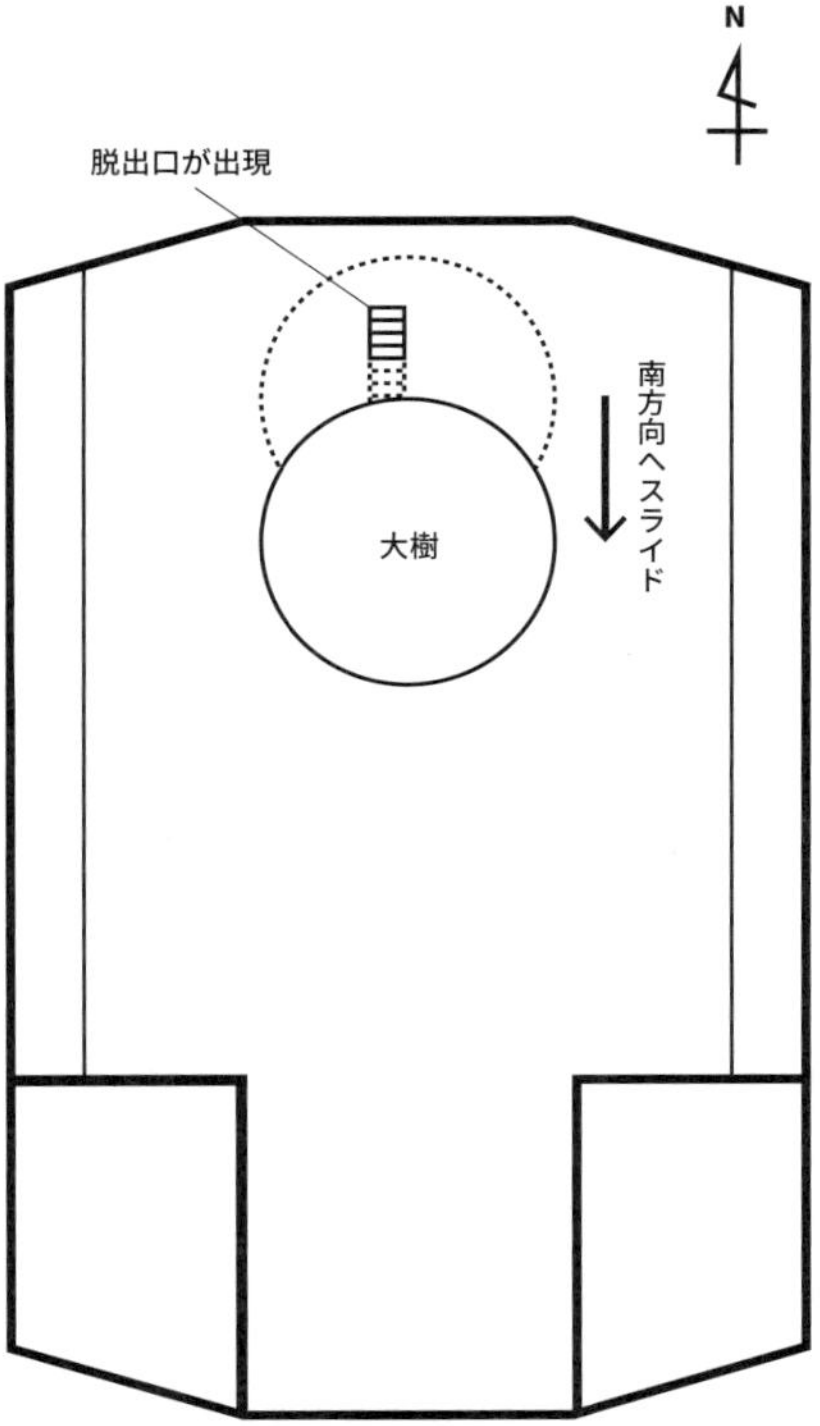

側にしか幹をずらせないことになる。

「でも、南側には御主人様の横たわるベッドがあります。幹を動かして秘密の通路を露出させようとするなら、かならずベッドがぶつかってしまいます。御主人様は睡眠薬で深い眠りに陥っていたようですから、ベッドに幹がぶつかっても起きなかったかもしれませんが、リスクが高すぎるのではないでしょうか」

犯人が密室の部屋から逃げる時も問題が生じる。幹で秘密の通路に蓋をした後、御主人様の御遺体が横たわるベッドをどうやって元の位置にもどせばいいのだろう。

（この、すいりを、しじする、ひとたちは、べっどを、そとからうごかす、とりっくを、けんとう、していいます……）

御主人様の御部屋の写真は、一度だけ建築雑誌に掲載《けいさい》されたことがある。胎児の世界に存在するほとんど唯一の資料がそれだった。推理好きの者たちは虫眼鏡で写真を子細に眺めて推理のイメージをふくらませたという。

床に使用されている無垢《むく》の木材が、南北方向にそろえて張られていることに注目した探偵は、ベッドの足が載っている床板から釘を抜き、あらかじめスライドできるようにしておいたのではと推理した。木の幹を動かす前に、床下から床板をずらし、御主人様のベッドを幹にぶつからない位置まで動かしておいたのではないか、と。

「そんなこと、できるのでしょうか。御主人様の御部屋の構造を、意外にみなさんが把握していることにおどろかされます」

（かんけいしゃの、きおくを、もとに、へやの、まどりずも、つくられて、いるのです……）

しかしそれも、細かな寸法まではわからなかったらしく、厳密なものではないらしい。

「探偵たちが他にどんな推理をしているのか、気になってきました。代表的なものを他にも教えていただけますか。できれば、もうすこし身近な、本当にそうなのかもしれないと思える規模の推理がいいです」

（じゃあ、こんな、すいりは、どうです……。はんにんは、ごしゅじんさまの、おへやの、かぎを、かべごしに、ひきだしへ、いれたのです……）


御主人様の御部屋には東側と西側の壁にそれぞれ長机が備え付けられているのだが、いつも仕事に使っている東側の机の引き出しの奥に、御部屋の鍵は入っていたという。

今回の説では秘密の抜け穴など存在しない。犯人は執筆中の御主人様に声をかけ、扉の鍵を内側から開けてもらい、室内に入り込んだのである。そのタイミングで睡眠薬を飲ませて御主人様が朦朧《もうろう》となったら、ベッドに横たえ、隠し持っていた凶器をとり出して殺害する。その後、犯人は密室状態の演出に取りかかったのである。

犯人はあらかじめ部屋の鍵の保管場所を把握しており、引き出しからそれを入手した。部屋を出て、鍵で扉を施錠する。その後、犯人は地上階へ移動して外に出ると、壁に梯子をたてかけ屋根に上ったのである。

大樹館は螺旋状に設計された建築物であり、屋根の上を移動することで最上階の御主人様の御部屋の壁際まで移動することが可能なのだ。犯人はだれにも目撃されないよう注意しながら、螺旋状の洋館の屋根を三周し、地上をはるか下に望む最上階付近までたどり着いた。

犯人は事前の準備として、御主人様の御部屋の壁に、目立たない程度の細長い穴を開けておいた。鍵が通り抜けられる程度の、横に長いスリット状の穴だ。犯人はその中に、鍵を差し込んで、室内側に落としたのである。

（かぎが、とおり、ぬけた、さきは……、つくえの、ひきだしの、なか、だったのです……）

鍵が発見された引き出しは、壁に沿って作り付けられた机のものである。引き出しの枠板と、机の天板の間には、一センチメートル程度の隙間がある。犯人が事前に開けておいた穴は、ちょうどその隙間を狙ったものだったのである。

鍵が引き出しに入ったのを確認し、壁の構造材に似た材料で犯人は穴を塞いだ。それにより密室が完成する。

「もし、そうだったとしたら、警察が引き出しの周辺をよく調査することで、犯人の工作した跡が見つかっていたかもしれませんね。火災で大樹館が灰になっていなければ、その説が正解だったかどうかが判断できたでしょう」

さきほど聞いた大胆な仮説にくらべたら、今回の推理は比較的《ひかくてき》、実現可能な範囲に思えた。しかし、地上階の屋根から最上階付近まで上る間に、窓から外を見ていた他のだれかに発見される危険性は考慮すべきだろう。実行したのが夜ならば、暗闇にまぎれて移動で

〈壁に穴説〉

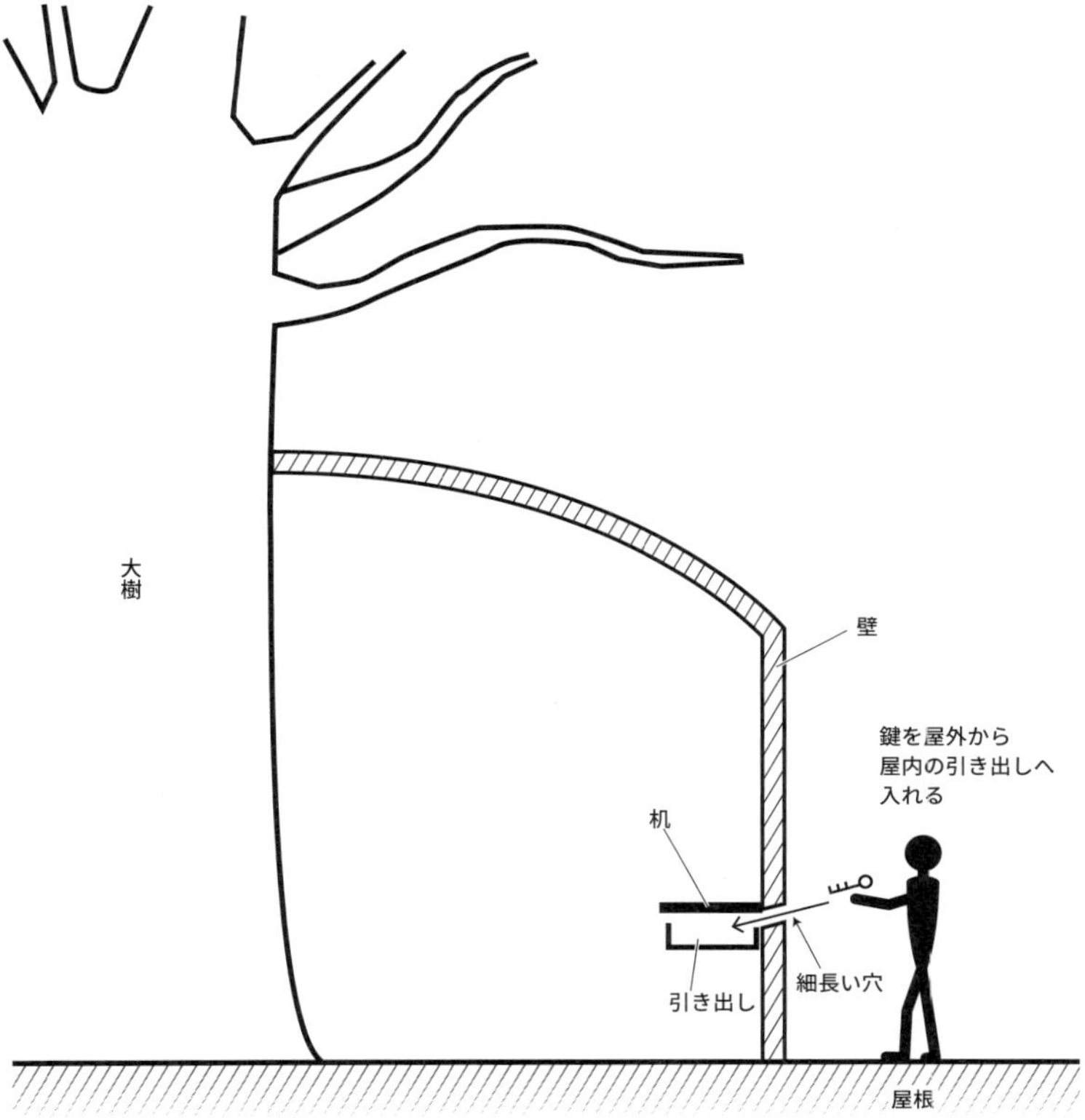

きるから、ある程度、目撃される可能性を低くおさえられたのかもしれないけれど。夕餉の前はまだ明るかったから、夕餉の後、暗くなってからの時間帯に密室の工作を行ったのかもしれない。

また、御主人様の御部屋の鍵は持ち手の部分に美しい装飾がなされており、普通の鍵にくらべて厚みがある。引き出しと天板のわずかな隙間を狙って通過させることはすこしだけ難しそうだ。

（でも、おかあさん、この、すいりは、どうやら、まちがっている、ようです……）

「否定する材料が見つかったのですか？」

（はい、さきほど、おかあさんが、みつけました……）

私の行動の結果、歴史が変化し、犯人の行動にも影響が生まれた。私は合い鍵を無くしたと主張し、犯人はそんな私に対処するため、御主人様の御部屋の鍵を持ち出して大広間の目立つ位置に置いていたのである。それこそが否定材料だった。

（さきほどの、すいり、では、はんにんは、へやに、もどれません……）

「そうですね。壁の穴を通して、外から鍵を引っ張り出せるような方法があったら別でしょうけど」

歴史が変化したことで新たな情報が手に入り、胎児の世界で生み出された推理が、ふるいにかけられてしまったようだ。もしかしたら、そうしてのこされた最後の可能性こそが真実なのかもしれない。

胎児の暮らす世界において、大樹館の事件は人々の注目を集め、多くの自称探偵を生み出し、関係者の証言や記録が世界中で参照され、様々な角度から議論されている。設計士の蘭堂与一は自死する前、建設に携わった人々を一人ずつ訪ね歩き、設計図等の資料をすべて回収し、焼却してしまったという。それにより、大樹館の詳細な部分はわからなくなってしまった。人々は、灰となり消えてしまった大樹館のことを、想像で補《おぎな》うことしかできなくなったのだ。大樹館は濃い霧に覆われた曖昧な存在になってしまい、語る者が百人いたら、百通りの解釈ができるような幻想の建築物となってしまった。関係者ごとに記憶をたよりに作った間取り図も、それぞれをつきあわせて確認すれば、どこかに食い違いが生じていたという。

大樹館の建設に携わった者たちを取材することで、屋敷に隠されている秘密の一端を知ろうとする動きもあったそうだ。秘密の抜け道や秘密の部屋、大掛かりな仕掛け、何らかのからくりが存在するのであれば、その部分を担当した者がどこかにいるはずだ。その規模が大きければ大きいほど、関わった者も多かったはずである。

しかし大樹館に関わった大勢の大工の中に、それらしい仕掛けの設計図を見た者はいなかった。そもそも、大樹館の設計図はあまりに複雑で、全体像を把握している人間はほとんどおらず、職人たちは自分の作っているのがどの部分なのかを把握してはいなかったという。自分では普通の廊下を作っているつもりが、実は壁と壁の間に隠された秘密の抜け道だったという可能性もある。

（しかけや、はぐるま、そういった、ものを、みた、ひとは、いません……）

「設計の段階で大樹館に大掛かりな仕掛けが盛り込まれていた可能性はすくないということでしょうか。でも、小さな規模のからくりを、少人数で設置するだけなら、何とかして口止めできたかもしれません。関係者全員に渡した設計図とは別に、信頼のできる人たちにだけ配付された特別な設計図があったのではないでしょうか」

御主人様が直々《じきじき》に職人たちに口止めをしていたなら、記者が話を聞きに来ようとも、決して口を割らず、知らないふりをするかもしれない。

私の父も大樹館の建設に関わっていた者の一人である。具体的にどの工程を受け持っていたのか定かではないが、大樹館が完成する半年ほど前に事故は起きたようだ。当時、大樹館を覆うように足場が組まれていたらしい。その上で作業中に足をすべらせて転落したのだろう。

「私の父が亡くなったのは、どのあたりなのでしょう。その体は地面に叩きつけられず、どこかの屋根の上に転落した可能性もありますね。きっとその衝撃で、完成途中だった部分は壊れてしまったことでしょう」

流れた父の血が、大樹館のどこかに染みを作っているかもしれない。私の父のゴーストも、大樹館のどこかをさまよっているのだろうか。

竣工後も蘭堂与一は何年にもわたって大樹館に出入りしながら設計図になかった部分を造りつづけていたという。他の職人たちがいなくなった後で、秘密の通路や仕掛けを造っていたのかもしれない。比較的、小規模な仕掛けであれば、一人きりでも完成させることは可能だっただろう。しかし、それはだれの意向だったのだろう。蘭堂与一が勝手にやったことだろうか。それとも、御主人様か奥様のどちらかが依頼したのだろうか。

「あなたの話の雰囲気だと、建設に関わった人たちの証言から、大掛かりな仕掛けの存在は、ほとんど否定されているみたいですね」

(だけど、きばつな、すいりは、たくさん、うまれています……)

「きっと夢が広がるのでしょう。失われてしまったお屋敷に、驚天動地《きょうてんどうち》のからくりが存在していたことを、心のどこかで期待してしまうのです。大樹館は焼失してしまい答え合わせができなくなった。想像の余地が充分にのこされたことで、いつまでも語られ続けるのです。しかし現実はきっと味気ないものですよ」

　何年も働いているが、回転扉も吊り天井もここには存在しない。小部屋が立体迷路のように入り組んでいるけれど、知らないうちに小部屋の位置が入れ替わっていたり、昨日まではなかった廊下が生じていたりすることもない。蘭堂与一が秘密裏《ひみつり》に作製した仕掛けが大樹館にあったなら、小さな規模のものだったのではないかと私には思える。

「何も知らなければ、大樹館全体が軋みをあげながら動き出して、回転運動をはじめるような仕掛けも想像できていたでしょう。なにせ螺旋状ですからね。でも、実際にこの場にいると、それはロマンでしかなく、夢物語だとわかります。さすがにあなたの暮らしている世界にも、そのような推理を述べた探偵は、いないと思いますが」

（いいえ、かいてん、は、にんきの、すいり、です……）

「回転運動をどうやって今回の事件にあてはめるのです？」

私が冗談で口にしたことを、どうやら大まじめに検討《けんとう》した者が胎児の世界にはいるらしい。その中のひとつの推理を私は聞かせてもらった。

（たいじゅかん、ぜんたいが、かいてん、するのでは、ありません……。ごしゅじんさまの、おへや、だけが、うごいたのです……）

その推理を披露した探偵によれば、御主人様の御部屋は大樹館全体から分離し、独立した造りになっていたのではないかというのだ。床下の構造と、ひとつ下の階層の天井は繫がっていない。そのため、大樹の幹を軸として回転することができたというわけだ。犯人は事前に何らかの理由でその仕掛けの存在に気付いており、犯行に利用しようと思いついたのである。

まず事前の準備として、犯人は御主人様が留守の際、何らかの方法で部屋に侵入し、ベッドの足を大樹の幹に固定しておいたのである。御主人様のベッドは頭の側を幹と接する形で置かれていた。幹に近い方の二本のベッドの脚に、それぞれワイヤーのようなものを巻きつけ、ワイヤーの両端を幹の表面に釘で固定しておくのだ。目立たない位置にあるため、御主人様は知らずにベッドで就寝することになる。

殺人を実行するすこし前、犯人は御主人様が深い眠りに誘《さそ》われるように睡眠薬を飲ませた。それにより、周囲の振動や物音に気付かないまま御主人様は眠りつづける。

手動で回転させるのか、機械の力で動くのかは不明だが、犯人は御主人様の御部屋が回転する仕掛けを作動させる。大樹回廊の終着点にある円形の空間と、扉周辺の接合部分は、実は分離するようにできていたのである。

御主人様の御部屋は大樹の幹を軸に回転した。おそらく時計回りに動いたのだろうと探偵は主張しているそうだ。この推理において大樹は地面に根を張り、建物内をまっすぐに貫く一本の軸として存在する。部屋全体が動いても、軸となる大樹の幹は動かない。そのため、幹に固定されたベッドは、床の上をスライドしながら同じ位置を保つことになる。結果、東側に二ヶ所ある窓のうち、大樹の幹に近い方が、御主人様の眠っているベッドのすぐそばまで接近することになる。犯人はそれを狙っていたのだ。

窓には格子がはまっており通り抜けることはできないが、格子の隙間から腕を差し込むくらいならできる。窓のクレセント錠は専用の金具を利用することで外からも解錠できる。犯人は凶器の手斧を格子の間から差し込み、ベッドに横たわる御主人様へ腕を思い切りのばして、心臓に振り下ろしたのである。

遺体発見時、手斧はベッドの東側の床に落ちていた。これには二通りの解釈ができる。殺害後、犯人は手斧を回収しようとして、手を滑らせてしまい、床に落としてしまったのかもしれない。それにより、犯人がいた東側の窓と、御主人様のベッドの中間辺りに手斧が転がってしまったのだ。あるいは、犯人は御主人様の胸に手斧を突き立てた状態で放置

〈部屋回転説〉

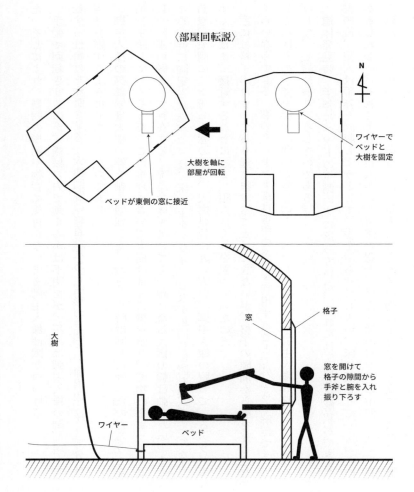

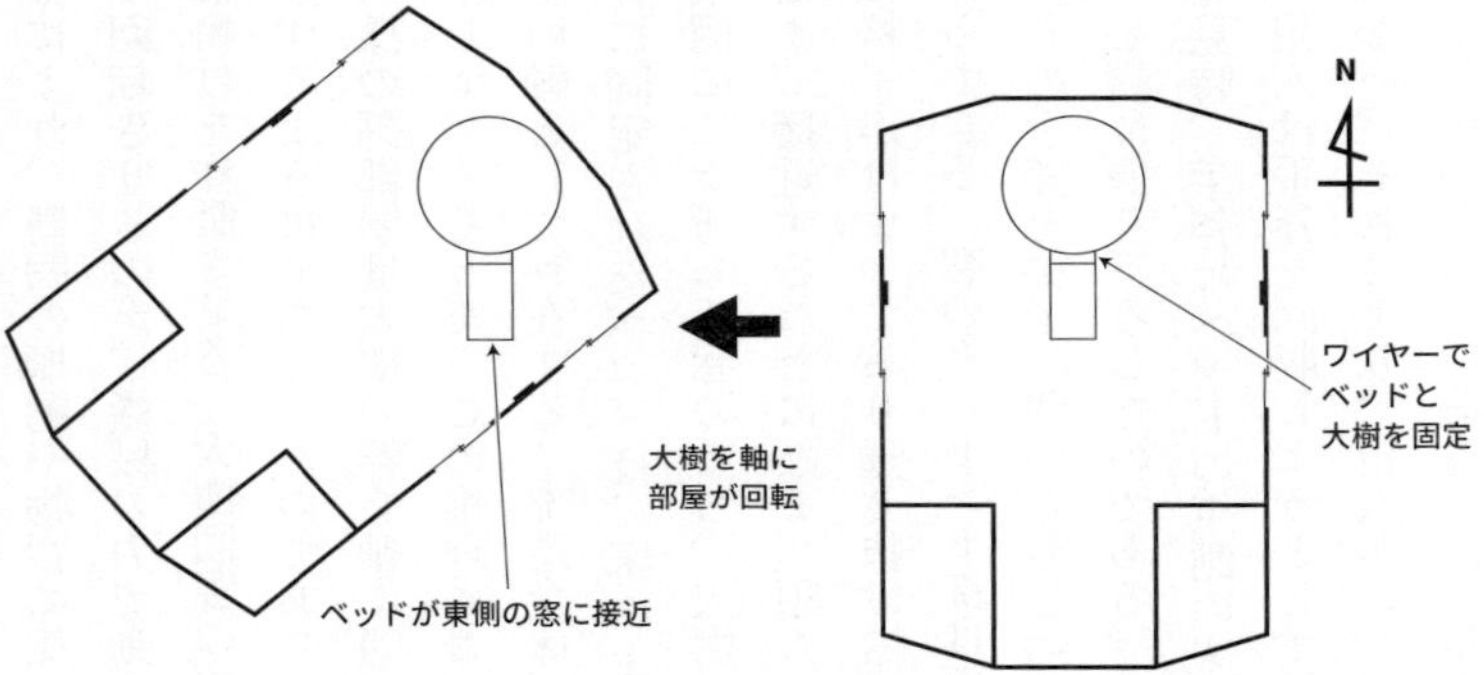
N
ワイヤーで
ベッドと
大樹を固定
大樹を軸に
部屋が回転
ベッドが東側の窓に接近

格子
窓
大樹
窓を開けて
格子の隙間から
手斧と腕を入れ
振り下ろす
ワイヤー
ベッド

していたが、回転させていた部屋を元通りの位置にもどす際の振動で、床に落ちてしまったのかもしれない。

窓のクレセント錠は工夫すれば外からでも施錠することができただろう。もしもできなかった場合は、遺体発見直後のどさくさにまぎれて部屋に入り、窓を調べていると見せかけて施錠すればいい。ベッドを固定していたワイヤー等もそのタイミングで回収できるかもしれない。

「事前の準備などが大変そうですが、部屋が回転してくれたなら、室内に入ることなく殺人を行えたというわけですね。でも、御主人様の御部屋には、水道も通っていましたし、シャワーやトイレもありました。配水管などのパイプはどうなっていたのでしょう。そのまま回転したら、途切れてしまいます」

パイプ等は幹の周辺に集約され、回転運動に追従できるような素材によって接合されていたのだろうか。

「でも、やはり不可解です。何のために部屋が回転するような仕掛けを作っていたのです？」

（たんていの、はなしに、よれば、しっぴつの、とき、たいようを、おいかける、ため、だそうです……）

「まるでひまわりのようですね。景色を堪能《たんのう》するために、部屋全体が回転するという仕組みは、確かに実在します」

回転式の展望台の存在を聞いたことがある。太陽を追いかけるための仕組みではないけれど。その時、ふと、私の頭の中に、何かがひっかかった。

（おかあさん、どうか、されましたか……）

「何だか、今、手がかりのようなものが、目の前を通りすぎていったような……」

（かいてん、ですか……？　たいじゅかんの、どこかが、やはり、うごくの、ですか……？）

「いいえ、回転ではありません。大掛かりな仕掛けになるはずだから、そのような機構があったなら、建設に関わった人たちのだれかが証言しているはず」

（そう、ですよね……）

胎児によると、この推理をした探偵は、ロマンばかりで稚気がすぎると世間から失笑を買ったらしい。しかし、回転の方向が時計回りだったというのは、大樹館の構造的にも合致しているように思う。御主人様の御部屋を回転させようとするなら、反時計回りには動かせないはずだ。大樹回廊が時計回りに螺旋を描きながら下の階層からやってきて、部屋の東側を通った後、ぐるりと南に回り込んで扉の手前の円形空間につながっている。部屋を反時計回りに動かそうとしたなら、同じ高さまで到達した大樹回廊と接触してしまい、壁を破損させてしまうだろう。だから時計回りというのは理にかなっている。

「私が気になったのは別のことなんです。ああ、そうだ、ひまわりです。事件に関係があるかどうかわかりませんが」

御主人様の御部屋には額縁が二つ飾ってある。その片方がひまわりの絵だったのである。作者はオランダ出身の男性で、自ら耳を切り落とし、最後には拳銃《けんじゅう》で自殺した著名な人物だ。御主人様の御部屋にあったのは、画家によって描かれた本物である。世界中に数点しかない貴重なものだ。御主人様に心酔していたコレクターが自分の死後に寄贈《きぞう》したものらしい。

現実のひまわりの花は鮮やかな黄色であり、力強さと健康さを想像させるものだが、その油絵のひまわりはくすんだ色合いですこし不気味である。ひまわりには、「希望」「忠誠心」「崇拝」「熱愛」などのイメージや象徴的な意味があるそうだが、そのひまわりの花が、しなびてうめき声を発しているように見えるものだから、余計に物悲しく胸に迫ってくる。

「御主人様の御部屋にひまわりの絵画が飾られていたことは、世間の人も把握している情報ですか？」

（すべてが、もえて、はいになった、あとで、はんめい、しました……。たいへんな、そんしつ、です……）

「ひまわりの絵とは反対側の壁に、もうひとつ額縁が飾ってありました。そちらは有名な絵画ではないから、知られていないのではないですか？」

（なにが、かざって、あるの、です……？）

「数学のグラフのような図形です。長方形をいくつも区切って、その中に貝の渦巻き模様を閉じこめたような形でした。あれは何の図形なのでしょう」

すこし考え込むような沈黙の後、胎児は言った。

（おうごんひ、かも、しれません……）

〈西側の額縁に飾られたひまわり〉

〈東側の額縁に飾られた図形〉

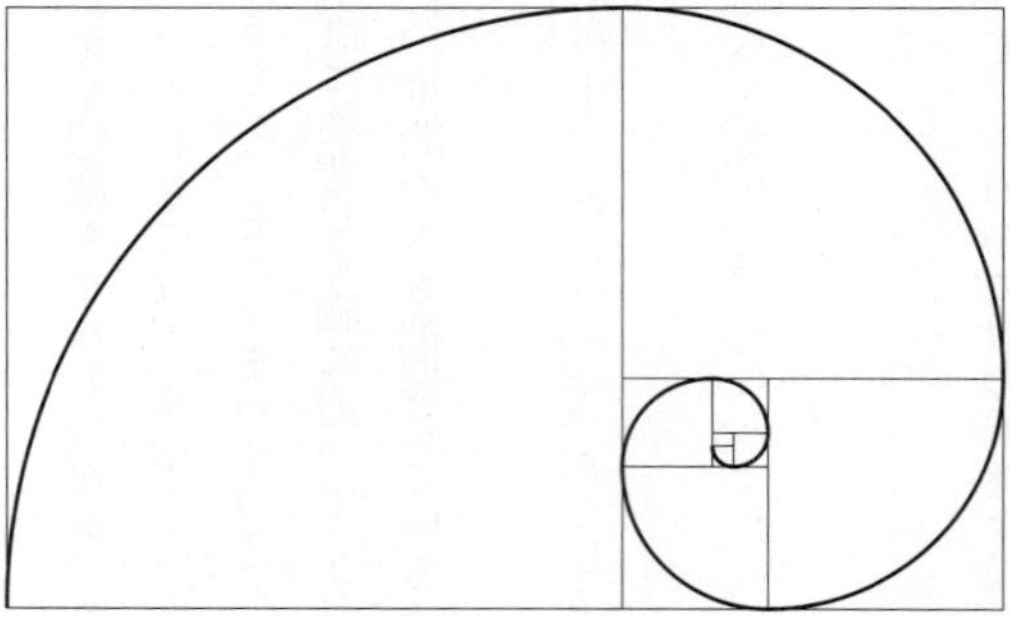

「黄金比？」

（それを、せつめい、した、ずけい、です……）

たどたどしい胎児の説明によれば、この自然界には黄金比と呼ばれる数字の比率が散見されるのだという。その比率を四角形と曲線で表現した時、長方形に貝の渦巻きを閉じこめたような図形になるそうだ。額縁に飾ってあるのは、その図形ではないかと胎児は言う。

（ひまわりと、おうごんひ……。ぐうぜん、では、ない、でしょう……。うずまきも、らせんも、すべて、つながって、います……）

黄金比と呼ばれる比率で描かれた長方形から、正方形の部分を線で区切ると、残った部分もまた黄金比を持ったちいさな長方形となる。そのひとまわりちいさな長方形から同様に正方形を区切ると、やはり黄金比を持つちいさな長方形が出現する。そうして無限に黄金比の長方形が生まれつづけ、渦巻きのような形に連なっていくのである。

黄金比の正体はフィボナッチ数と呼ばれるものだ。フィボナッチ数とは、「0, 1, 1, 2, 3, 5, 8, 13, 21, 34, 55, 89, 144, 233, 377, 610, 987, 1597, 2584, 4181, 6765, 10946, 17711, ……」のように、ひとつ前の項《こう》を足した数字が次の項に続くという法則性の数列である。この数列に含まれた隣り合う数字を辺とする長方形を作り、正方形で区切っていく。最後に、各正方形内に円弧を描いて繋げると渦巻きの図形が完成する。この渦巻きは、その美しさから黄金螺旋などとも呼ばれているらしい。

フィボナッチ数は自然界とも結びつきが深く、神が世界を創造する時に使用した数字だとさえ言われている。例えばこの世界の植物の花弁の枚数は、フィボナッチ数のどれかになっているという。花弁の数が四枚であったり、六枚であったり、七枚であったりする植物は、いくつかの例外があるものの、ほとんど存在しないのだ。

また、ひまわりの種の並びをよく観察すると、複数の螺旋が重なった状態になっているとわかる。その螺旋の数は必ずフィボナッチ数である。この発見はフィボナッチ数について書かれた本にかならず登場する有名なエピソードだ。御主人様の御部屋にひまわりの絵が飾ってあるのは、フィボナッチ数と関わりの深い植物だからという理由もあったのだろう。

事件とはおそらく関係のない雑談をしているうちに、胎児の声が途切れ途切れになってきて、やがて完全に沈黙してしまう。話し相手がいなくなり、私はお腹をさすりながら、ぼんやりと天井を見上げてすごすことになった。

御主人様は螺旋の頂点で物語を紡がれていた。黄金螺旋の図形やくすんだ色合いのひまわりの絵を眺めながら、創造された物語世界は、地上で暮らす人々に幸福をもたらした。御主人様はなぜ殺されなくてはならなかったのだろう。犯人の動機が、まだ想像もできなかった。

# 三

大樹館で暮らしていると、現実と幻想の境界が曖昧になっていく。

例えばこんなことがあった。

大樹館には複数の図書室や書庫があるのだが、虫が発生して本をだめにしてしまうという状況に陥ったことがない。虫干しをしなくても書物全般がなぜか無事である。展示してある絵画や掛け軸にも同様のことが言えた。美術館では虫対策に気を遣っていると聞くが、大樹館の展示物は、特に何もしていないのに虫の被害を免れている。

大樹館では時々、毛虫などが大量に侵入してくる事態が起きる。それなのに、書物や絵画はどうして平気なのだろうかと疑問だったのだが、どうやら御主人様が紙魚《しみ》たちを飼いならしているおかげらしい。

紙魚と呼ばれる小さな虫は、銀色の鱗《うろこ》のようなものに覆われてきらきらと光ることから、雲母虫《きららむし》と呼ばれたり、箔虫《はくむし》と呼ばれたりするのだが、本を食べてしまう代表格のような存在である。大樹館の地上階の奥まった場所にある薄暗い一室に、実は紙魚やその他の本を食べる虫たちが無数に生息している。御主人様は時々、出版された御自分の小説をその部屋に持っていき、そっと床に置いていかれるのだ。

きらきらした紙魚たち、本を食べるその他の種類の虫たちは、ざわめきながら御主人様の本に群がり、物語が印刷された本を貪りはじめる。まずは表紙や背表紙をぼろぼろにして、ページを綴じている糸を細切れにしてしまうと、一冊の本だったものは解体される。虫たちは一ページずつ部屋のそこら中に持っていって、御主人様の小説を楽しみながらゆっくりと咀嚼していくのだ。一冊の本が食べられて消滅してしまうのに半年ほどかかるらしく、その期間、私はその小部屋を掃除するのはあきらめ、扉越しに虫のざわめきを聞くだけにしていた。

奇妙なことに、紙魚やその他の本を食べる虫たちは、御主人様の小説以外には群がろうとしなかった。試しに無関係な本を置いてみると、最初のうちはざわざわきらきらと集まってくるのに、次第に遠巻きに見つめる者たちが増えはじめ、やがて興味が失せたように部屋の床板の隙間から去ってしまうのだ。それからすこし経った頃、私の所有していた料理のレシピのメモや世界地図が虫によって駄目にされるという事件が起きた。私に対する抗議《こうぎ》活動の一環だったのだろう。

おそらく御主人様は、自らの小説を虫たちに捧げて食欲を満足させることで、他の本や芸術作品を守ってくださっていたのだ。紙魚たちは御主人様の物語の甘美《かんび》さや栄養価の高さに気付き、それを食べさせてもらえるのなら、他の物には手を付けない取り決めをしていたのではないか。

ちなみに御主人様の小説が最上級の食材になりうることは本当の話で、私が実際に体験したことでもあった。

その日、御主人様と月郎君が大樹館を留守にされていたので、私は自分用の食事を厨房で作っていた。自分以外にだれもいないということで、気が緩んでいたのだろう。普段ならそんなことはしないのだけど、御主人様の本を読みながら、同時に鍋でホワイトシチューを煮込んでいたのである。

しかし、料理が完成に差しかかった頃のことだ。私は手を滑らせてしまい、鍋の中に本を落としてしまった。何ということをしてしまったのだろうと、私は火を止めて本を救出しようとした。シチューが駄目になってしまったことよりも、御主人様の本を汚してしまったことへの罪悪感が大きかった。

硬い表紙の角を指でつまんで鍋から引き上げると、すっかり本の全体が汚れており、濡れて重たくなっていた。どこに置いたらいいだろうと困っているうちに、ページを綴じていた糸が切れ、表紙と背表紙と裏表紙以外の全部が、ばらばらになって鍋の中へ再び落ちてしまったのである。

すっかりへこんでしまった私は、ひとまず片づけを放っておいて、椅子に座って反省していたのだが、しばらくすると厨房にかぐわしい香りが漂っていることに気付いた。何とも言えないおいしそうな匂いである。ホワイトシチューの鍋がその発生源だった。

私が目を離しているうちに、何があったのかわからないが、鍋の中にばらまかれた本のページが見当たらなかった。時間をかけてシチューに溶け込んでしまったのだろうかとも思ったが、本のページがそれほど簡単に溶けて消えてしまうものだろうか。しかし、それにしたって食欲をそそる香りだった。スプーンですくって一口なめてみたところ、舌の上に広がる深い味わいに目を見張った。今にしておもえば、それは御主人様の小説に含まれていた活字成分の味だったのである。物語に含まれていた様々な要素が味に作用していたのだろう。御主人様の思想、価値観、ユーモア、あらゆるものが旨味《うまみ》となって料理と一体化していたのである。

一口でやめてしまうには、あまりにも惜しかった。あらためて鍋を火にかけて温め直し、御主人様の小説ならば体にいれても健康被害は出ないだろうという確信もあった。湯気のたつホワイトシチューを皿によそうと、煮込まれたジャガイモやニンジンのそばに、いくつもの活字が浮かんで漂っているのが確認できた。それらは紙の断片というわけではなく、活字の形で色の濃い部分が浮かんでおり、スプーンの先でつついてみると、輪郭をくずしてシチューの中に溶けていった。口に含んで舌の上で陶酔しながら味を楽しんだ。嚥下《えんか》すると御主人様の物語が私の体の一部となり、お腹の中に生命として宿るのを感じた。それは七月末のある日の午後だった。

一人で部屋に閉じこめられていると、色々なことを思い出す。はたして現実に起きたことなのか、それとも、たった今、私が頭の中でねつ造した物語なのか。

耳をすますと風の轟《とどろき》にまじって、屋根の上にぱらぱらと折れた小枝の降ってくる音が聞こえる。深夜零時《れいじ》頃、山火事が大樹館に到達することを思い出し、急に焦りが募《つの》ってきた。のこり数時間しかないのに、身動きができず、殺人の証拠を集めることもできず、他の方々に避難をうながすこともできない。私は立ち上がって部屋の中を歩き回った。しばらくそうしていると、扉越しに靴音が近づいてくるのがわかった。

「時鳥、起きてるか？」

彗星様の声だ。

「はい、起きています、彗星様」

私は扉の前に立ち、その向こう側にいるはずの彼に返事をする。

「様子を確認しにきた。何か持ってきてほしいものはあるか？」

「特にございません」

「月郎が親父の部屋の鍵を借りに来た。おまえがあいつに、何か言ったのか？」

「予知夢の話をしました。大樹館がもうじき燃えてしまうので、その前に御主人様の御部屋を調査してほしいと」

「ああ、それで、山火事がどうとか、あいつが言い出したんだな。念のため逃げる準備をしておくようにと、俺や義姉さんや子どもたちに忠告していた。子どもたちはすっかり信じてしまったが……。大樹館が燃えてしまうなんて、本気で思っているのか？　時鳥、おまえ、あいつを騙《だま》そうとしてないか？」

彗星様の声は普段よりも低く、私を疑っている様子だ。

「騙そうだなんて、私は……」

「親父の部屋の鍵が、おまえの服のポケットから出てきた。どうして二本目をおまえが持っていた？　おまえが親父を殺したのか？」

「違います。どうか信じてください」

「信じる？　何を根拠におまえのことを信じればいい？」

かつて、彼は私に愛を囁いていたけれど、今はもうずいぶん心は離れてしまったらしい。愛が消えてしまったなら、私たちは相手の心をどうやって信じればいいのだろう。根拠もなく私たちは相手を受け入れることなんてできない。

「信用を得る、というのは、難しいものですね」

私の頭に思い浮かんでいたのは、胎児の声のことだ。あの声は、本当に私の息子の声なのだろうか。実際は大樹館に住む悪い霊が私の子宮に取り憑いて、胎児を名乗っているだけなのではないか。私は妊娠などしておらず、お腹の中は空っぽなのではないか。そのような疑念が浮かんで不安に襲われてしまう。

御主人様の御部屋の調査をお願いした月郎君に対しても、同じことが言えるのかもしれない。全面的に信用して良かったのだろうか。もしも月郎君が犯人だった場合、ねつ造された証拠品を提示する可能性だってあるのではないか。

「相手の言葉を無条件に受け入れ、確固たる信頼を築くには、きっと、心の奥に信念や愛といったものが必要となるのでしょうね」

「昨日の夜、鍼治療のことで、兄貴と月郎が口論になったのをおぼえてるか？」

彗星様が沈んだ声で話し出す。

「ずいぶん遠い昔のように思います」

「根拠とか、信じるとか、そういう言葉を聞いたら、ふと思い出した。事件とは何の関係もない、ただの雑談だ」

「雑談は大事です。意味のある話ばかりだと、気が滅入ってしまいます」

冬夜様は鍼治療というものに懐疑的な立場をとっていた。西洋医学的な見方をするなら、鍼を刺すという行為そのものには意味がなく、心理的効果によって痛みが癒えているのにすぎないという。自己暗示によって鎮痛作用が得られるのだと。

鍼治療の恩恵を得るには、心からその効果を信じ抜くことが必要なのである。疑いを抱いてしまえば、暗示が解けてしまうため、効果は半減してしまう。

体内に気の流れなど存在しない。だからこんなことは無意味だ。

そのように世界を認識した人は、もう苦痛を鍼で取り除くことができない。

「彗星様は鍼治療を受けたことはございますか？」

「ある。月郎にすすめられて、一通りの代替医療は試してみたんだ。鍼はなかなか良かった。筋肉がほぐれて体が軽くなったよ。兄貴から鍼治療のメカニズムは教わっていたんだが、それでも効果があったということは、心のどこかで信じているのだろう、人体の神秘というものを」

「信じるという心の挙動が、肉体という物質に影響をもたらすなんて、興味深いことですね」

それはどこか、祈りが届くという奇跡に似ている。私たちの心は世界と繋がっていて、決して切り離されたものではないのだと教えてくれる。今、私の身に何らかの苦痛が宿っており、鍼治療を受けたなら、痛みは癒えるだろうか。

癒えたなら、彗星様と同様、心の奥で神秘を信じていたことになる。

癒えなかったのなら、私は思いの外、科学的な思考をする人間だったということなのだろう。心の奥に、かすかな疑いがあったことを自覚するのだろう。

幸福に暮らせるのは、どちらだろうか。苦痛を鍼で取り除いてもらえるのだから、神秘を信じている人の方が幸せのような気もするが、そうでない人から見れば、真実を知らずに施術の代金を支払い搾取《さくしゅ》されているあわれな人のようにも見えてしまうのだろう。

私たちは少しの間、扉越しに沈黙する。やがて、ふと思い出したことがあり、質問することにした。

「そういえば、彗星様、気になることをおっしゃっていましたね。御主人様と賭けのゲームをしていたと」

「しまった。酔っぱらって、変なことを話し過ぎたらしい」

「賭けに勝ったら、ワインセラーのワインをすべて譲《ゆず》り受けることができるとか」

御主人様が亡くなられてしまい、約束はどうなってしまうのかと彼は嘆いていた。

「ろくでもない話だ。怒らないで聞いてくれ。時鳥の表情を変えさせた方が勝ち、という遊びを親父としていたんだ。おまえは滅多に表情を変えることがなかっただろう。だからそういう話になっちまった。結果はうやむやになったが、俺はおまえと仲良くなれたから、まあ良かったと思っている」

扉越しに彗星様が気まずそうにしている様子が浮かんだ。

「だから私に、突然、愛の告白をしたのですね。理解しました」

「悪かったと思ってる。だけどおまえは、俺に抱きすくめられても表情を変えることなく淡々としていたよな」

「心の中では焦っていました。それが顔に反映されなかったというだけなんです。嫌ではありませんでしたよ。だけど、そうですか。本当は最初から愛なんてなかったのですね、私たちの間には」

「いや、そういうわけじゃない。愛はあった。確かにそれは生じたのだ。ただ、長くは続かなかった。俺はそういう人間なんだ。すまない」

「赦します」

「やけにあっさりとしたものだな。それはそれで癪《しゃく》なんだが」

私の中にも愛はあったのだろうか。一時的にでも、生じていたのだろうか。

彗星様に謝らなくてはいけないことが実はある。だから本当は、赦しを請《こ》うのは私のほうだ。

「もうすこしだけ、そこにいてくれ。トイレに行きたくなったら、大声で叫んでほしい。すぐにだれかが駆けつけてくるだろう」

扉越しの対話を終えて彗星様が帰っていく。靴音が遠ざかり聞こえなくなるまで、扉の内側で耳をすましていた。また時間だけが過ぎていく。

## 四

天井付近の明かり取りの窓に、手が届かないかと椅子の上に立ってみたが、やはりだめだった。どちらにせよ、私の体が通り抜けられるような幅《はば》ではない。しかし、外を見ることができたなら、遠くから忍び寄ってくる山火事の気配を察知することができるかもしれないと思っていたのだが。

その時、新たな足音が近づいてくる。今度は誰だろう。

小さな歩幅と、いかにも体重が軽そうな靴音だ。航君だろうか。扉のそばに椅子を移動させ、座って待機した。

靴音は扉からすこし離れた位置に止まる。扉をはさんですぐ向こう側ではないのは、机か何かの重たい家具で扉が塞がれているため、その分の距離が開いているせいだろう。

「穂村さん」

航君のひかえめな声だった。

「航様、おひとりでいらっしゃったのですか？」

「いいえ、ひとりではありません」

靴音は、ひとつしか聞こえなかったけれど。

「泉様か恋様とご一緒なのですか？」

「お母様とお姉様は、御部屋で休まれています」

「航様がここにいらっしゃることを、みなさんはご存じなのですか？」

「教えていません。穂村さんが、ここにいることも、僕は知りませんでした。お祖母様が、ここへ連れてきてくださったのです」

「奥様が？」

「はい。廊下の曲がり角で、手招きをするのが見えたのです。白い手が、ゆらゆらと、僕を呼んだのです」

じじじじ、じじじじ、と音を発しながら、百合の花を象《かたど》ったランプシェードの中で、電球が明滅をはじめる。視界が幾度も闇に覆われた。

「お祖母様の白い手が、僕にむかって言いました。こっちへおいでと。そちらの方に行くと、お祖母様の手はひっこんで、もうひとつ向こうの曲がり角に移動しているのです。それを何回もくりかえしているうちに、僕はここへたどり着いたのです」

航君はそう言うと何度か深呼吸する。長く言葉を紡いだのでくたびれたらしい。

気を失う直前の眩暈を思い出す。足下の床が歪み、波打つ海となり、再び落ちていきそうな感覚。十二年前に亡くなられた奥様のゴーストは私のことを人殺しと呼んだ。母を波打ち際で見殺しにした記憶が頭をかすめ、心臓の鼓動《こどう》が速くなる。

「ずっと心配していました。穂村さんが急にたおれてしまったから。僕とお話をしたのが原因で、たおれてしまったのですか？」

「体調がおもわしくなかったのです。航様のせいではありません」

「そうなのですね。お祖母様が穂村さんのことを、人殺しなどと、おっしゃったから……、そのせいかと……」

「航様、私は人を殺《あや》めてなどいません。すくなくとも、御主人様や冬夜様を亡き者にした犯人は、私ではありません。どうか信じてください」

耳をすますと扉の向こう側から、航君がだれかと会話をしているようなひそひそ声が聞こえてくる。その内容までは聞き取ることができなかった。やがて、あどけない少年の声が私に向けられる。

「お祖母様が、おっしゃっています。すべてわかっている、海辺の出来事も、と。あなたは人殺し。でも、それは、私のせい、と」

海辺の出来事。その言葉から連想されるのは母のことだ。私が母を見殺しにしたことを奥様は把握しており、そのことについて、人殺しと称している。私はそのように理解した。

しかし、私のせい、というのはどういう意味だろう。そういえば、気を失う直前にも航君がそう言ったのをうっすらとおぼえている。その意味を考える余裕はなかったけれど。

あなたは人殺し。

でも、それは、私のせい。

奥様は、私が母を見殺しにした件について承知しており、そのことを語っているのだとすれば、その責任を感じる何かが奥様にはあるという意味だろうか。

「私は奥様とお会いしたことがないのです。それなのに、私と奥様の間に、どのような関係性があったというのでしょう」

奥様とは他人同然である。むしろつながりがあるとすれば、私の父だろう。私の父は大樹館の建設に関わっていたから、建設中の大樹館の近くで奥様ともすれ違っていたかもしれない。奥様も何度かは現場見学に訪れて、造りかけの螺旋状の屋敷を見上げたはずだ。

外から聞こえていた風の音がふいに途絶えると、耳を圧迫されるような沈黙の空間が訪れる。百合の花の照明が、突然、暗くなった。室内から光が消えてしまうと明かり取りの窓に切り取られた夜の方が明るく感じられた。まだその夜が暗い青色をしていたので山火事は迫っていないとわかる。

扉の向こうから航君が苦しそうに息を吸ったり吐いたりしている気配が伝わってくる。喘息の症状《しょうじょう》のように、窮屈な気管を何とか必死で空気が通り抜けるような音だ。

「航様？」

心配になり声をかけると、奇妙に歪んだ軋むような声が返ってきた。

シデノタオサヨ

ショクザイヲキイテ

航君の声に、他の人の声が重なっているように聞こえた。暗い死の世界へと繋がる深い穴が開き、その奥から響いてくる様を想像させる不気味な響きがあった。肌が粟立ち金縛りにあったように動けなくなる。室内の暗闇が固形化し、私は空間に縫《ぬ》い止められていた。肺を膨らませる筋肉も固まってしまい呼吸もできず、関節という関節が硬直《こうちょく》化し、駆け馬のように心臓だけが動いている。

キノナカノワタシガ

コロサセタノ

不協和音を集めて凝縮したように禍々《まがまが》しいその音は、死者が声をふりしぼっているのだと、私にはそう感じられた。肉体を失った存在が無理やりに死者の世界から言葉を発しているのだ。声の主は奥様にちがいない。死者の声は聞く者の精神を病ませる性質でもあるのか、頭の中が悲しみとも不安ともつかないもので埋め尽くされた。鬱々とした感情が鉛のような塊となって私を支配する。さきほど胎児の声を聞いた時は、この世で唯一の私の理解者に出会ったような安らぎを感じたものだけど、それとは正反対だ。私は死者の悲しみに取り込まれないよう、お腹の中から聞こえてきた幼子の声を思い出して耐える。

直後、どん、と倒れる音と振動があった。奥様の声はもう聞こえなくなり、呼吸ができるようになった。死の世界へ繋がる穴も閉じたのだ。外の風の音がもどってきて、百合の花の照明が再び輝き出した。私は全身に汗をかいており、何度も浅い呼吸を繰り返す。

「航様？　大丈夫ですか？」

少年のかすかなうめき声があった。何度も航君に呼びかけをしてみたが、返事はない。他の大人たちを呼んで航君を介抱してもらうべきだ。私は扉を手のひらで叩いて音を出しながら人を呼んだ。頭の中では、さきほどの出来事を反芻《はんすう》している。十二年前に亡くなったはずの奥様が、航君の体を借りて私に何かを伝えようとしたらしい。扉越しだったので姿を見たわけではないが、不気味な声を思い出すと恐怖がせりあがってくる。

シデノタオサヨ

ショクザイヲキイテ

キノナカノワタシガ

コロサセタノ

シデノタオサとは、【死出《しで》の田長《たおさ》】のことだろう。時鳥の別名である。田植えの時期を告げる鳥であることから、元々は【賤《しず》の田長】と呼ばれていたものが、音を変化させてそう呼ばれるようになったのだ。結果、【死出の山を越えて来る鳥】という意味合いを含むようになり、黄泉に誘う鳥であるというイメージが定着したそうである。つまり奥様は私に呼びかけていたのだ。贖罪《しょくざい》を聞いて、と。

キノナカノワタシガ、というのは、木の中の私が、という解釈で合っているだろうか。

その時、扉の向こうから声が聞こえてくる。

「航！」

泉様の声だ。耳をすますと駆け寄ってくる気配もする。姿の見えなくなった航君を探していたのだろうか。足音は複数あり、泉様以外にもだれかが一緒にいるらしいとわかる。航君の名前を呼ぶ中に恋さんの声もまじっていた。

私は彼女たちに犯行を疑われている状態にある。そのような時、航君が私のいる部屋の前で倒れていたら、私が何かしたのではないかとさらに疑われてしまうのではないかと危惧する。

「泉様、恋様」

私は呼びかけてみた。倒れている航君を介抱しているお二人の、はっとして息をのむ気配が伝わってきた。航君がこの場にいることや、なぜ倒れているのかを、どのように弁明すればいいだろう。

部屋を塞いでいた家具が横にどけられるような気配があった。息をつめて成り行きを見守っていると、不意に扉が開かれる。廊下の照明が差し込んで、最初に見えたのは、廊下に横たわり、目を閉じた状態にある航君の姿だ。航君のそばに泉様と恋さんがいて、私を振り返って見ていたけれど、容疑者を警戒するような険《けわ》しい表情はしていない。むしろ私に対して申し訳なさを感じているような気配があった。

「私が寝ている間に、いろいろあったみたいね」

赤い髪の女性が部屋の出入り口に立っていた。彼女が扉を開けてくれたらしい。頬にそばかすのある野良猫のような目をした赤空遠野さんだった。

## 五

部屋を塞いでいたのは木製の机だった。他の部屋から運んできたのだろう。航君はただ眠っているだけで、どこにも外傷は見当たらなかったらしく、私は安堵する。客室のベッドまで連れて行くことになり、私が背負って運ぶことにした。

「この子、時々、こうなるの。夜中にベッドから抜け出して、階段を下りて勝手に歩き回ったり、奇妙な声で意味のわからないことを話したりするのよ」

「それから、疲れて寝てしまうんだけど、起きた時は何もおぼえていないのです」

移動しながら泉様と恋さんが教えてくれた。泉様と恋さんが私に対し警戒していないのは、遠野さんのおかげだった。

「完全にあなたへの疑いが晴れたわけではないけれど、すくなくとも私を襲ったのはあなたではないってことは説明しておいたから、感謝しなさいね」

遠野さんは少し前にベッドで目を覚まし、現在の状況を教わったという。後頭部をさすりながら彼女は顔をしかめている。出血は止まったものの、まだ痛むらしい。皮膚の裂傷だけで済んだのは幸運だと思える。当たり所が悪ければ死んでいたかもしれない。

「申し訳ないけど、殴られた時、犯人の姿は見なかったよ。突然、後ろからがつんとやられて意識を失ったから。でも、タイミング的にあなたが私を襲ったとは考えられない」

彼女が襲われた場所は、大樹回廊の終着点からすこしだけ下った位置である。御主人様の御部屋に背を向ける格好で彼女は座り込んでいた。回廊の床が傾いていたから、自然と彼女はその向きで座ったのだろう。上りの方を向いて座るよりも、下りの方を向いて座る方が楽だから。

「私が殴られたのは、あなたがだれかを呼びに行って、すこし経ってからのこと。一瞬、だれかが後ろに立った気がしたのよね。床板がすこし軋んだの。でも、そんなはずない。あの位置で、だれかが私の後ろに忍び寄るなんてこと、ありえない」

遠野さんの背後には、大樹回廊の終着点へ続く窓のない数メートルほどの曲線通路と、木製テーブルのある円形の空間、そして御主人様の御部屋があるだけだ。遠野さんを襲った犯人は、どこから現れたのだろう。御主人様の御部屋には、だれも潜んでいなかったはずだが、私の探し方が不十分だったのだろうか。

やはりあの部屋には外部への抜け道などが用意されており、そこを通ってきた侵入者が自分を襲ったのではないか、と遠野さんは考えているようだった。

「もしもあなたが犯人だったとしたら、短時間で秘密の抜け道を通って最上階の部屋までもどり、私の後ろに回り込んで殴ったことになる。でも、そんなことができるような時間はなかったと思う。あなたが視界から見えなくなって、五分も経ってなかったんじゃないかな。それに、私を殴り殺すつもりだったら、そんな回りくどいことはしないはずよ。部屋を出た後、すぐに襲いかかればいいわけだからね。そんなわけで、あなたが私を襲ったんじゃないって、私は確信しているの。みんなにもそう話しておいたから」

遠野さんの証言によって私への疑惑は薄れ、監禁状態が解かれることになったらしい。襲われて死んでいたかもしれない被害者自身が、私の潔白を主張しているのだから、他の方も信じざるを得なかったのだろう。

また、私が所持していた御主人様の御部屋の鍵についても、有耶無耶《うやむや》のうちに何とかなりそうな様子である。航君を探している最中に鍵は拾ったもので、報告をするタイミングがなかったのだ、という私の主張が認められようとしていた。

「そういう話し合いをみんなでしていたら、いつの間にかこの子がいなくなってて、手分けして探していたところだったってわけ」

遠野さんは隣をあるきながら、私が背負っている航君をちらりと見る。そういえば、航君はバロック音楽の鑑賞部屋で奥様から聞いた話を、みんなには伝えていないのだろうか。私は人殺しだ、と奥様は航君に教えたようだが、その話が広まっていたら、遠野さんや泉様や恋さんの私に対する雰囲気はもっと違ったものになっていただろう。

泉様たちの客室に到着し、ベッドに航君を横たえる。泉様が愛しげに航君の頭を撫でた後、体に毛布をかけていた。母親と息子の光景を、自分と穂村ツバメに重ねてしまう。私の息子はまだ生まれてもいないけれど、いつかは自分も泉様のように、子どもの頭を撫でて毛布をかけてあげるような日々が来るといい。昨日まではなかった、ささやかな私の願いである。

私は部屋を出て、遠野さんと話をする。

「彗星様と月郎様はどちらにいらっしゃるのでしょう」

「さっきまで二人もあの子の捜索に参加してた」

手分けして探すため、月郎君は高層領域へ、彗星様は低層領域および地上階方面へそれぞれ向かったという。まずは二人に合流して状況報告したほうが良い。その前に私は客室に近いトイレへ行き、顔を洗うことにした。冷たい水で汗を流すと、気持ちがようやく落ち着いてくる。食事の汚れた食器をさきほどの部屋に置いてきてしまったことが気になった。使用人としての義務感から回収して皿洗いしたくなるが、今はそれどころではない。大樹館がもうじき灰になるのなら、放っておいてもよいだろう。

大樹回廊に戻って柱時計を確認する。傾斜した場所でも垂直《すいちょく》になるよう特注の台に載せられていた。時計の針は二十一時四十三分を指している。遠野さんが壁に背中をもたれさせて立っていた。

「まもなく山火事が発生して近隣一帯が燃えてしまいます。そうなる前に私たちは避難しなくてはいけません。遠野様、避難のご準備はできていらっしゃいますか？」

「さっき彗星先生の弟さんがそういう話をしてたけど、本当なの？　あなたが夢で見たってだけでしょう？」

「今のうちに心構えをしておいてください。何も起きなければ、それが一番です」

彼女は天井を見上げた。色つきガラスの照明が放つ淡い黄色によって、漆喰の壁と天井は暖かみのある色に染まっている。細部まで美しい造りだ。彼女の父親が設計したこの建築物がすべて灰になってしまうなど、今は想像もできない。

「本当に燃えてしまうのなら、今のうちに建物の中をじっくり見ておかないと。本当にそうなるのならね」

残りすくない時間で、父親が自死を選んだ手がかりを探し当てることとなんて、できるのだろうか。私もゆっくりしていられない。御主人様と冬夜様の死の真相について、犯人特定に繋がる証拠を見つけ出さなくてはならなかった。

まずは月郎君を探すことにする。御主人様の御部屋の調査をお願いしていたので、その結果を聞いてみたかったのだ。

「私もあなたについて行こうかな」

遠野さんが言った。

「私から見た場合、あなたが一番、安全なのよ。私を後ろから襲ったのは、あなたではない。つまり、あなた以外のだれかと一緒にいるのはリスクをともなうの。だから一緒に行動させて」

彼女の申し出を受け入れ、私たちは渦巻き型の回廊を時計回りに進んだ。

「遠野様は以前から大樹館についての調査をおこなっていたのですか？」

「まあね。父の死の原因だもの。母と私の人生に暗い影を落としたのはこの館のせい。父は、大樹館の竣工後、精神を病んでしまった。冬の間は比較的、マシなんだけど。気温が暖かくなると鬱状態になって家に引きこもってた」

蘭堂与一が自殺をした日の早朝の出来事を、遠野さんはおぼえているそうだ。

「その日、父は窓辺に立っていた。春が終わりにさしかかって、父の心が蝕まれはじめる時期だった。当時、私は小学生だったんだけど、学校に出発する前、窓辺でぼんやりしている父に声をかけたの。父は私の声も聞こえない様子で、じっと何かを見つめていた。窓辺で芋虫が死んでいたの。暖かくなって若葉を食べて成長した、ぷっくりとした大きな芋虫よ。猫か何かに玩《もてあそ》ばれたのかもしれない。お腹を割かれてぐちゃぐちゃになって動かなくなっていた。父は、私の声なんて聞こえていない様子で、ただ芋虫の死骸に見入っていた。頬が濡れているようにも見えたけど、私の見間違いだと思って、そのまま学校に行っちゃった。今にして思えば、本当に泣いていたのかもしれないって思うよ」

彼女が生きている父親を見たのは、それが最後だった。

「私と母は、父が死んでからずっと、心のどこかに負い目を感じながら生きている。父はきっと私たちに何かを隠していた。私たちは最後までそれに気付いてあげられなかった。だから、大樹館の秘密を知ることで、本当の意味で父を弔《とむら》うことができるんじゃないかと思ってる。そうすれば、私と母の心も、すこしは楽になるかもしれないいんじゃないかって」

「建築に携わった方々に話をお聞きしましたか？」

「父の知りあいに何人も会ったよ。大樹館の設計図を持っていないか聞いて回ったの」

しかし、資料はすべて彼女の父親が回収していたので見つからなかったという。秘密の部屋や隠し通路の存在についても質問してみたが手がかりは得られなかった。

胎児との対話を思い出す。大樹館に大掛かりな仕掛けが備わっていたなら、大樹館に関わった職人たちが何かおぼえているはずだが、そのような仕掛けについて証言した者はいないという。

「私もすこし、考えてみたのですが……」

そのように前置きをして、何らかの仕掛けがあったとしてもそれはコンパクトなもので、少人数で設置できるようなものではないかと意見を述べる。大仕掛けの場合は設置に関わる人間も多くなり、口止めが難しくなるからだ。

「そうね。そうかもしれない。可能性が高いのは、個人で作れるような規模の仕掛けということね。例えば開閉する壁くらいだったら、父だけでも設置できたはず。父は設計士だったけど、大工仕事もすこしはできたみたいだから」

それにしても、犯人が秘密の通路を利用したのなら、大樹館の構造に詳しい必要がある。秘密の通路の存在をどうやって知ったのだろう。偶然に気付いたのか、それともだれかに教わったのか。


大樹回廊の高層領域へと入った。渦巻きが中心に近づいて、回廊が描く曲線はすぼまってきたが、狭苦しい印象はない。大樹回廊が描く三巻き目の円は直径五十メートルほどもあり、回廊の内側に部屋をいくつも造れる充分な広さと高さがあった。この辺りの部屋はどこもアカデミックな雰囲気がある。歴史書、医学書、哲学書などのジャンルごとに図書室が設けられており、あらゆる言語の書物がひしめいていた。何もない空白の部屋がいくつかあるけれど、これから世に出る様々な学術書のために用意されているのかもしれない。

海外の有名文学の初版本を集めた部屋があった。もしも御主人様が紙魚たちを飼いならしていなければ保管に気を遣ったことだろう。その部屋に月郎君がいるのではないかという奇妙な直感がはたらいたので、そこへ行ってみると、本当に彼の姿があった。貴重な革表紙の本が収められているガラスケースの間を月郎君が移動している。

「月郎様」

呼びかけてみる。私に気付くと美しい少年の顔がすこしだけ綻《ほころ》んだ。遠野さんが一緒に行動しているのを確認し、私が部屋から出してもらえたことを察したようだ。

「穂村さん、ようやく解放されたみたいですね」

私たちは短く情報交換をする。奥様のゴーストについては事情が込み入っているため伏せておいた。

「航が無事に見つかったのなら一安心だ」

「月郎様、御主人様の御部屋のことで、何か気になる点はございましたか？」

「秘密の通路は？　あった？」

遠野さんが腕組みをして壁に寄りかかった姿で発言する。

「隅々まで確認しましたが、おかしなところはどこにも」

「あなたの探し方が悪かったのかも。本当によく探したの？」

月郎君は困ったような表情をする。逡巡するように睫毛をふるわせた後、服のポケットから何かを取り出した。

「もう一度、お父様の部屋へ行ってみますか？　現場の保存を思うと立ち入るべきではないのですが。じきに炎がこの屋敷を燃やしてしまうのなら、気にしている場合ではないでしょう」

彼の手の中にあったのは、持ち手に大樹の装飾があしらわれた御主人様の御部屋の鍵だった。

暗い地上を吹きすさぶ風の轟音は、最上階に近づくとなぜか聞こえなくなり、空気は静寂に満ちる。私たちの服の擦《こす》れる音が円形の空間に響く。木製テーブルの上には、お昼に用意したサンドイッチが手付かずのまま残されていた。パンは乾燥して硬くなっている。

いつもならもっと前に回収しておいたはずだけど、いろいろあってタイミングを逃していた。

月郎君が鍵を差し込んで扉を開けると、濃厚な血の臭いが漂い、私の横で遠野さんがうめいて口に手をあてた。南北の中心軸を挟んで左右対称に設計された御部屋の奥、大樹の幹のそばに御遺体の横たわるベッドが見える。殺人が起きた場所だとわかっていても、そこには教会の礼拝堂を思わせる静謐《せいひつ》さがあり、御主人様の亡き骸《がら》すらも聖遺物のひとつに思えてくる。

私はベッドに近づき、改めて詳細に御遺体を確認する。凶器となった手斧をふり下ろされてできた傷痕が胸にある。血と肉が赤色の薔薇《ばら》を咲かせたようになっており、深く抉れた傷痕を正視できないが、肋骨は折れて心臓も破壊されているようだ。白色の寝巻きとシーツにも血液が染み込んで広がっていたが、血が噴出したというよりも、布の生地が赤色の液体を吸って静かに広がったという印象の染みである。御主人様は仰向けの状態で眠っているところを襲われたのだろう。

薄手のやわらかい毛布がお腹の辺りまでかぶせられていた。毛布をそっと避けて御主人様の足を調べる。特におかしな点は見当たらない。踵《かかと》や足裏に私は手を触れた。白色の枯れ木を思わせる感触と固さ、そして冷たさだ。御主人様は亡くなって大樹の一部になったのだと想像してしまいそうになる。

凶器となった手斧は、大樹の幹に水平状態で突き立てられていた。刃の部分に赤黒い血

〈御主人様の御部屋 間取り図〉

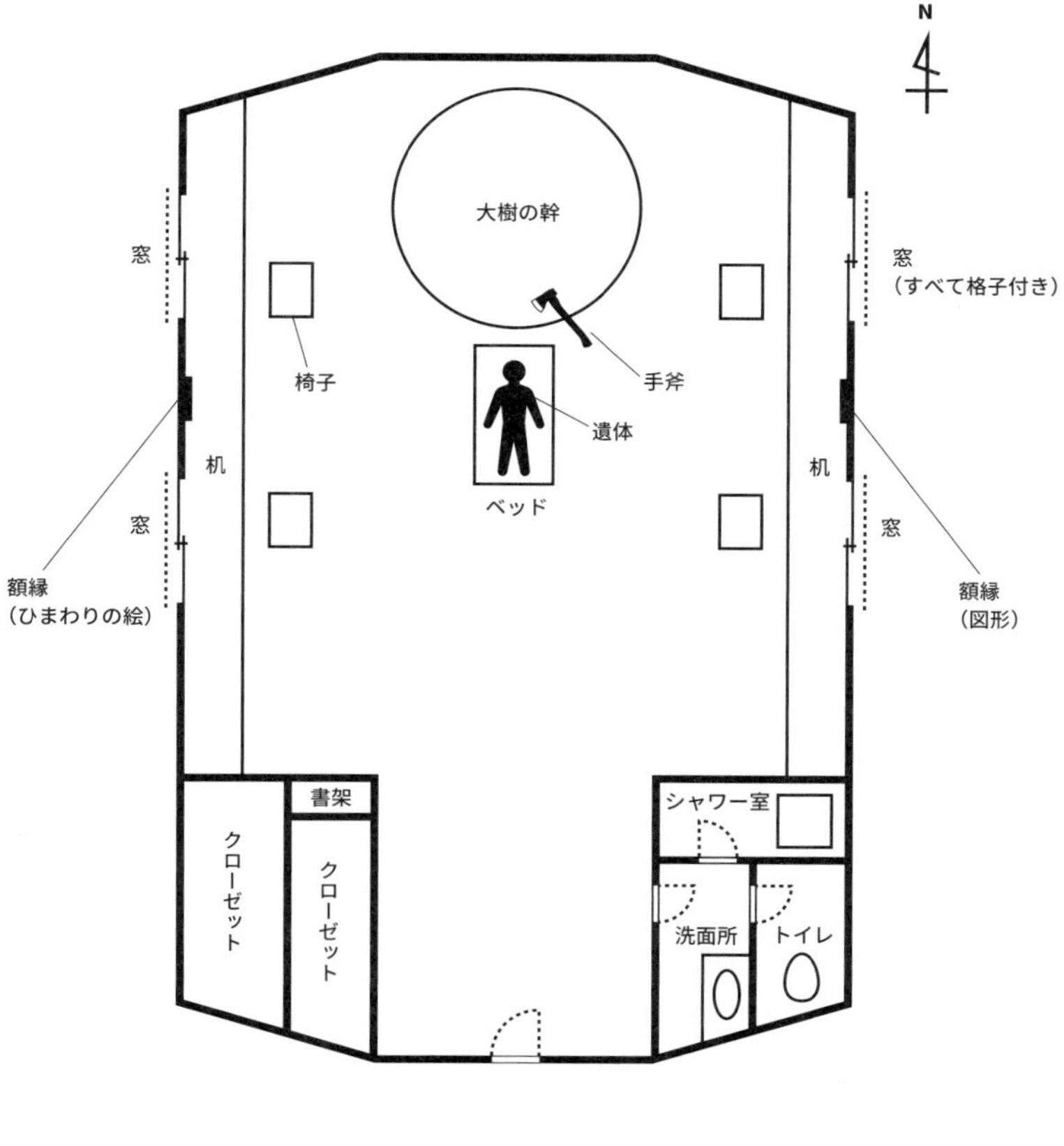

がこびりついており、糸をひきながら滴ったであろう汚れも周辺に付着している。

遠野さんと月郎君はそれぞれ室内の細かな部分を調べていた。

「洗面所の収納は確認した？」

「もちろんです」

「収納の内側の板が外れたりは」

「しませんでした。念のため一緒に確認しますか？」

「そうさせてもらう。疑い深くてごめんね」

遠野さんと月郎君が並んでいる様子は、意外な組み合わせだけれど不思議と違和感がない。背丈がちょうど同じくらいで、骨格が二人ともほっそりしているせいだろうか。月郎君は黒一色の服装で、遠野さんは赤色の髪をしているから、『赤と黒』という題名の有名文学作品を無意識のうちに想起する。

御主人様の御遺体の前にしばらく佇《たたず》み、様々な感情があふれ出してくるのがわかった。感謝の念、喪失《そうしつ》の悲しみ、犯人への怒り。それでも私の表情筋はほとんど変化しないのだから自分でも不思議だった。自分という人間は、私という血と肉と骨で作られた人形を糸で操っている存在だ。操作している私はこんなにも悲しいのに、人形はそれを表現すべき手段を持たないのだ。

私は大樹の幹に近づいた。御部屋の北側の奥に位置する大樹の幹は、床と天井を貫いてまっすぐに聳えている。部屋の横幅いっぱいにおさまっているため、大樹の幹の湾曲した表面が、そのまま北側の壁の役割を果たしている。

灰色の樹皮は化石のように硬い。ごつごつとした表面に触れて子細に確認してみたが、人間が材料を集めて作った模倣品《もほうひん》などではなく、確かに自然界の産物である。どこにも開閉するような箇所はない。

私は大樹の幹をぐるりと回り込んで、北側の壁との隙間に体をもぐりこませ、体全体でその隙間を押し広げようと試みる。胎児との対話で、大樹の幹は天井と床それぞれの境界部分で切断されており、スライドするのではという推理があったので、確認してみることにしたのだ。もしも動くとするなら南方向にしかありえず、御遺体が横たわるベッドごと動かしてしまうことになるが、その心配は杞憂《きゆう》に終わった。幹はびくともしなかったからだ。

私の力が足りなくてスライドしないのだろうか。北側の壁をすっぽりと見えなくさせるほどの巨大な幹の塊は、きっとすさまじい重さだろう。機械仕掛けで動くようになっており、どこかに、幹をスライドさせるためのスイッチが隠されているのかもしれない。

しかし、実際のところ大樹は天井両方の境界で切断されているようには感じられなかった。大樹は確固とした存在感を放ちながら地面から空まで続いている。吹きすさぶ風の中でもへし折れることなく、幹は太枝を支えている。切断されているという説は忘れたほうがいいかもしれない。

そういえば、樹皮の裏側を伝って、虫が大樹館に侵入してくるという事態に、これまで何度か遭遇したことがある。もしも大樹が途中で切断されているのだとしたら、地中の虫たちは地上階よりも上にはたどり着けなかったはずだ。しかし実際には中層領域あたりまでは毛虫たちが侵入していたのだ。そのことから、幹は切断されておらず、ひと繋がりになっているものだと考えられる。

キノナカノワタシガ

コロサセタノ

先ほど聞いた死者の言葉を思い出す。

木の中の私、という表現に登場する、木というのは、大樹のことだろうか。幹の内側に何らかの秘密が隠されているのではないかと想像を膨らませてしまう。しかし、大樹の幹の内側が刳《く》り貫《ぬ》かれていなかったとしても、ゴーストの奥様であれば、物質をすり抜けて大樹の中に潜むことができたかもしれない。御主人様の死に、奥様のゴーストが関係しているという可能性はないだろうか。

思考が堂々巡りをはじめそうになったので、大樹の幹の調査をひとまず切り上げ、他の場所を調べることにした。

東側の壁に設置された机の引き出しを確認してみる。壁に穴を開けた形跡はないだろうか。鍵が通り抜けられる程度の細いスリット状の穴を作り、外から引き出しの中に鍵を落としたのかもしれない。胎児との対話の中で否定された推理だが、念のため確認しておいた方がいい。

部屋の壁は細々とした模様の入った木製である。寄せ木細工を思わせるモザイク状の模様は、赤くなった紅葉《もみじ》の色、黄色くなった銀杏《いちょう》の色、落ち葉が乾燥した様な灰色の、三種類の細かな木材が組み合わさっていた。秋から冬にかけての山の景色、落ち葉が覆った地面を想像させる色合いである。天井付近はアーチを形作る木材と漆喰だけど、それ以外の場所はこのモザイク柄《がら》で統一されている。

引き出しを引っ張り出し、背後の壁を調べたが、外に通じる穴や、穴を塞いだ形跡は見つからなかった。

最後に、この部屋全体が時計回りに回転し、犯人が窓越しに殺人を犯した可能性を検討してみる。どのように部屋を回転させるのか不明だが、仕掛けを作動させるスイッチがどこかに隠されており、まだ見つけられていないのかもしれない。

胎児から聞いた推理によれば、まずはベッドを木の幹に固定させておく必要があるという。部屋全体が回転しても、ベッドだけが動かないという状況を事前に作ることで、最終的に窓とベッドの距離が狭まり、窓越しに犯行が可能となるわけだ。

床に四つんばいになってベッドの脚を確認してみた。しかし、木の幹に固定するための金具は見つからなかった。犯人がすでに回収して捨ててしまった可能性もある。大樹の幹の表面を調べ、釘を打った形跡などがないかを探してみた。釘を使用しなかった場合も想定し、あらゆる異変を見逃さないように注意する。

釘を使わなかった場合、どういう方法が考えられるだろう。例えば、頑丈なゴムベルトのようなものを、大樹の幹にぐるりと巻き付け、ベッドの脚をはさんで固定するというのはどうだろう。部屋全体が回転しても、ゴムによって幹に締めつけられたベッドはその場を動かないはずだ。ガレージに行けば、ゴムベルトとして使えそうなものがあったかもしれない。しかし、樹皮にはゴムベルトとの摩擦《まさつ》による痕跡などは確認できなかった。ベッドを固定させるほどにぎゅっと締めつけていたのなら、乾燥した樹皮の尖っている部分などがすこしは砕けてしまい、剝がれ落ちて床に落ちているはずだ。だけどそのような異変は見つからない。

それに、床板として使用されている無垢の木材は、隙間がなく敷き詰められているとはいえ、乾燥してわずかに反《そ》っている。ベッドを幹に固定して部屋を回転させたとしても、スムーズにベッドの脚がスライドしてくれるとは思えない。ベッドの足がタイヤになっていたり、何らかの滑りやすいものを床との設置面に挟んでおくなどの工夫をしておかないと、反った床板の段差に引っかかって、最悪の場合、ベッドは横倒しになってしまうだろう。木の幹に固定されているのだから、倒れるところまではいかないかもしれないが、床板の隙間に差しかかる度に、相応の振動がベッドを揺らすことになったはずだ。御主人様が睡眠薬で深い眠りについていたとはいえリスクが高い。

そういえば、クローゼットや書架の底面にはタイヤがついており、壁から引っ張り出せる造りになっている。部屋が回転したなら、底面にタイヤのついているクローゼットや書架は、その位置が多少、ずれてしまうのではないだろうか。物体というものは、その場に止まりつづけようとするものだから。それとも、室内のものに影響しない加速度で、そっと動き出し、そっと止まるような仕掛けだったのだろうか。

月郎君と遠野さんがちょうどクローゼットと書架の周辺を調べていた。壁から書架を引っ張り出し、手前にあったクローゼットをずらし、奥に隠れていた二つ目のクローゼットも動かしている。

書架と二つのクローゼットで構成される空間が設計されたのは、設計士が部屋全体を左右対称の造りにしたかったからだろう。南北の中心線を挟んで、東側に洗面所とシャワー室とトイレが造られ、西側に収納の空間が用意されている。まったく同じ寸法ではないけれど、洗面所とシャワー室とトイレの配置と、書架と二つのクローゼットの配置が似た構成になっているのだ。

クローゼットや書架を移動させた後に現れる、何もない空間は薄暗く、ぽっかりと開いた洞窟のようである。他の場所と同様に床は無垢の板で、壁は三種類の木を使ったモザイク柄だ。クローゼットや書架も同様の寄せ木細工風の柄で統一されている。

「この辺りの床のどこかに、開閉するような箇所があるんじゃない？」

遠野さんは四つんばいになって床に手のひらをはわせる。床板の継ぎ目に爪をひっかけ、動かせる箇所がないかを探したが、結果はだめだった。

〈書架とクローゼット〉

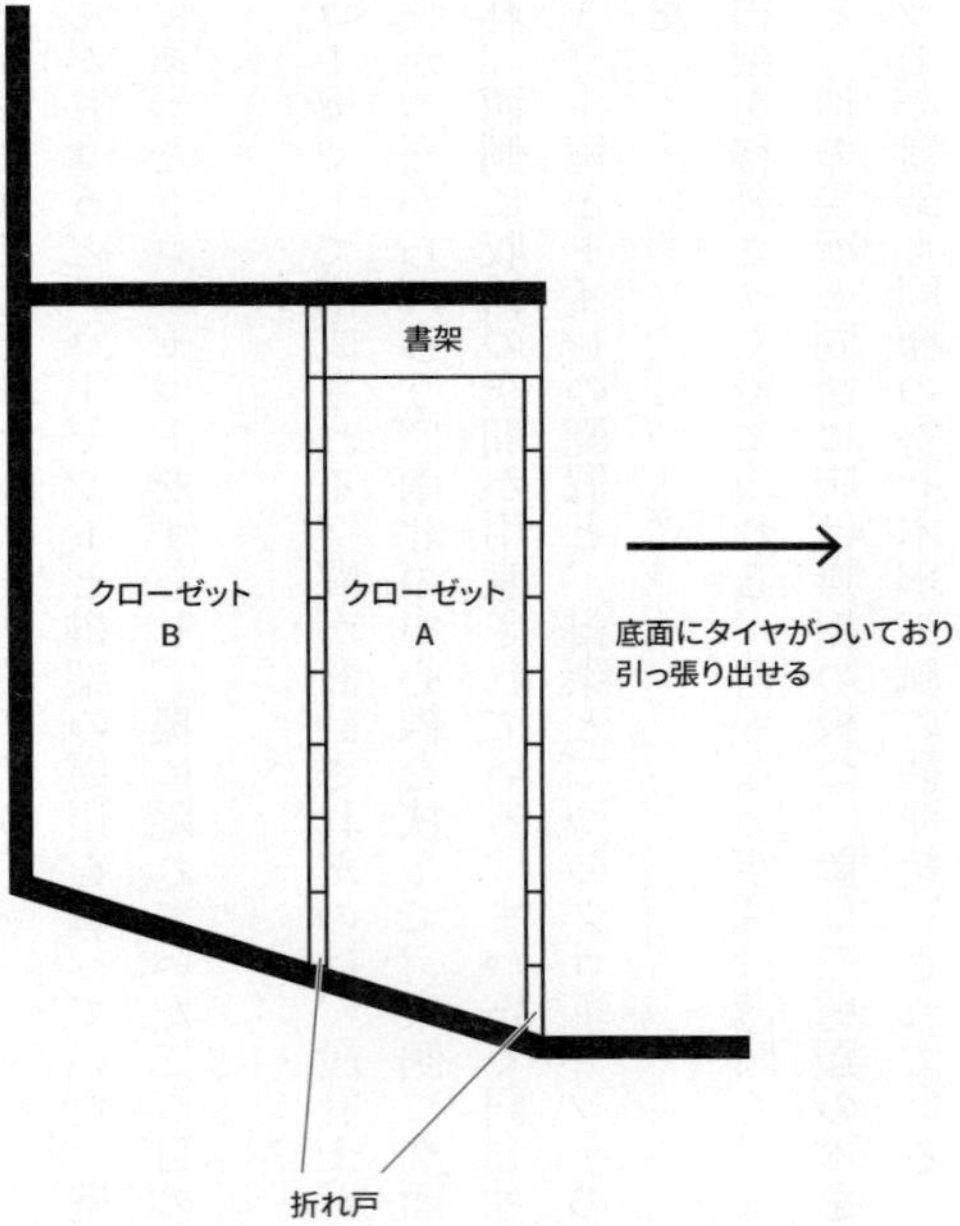

「収納が置かれていた場所に、秘密の通り道があったとは思えません。犯人がそこを使って部屋に侵入するなら、この大きなクローゼットと書架を動かしておく必要があります。犯行を終えて部屋を出る時は、逆にこれらを元にもどしておかなくてはいけないため、現実的ではありません」

月郎君の声は静かだが説得力をもっていた。遠野さんは立ち上がって膝をはらう。

「そうね。遠隔操作で自動的に動くような仕掛けだったら別だけど、そうじゃないみたいだし」

「単純にこの中に犯人が隠れていた可能性のほうが高いのでは？　奥側のクローゼットに身を潜ませていたのかもしれませんよ？」

御主人様の御遺体を発見した時、手前に置かれていたクローゼットの中が無人だと確かめたことは彼に伝えている。

遠野さんが首を横に振った。

「これ、扉が折れ戸になってて、開閉するには前にあるものをどかさなくちゃいけないよね。奥のクローゼットに隠れたら、どうやって手前のクローゼットや書架を元にもどすのよ？」

「共犯者がいたのかもしれません」

月郎君はそう言いながらクローゼットに両手をあてて体重をかけ、壁のくぼみの奥まった位置まで動かす。ぴたりとそこにおさまった。

「共犯者?」

「そうです。共犯者がいれば、奥のクローゼットに一人が隠れた後、もう一人がこうやって働くことで、元通りの状態にすることができますよね」

もうひとつのクローゼットと書架を元の位置に当てはめると、再びそこは一面の壁になった。注意深く観察すれば、クローゼットと書架と壁の間には、それぞれわずかな隙間があるとわかるけれど、ほとんど目立たない。

「じゃあ、その共犯者はどこに行ったのよ?」

遠野さんの質問に対し、月郎君は迷うような素振りを見せる。彼の中に何らかの回答があり、それを言うべきか悩んでいる雰囲気だった。

「あくまでも、可能性の話ですが……」

月郎君はそう言うと、洗面所に繋がる扉を開けて入った。その扉も寄せ木細工柄のため、真鍮性の取っ手がなければ一面の壁に見えただろう。奥に押して開けるタイプなのは、蝶番《ちょうつがい》を洗面所側に隠したかったせいだろうか。洗面所は脱衣所もかねている空間で、左手側にシャワー室へ続く磨りガラス製の扉があり、正面の壁にトイレへ通じている扉があった。遺体発見時、私はそれらの扉の向こう側も手早く確認したけれど、だれの姿も見てはいない。

「僕はさきほど、この辺りの空間もすみずみまで調べてみましたが、どこにもおかしな箇所は見当たりませんでした。洗面台の下の小さな収納、トイレの天井や床板にも、秘密の抜け道はありません。洗面所の鏡が外れるような仕組みにもなっておらず、外部へ繋がる通路はありませんでした。ただし、洗面台の下の収納から、掃除用具などを出して空っぽにしてしまえば、子どもだったら身を潜めることができたかもしれません」

「子どもだったら？」

遠野さんが確認する。

「体の小さな子どもだったら、あるいは……。でも、収納されていたものを外に出しておいたなら、穂村さんがその異変に気付いていたはずです。僕が想定しているのは、こちらのちいさな隙間です」

月郎君は洗面所へ入る時に開けた扉の裏側を指さす。扉は蝶番を軸として左手側のシャワー室の方へ開いており、床のドアストッパーの位置で止まっていた。その裏側には、扉と二つの壁による直角三角形の空間がある。大人が入れる広さはないが、彼の言う通り、子どもの体格だったら隠れられるかもしれない。

さきほど月郎君が回答を渋っていた理由がわかった。ここにだれかがいたとするなら、共犯者は体の小さな子どもだったことになる。その子は、私と遠野さんが鍵を開けて御主人様の遺体を発見した時、ずっとこの位置に立っていたのだ。私が扉を開けて侵入者を探している時、奥に向かって開かれた扉はその子の姿を覆い隠し、私はそれに気付かなかったというわけだ。その子どもとは航君のこと以外には考えられなかった。

月郎君は私を見て首を横にふる。

「でも、やっぱり、だめです。航が共犯者として、ここに隠れていたとしても、無理があ

〈洗面所〉

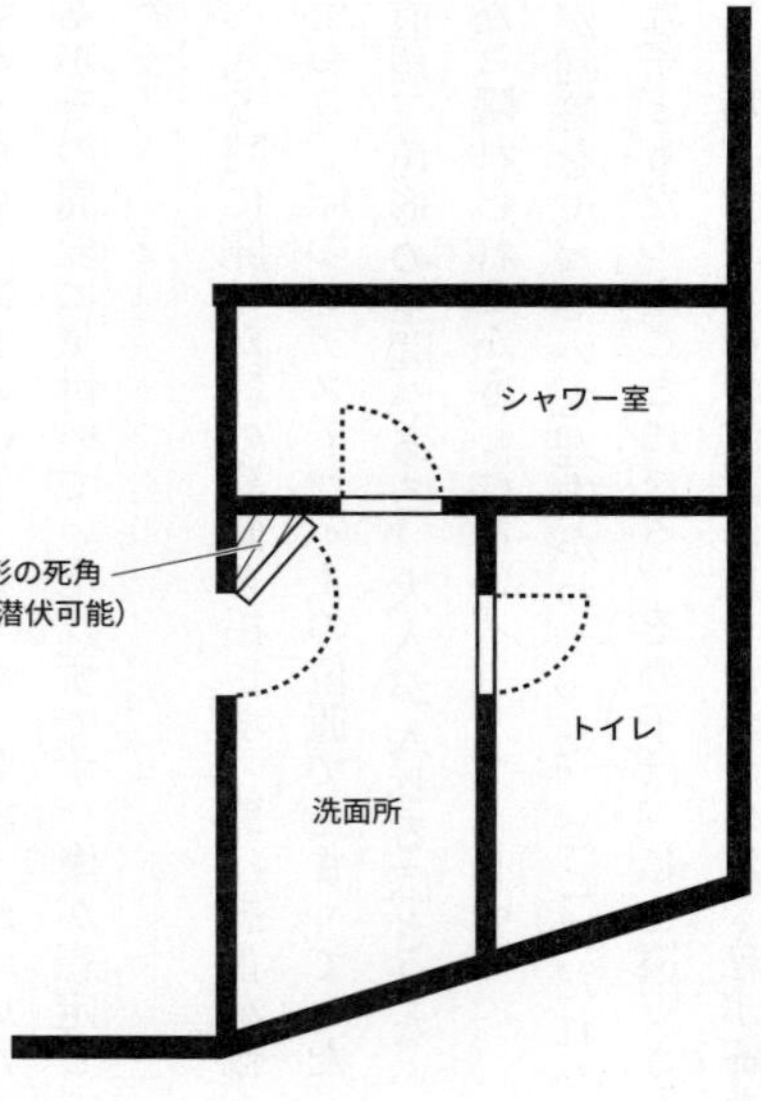

ります。もう一人の共犯者を奥のクローゼットに隠すなんてできない。タイヤがついているとはいえ、それなりの重量がありますから。体の小さな航の力で、それを動かすのは無理でしょう」

遠野さんが、はっとした顔をする。

「待って。あの子が単独でやったのなら、問題ないじゃない。共犯者なんていなかったのなら、クローゼットを動かす必要もないし」

「航が？　ありえません」

「あの子に疑いがかかるような推理をしたのはあなたでしょう」

「他に共犯者がいたという仮定があったから……。航にはお父様を殺害する動機などありませんし、それを実行する残忍《ざんにん》な心もないでしょう。航は無垢な少年なんです」

私も月郎君の言葉に同感だ。航君が、このように陰惨な事件を起こすなど想像つかない。そもそも、航君の力では、手斧を心臓にむかって振り下ろすことさえ難しい。もしかしたら、手斧を持ち上げることさえできないかもしれない。

しかし、何かが頭の中で引っかかった。航君だったら隠れられる場所が存在する事実は大きい。例えば、犯人は大人と航君の二人組だったと仮定する。手斧を思い切り振り下ろすという行動だけ大人が担い、その人物は先に部屋から出ていくのだ。航君は一人、室内にのこって部屋の扉を内側から施錠する。後は洗面所の扉のそばにじっと身を潜ませておくのだ。そのくらいの行動であれば、航君にも実行可能だろうか。航君がどのタイミングで部屋から出たのか、という問題がのこるけれど。

その場合、遠野さんを背後から襲ったのは誰なのだろう？

犯人は本当に航君を利用したのだろうか？

私はその考えを二人に話さず、頭の中でぐるぐると考えつづける。

西側の壁にひまわりの絵が飾られていた。遠野さんが真剣な表情で眺めている。本物か偽物かを判断しているようだ。しばらく見つめた後、私を振り返り、問うような視線を向けてくる。私がうなずいてみせると、彼女はおどろいた表情をしていた。

東側の壁の同じ位置には、製図用紙が額縁に入れられて飾ってある。複数の四角形と貝の渦巻きを思わせる曲線が、青みを帯びた黒色のインクによって描かれている。

「黄金螺旋と呼ばれる図です」

私が製図用紙の渦巻きを見ていたら月郎君が言った。

「お父様は黄金螺旋に特別な意味合いを見いだしていたのでしょう。神が世界を設計した時に用いた道具のようなものだと考えていらしたようです」

「フィボナッチ数、だそうですね」

「知っているんですね」

「植物の花弁の数も、ほとんどすべてその数列の数だとか」

「蔦の巻き方と葉の関係性、草木の枝分かれの仕組みにも、フィボナッチ数が隠れているそうです。お父様はこの図形を見つめながらいつも御仕事をされていたのです」

月郎君はベッドを振り返り痛ましそうな目をする。黄金螺旋のそばで御主人様は物語世界を創造していた。執筆をなされていたこの机こそが世界の中心だったのだ。私にはそう思えてならない。

あらためて机の周辺を観察する。壁に備え付けの横に長い机には引き出しが複数あり、月郎君と一緒に、ひとつずつ中を確認した。さきほど、引き出しの奥の壁を調べた時は、引き出しの中身については注意を払っていなかったのだ。

万年筆やインク瓶などの筆記具。御主人様のノートが引き出しから見つかった。駱駝色《らくだいろ》をした革製の表紙で、物語の構想をメモする時以外に、ページをやぶって私宛《あ》ての指示を書き残すのにも使われていた。ページをめくって中身を確認すると、御主人様の筆跡で様々なメモ書きがのこされていた。ノートは途中まで使用されており、生前、最後に書かれた文章は、未発表の物語に関する構想だった。御主人様はそのメモ書きに日付を記入していたのだが、奥様の十三回忌の日付である。

その次のページが一枚、まるごと切り取られてなくなっている。定規をあてて丁寧《ていねい》に破ったような直線的な切り取られ方をしているが、最後の方がすこしだけぎざぎざの形になっていた。昨日のメモを作成するために切り取られた箇所だろうか。

夕餉の前に彗星様が発見したメモの紙片は、ずっと以前に御主人様が書いたものを、犯人がどこかで入手したものではないかと考えていた。でも、そうではなかった可能性が高くなる。切り取られたページの直前に、昨日の日付が記入されているわけだから。

昨日のメモは使用人部屋のクローゼットに保管していた。後でその切り口を、このノートに合わせてみよう。

その時、遠野さんの叫ぶ声がした。

「見て！　空が……！」

彼女は東側の窓に飛びついた。窓の手前に机が設置されているため、机の上に身を乗り出す姿勢となる。カーテンは開け放たれていたので、窓ガラスの表面には室内の反射が薄く映りこんでおり、その向こうには鋳鉄製の頑丈な格子の縦の線がある。夜の針葉樹林が外には広がっているのだが、星の見えない天候なので、墨《すみ》で塗りつぶしたように暗いはずだった。しかし今日は遠くの空が不気味な赤色に染まっている。

遠くで山が燃えていた。まだ距離があるために炎そのものは見えず、赤色のかすかな点が複数箇所に明滅しているという程度のものだったが、私はお腹をさすりながら、胎児の予言する未来がまもなく訪れることを確信する。

私たちが絶句して見ているうちに、赤色の点々は数を増やし、繋がって水平方向に広がると、山の稜線を闇の中に浮かび上がらせた。その熱と炎は風の勢いを受けて針葉樹林を飲み込み、津波のようにここへ押し寄せてくるのだろう。樹齢数千年の大樹と螺旋状の屋敷を、まもなく灰にしてしまうのだ。

# 第四章

大樹回廊を下って他の方々と合流することにした。遠野さんは額縁に入ったひまわりの絵を脇に抱えている。こんなに貴重なものを置いていくことはできないと壁から外したものだ。一方の月郎君は書きかけの原稿の束《たば》を両手で大事そうに持っていた。

「途中まで執筆された物語は、この世でもっとも価値のあるもののひとつとなるでしょう」

御主人様が構想を綴っていた駱駝色のノートは私が所持している。ノートは他にもあるはずだった。御主人様の御部屋に入らせていただいた時、若草色《わかくさいろ》のノートや、臙脂色《えんじいろ》のノートに書き物をしている場面を見たことがある。しかし見つかったのはこの一冊だけだ。他のノートはどこに保管されているのだろう。

大樹回廊の中層領域、客室と客室の合間にある窓辺で恋さんを見かけた。彼女は強ばった表情で、遠くの夜空に赤色の光がにじんでいる様を見つめている。私たちに気付くと窓辺を離れ、彼女は月郎君に抱きついた。

「月郎様、火が見えます。恋は怖くてたまりません」

落ち着かせるように月郎君はその背中をさする。

「荷物をまとめて逃げる準備をしてください。義姉さんと航はどこにいますか？」

「航はまだ眠っていて、お母様がそばについていてくださっています」

「二人にも話をしないと。避難を呼びかけなくてはいけません」

「月郎様、恋は不安です。一緒にいてください」

顔を蒼白にさせた恋さんが月郎君を離そうとしない。泉様と航君に状況を報告するため、月郎君は彼女と一緒に泉様たちの客室へ向かうことになった。遠ざかっていく二人の姿を見て、遠野さんが眉間に皺をよせている。彼女は恋さんのことが苦手らしい。

「で、あなたはどうするの？」

「私は彗星様を探したいと思います」

彗星様は低層領域と地上階の捜索を担当していたそうなので、今もその辺りにいるかもしれない。

「穂村さん、彗星先生のことをよろしく。私は他にやることがあるから」

彼女は抱えていた絵画に視線を落とす。

「この屋敷には貴重な芸術品がたくさん飾ってあるでしょう。抱えて持っていけるものだけでも避難させようと思うの。火事場泥棒をするわけじゃないから安心して。安全なところまで逃げられたら、きちんと返すから」

大樹館の中層領域の内側に、絵画作品が国や年代やテーマごとに飾ってあるギャラリーがひしめいている。世界中の美術館が憧れるほどのコレクションがそこにはあったけれど、残念ながら大きなサイズの絵は運び出すことができず灰となってしまうにちがいない。

遠野さんと別れた後、私は一人、彗星様を探しながら移動することになった。山火事の炎はまだ距離があるため大樹館の周辺は静かなものだ。

「彗星様、いらっしゃいますか？」

私の声は地上階の豪奢な廊下にこだまする。大広間から繋がって円を描くように延びた廊下には、騎士《きし》の鎧《よろい》や巨大な鏡がそこら中に飾ってあった。

遠くから返事がある。

「こっちだ、時鳥」

声のする方に行ってみると、彗星様は地上階の東側外縁部に位置するガラス張りの温室にいた。温室の中は一階と二階に分かれており、蔦の絡んでいる金属製の階段を上がったところにも、濃い緑色をした肉厚の葉や、色鮮やかな花びらの南国の植物が育てられていた。温室の壁は透明なガラス張りである。黒色の金属による格子状のフレームにたくさんの板ガラスが並んで壁を構成していた。彗星様はその近くに立ち、遠くの夜空が不気味な赤色に滲《にじ》んでいる様をガラス越しに見つめている。

「おまえの見た夢が現実になろうとしている」

「もうじき大樹館まで火が迫ってきます。避難の準備をしてください」

「風が強いから、想像より早く炎は広がってくるだろう。航はもう見つかったのか？」

「はい。今は眠っていらっしゃいます」

「どこにいたんだ？」

「私がいた部屋をたずねてきてくださったのです」

顛末《てんまつ》を手短に説明する。無事に部屋から解放されたことや、遠野さんや月郎君と一緒に御主人様の御部屋を再調査した話もする。彗星様は興味深そうな顔つきで私を振り返った。

「親父を殺した犯人について、何かわかったか?」

私が首を横にふると、彗星様はひとつうなずいてガラスの壁に手のひらをあてる。ガラスに映りこむ彼の端正な顔と、遠くの赤い光とが重なった。

「月郎から聞いたぞ、遠野のこと。蘭堂与一の娘だって話を。問い詰めたらすんなり白状しやがった。最初から何か目的があって俺に近づいてる雰囲気はあったんだ。家族の話を聞こうとしても、はぐらかして何も言わなかったし、事情があるんだろうとは想像していた」

「目的もお聞きになりましたか?」

「父親が自殺した理由だろ? やれやれ、まったく。謎だらけだよな。兄貴の死、親父の死、そして遠野の父親の死まで絡んできやがった。まあ、遠野の父親に関しては、今回の件とは無関係だろう。こんな複雑な建築物を設計していたら頭がおかしくなるのは当然だ。相当に神経をすり減らしたにちがいない。病んで自死してしまうのも無理はない」

彗星様は温室のベンチに腰掛け、垂れ下がっている蔦植物を見上げる。温室の照明がいくつもオレンジ色に輝いており、それらが暗いガラスに反射して宇宙に浮かぶ星々のように錯覚する。ガラスに映りこむ光が、別のガラスに映りこみ、というのを繰り返して、無限に広がる夜空が頭上に現れていた。このような視界になることも、蘭堂与一の計算の一部だったにちがいない。彼は空間を創造し、御主人様は物語を創造し、奥様は三人の子どもを産み育てた。

「遠野様は、彼女のお父様がこの大樹館を設計した時、秘密の抜け道や、秘密の部屋を造っていたんじゃないかと想像されています」

「それを利用して犯人が今回の事件を起こしたというわけか。でも、部屋からは何も見つからなかったんだろう」

「残念ながら」

「なあ時鳥、誤解されてしまうようなことを言ってもいいか？　俺は、親父を殺した犯人に対して憤りがある。無念さも感じている。だが、この事件が迷宮入りすることになっても、それはそれでいいんじゃないかという気もしているんだ」

「おどろきました」

「すこしもおどろいているようには見えない」

「私という人間の仕様です。どうして、そう思われるのです？」

「謎は謎のままのこされていた方が永遠性を獲得しやすいからだよ。何もかも明かされるより、どこか一部が伏せられていたほうが美しい。サモトラケのニケの失われた頭部と両腕が良い例だろう。頭と腕が欠けていることで、それを見る者は、頭の中でいつまでも想像しつづける。想像力によって補完され、頭の中で完成したものは、本物よりずっと美しいものだ。すべてが何もかも完結した状態より、どこか欠落した箇所のあった方が、人々の中で永遠に残りつづける。大樹館で起きた事件も、同様のことが言える」

私は混乱した。彗星様はまるで犯人など見つからなければいいと考えているようだ。

「御主人様を傷つけた方を、私は許せそうにありません。真実を突き止め、なぜそのようなことをしたのかを私は知りたいのです」

「俺も同感だ。だが、謎が解き明かされた時、親父の死は、一気に陳腐《ちんぷ》化《か》してしまうんじゃないかと思ってね。今はまだ密室という謎が解き明かされていない状況だから、親父の死とその理由は不思議のベールに覆い隠されている。この状態が一番、美しく、神秘的で、興味を惹《ひ》きつけてやまないのだ。手品もそうじゃないか。起こり得ないことを見せられている間、魔法にかかったみたいに魅了される。しかし、種明かしを見ると、なんだそんなトリックで騙されていたのかと心が萎む。謎というものがもたらしていた神秘のベールが剝がされてしまえば、残るのはただの現実、想像の余地のない矮小《わいしょう》化《か》してしまった事実だ。科学が神を殺したみたいに世界から魔法が消えてしまう。さっき俺たちは扉越しに鍼治療の話をしたが、あれと同じだ。人間の体内には気なんて流れていない。経絡や経穴なんて存在しない。そういう医学者たちの見解など気にせず、聞き流してしまえば、暗示の効果は高まり痛みは癒える。幸福なのはどっちだ？　大事なのは真実そのものより、謎を謎のままのこしておくことだ」

「犯人を野放しにするのですか？」

「大樹館は謎を抱えて灰になる。この事件のことを、いつまでも人は語りつづけるだろう。

モーツァルトの死因のように。飛行機に乗って消えてしまったサン＝テグジュペリのように。未解決で真実がはっきりしないものの方が伝説になるものだ。解決の瞬間、すべての物事は論理の範疇《はんちゅう》におさまってしまい、無味乾燥《むみかんそう》な事実だけがのこる。一時期だけ新聞をにぎわせ、消費されるだけの事件に成り下がる」

胎児の語った未来の話を思い出す。世界中の人々が大樹館の事件について推理し謎を解き明かそうとしながら、大樹館が灰となったせいで真実は永久にわからない。決着がつかないからこそ議論はいつまでも続く。歴史上の様々な未解決事件と同じく、大樹館の事件は、国境と年代を超えて語り継がれる存在となった。彗星様が口にした永遠性の獲得とはそういうことだろうか。

「親父も今ごろ、そう思っているんじゃないか、という気がしてね。そう考えると、辻褄《つじつま》があうとは思わないか？」

「辻褄ですか？」

「航はゴーストが見える。死者の魂が、時々、あいつの前に姿を現すんだ。それをどこまで信じるかは人それぞれだと思うが、今はそのことを論じないでおこう。航が本当にゴーストが見えるのなら、死んだはずの親父が、あいつの前に姿を現さないのはどうしてだ？　航の前に出てきて、自分を殺した犯人の名前を告げるか、直接、犯人を指させばいいじゃないか。どうしてそれをしない？　俺はこう思うんだ。親父は犯人探しなんてどうでもいいと思っているんじゃないかって。もしかしたら自分が死んだことさえ何とも思っていないかもしれない。むしろ、大樹館の事件をひとつの作品として、後世に残したいと考えているのかもしれない。だから、ゴーストになって航の前に現れないし、犯人の正体を告げることもしないんだ。兄貴に聞かれたら、馬鹿にされそうな意見だけどな」

ベンチに腰掛けている彗星様は、横の空いているスペースに手を置き、私にそこへ座らないかという仕草をする。私はそれに従い、彼の隣に座った。ベンチ正面にガラス張りの壁があり、並んでいる私と彗星様の姿が映りこんでいる。古い製法で作られたガラスは分厚く波打っており、私たちの姿もすこし歪んでいた。

遠くの夜空の赤色の光がその面積を確実に広げている。山の稜線に沿って伸びた水平方向の光が、太く厚みを持ち、山の斜面を炎が駆け降りている様子が想像できた。温室内の二階部分の高さからは、周辺の針葉樹に遮られるせいで、炎の輝きは途切れ途切れに見える。のんびり座っている場合ではないのに、私たちはすこしの時間、暗闇を照らす赤色に見惚れていた。

地上階の使用人しか使わない細い通路を抜け、自分にあてがわれている部屋へと入る。彗星様と別れた後、私も避難の準備をしておこうと考えた。私物はほとんどなかったので、小さな鞄ひとつでおさまりそうだ。これから夜の山道を数時間かけて麓の町まで移動することになる。簡易照明や携帯《けいたい》食料、怪我をした際にそなえて傷薬などの準備もしておくべきだろうか。

その前に確認すべきことがあった。クローゼットに保管していた昨晩の御主人様のメモだ。夕餉の際に彗星様が見つけて持ってきてくださった紙片を、しまっていた場所から取り出して観察する。

ノートのページを切り取って作成されたものでまちがいない。その切り口を、御主人様の御部屋から持ってきた駱駝色のノートの切り口に合わせてみる。定規をあててまっすぐに破かれたような直線部分。そして最後のほうのぎざぎざが、ぴたりと一致した。やはりこのメモは、昨日、ノートから切り取られて作成されたのだ。ずっと以前に切り取られたものではないのだ。

合い鍵で部屋に入るのを許可するというこのメモの内容が、私を御遺体の第一発見者にするところだった。私を容疑者に仕立て上げるという犯人の意図と合致している。だからこのメモは犯人が用意したのではないかと推理していたけれど、もしかしたらそうではないのかもしれない。

メモに書かれていた御主人様の指示は、夕餉の際に全員で共有された。犯人はそのタイミングで犯行を思いつき、御主人様の指示を利用することにしたとは考えられないだろうか。食事をしながら計画を練《ね》り上げ、夕餉の終わりとともに御主人様の御部屋に移動し、犯行に踏み切ったのである。もしもそれが真実なら、夕餉の後の各人の行動から犯人をしぼりこめるかもしれない。その時間、アリバイのある人物は犯人ではないとわかる。

しかし、御主人様の御遺体からは睡眠薬が検出されたという話を聞いた。いつ、犯人は御主人様にそれを飲ませたのだろう。御主人様が自らあのメモを書かれたというのなら、夕餉の時間も執筆をされていたはずだ。御自分で服用されたとは思えないのだが。

その時、私の胎内から、幼子の声が聞こえてくる。

（おかあさん、きこえていますか……。おかあさん、まだ、つながっていますか……）

私は姿見の前に移動して、お腹に手のひらをあてる。

「聞こえています。私たちはまだ、つながっていますよ」

（ああ、よかった……）

胎児の声に私は親しみを感じる。良い相談相手であり、自分は一人ではないと教えてくれる尊い存在だ。私は胎児に状況を説明した。彼と最後に対話をしたのは、私が部屋に閉じこめられていた時だったので、報告すべきことが今回もたくさんある。

（おくさまの、れい、ですか……）

お腹の中で胎児が困惑しているのがわかった。

「航様は霊的な存在を見ることができるのです。あなたには信じられないかもしれませんが。冬夜様が亡くなった直後にも、冬夜様のゴーストを見かけたそうなの」

（ほかの、だれかを、みまちがえた、のでは……？）

「寝起きでしたから、半分、夢を見ていた可能性はあります。でも、航様にはやはり、特別なものを見る力が備わっているように思えます。航様の口を借りて、奥様が謎めいた言葉を私に伝えてくださいました」

シデノタオサヨ
ショクザイヲキイテ
キノナカノワタシガ
コロサセタノ

奥様の発言について胎児にも意見を聞いた。しかし、超常的な現象に対し、胎児は懐疑的である。

（えんぎを、していたのかも……。ししゃの、れい、など、いるのでしょうか……）

「言葉を話す胎児が何を言ってるのです。生まれる前の胎児が話をするのですから、死んだ後の魂だって話をするでしょう」

（ぼくは、かがくの、ちからで、はなしかけている、のです……）

心外そうに胎児は言った。航君が演技をしていたとは、私には思えないのだが、しかし、彼との会話がすべて私の妄想や幻覚だったというのならあり得る話だ。音楽の鑑賞ルームでのやり取りも、扉越しの会話も、実際はすべて私の脳内で生じたものだった可能性は否定できない。この世界はそれほど不安定で、脆《もろ》く、たよりないものだから。

（おくさまは、おかあさんに、しょくざい、したいのですか……？）

「そういう意味に聞こえます。贖罪ということは、何か悪いことをしたと思っていらっしゃるようです。でも、私には心当たりがありません。会ったこともないのです」

死出の田長よ
贖罪を聞いて
木の中の私が
殺させたの

奥様の発言はそのように聞こえる。

（たいじゅの、なかに、おくさまの、いたいが、かくされている……？）

「十二年前、墓地に埋葬されたとうかがっています。ゴーストの状態で大樹の幹の中に潜んでいる、というのならあり得るでしょう」

（ころさせた……。だれを、です……？）

「わかりません」

冬夜様のことか、御主人様のことか。

それとも、他のだれかのことなのか。

（おくさまの、もちものは、なにか、のこっていますか……？）

「遺品が大樹館に保管されています。遺品を調査したら、何か気付きが得られるかもしれませんね」

奥様のゴーストがわざわざ現れて私に言葉を残してくださったのだ。奥様の贖罪は、大樹館で起きた殺人と深い部分で繋がっているのかもしれない。他に有力な手がかりも無い状況だ。調べてみた方がいいだろう。

「山火事が迫っています。急ぎましょう」

奥様の遺品の保管場所は中層領域の大樹回廊内側の一室だった。私は使用人部屋を出て移動を開始する。

（おくさまの、つかわれていた、おへやは、ないのですか……？）

「生前に使用されていた個人の居室というものはなかったようです。御主人様と御一緒に最上階の御部屋で寝起きされていたそうですから。御主人様が御執筆なされている間は、図書室や温室やリビングなどをめぐって過ごされていたそうです」

大広間から大樹回廊に入り、傾斜角五度のスロープを時計回りに進む。中層領域で右手に開いている脇道を選ぶと、ギャラリーのひしめくエリアが広がっていた。絵画や彫刻だけではない。御主人様が世界中から集めためずらしいものも展示されていた。時間が訪れると動物の剝製《はくせい》が顔をだすからくり時計、鉛のケースに入れられた放射性の物質、隕石《いんせき》を削って作られたナイフ。オルゴールを集めた部屋には、手のひらに載るサイズから部屋に収まり切らない大きさのものまで所狭しとひしめいている。恐竜《きょうりゅう》の化石、古代の植物の種子、南極の氷に眠っていた微生物のサンプル。それらが薄暗い照明の下に並んでおり、その先に目的の部屋があった。

壁と天井が黒一色の部屋に御香の匂いが立ちこめている。だれかが御香を焚《た》いているわけでもないのに、奥様の遺品の展示室にはいつもオリエンタルな雰囲気の香りが漂っているのだ。暗闇の中に展示物を浮かび上がらせるような照明で、生前に奥様が着ていた洋服、ドレス、帽子、身に付けていたアクセサリーなどが飾られている。私は胎児に部屋の様子を説明しながら奥へ移動した。

「奥様は占いやスピリチュアルに傾倒されていたようです。月郎様の趣味は奥様ゆずりなのでしょう」

西洋占星術に使うホロスコープや、風水《ふうすい》のための羅盤《らばん》、水晶やウィジャボードなども展示されている。どれも奥様が愛用していたものとうかがっている。

「展示されていない品は、木箱に収められて奥の部屋の棚に置かれています」

（きのなかの、わたしが、ころさせた……。きばこの、こと、でしょうか……？）

「その可能性もありますね」

奥の部屋に棚が並んでいた。古めかしい木製の箱が埃をかぶった状態で棚の中に保管されている。蓋はされていなかった。私はひとつずつ木箱を取り出して中を確認する。奥様が生前に使用されていた櫛《くし》や化粧道具。筆記具。普段使いしていた靴。髪留め。子育てをしていた時のほ乳瓶。あらゆる品が見つかったけれど、彼女の言葉の真意はわからない。

（きのなかの、わたしが、ころさせた……。ころした、ではなく、ころさせた……？）

「奥様はだれかに命令して、だれかを殺させた。そういうことでしょうか。そのことを申し訳なく思い、贖罪として私に打ち明けてくださったのかもしれません」

だれに、だれを殺させたのだろう。

その時、後ろから声をかけられた。

「ね、ねえ……。だれと話してるの？」

遠野さんが部屋の入り口に立って困惑した表情で私を見ている。胎児に語りかけているところを目撃されてしまったようだ。私は木箱を棚にもどしてお仕着せについた埃をはらう。

「申し訳ありません。作業をする時、独り言を口にする癖《くせ》があるのです」

「だれかが一緒にいるのかと思った。ここで何してるの？」

「奥様の遺品を火災から避難させなくてはと思い、持ち出すものを選んでいたのです」

「奥様？　彗星先生のお母さんのこと？」

遠野さんは室内を見回す。彼女は両手に小型のキャンバスを何枚も積み重ねていた。ギャラリーに展示されていた西洋絵画だ。避難させる作品を選んでいる最中、彼女は私を見かけ、追いかけてきたらしい。

「どこへ向かうのか気になってついてきたの。そこに飾ってある服、彗星先生のお母さんのかな。シンプルだけどお金がかかっていそうな真っ黒なドレス」

遠野さんは展示物の方へ歩いていく。奥様の写真が壁にずらりと飾られていた。暗闇から現世へ滲み出てくるかのように、印画紙に定着した奥様の姿はどれも妖艶である。憂《うれ》いを帯びた目はこの世の悲しみを凝縮しているかのようだ。照明によって少女のようにも見えるし、老女のようにも見える。そのため、撮影された写真が何歳の頃の姿なのか判別が難しい。

「これは卵の白身を使った写真ね。大学でやったことある」

セピア色の写真を見ながら遠野さんが説明する。十九世紀に使用された鶏卵紙《けいらんし》を使ったものだという。背景に映し出されている建築の様式から、外国で撮影されたものだとわかった。煉瓦造りの家の前を兵隊服姿の男性が歩いている。

私のお気に入りは、昨晩の食事会でテーブルに飾った銀板写真のポートレイトだ。夕餉の後でこの部屋に戻しておいたのだが、その写真は古い木製の額縁に入れられている。あらためて他の写真の額縁を観察すると、ほとんどは金製や銀製の額縁だった。木製の額縁はこの写真だけである。

(きのなかの、わたし……)

胎児が呟いたのは偶然のタイミングだったのだろう。お腹の中にいる彼には、周辺の光景が見えていないはずだから。

木の中の私という言葉と、目の前にある銀板写真の木製の額縁とを結びつけたのは、私の直感だった。銀板写真に手を伸ばし、壁から外して観察する。遠野さんは不思議そうに私の行動を横でながめていた。

木製の額縁はよくある造りで、表側に薄いガラスの面があり写真を保護している。裏返すと裏板が複数の留め金で固定されていた。留め金は上下左右の辺に一ヶ所ずつあり、そのうち二ヶ所は錆びついた鉄製の古めかしいものだ。のこりの二ヶ所は破損してしまったらしく、真新しい留め金に取り換《か》えられている。そういえば、昨日、食事会の準備をしている時にも、この額縁の裏側を目にしたことを思い出す。その時は特に気にしなかったけれど、錆びついた留め金が壊れた後、わざわざ新しいものに取り換えられているという事実は、私の想像をかきたてる。

留め金が錆びつくような時間経過の後、額縁の裏板をわざわざ外そうとした人がいたから、二ヶ所の留め金は破損したのだろう。でも、私だったら破損箇所にわざわざ新しい留め金を探してきて取り付けるだろうか。飾ってある銀板写真をそう頻繁に額縁から取り出すことなんてしないだろうし、いっそのこと何かで固定してしまうかもしれない。

裏板を固定させるのではなく、留め金で取り外しができる状態に補修したのは、そこに何かが隠されていて、それを出し入れするためではないのか。

錆びついた古い留め金は硬くてなかなか動かなかったが、なんとか四ヶ所すべてを外すことに成功する。裏板を開くと御香の匂いがふわりと漂ってきた。奥様の香りは鼻腔から侵入し、脳内を濃密な夜の雰囲気に染める。銀板写真の裏側に隠すように、数枚の写真が挟まっていた。サイズはそれほど大きくはない。色あせたカラー写真である。

「何、それ……」

遠野さんが私の手元を見て口にする。彼女の抱えていた西洋絵画が足下に落ちて音をたてた。私も内心で動揺していたが、感情の波が肉体に伝わってこない性質なので、額縁を落としてしまうことはない。

写っていたのは裸の男女である。女性の方は奥様で間違いない。展示されている奥様の写真のように芸術的な写り方ではないが、それでも淫靡《いんび》で美しいと思えるお姿だった。ベッドに横たわり男性に抱かれている彼女の肌はシルクのようだ。その場の淫《みだ》らな空気が画面に凝縮されており、室内の奥の黒い闇、壁の陰影の緑色、鮮やかな赤色が、それぞれ意思を持った生き物のように写真の中で呼吸していた。それにしても、奥様と抱きあっている男性はだれなのだろう。御主人様ではなかった。他のだれかである。しかし、すぐにその正体はわかった。遠野さんが写真を見て、お父さん、と呟いたからだ。


奥様と蘭堂与一が写っていた写真は全部で五枚あり、半裸《はんら》で抱き合っているものもあれば、全裸で絡み合っているものもある。部屋の様子から大樹館ではない。セルフタイマーを使ってシャッターを切ったものらしい。鏡に三脚とカメラが映りこんでいたのだが、二人の他にだれもいなかった。自分たちの楽しみのために撮影していたのだろう。遠野さんは私から写真を受け取ってぼうぜんとした表情でながめる。彼女から距離を置いて、私は胎児に小声で話しかけた。

「奥様と蘭堂与一の不貞《ふてい》の写真がありました。木製の額縁の中に……」

撮影されたのは奥様の生前の時期だから十二年以上前のはずである。奥様は銀板写真の頃よりも年齢を重ねていらしたが、それでも驚くほど若く見えた。ベッド上で蘭堂与一の体に絡みついている彼女の肢体《したい》は肉感的である。

コロサセタノ

キノナカノワタシガ

木の中の私というのは、木製の額縁に隠されていた写真のことを指していたのだろう。しかし、どうして奥様は贖罪として私にこの秘密を提示したのかわからない。

思い出されるのは、航君の言葉だ。

「お祖母様が、おっしゃっています。すべてわかっている、海辺の出来事も、と。あなたは人殺し。でも、それは、私のせい、と」

私が砂浜で母を見殺しにしたことを奥様は知っている。そうなった原因は突然の父の死にあった。もしも奥様が、私の父の死に関わっていたとするなら、発言の辻褄が合うのではないか。私の父は事故死だったのではなく、奥様によって計画的に殺害されたのかもしれない、などと想像が膨らんだ。

私の父は、大樹館の建設現場で働いている時、偶然に奥様と蘭堂与一の関係性に気付いてしまったのかもしれない。二人が御主人様を裏切って不貞をはたらいている場面に出くわしたか、それを確信させる証拠を発見してしまったのだ。そのため事故死に見せかけて殺されてしまったのである。奥様が蘭堂与一に命令して殺させたにちがいない。コロサセタノ、という表現になったのはそのせいだ。

そう推理できる理由が他にもある。奥様と蘭堂与一は、自分たちが殺した男に、時鳥という名前の娘がいることを知ったのではないか。そのため罪の意識から時鳥という名前の鳥に対し病的に怯えるようになっていたのだ。

例えば蘭堂与一は大樹館に関わって以降、精神が不安定になり鬱状態に陥ったという。遠野さんの話によれば、初夏の時期に最も精神状態がひどかったそうである。初夏と言えば時鳥が海を越えて日本にやってくる季節だ。黄泉に人を誘うとされる鳥の鳴き声に彼は怯えていたのではないか。蘭堂与一が自死した日の朝、彼は窓辺で死んでいる芋虫を見つめていたという。芋虫は時鳥という鳥の主食であり、それを食べるために海を渡って日本に飛来しているのだ。窓辺の芋虫の死骸から、彼は時鳥の来訪を想像し、黄泉へと誘われてしまったのだ。

奥様の場合は脳腫瘍を発症して間もない頃、心を病み、卵が落ちて割れた音にひどく錯乱していたという。時鳥という鳥には托卵《たくらん》をする習性があるそうだ。他の鳥の巣に自分の卵を産み、その巣にもともとあった卵を巣から落としてしまうのだという。奥様の心の中にも、殺した男の娘、時鳥への罪の意識があったのだ。卵の落ちて壊れる音は、時鳥が他の鳥の卵を落として壊す様を想起させ、精神を不安定にさせていたのではないか。

遠野さんに聞こえない場所で、私は胎児にそのような推理を披露する。

（おかあさんは、むいしきに、きづいていたのですね……。だから、ここへ、きた……）

胎児は奥様のゴーストという存在に懐疑的であり、航君との会話はすべて私の妄想だったということにしたいらしい。奥様と蘭堂与一の繋がりを私が無意識のうちに察し、木製の額縁に隠されていた秘密を暴《あば》いたのだと胎児は考えているようだ。

昨日の段階で私は額縁の留め金が二ヶ所、新しいものになっているのを見ていたから、そこに何かが隠されているというのが推理できたはずであり、キノナカノワタシガコロサセタという奥様の言葉も、私の無意識の自我が作り上げたものだ、というのが胎児の主張である。

しかし、私の父が二人によって殺されたのかもしれないという話は、想像の範疇を出ていなかった。何らかの証拠があるわけではない。私の父は大樹館建設作業中に足をすべらせて高所から落下したとされているが、今さら当時の事故について調査をすることは困難だろう。今は父の死の理由よりも、奥様が不貞をしていたことの方が気の滅入る事実だった。

「これが、父の自殺した理由？」

顔を蒼白にさせて遠野さんが言った。写真を持つ手がふるえている。私は返答に迷った。奥様と蘭堂与一が共謀《きょうぼう》して私の父を殺したかもしれない、という推測を言うべきだろうか。私の父を殺したのが蘭堂与一だったとするなら、それこそが自死の原因だと思える。しかしそれは、彼女の父親を殺人者として告発することにもなってしまう。

「……わかりません。ですが、御主人様を裏切っていたという負い目はずっとあったでしょう。それが心の変調をもたらし、自死へと向かわせた可能性は否定できません」

私は真実を曖昧にさせ、ごまかすことにする。

どのような経緯で奥様と蘭堂与一は愛し合う関係になったのだろう。大樹館が完成した後も蘭堂与一は一人で屋敷に通いつづけ、設計図になかった部屋を造り続けたというが、彼が通っていたのは奥様に会うためだったのかもしれない。それとも奥様が彼に命令して大樹館に足を運ばせていたのだろうか。大樹館は複雑で広大な屋敷なので、たとえ御主人様が最上階で執筆中だったとしても、どこでも好きに秘密の愛を享受《きょうじゅ》することができたにちがいない。

「父は大樹館に関わって以降、おかしくなったと聞いていたけど、きっとその頃からこういう関係だったわけね。ああ、馬鹿みたい。設計図や資料をすべて燃やしたのは、秘密の仕掛けを隠そうとしたわけじゃなかったんだ。きっと後ろ暗いところがあったからね。最悪。まさか自分の父親の、こんな秘密を見つけてしまうなんて」

苛烈《かれつ》な目をして遠野さんは写真を引き裂いた。五枚全部をまとめて何回も破り、細かな破片にして周囲にぶちまける。

「もう行きましょう。こんな屋敷からは逃げたほうがいい。ねえ穂村さん、私の父と彗星先生のお母さんのこと、みんなに報告したほうがいいかな?」

「その必要はないと思います」

「だよね。ああ、よかった」

遠野さんはほっとした様子で、足下に落としていた絵画を拾い抱え直した。歩き出した彼女の後を私は追いかける。

奥様の遺品が展示されているエリアを抜ける時、最後に一度だけ振り返り、奥様が生前に着ていた漆黒のドレスや帽子や靴の展示を眺めた。もうじきすべて炎に焼かれ、あらゆる秘密も醜聞《しゅうぶん》も灰となる。過去を詮索《せんさく》する者の手の届かないところへ行ってしまうのだ。

胎児はゴーストなんていないと言うけれど、私はいると思っていて、奥様が航君の口を借りて語りかけてきたのだと解釈している。贖罪をしたかったというのなら、彼女の魂の奥底には、自分の罪に対する自覚があったのだろう。自分の罪を口にするまで大樹館をさまよいつづけなくてはならないという罰でも神様から受けていたのだろうか。私は漆黒のドレスに一礼し、その場を離れた。

二

リビングに他の方々が荷物を持って集まっていた。月郎君と恋さんと航君は窓辺に立ち遠くを見つめている。山の斜面を覆う炎の輝きは、迫ってくる津波のように広がり、今では黒煙《こくえん》が立ち上って渦を巻きながら空を覆っている。山嶺《さんれい》は赤色に染まり、放たれた光が窓辺の三人のシルエットを浮き彫《ぼ》りにしていた。

「これもいらないだろう。置いていくべきだ」

「あの人が私にくれた大事な旅行鞄なの。いくらすると思ってるの」

「じゃあスーツケースはあきらめて、必要なものだけ鞄に詰めるんだ。両方だと、かさばって動けなくなる」

「スーツケースを捨てていく？　あなた正気？　車が買える値段よ？」

彗星様と泉様がリビングで口論していた。泉様の荷物が多すぎることを彗星様は懸念しているようだ。これから何時間も山を徒歩移動することを考えると彗星様の方が正しいだろう。結局、恋さんと月郎君にも説得され、泉様はスーツケースと中身をあきらめることになった。彼女はスーツケースに詰め込んでいたナイトドレスや靴などを最後に愛《め》でている。よほど大事なものだったのだろう。

目を覚ました航君に話しかけるため、腰をかがめて視線の高さを合わせる。

「さきほどは奥様のお言葉を届けにいらしてくださって、ありがとうございました」

彼は軽装に着替えさせられていたが、あいかわらずシャツの裾がズボンからはみ出ている。声をかけられたのが恥ずかしかったらしく、家具の後ろに隠れたそうにしていた。

「あの、僕は、なにかしましたか？」

蚊《か》の鳴くような声で航君が聞いた。

「はい。扉越しに、私と話をしてくださいました。おぼえていらっしゃらないのですか？」

航君は戸惑ったようにうなずいた。倒れたことがきっかけで、記憶が混濁《こんだく》しているのだろうか。いくつか質問してみたが、奥様のゴーストを見たことも彼はおぼえておらず、次第にあの出来事が、本当にあったことなのか、私が頭の中で作り上げた妄想だったのかが、わからなくなっていく。

「そろそろ大樹館を出ませんか？」

月郎君の言葉に彗星様も同意した。

「炎に巻き込まれないうちに麓まで移動したほうがいい。出発するぞ」

彗星様は足下に置いていた登山用のリュックを背負った。昨日、大樹館に到着した時は所持していなかったものだ。自分の部屋に置いていたものだろう。彼が背負った時、中からガラス製の瓶がぶつかるような音がする。

「兄さん、ワインは置いていったほうがいいんじゃないの？」

月郎君がそう言うと、泉様が血相をかえた。

「私には服を捨てさせておいて、あなたはワインを持っていこうとしてるの？」

「一本で義姉さんのスーツケースが何個も買える。置いていくなんて馬鹿げてる」

全員で大樹回廊のゆるやかな下りの傾斜を行く。エメラルド色やサファイア色の照明が薄暗い通路を染めていた。遠野さんはいつのまにかアルミフレームの背負子《しょいこ》を所持している。彗星様にお借りしたものらしく、ギャラリーから集めてきた絵画作品が背負子に固定されていた。

大広間の広々とした空間に出ると、恋さんが怯えた表情で頭上のシャンデリアを見上げた。クリスタルを数珠繋ぎにしたシャンデリアが小刻みに震え、ちりちりとかすかに音を発している。炎が針葉樹林を燃やす音さえまだ聞こえないというのに、大地がその予兆だけで鳴動しているのだ。

私は使用人部屋に自分の荷物を置いていたので、取りに行かなくてはならない。

「先に行ってください。後から追いかけます」

月郎君にそう伝える。

「僕たちは一度、ガレージに立ち寄ります。人数分の懐中電灯があるかもしれません。そこで合流しましょう」

「承知しました」

玄関ホールへ移動するみなさんを見送った後、私は使用人部屋へと向かった。

（おかあさん、いま、はなせますか……）

「周囲にだれもいません。対話できますよ」

胎児の声はずっと聞こえていたのだが、他のだれかがいると、彼に話しかけるのがむずかしい。状況を胎児に説明しながら、使用人部屋で鞄を回収し、肩にひっかけた。部屋に置いていた傷薬や消毒薬を鞄に放り込み、ベッドやクローゼットや天井や壁を見回す。数年間を過ごした部屋だったので愛着がある。ほどよい狭さは、母親の胎内のようで落ちついた。しかし、ゆっくりと感傷にひたっている猶予《ゆうよ》はない。

厨房に立ち寄って軽量な食料をいくつか鞄に入れる。クッキーやビスケットなどだ。飲み水も必要になると思い、水筒を用意する。

「あなたにはもうしわけなかったわね。犯人がわからないまま、大樹館を出ることになってしまいました」

（いいのです、おかあさん……。ぼくは、おかあさんと、もういちど、はなしができた、だけで、うれしかった……）

穂村ツバメの人生において、私は世間から殺人者だと疑われたまま死んでいった。幼い頃に母親という存在がいなくなり、彼はどんなに傷ついただろう。彼の孤独や無念さを想像すると胸が締めつけられる。体の内側から聞こえてくる幼子の声は、私に対する思慕《しぼ》にあふれており、どんなにか彼が母親を望んでいたかがわかる。

胎児が運命に介入してくれたおかげで、今の私はそれほど疑われてはいない。このまま大樹館から逃げ延びることができても、人々は私を容疑者扱いしないだろう。そのことに感謝しているが、しかし、彼が暮らす世界で私が生き返るわけではない。すでに起きてしまった出来事が、覆ることはないのだ。

穂村ツバメにとって、過去の世界で母親を救うことは、使命のひとつではあるかもしれないが、彼が本当に望んでいることは、真犯人を特定し、死んでしまった母親の無実の罪をはらすことだ。大樹館がまだ灰になる前の、過去の世界で情報を集めることで、それができたかもしれないのに、私には手が届かなかった。

（おかあさんの、じんせいが、こうふくであること……。それが、いちばん、なのです……。ぶじに、にげて、ください……）

「現時点で、あなたが知っている歴史から、いろいろなことが変わったはずよ。二つの歴史を見比べることで、何か新しい情報が見つかるかもしれません」

（いくつか、きになっている、ことは、あります……。まだ、かくしょうは、ありませんが……）

「あなたが持ち帰った情報を、大樹館の謎に興味をもった探偵たちに伝えてみてはどうです。解決に導いてくれるかもしれませんよ」

しかし、彼の話をどこまで探偵たちは信じてくれるだろう。まどろみの中で時間遡行を行い、臍の緒でつながっている母親と精神感応で対話をしながら過去の事件の情報を得たなど、妄想狂が頭の中で作り出した物語としか思えない。

廊下を抜けて、大広間から玄関ホールへ移動する。正面の扉は開かれたままだ。外に出て石階段の上から景色を見渡す。針葉樹林を揺らす風の中に煙の臭いがまじっていた。

遠くの山々がすべて赤熱した溶岩《ようがん》のように輝いており、大量の火の粉と黒煙を空に巻き上げているのが見えた。炎が地上を飲み込みながら広がりつつある。数億匹《すうおくひき》の動物たちが一斉に押し寄せてくるかのように、炎の咆哮《ほうこう》と地響きが大気を振動させ、私のいる所まで不気味なうねりが伝わってきた。

しかし、大樹館の全周囲から火災が迫ってくるわけではないところに救いがある。火は東側と南側の山々を赤く染めていたが、西側はまだ大丈夫そうだ。北側は山の斜面がすぐそばまで迫っているため、遠くの山々がどのような状況なのかわからない。

針葉樹の隙間をぬうように石階段がつづら折りに延びている。私は足早にそこを下りて行く。一定の間隔で設置された照明が黄色く光を放って足下を照らしていた。これらの電気は電線を通じて運ばれてくるのだが、炎が近くまで迫ってくれば、そのうち停電してしまうのだろう。

途中で立ち止まり大樹館を振り返ると、その異様な迫力に肌が粟立った。何度も見ているはずなのに、今晩の螺旋状の洋館は特別に美しく感じられる。遠くの山々から放射される赤色の光のせいだ。神話の怪物が夜の中に現れて世界の終わりを見つめているかのように聳えている。

（いくつものすいりを、たんていたちが、ひろうしました……。さまざまな、かのうせいを……）

大樹館に背を向けて石階段を下りる。

地上の熱で鳴動する大気の音にまじり、胎児の声が聞こえてくる。

（そのなかの、どれかが、きっと……）

胎児はぶつぶつと呟いている。

（れきしが、かわって、いろんな、くいちがいが、うまれています……）

針葉樹林の暗闇はあいかわらず濃かったが、幹と幹の隙間から赤い光が差している。石階段を下りた先には開けた箇所があり、ガレージの建物や庭園がある。

（とうやおじさんの、へやに、せいずのどうぐが、ありませんでした……。それが、きになっているのです……）

「製図の道具ですか？　ないことが、そんなにおかしいのですか？　製図道具というのは、どんなもののことです？」

（くもがたの、じょうぎ、です……）

彼の世界の歴史では、御主人様の御遺体が発見された時間、冬夜様は雲形定規を求めて製図室にいたのだという。ノートに奇麗な曲線のグラフを描くために使用する目的があったそうだ。しかし、今日、恋さんや航君と冬夜様の書斎に入った時、雲形定規など見かけなかった。開かれた状態で置かれていたノートに、難しそうな数列が書かれていたのはおぼえているが、グラフなど描かれていなかったはずだ。

「歴史が変化した影響でしょうか？」

冬夜様は何者かによって殺害された。シーツに血の滴《しずく》が落ちていたことから、書斎の隣の寝室で襲われた可能性がある。しかし冬夜様の遺体は園芸用倉庫で見つかっている。犯人が冬夜様を園芸用倉庫まで運んだとするなら、その作業をする最中に、雲形定規がどこかへ消えてしまったのかもしれない。

例えば、犯人は冬夜様を運ぶ時、毛布か何かで包んだのではないか。雲形定規はその際に机から落ちて、一緒に包まれてしまい、書斎から消えたのだ。

（はたして、そうでしょうか……）

私が推理を述べると、胎児は納得のいかない口調で返事をする。石階段を下りきって振り返ると、大樹館の異様な姿は遠ざかり、針葉樹林に遮られて見えなくなっていた。

山全体の暗闇が、赤色の炎によって退けられている中に、煌々と何よりも力強く輝いている白々とした照明の施設が見えた。それは全体的に山の斜面に埋もれた直方体のような建築物であり、蘭堂与一の設計によるガレージだった。

斜面から突き出ているコンクリート造の入り口は巨大な四角形である。前面が金属製のシャッターとガラスによって構成されており、屋内の白い照明の光が外にもれている。直線と針葉樹林との調和は美しく、知らない者が見たら美術館か何かだと誤解するかもしれない。

ガレージのシャッターは開かれ、荷物を椅子がわりに泉様や恋さんが座っていた。航君は二人のそばにぼんやりと立っている。私の姿に気付いて遠野さんが手をあげた。

「こっちこっち」

彗星様と月郎君はガレージの奥で荷物をひっくり返して懐中電灯を探しているところだった。その施設は斜面を刳り貫いて建造され、奥に向かって広々と空間が続いていた。並んでいる年代物のクラシックカーは御主人様が趣味で集められたものだ。月郎君の原動機付きの二輪車や彗星様の車もあるが、どれもタイヤが傷つけられている。工具が床に散らかっており、修理しようとした形跡もあったが、試みは無駄に終わったのだろう。

「穂村さん！」

月郎君が駆け寄ってくる。

「良かった、合流できて。これを持っていってください」

懐中電灯の一本を私にくれた。

「そろったな。出発しようぜ」

彗星様は懐中電灯の他にも、探検隊の人がするようなヘッドライトを頭にはめている。

私たちはガレージを出ると、麓に向かって徒歩移動を開始した。

緩やかな下りの傾斜が、山の斜面に沿って湾曲しながら続いていた。道の両側に針葉樹の幹が無数に立ち並んでいる。外灯は設置されておらず、私たちはそれぞれに懐中電灯を手に持ち、足下を照らしながら移動した。

針葉樹林の途切れている箇所で視界が開けると、迫ってくる炎の海が私たちの姿を赤色に染める。頭上の高い位置を螢《ほたる》のように光の粒がよぎった。火の粉である。全員の口数がすくなくなり緊張した様子で早足になる。航君は何度かつまずいて転びそうになり、その度に泉様が支えていた。子どもの足ではきっとつらい道のりになるだろう。

崖のようになっている場所にガードレールが設置されている。普段なら見晴らしの良い景色が広がっているはずだが、今は地獄の光景だった。低い音が大気を鳴動させ、見わたすかぎりの地上が焼かれている。煙によって夜空は塗りつぶされ、空から黒い煤《すす》が降ってきた。私たちは逃げるのも忘れて立ちすくむ。

「足を動かせ。ここにいたら死ぬぞ」

彗星様が歩きだし、その後ろを泉様と航君がついていく。月郎君と恋さん、そして私と遠野さんという順番で移動した。遠野さんは背負子に固定している絵画がずれて落ちそうになっていないかをしきりに気にしている。彼女と目が合って小声で話しかけられた。

「あの子、彗星先生の弟さんにべったりだね」

「微笑ましいですね。恋心がそうさせているのでしょう」

遠野さんは恋さんを見ている。彼女は月郎君のそばから離れようとしなかった。

「さっきあなたに対して、すごい顔してたよ。ほら、彗星先生の弟さんが、あなたに懐中電灯を手渡していたでしょう」

針葉樹の幹の隙間から炎の輝きがもれると、恋さんの陶器のように白い肌が淡い赤色になる。彼女は私に嫉妬《しっと》していたのだろうか。月郎君が私に話しかけ、懐中電灯を渡しただけなのに。

「彗星先生の弟さん、あなたが、なかなか来ないから、心配してたよ」

「月郎様はおやさしい方ですから」

「本当にそれだけかしら」

他に何があるというのだろう。私は返答をひかえたけれど、遠野さんは暗に恋愛感情についてほのめかしているのだろう。しかし月郎君に対しては、そのような感情を論じることさえ畏れ多いと思える。

「そういえば、あの子、どこで私のことを見たんだろう？」

恋さんの後ろ姿に視線を向けながら、不思議そうに遠野さんがつぶやいた。

「今朝、あの子に話しかけられたのよ。あなたもその時、いなかったっけ？　私の顔をまじまじと見てきて、どこかで見たことがあるような気がしますって」

そのことなら私の記憶にもあった。冬夜様の御遺体を確認した直後のことだ。二日酔いでひどい状態の遠野さんの横を通りすぎる時、恋さんが足を止めて彼女に言ったのだ。

「その時はね、彗星先生が私をモデルに描いた絵を、彼女がどこかで見たことがあったんだろうって話に落ち着いたの。でも、後で彗星先生に聞いたら、私の絵は大学のアトリエに置きっぱなしなんだって。この屋敷には持ってきてないわけ。じゃあ、あの子、どうして私に見覚えがあったのかなって」

遠野さんはそう言って赤色の髪をかき上げる。耳が露出してその形がよく見えた。妖精を思わせるかわいらしい形の耳だ。

炎のうなり声が遠くから聞こえてきた。熱による気流が渦巻きを作り、炎は獰猛《どうもう》な生き物の舌のように針葉樹へと絡みつく。乾燥した樹皮は瞬く間に燃え上がり、光と熱を放射した後に灰となる。考え事をしたくて、みんなから距離を置いて歩いた。麓の町から遠く離れたこんな場所でも道が舗装《ほそう》されているのは、町の人々が御主人様に取り計らってくれたおかげだろう。近くにだれもいないのを確認して、私はお腹をさすりながら、生まれる前の生命に話しかける。

「ねえ胎児、聞こえていますか？」

大樹館を出る辺りから声が聞こえなくなっていた。胎児の肉体はまだ体重など無いにひとしい存在だ。私が激しい動きをしてもその体に働く慣性は微小であり、宇宙空間に浮かんでいるかのような居心地にちがいない。羊水はきっと温かだろう。何度か話しかけていると、未来で生きている彼の意識が返事をくれる。

（おかあさん、きこえ、ます……）

幼子の声を聞いて緊張が遠ざかる。私は状況を説明しながら咳《せ》き込んだ。風の中に煙の臭いがまじっている。ずっと吸っていたら肺の中が真っ黒になってしまいそうだ。

「あなたの声を聞きたいと思っていたのです。心細くなっていましたから。すこし話をしませんか？」

歩きながら事件について推理する。御主人様が最上階の御部屋で殺害され、冬夜様が園芸用倉庫で棚に押しつぶされる形で亡くなっていた。お二人の死で得をする人物はだれだろう。

例えば泉様は、冬夜様によって抑圧された生活を強いられていた。本当は女優業にも復帰したかったらしいが、彼に止められていたのだ。冬夜様が亡くなることで自由な日々が手に入るはずである。これは立派な動機になりうるのではないか。

しかし、彼女が御主人様を殺害する理由などあっただろうか。いや、彼女だけではない。御主人様を傷つける理由など他のだれにもあるはずがない。

「御主人様を憎んでいる人なんて、ここにはいません」

（せけんの、ひとは、そうおもわなかった……。だから、おかあさんが、うたがわれたのです……。ぼくの、せかいでは……）

ひどい誤解だ。私は心から御主人様を敬愛していたというのに。

大樹館において御主人様の御意思は何よりも優先すべきことであり、その言葉は絶対的な力を持っている。御主人様が肯定的《こうていてき》な態度を示すものが選択され、否定的な見解を示せばその先に道はない。私たちは常に御主人様の御意思に従って暮らしていた。亡き者にしたいと願う者がいるとしたら、御主人様の決定に不服を申し立てる者だろう。

例えばの想像になるが、月郎君と恋さんの間に恋愛関係が成立していたとしたらどうだろう。叔父と姪の関係で愛し合うことを良く思わず、御主人様が二人の関係に否定的な見解を示したとする。その場合、愛を貫くためには、御主人様を亡き者にしようとするかもしれない。

「御主人様の御部屋には、航君くらいの小さな子だったら隠れられるスペースがあるのです」

洗面所への扉を開けた時、扉の裏側に直角三角形のわずかな空間が生まれるのを確認した。もしかしたら、恋さんが航君に指示を出し、御主人様の御部屋の扉を内側から閉めさせたのではないか。彼女の中には月郎君を求める強い感情があり、そのような凶行に向かわせたとは考えられないだろうか。でも、その場合、誰が遠野さんを殴ったのだろう。恋さんが航君を利用して部屋を閉ざした場合、私と遠野さんが来るよりも以前に彼女はその場を離れていたことになる。

「もしかしたら、航様の体に死者の魂が入り込んで、彼の手足を動かし、犯行を行わせたという可能性はないでしょうか。奥様のゴーストが彼の口を借りて私にご自分の罪を言いに来た時のように、航様はあやつられていたのです」

（おくさまが、はんにん……？）

「あるいは、蘭堂与一のゴーストも、名乗り出ないだけで実はそばにいるのかもしれません」

蘭堂与一のゴーストが事件に関わっていたなら、大樹館の構造にも詳しいはずだから犯行も容易だったはずだ。隠し通路が存在していたなら、完璧にそれを使いこなせただろう。

その場合、御主人様を殺害した動機は、奥様の不貞と無関係ではないはずだ。冬夜様殺害の動機はわからないけれど。

「でも、航様がゴーストにあやつられていたという案は、いろいろ無理がありそうですね。航様一人で何もかもやらなくてはいけません。重たい手斧を振り下ろすことは難しそうですし、背丈が小さいから園芸用倉庫の梁にU字の釘を刺すことも困難でしょう。わからなくなってきました」

（おもしろい、はっそうです……。どんな、たんていも、そんなすいりは、していません……）

奥様のゴーストと言葉を交わしたことで、生者と死者の境界が、私の中で曖昧になっている。大樹館という建築物の雰囲気がそうさせたのだ。屋敷を離れて距離を置けば、生者と死者の境界も、昼と夜のようにはっきりと分かれてくれるだろうか。

そういえば、奥様は病院で亡くなったはずだが、大樹館にゴーストが現れるということは、亡くなった場所は無関係なのだろうか。それなら、海で死んでしまった私の母のゴーストが、大樹館をさまよっている可能性もあり得るのだろうか。母が現世の人間に恨みを抱いて人々を殺している、などとは考えられないだろうか。母のゴーストまで容疑者にするのなら、大樹館の建設中に亡くなった私の父のゴーストさえも容疑者候補として考える必要があるのかもしれない。

（ごしゅじんさまの、おへやの、くろーぜっと……。うぉーくいんに、しなかったのは、なぜでしょう……）

幼子の声により、堂々巡りをはじめた思考から解き放たれる。

「そうですね。ウォークインクローゼットとして設計することも確かにできたはずです」

奥様が存命だったころは、ご主人様と奥様の二人分の衣類がクローゼットに収まっていたのだろう。最上階で奥様は御主人様とともに寝起きされていたそうだから。

「引っ張り出すタイプの書架と一体感を出すために、クローゼットの方も同じ造りにしたのかもしれません」

（きせつで、いれかえるのは、めんどうでは……？）

「年に二回しか動かしませんし、むしろ便利だったと思いますよ」

それぞれのクローゼットには冬物の衣類と夏物の衣類がわけて収納されている。衣替えの時期にはクローゼットの場所を入れ替えるだけでいい。

（たしかに、べんりそうです……）

「冬服が入るクローゼットの方が広めに設計されていました。厚手のコート類などがあり、かさばるからでしょうね。夏服が入る方よりも、奥行きがありました」

あれだけの広さがあれば、奥様の毛皮のコートが何着でも収納できただろう。胎児が沈黙したので、私は無言ですこしの間、歩くことになった。

大気を震わせながら炎は山々を飲み込み、さきほどよりも頭上を漂う火の粉の数が多くなっている。光の点の集合は鳥たちの群れのように一斉に空をよぎっていく。それらが明るい点のまま地面に着地し、落ち葉に点火するのだろう。そうして炎はこの世界を侵食していくのだ。

やがて、胎児が切迫した様子で声を発した。

（おかあさん、いまから、たいじゅかんに、もどることは、できませんか……）

私はおどろいた。それが無謀なことであることは、胎児も理解しているはずだ。

（くろーぜっと、が……。ぼくは、なにか、たいへんなみおとしを……。ああ……。でも、きけんです……）

胎児が悩んでいる。お腹の中にいるまだ小さな彼を、実際に見ることはできないが、充分に手が発達していたなら、頭を抱えて煩悶としていることだろう。その様子が私には想像できた。

「今、大樹館に戻るのは危険です。炎がもうじき迫ってくるはずです。だから、急いで戻りましょう」

（え……）

幼子の呆《ほう》けた声が愛おしく感じられる。

私はお腹をさすって、前方を行く方々に声をかけた。遠野さん、月郎君、恋さん、泉様と航君、そして彗星様が私を振り返る。

「忘れ物をしました。私は大樹館へ引き返します。みなさまは、お気を付けて」

一礼すると来た道を走ってもどる。こんなに激しい運動をして、お腹の中の胎児は大丈夫なのかと心配する。

炎が山を飲み込む音がさきほどより明瞭だった。枝葉が焼けて砕け散る音、炎の乱気流が針葉樹林の間を駆け抜けていく音、炭化して自分を支え切れなくなった幹が地面に沈み込む音が、渾然一体となり迫る。風の中に肌が焼けるような熱が混じった。炎の津波が間近に迫れば、風がひとつ吹くだけで、一帯の燃えやすいものが発火するだろう。

（おかあさん、だめです、もどっては、いけません……）

「話しかけないで。息が乱れます」

周囲の針葉樹林はまだ燃えはじめていないものの、煙はすでに濃く立ちこめている。喉に煙が侵入して咳き込んだ。

（だめです、しんでしまいます……）

「あなたは何かに気付きかけているのでしょう？　だったら、もどるべきです。逃げ遅れて私は死んでしまうかもしれませんが、あなたは、得た情報を生かして、事件を解決に導くことができる。あなたの世界で死んでしまった私の潔白を証明し、無念を晴らすことができるのです」

それなら、この私は炎に飲み込まれて死んでしまうことになってもかまわない。唯一、気掛かりなことがあるなら、この世界では、彼を産んであげられないということだ。

火の粉が飛び交う針葉樹林の向こうに、山の中腹に聳え立つ樹齢数千年の大樹の先端部分が見えてきた。まだ炎に包まれてはいなかったが時間の問題だ。山火事の蹂躙する音が間近まで迫っており、煙に覆われた空は赤黒い色合いに染められていた。

ガレージ周辺の開けている場所にたどり着き、つづら折りの石階段を上った。前方に螺旋状の異様な建築物が現れる。数年間を使用人として過ごした場所へと私は戻ってきた。

施錠せずに出たから正面玄関は開いている。中に入ると空気がひんやりしていたけれど、大広間のシャンデリアの数珠繋ぎになったクリスタルの飾りが、絶えずちりちりと音を発していた。

大樹回廊の長大な渦巻きに入り時計回りに移動する。目指すべき場所は最上階の御主人様の御部屋だ。まだ電線は繋がっているらしく、色つきガラスの照明は青や緑や黄色の光を壁や天井に放射していた。外で炎が暴れていることを思うと、恐ろしくはあったが、大樹館の最後を看取《みと》っているようで厳《おごそ》かな気持ちにさせられる。

（おかあさん、ひなんしてください……。もう、なぞは、ほうっておきましょう……）

「ねえ胎児。話を聞いてくれますか。大樹館で過ごした数年間のことを思い出していたのですが、まるで夢のようだった、と感じるのです」

（ゆめ……？）

「ええ、そう。全部が白昼夢みたい」

もしかしたら私は母と一緒に海の底に沈んでおり、死にゆく脳細胞が最後に幸福な夢を見せてくれているのかもしれない。ここで暮らしながら繰り返しそのような想像をしたものだ。

（しっかり、してください……、おかあさんは、げんじつのなかで、いきています……）

「お腹の中の胎児にそう言われても、説得力はありませんよ」

私はお腹をさする。

使用人として雇われることになり、最初は戸惑うことばかりだった。高齢で辞めていく前任者に仕事を教わり、プロの料理人が招かれて指導を受けた。大樹館には世界中から集められた芸術作品や貴重な品々が飾られており、掃除をするのにも気を遣った。暗い空間に絵画や彫刻が照明を受けて存在している様は、孤独な宇宙に生命が存在している奇跡を想像させて美しかった。大樹館という建築物は、人類全体が見ている夢の中に存在しているのではないか。私は幻想の中にいるのではないか。幾度もそう疑ったものだ。

食事を作り、大樹回廊の終わりまで運び、扉越しに御主人様に話しかけるのが日課だった。御主人様が扉を開けてくださって室内に料理の皿を並べることもあれば、扉の前のテーブルに置いておくだけの時もある。御主人様が仕事をされている時、扉越しに耳をすますと、物語の紡がれる音が聞こえてきた。万年筆のペン先が原稿用紙をひっかいて滑りながらインクの線を引く音。豊かな世界が生み出され、物語で世界中の人々を癒やす音。

いつだったか、私はその音を聞いている時、我慢できなくなり自分の罪を告白した。

「御主人様、私の罪を聞いてください。私は人を殺したことがあるのです」

幼いころ砂浜で母を見殺しにした例の件のことだ。すぐに助けようとしなかったせいで、母は波にさらわれて死んでしまった。私は殺人をおかしたのだ。御主人様にそのことを打ち明けた。私はそれまで、だれかにその罪を話したことはなかった。私は一息に言い終えると、その場に両膝をついて頭を垂れた。

扉越しに聞こえていた執筆の気配が途絶え、椅子の動く音がした。御主人様の足音が近づいてきたかと思うと、扉が開かれて室内の光が円形の空間にあふれてくる。顔を上げた私の前に御主人様が立っていた。私の正面に膝をつくと、御主人様は私の頭を腕で包み込むように胸の中へ抱きしめてくださった。御主人様は私のことを赦してくださったのである。

罪の告白を、奥様のゴーストが聞いていたのだろう。だから奥様は知っていたのだ。私が、人を殺したことがある、ということを。砂浜で起きた出来事や、そのように自分が感じているということを。

高層領域に入ると、外側に面した壁に窓があり、地上に広がる炎の海が見渡せた。大樹館の周囲の針葉樹林も赤色に輝きながら熱と煙を吐き出している。地上から離れた場所にいるせいか、炎の蹂躙の音は静かで、無声映画を見ているかのようだった。

見下ろした先で、地上付近の外壁がすでに炎をまとっている。火災の津波はついに大樹館へ到達し喰《く》らいはじめたようだ。大樹館が巨大な生き物だったなら、体にまとわりつく炎に不快感を示すだろう。しかし螺旋状の洋館は体表面を這い進む炎に無抵抗だ。炎は外壁伝いに上を目指し、やがてここまで到達するはずだ。燃えやすい木造の部分からまとわりついて、複雑怪奇な洋館の壁や床や天井を崩落させるに違いない。

私は先を急いだ。遠野さんが倒れていた地点を通りすぎ、ついに大樹回廊の終着点となる円形の空間にたどり着く。古い木製の扉は、施錠しないまま出てきたので、取っ手をひねると簡単に開いてくれた。

御主人様の御部屋が眼前に広がる。左右対称の奥まった場所に大樹の幹の湾曲した表面があり、北側の壁をすっぽりと覆い隠していた。その足下にベッドがあり御主人様の御遺体が変わらない姿で横たわっている。煙の臭いもまだここには到達していなかったが、血の臭気は立ちこめていた。

「たどり着きました。クローゼットを調べたいのですね?」

(はい、そうです、おかあさん……)

扉の周辺は幅が五メートルほどもある何もない空間だ。右手側に洗面所やシャワー室やトイレに続く扉があり、左手側にクローゼットや書架が収まった壁がある。詳細に観察したなら、クローゼットと南側の壁、クローゼットと書架、書架とその横の壁の間には、それぞれわずかな隙間があった。指が差し込める程度の幅だが、寄せ木細工を思わせる模様のせいで目立たずに壁が続いているように錯覚するのである。

まずは手前に配置されているクローゼットの折れ戸を開けてみた。

「中は広々としています。御主人様の御遺体を発見した時にもこちらは確認しましたが、まったく同じ光景です。この奥行きなら大人でも隠れられるでしょう。もちろん、だれも潜んではいません」

（かたちが、へんけい、するような、しかけは、ありませんか……）

「引っ張り出して確認しましょう」

胎児の意見を奇妙に思いながら、手前に配置されていたクローゼットを引っ張り出す。底面のタイヤのおかげで、ほとんど音もたてずに動いてくれた。力はそれなりに必要だったが見た目よりも軽量である。

周囲をぐるりと確認できる位置まで引き出して観察したが、変形するような箇所は見当たらない。

（もうひとつの、くろーぜっとも、しらべてください……）

「わかりました」

奥まった位置にもうひとつのクローゼットが置かれている。そちらを調査するには、手前の書架を移動させておく必要があった。指をひっかけられるくぼみが目立たない位置にあり、そこを利用して書架を引っ張り出す。御主人様のお好きだった物語の本が隙間なく並んでいた。子どもの頃によく読まれたという児童向けの冒険小説の古い背表紙もある。御主人様は幼かった頃、少年少女向けの胸躍《むねおど》るような冒険小説を読み、自らも物語を紡ごうと思い立ったのだという。

書架を移動させた後、奥に配置されていたクローゼットを動かす。完全に外へ引っ張り出すと、入り口周辺が混雑してしまうので、すこしずらす程度にして周囲をぐるりと確認した。クローゼットと書架が収まる空間には照明がないため、奥まった場所は薄暗く、持っていた懐中電灯で照らしながらクローゼットの造りを調べる。しかし、気になる部分はない。

（やわらかく、かたちが、かわるような、ところは、ありませんか……？）

「どこも硬い木製の板です。壁と同じ模様で、変形する仕掛けはありません。巨大な箱と言っていいでしょう」

二つの巨大なクローゼットの周囲を何度も歩いて確認する。手前に置かれていた方が奥行きの少ないタイプで、後から動かした方が奥行きのあるタイプだった。

ちなみに、どちらも完全な直方体ではない。室内側から見た時は気付かないが、上から見ることができたなら、南側の壁と接する部分が斜めになっているとわかるはずだ。それは御主人様の御部屋が八角形であることに関係しているのだろう。

室内から見てクローゼットの左側に回ってみると、手前の角は九十度よりもわずかに小さく鋭角《えいかく》気味になっているとわかる。左手奥の角は九十度よりも大きくなっており、部屋の南西の角にぴたりと合致するように工夫されていた。

(どうして……。わけが、わからない……。そんな、はずが、ないのです……)

「ねえ胎児。あなたは何が気になっているのです?」

(だって、おかあさん……。おくゆきの、ちがう、くろーぜっとが……。どうして、いれかえる、ことが、できるので、しょうか……)

「どこかおかしいですか? 実際、手前と奥を入れ替えても問題なく収まりますよ?」

衣替えの季節に御主人様ご自身の手で行っている作業だ。手伝ってほしいと頼まれて私も立ち会ったことがある。巨大な二つの箱を入れ替える際、ぶつからないように気をつける必要があるけれど、配置替えはそれほど難しいものではなかった。

(おくゆきが、おなじ、だったら、もんだいは、ないのです……。でも、おくゆきが、ちがっていたら……。ぴったりと、はまらない、はずなのです……)

幼子の訴える声を聞きながら頭の中で想像してみる。床に立って実物のクローゼットを見上げている時は気付かなかった。胎児の言いたいことが、ようやく私の脳にも浸透《しんとう》してくる。この御部屋の南西の角と壁の傾きを考えた時、二つのクローゼットの奥行きが、きちんとそろっていなければ、確かに二つのクローゼットを入れ替えて、ぴたりと収めることは難しそうだ。

〈書架とクローゼット〉

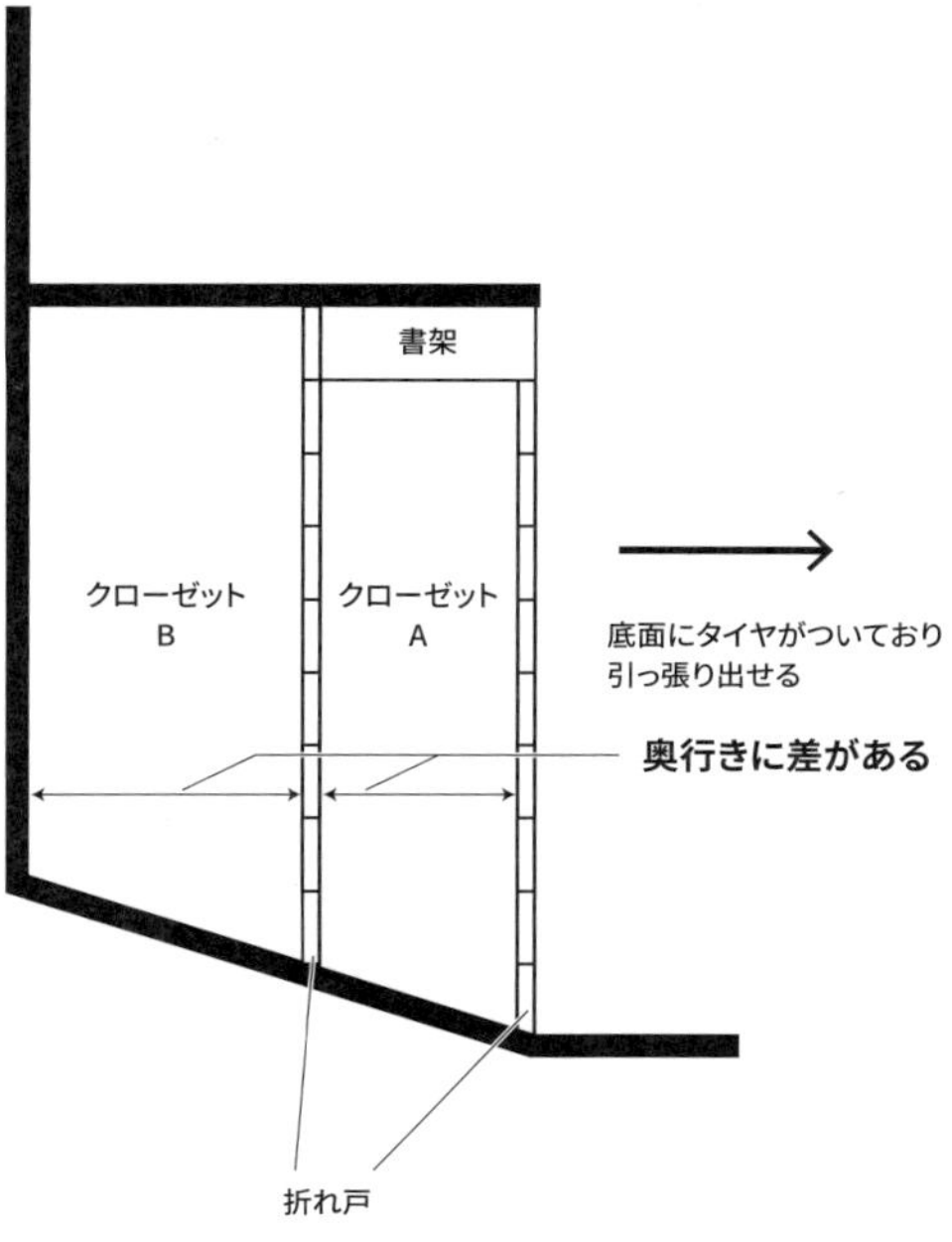

「……おかしいですね。奇妙です」

胎児はこれまで、二つのクローゼットの奥行きに違いはないと思い込んでいたのだろう。だから気付くのがおそくなったのだ。胎児の暮らす世界では、大樹館の間取りや御主人様の御部屋の造りについて、関係者たちの記憶を頼りに図が描かれたらしい。大樹館の謎に挑む探偵たちはその図を元に推理していた。しかし、クローゼットの寸法のことなど、だれも詳しくはおぼえていなかったか、気にもとめていなかったのではないか。

「あなたの言う通りです。クローゼットの素材が、例えば布みたいに変形するものだったり、一部がへこむような構造だったりしなければ、元通りに収まらないはずですね」

でも、目の前にあるクローゼットはそうなっていない。形の変形しない木材で構成されている。

（おかあさん、くろーぜっとを、いれかえてみてください……）

「やってみます」

二つのクローゼットはあまりに大きく、ぶつからないように位置を入れ替えるには慎重さが必要だった。さきほど手前にあったクローゼットを奥に配置する。その時、私は違和感を覚えた。なにかがおかしいと思ったのだ。しかし原因はわからないまま作業を続ける。

奥にあったクローゼットを、今度は手前に配置する。左手の斜めの壁に合わせるようにぴたりとくっつけると、右側に、書架の入る幅五十センチメートルほどの隙間がのこった。最後にそこへ書架を差し込むと、パズルが完成するかのように、ぴたりと隙間なく空間に収まってしまう。

「なぜでしょう。うまく収まりました。縦長の細い隙間へと、書架がするすると入っていきましたよ」

（おかあさん、やってみてほしいことが、あります……）

胎児の指示は、私には理解し難いことだった。そうすることに何の意味があるのだろう。だけど私はお腹の中から聞こえてくる指示に従った。

書架を一度、外に引っ張り出す。書架が抜き取られた縦長の空間は奥が暗くなっていた。私はそこへ体を潜《もぐ》り込ませる。後ろ向きになって背中側から入るような姿勢だった。書架にむかって手をのばし、今度は自分の体と一緒に隙間の中へと引っ張りながら移動する。私の体は隙間を奥へと入って行き、書架が蓋をして視界は暗闇になる。ちょうど肩幅くらいの縦長の空間を、私は少しずつ後退する。

想像の中では、奥に配置されたクローゼットと、自分が引っ張ってくる書架の間にはさまれ、私の体はつぶれてしまうんじゃないかと思っていた。手加減して書架を引っ張っていたので、大怪我をすることはないだろう。しかし、そうはならなかった。私の体が完全にはさまれてしまう前に、がこん、と書架のどこかが引っかかって、それ以上は動かなくなったのだ。

「え？」

（どうなりましたか……？）

「書架がうごきません。停止しました」

(なるほど、かってにとまる、くふうが、なされているようです……)

それ以上、書架は引っ張り込めなかった。私が押しつぶされなかったということは、部屋側に書架の一部が出っ張ったままになっているのだろうか。いや、違う。書架を引っ張りながら後退している時、私は何歩、移動しただろう。書架が空間に収まる充分な距離を、私は後退したように感じられた。それなのに、縦横五十センチメートルほどの狭い暗闇に私は立っている。はさまれ、つぶされてなどいない。

「私は、どこにいるのです? ここは、どこなのです?」

本来は存在しない空間が、無から生じていた。

私が立っている空間は、狭いけれど息苦しくはなかった。書架やクローゼットの底面にはタイヤがついており、すこしだけ浮いている。その隙間を通り抜けてくる空気のおかげだろうか。頭上にも空気の抜け道があるのかもしれない。

(おかあさん、ぼくたちは、ようやくたどりついた……。そこが、きっと、らせんの、ちゅうしんです……)

「ここはどこなのです? なぜ、存在しない場所が、存在しているのです?」

頭の中でクローゼットや書架の配置図を思い描いてみたが、まだ理解できない。私の立っているこの場所は、いつ、この世界に生まれたのか。周囲は暗く、宇宙空間に自分が浮かんでいるかのようだった。しかし、暗闇に目がなれてくると、三つの光の点が左手側の

〈書架とクローゼットに現れる空間〉

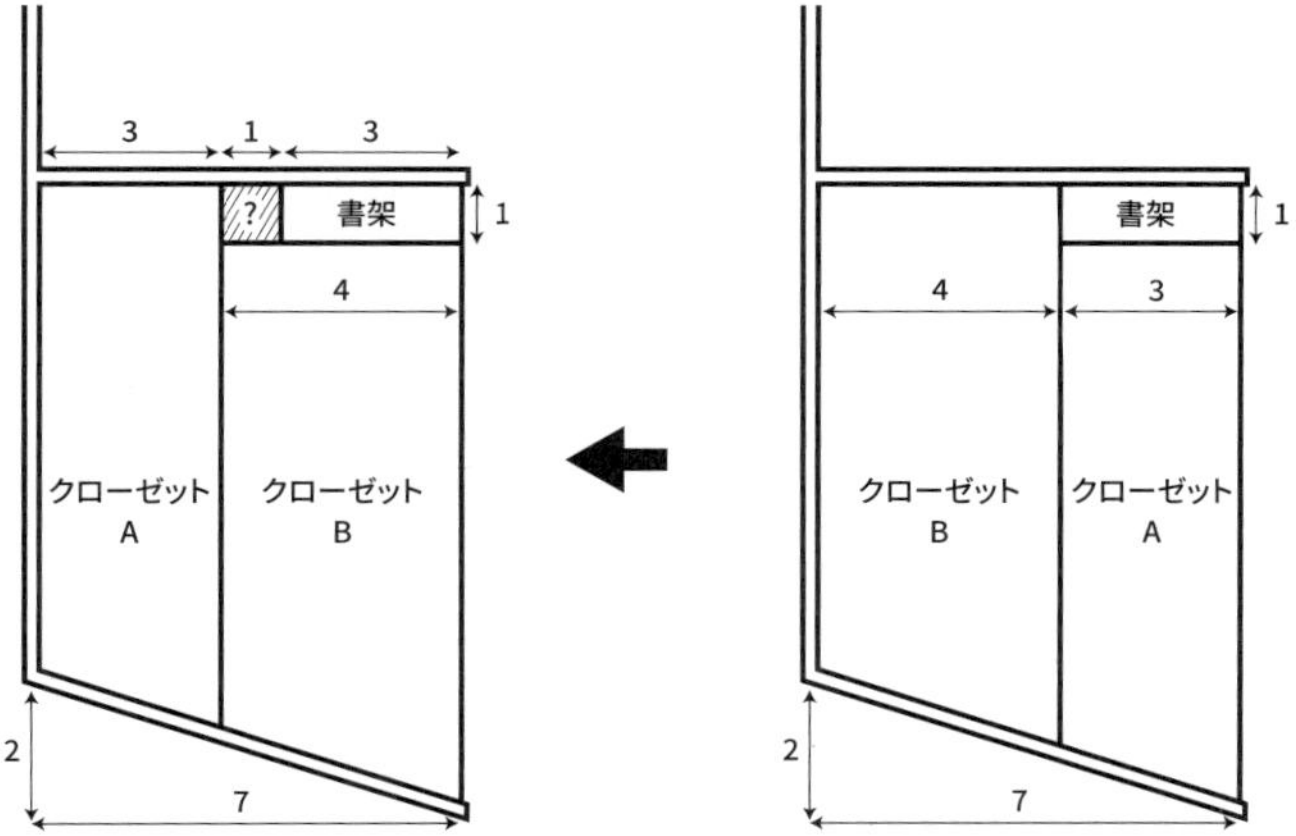

壁に並んでいることに気付く。オリオン座のベルトを構成する星のようだった。私の顔のすぐ横あたりにその点はある。

「何かが壁で光っています。小さな点です」

左手側にある壁は、書架やクローゼットを収める空間と、御主人様の御部屋とを仕切っているもので、二十センチメートルほどの厚みがあった。三ヶ所の光の点を調べると、寄せ木細工風の模様の隙間からそれぞれに光が漏れているらしい。模様の一部がそこだけずれるようになっており、指で探ってみると、その裏側からガラス製の小さなレンズが現れた。目を近づけると、室内の様子がガラスの向こうに見えた。

「望遠鏡のようなレンズが壁に隠されていました。部屋を覗くことのできる仕組みのようです」

光の点を順番に確認してみると、それぞれに別の角度から室内の様子が見えた。そのことを胎児に報告する。

（ぺりすこーぷ、でしょうか……？）

「潜望鏡のことですね。きっとそうです」

反射鏡で光を屈折させるタイプの望遠鏡が三種類、壁の中に埋まっているらしい。どの視点も高い位置から見下ろす角度だったので、室内の高い場所にレンズが隠されているはずだ。

「この空間を作ったのは蘭堂与一ですか？」

（おそらく……。かれが、せっけい、したのでしょう……）

「何もないところから、どうやって空間を生じさせたのです？　神秘的な力が働いているのですか？」

（いいえ、しんぴでは、ありません……）

理解が追いつかない。どういう原理でクローゼットと書架の隙間に私は立っていられるのだろう。これこそが蘭堂与一の秘匿《ひとく》していた仕掛けのはずだが、なぜそうなるのかがわからなかった。

ペリスコープの接眼レンズの光景に、ベッドで仰向けに横たわっている御主人様の御遺体が映りこんでいる。格子のはまった窓ガラスから赤色の光が見えた。光は踊るように揺れ動き、室内の陰影を変化させる。ここからでは確認できないが、炎は大樹館への侵食を続けているようだ。かすかに煙の臭いを感じるようになった。耳をすますと、熱でガラスが砕ける音、焼かれてもろくなった柱がへし折れて壁の崩落するような音が聞こえてくる。もうじきこの不思議な空間にも炎は届くのだろうか。胎児にこの場所を教えることができて良かったと思う。蘭堂与一が隠していたこの場所の存在を、彼が暮らしている世界の探偵たちに教えることで、事件解決の助けになればいい。

その時、私の名前を呼ぶ声がする。最初は気のせいかと思ったが、炎が大樹館を焼く音にまじって繰り返し聞こえてきた。

「月郎様……？」

美しい顔立ちの少年の姿が浮かぶ。大樹館に戻った私を追いかけてきてくれたのだろうか。うれしさもあったが、申し訳ない気持ちもある。今、大樹館にもどってくるのは危険だから。

(つきろう、さんが、きたのですか……?)

彼は大樹回廊を走ってきたらしい。御主人様の御部屋に飛び込んでくる。その様子がペリスコープ越しに確認できた。火災の影響は大丈夫だったのだろうか。きっと煙の充満する場所を通ったはずだ。私よりもすこしだけ背丈の低い黒髪の少年は、肩で息をしながら室内を見回している。こんな状況だけど、あいかわらず彼は美しい。神話に登場する天使そのものだ。

私は返事をして、書架を押して移動させながら、彼の前に姿を見せたかった。しかし、そうしなかったのは、胎児の指示である。

(まって、おかあさん、へんじをしないで……。つきろうさんは、たすけにきたのでは、ありません。おかあさん、あなたを、ころしにきたのです……。くちを、ふうじるために……)

胎児。どうしてそのように意味のわからないことを。

しかし、御主人様の御部屋に視線を一巡させた少年は、ベッドの御遺体に近づいたかと思うと、泣きそうな表情を一瞬だけうかべ、その横を通りすぎた。彼は大樹の幹に突き立てられていた手斧を引き抜く。その刃先は御主人様の血で汚れていた。

「穂村さん、そこにいるんですよね?」

手斧を構えた月郎君とペリスコープ越しに目が合った。

## 三

凶器を振り下ろした時の感触が、まだ自分の手にのこっている。手斧は皮膚と肉を断ち、肋骨をへし折り、心臓を破壊した。その罪深さに恐怖する。しかし月郎を突き動かしたのは愛だった。この世界を暗闇に閉じこめようとも、確固たる信念を持ちそれを為さなくてはいけなかった。この殺人は、愛すべき者との繋がりの証明でもあるのだから。

罪を覆い隠すように、地上を覆う炎が、何もかもを灰にしてくれたらいい。赤色の輝きと地獄の熱が、大樹館の柱や天井を、床や壁を、大樹の幹と枝を、すべて何もかも消し炭にしてくれることを望んだ。

大樹館には秘密の仕掛けが隠されている。もしも警察の介入があったなら、捜査の結果、仕掛けの存在に気付かれてしまったかもしれない。そうなる前にすべてが灰と塵になり蜃気楼のようになくなってしまうことは都合がいい。この炎は偶然が重なって発生した災害である。しかし、このような状況にならなければ、自ら火を放っていたかもしれない。

大樹館を脱出し、一緒に麓を目指している同行者たちを順番に見つめる。夜の時間帯だが周囲は明るい。遠くの山林を焦がす炎が一帯を照らしているのだ。不安そうにしている者。同行者をはげましている者。泣いている者。

その時、使用人の穂村時鳥が立ち止まり、大樹館にもどると宣言した。

愚かな判断だ。これから燃えてしまう屋敷に引き返すなんて、死にに行くようなものだから。しかし決意は固そうだ。引き止めたが、麓へ向かう自分たちとは反対方向に、その背中は遠ざかっていく。

針葉樹林を蝕みながら炎は広がりを見せていた。煙と火の粉が渦を巻きながら地上を離れ空へと上っていく。鳥たちはすでに避難を終えているのか姿を見ない。

月郎は麓への道を進みながら考える。穂村時鳥が大樹館にもどったのは、どうしてだろう。彼女は月郎の父親を殺した犯人がだれなのかを知りたがっていた。もしかしたら、クローゼットの仕掛けに気付きかけているのかもしれない。あの仕掛けを知ったら、そこから推理を重ねることで、月郎が犯人である事実にもたどり着くだろう。

「……あの、僕、やっぱり大樹館にもどって、穂村さんを連れてきます」

月郎が声をあげると、引き止める同行者たちの声がいくつも起きた。炎が押し寄せている今、屋敷に向かうのは危険な行為だ。それはわかっているのだが、決心は揺らがなかった。

「みんなは麓を目指してください」

月郎は大樹館の方へと来た道を引き返す。煙の立ちこめる夜空が、地上から放射される炎の光を受けて赤色に染まっている。胸の内には心配と不安がうずまいていた。穂村時鳥の顔を思い出して月郎は焦燥にかられる。真実に気付かれてしまうのではないかという焦りだ。

穂村時鳥は大樹館で働いている使用人だ。古めかしい型のメイド服を着た黒髪の美しい女性である。淡々と仕事をこなし、物事に動じない冷静な性格で、十九歳の月郎よりもすこしだけ年上だった。月郎の趣味の話にも退屈そうなそぶりも見せず耳を傾けてくれた。彼女は今頃、炎に囲まれた大樹館の中に一人きりでいるはずだ。月郎は運動が得意な方ではなかったので、すぐに息があがってしまったけれど、立ち止まっているわけにはいかない。

月郎の向かう先に巨大な樹木のシルエットが見えてくる。その大樹は山の中腹にそびえていた。つづら折りになった石の階段を上ると、大樹の幹を囲むように建設された異様な形状の洋館の姿もあらわになる。今まさに炎が屋敷の外壁にまとわりつこうとしているところだった。

周囲の山々から蝗の大群が押し寄せて来るかのように火の粉が降り注いでいる。地面の枯れ葉や乾燥した小枝が発火し、蹂躙の音へと変化する。炎の輝きは熱波をともない、近づく者たちを焼こうとしていた。月郎は煙を吸い込んで激しくむせながら、大樹館の地上階正面の玄関ホールへと飛び込む。

「穂村さん！　声が聞こえたら返事をしてください！」

煙の立ちこめる大広間へと進みながら月郎は叫ぶ。大樹館にしがみついた炎が、建築に用いられている様々な材料に熱の負荷を与えた。構造が歪み、不気味な低い振動を生じさせる。破壊の音が渾然一体となった大合唱は、巨大な生命体が苦悶のうなり声をあげているかのようだった。月郎は恐怖と戦いながら螺旋状の回廊を前進し穂村時鳥を探す。大樹館はまもなく燃え落ちるだろう。世界が沈むかのように。

大樹回廊を移動しながら、月郎は病床の母との会話を思い出す。命が尽きることを覚った母は、当時七歳の月郎に不義《ふぎ》の子であることを告げた。父の子ではなく、大樹館の設計をした男の子どもなのだと。

敬愛する父の血が、自分の中には流れていないことを知り、月郎は深く傷ついた。母の告解を月郎はだれにも言わずに生きてきたが、自分は罪深い存在であるという意識に悩み、二人の兄に対する羨望《せんぼう》と嫉妬を抱えていた。

おそらく父は母の不貞に気付いていた。そして月郎が自分の息子ではないことにも。それでも父は月郎を愛し、二人の兄と同様に接してくださった。月郎が両親から生まれるはずのない血液型だった場合は面倒が起きていただろう。ありがたいことに、そうはならなかった。冬夜と彗星は父と同じ、そして月郎は母と同じ血液型である。

大樹回廊に煙が充満しはじめたので、月郎は途中で階段を使うことにした。枝分かれした廊下に入り、入り組んだ通路を抜け、複数の階段を利用して中層領域を縦に突っ切る。

上へ行くほど、激しく聞こえていた炎の音が遠くなった。

穂村時鳥の名前を繰り返し呼びながら返事がないかと耳をすます。最上階の父の部屋に到着した。彼女はここにいるのではないかという予感が最初からあった。

扉が開いたままになっている。月郎は父の部屋に入り周囲を見回した。しかしだれもいない。ベッドに横たわる父の亡き骸へ近づき、抱きしめたくなるのをこらえ、大樹の幹に突き立てておいた手斧を引き抜く。

月郎はそして書架を振り返った。

書架の後ろに、人の隠れられる空間が生み出されることを月郎は知っている。ペリスコープ越しに見える光景を逆算し、天井付近に隠されているレンズの位置も把握している。ペリスコープのレンズは三種類あったはずだが、そのうちひとつを適当に選んで、月郎は彼女に向かって声をかけた。

「穂村さん、そこにいるんですよね」

呼びかけの声に反応せず息を潜めていたということは、月郎の罪に彼女は気付いているのだ。もしも彼女がこの部屋にもどってきた時、クローゼットの中を確認していたなら、違和感を抱いたにちがいない。そこから推理で結論にたどり着いたはずだ。

月郎は手斧の重みを感じながら彼女の登場を待つ。

腕の良い木工職人が作ったであろうクローゼットと書架は、隙間がないほどぴったりと収まっている。その事実こそ、穂村時鳥がそこにいるという証拠でもあった。

やがて一面の壁のようになっていた場所から、縦長の書架がせり出してくる。その背後に生まれた暗闇から、彼女が現れた。

## 四

「月郎様、どうして戻って来られたのです」

黒髪の少年と向き合って私は質問する。紫色のアメジストを思わせる瞳が揺れ動いていた。大樹館を出る時に持っていた荷物はどこかに置いてきたのだろう。彼が所持しているのは血のついた手斧だけである。

「穂村さんのことが、心配だったんです。事件の真相に気付いて、穂村さんが生き延びた場合、困ったことになると思って……」

彼はもうしわけなさそうな表情をする。

私の命を心配してくださったわけではないらしい。

「クローゼットの中身が入れ替えてありましたね。冬物の衣類は、いつもなら奥行きのある方に入っていたはずです。でも、今はそうなっていません」

クローゼットを動かしている時に感じた違和感がそれだった。部屋に入った時、手前に配置されていたのは奥行きの浅い方のクローゼットだったらしい。しかし、折れ戸を開けて中を確認した際、御遺体を発見した時と同じ光景がクローゼットの中にあった。つまり冬物のコートが収まっていたのである。

本来なら、奥行きの浅い方に夏の衣類を、奥行きのある方に冬の衣類を収納していたはずだ。それが逆になっているのは、なぜだろう。

「最初に御主人様の御遺体を発見した時、私は手前に配置されていたクローゼットの中を確認しました。その時は確かに冬物のコートが入っていたのです。私はそのことを、月郎様に報告しました。だから月郎様は、中身を入れ替える必要があったのですね」

書架の後ろの不可思議な空間は、どうやら手前と奥のクローゼットを入れ替えることによって、生じたり、消えたりする仕組みらしい。さきほどの実験から、奥行きのあるクローゼットを手前に配置した時、あの空間は生み出されるのだとわかった。

私が御主人様の御遺体を発見した時、手前にあったクローゼットの中身は冬物の衣類だったから、奥行きのある方のクローゼットだったのだ。書架の後ろに生じた空間に、おそらく月郎君がひそんでいたのだろう。本来は存在しないはずの場所に隠れることで、密室の中にはだれもいないと、私たちに錯覚させたのである。

月郎君は、警察の現場検証が入る前に、クローゼットの配置を元に戻し、隠れていた例の空間をこの世から消し去る必要があった。しかしそうすると、手前に配置されたクローゼットの中身は、夏用の衣類になってしまい、私が目撃した状況と食い違いが出てしまうことになる。それをごまかすために、月郎君はクローゼットの中身を入れ替える必要があったのだ。冬の衣類を奥行きの浅い方へ移動させ、夏の衣類を奥行きの深い方へ移す。私が部屋に閉じこめられている間にその作業を行っていたはずだ。

その推理を私に教えてくれたのは胎児だった。クローゼットの中身の違いから、私よりもはやく月郎君が怪しいことに気付いたらしい。

「証拠がのこらないようにと、完璧を求めようとしたのが、裏目に出てしまったようですね。穂村さんがクローゼットの中を確認していなければ、中身を入れ替える必要なんてなかったのに」

月郎君は手斧の柄《え》を両手でぎゅっと握りしめた。恐怖はもちろんあったが、私は何とか立っていられた。混乱している自分の肉体を、すこし高い視点から客観的に見下ろしている自分がいる。もしも混乱して逃げ出そうとしていたなら、即座に襲われていたかもしれない。

うっすらと視界が白く靄がかったようになる。開け放されたままの扉から、大樹回廊の螺旋を上ってきた煙が侵入してくる。炎が大樹館の中を駆け巡っていた。すべての空間を熱と煙で満たしながら少しずつ近づいているのがわかった。

「どうしてこんなことを」

「お父様の御意思です」

月郎君は息を吐き出すと、私から視線を外さないように、御主人様の横たわるベッドの隣に移動する。手斧から片方の手を離し、動かない御主人様の頭にそっと触れた。その光景には神聖な雰囲気と静けさがあった。

「僕とお父様は、話しあってこうすることに決めたのです。お父様の死を永遠の謎にしてしまおうと。だれが殺したのかも、なぜ殺されたのかもわからないように、世界を欺き続けようと。それは僕の願いでもあり、お父様の願いでもあったのです。お父様は僕を信頼してくださった。だから、最後にその大事なお仕事をまかせてくださったのです」

私がこの場にいなければ、月郎君は御主人様の御遺体にすがりついて泣き出していたかもしれない。声の震えから彼の悲しみが伝わってくる。

「御主人様が月郎様に御依頼されたのですか？　いつです？　ずっと前からの計画だったのですか？」

「いいえ。お父様と計画について相談したのは、今朝のことです」

私は耳を疑った。

「今朝？　でも、私は……」

「夜明け前、僕たちは、冬夜兄さんの遺体を園芸用倉庫で見つけましたね。彗星兄さんと三人で……。その時点では、僕は完全な傍観者だったのです。その後、電話線の状況を確認するために外へ出たのです。そして、航が冬夜兄さんのゴーストを見かけたという話を思い出し、僕はゴーストを探しました。しかし、針葉樹林で僕が出会ったのは、悲嘆にくれているお父様の姿だったのです」

そんなはずがない。御主人様は昨晩のうちに亡くなられていたのではなかったのか。私は混乱したが、もしかしたらこれも、歴史が変化した影響なのかもしれないと考える。

「御主人様が、外にいらしたのですか？」

「航が窓から見たという冬夜兄さんのゴーストは、お父様の行方《ゆくえ》を僕たちに教えようとしていたのかもしれません。外にいるお父様の姿を、冬夜兄さんと見間違えた可能性もありますが……。ともかく僕は、針葉樹林の中で、涙を流しているお父様から、いくつかの事情をお聞きすることになったのです。何もかもは教えてくださいませんでしたが……。それからお父様には、人の来ない岩場の陰《かげ》で休んでもらっていました」

「事情とは？　御主人様はどうして、外で涙を？」

月郎君は言葉を選ぶような表情をする。

「冬夜兄さんの死は、お父様によるものでした」

「御主人様が？」

「どのような経緯でそうなったのか、推測を含むことになりますが……。今朝、僕たちが園芸用倉庫に入った時、ほんの直前まで、あの場所にはお父様がいらして、冬夜兄さんの死を悲しんでいらしたのです。お父様は、僕たちの来る気配に気付いて、裏口の方から出ていったのだそうです」

「そちらの扉は、外から木箱で塞がれていたはずです」

「お父様が出て行く時は塞がっていなかったのです。僕たちが追いかけてこないよう、裏口を出た直後、そばに積んであった木箱を倒したのです。偶然にそれが引っかかる形となって扉を塞ぐことになっていたのです。僕たちは、裏口はずっと通ることができなかったのだと思い込んでいたのです」

今朝、外から帰ってきた月郎君が、倉庫の裏口の木箱を片づけて通れるようにしたと話していた。あの木箱は何日もあのままの状態になっていたようだ、とも。しかし、あれは嘘だったのだろう。倉庫には冬夜様以外にいなかった、という状況にするために月郎君はわざと偽りの情報を口にしたのだ。木箱を早急に片づけたのも証拠隠滅の意味合いがあったにちがいない。

「倉庫で何があったのでしょうか」

「お父様と冬夜兄さんの間で諍いが発生したようです。しかし、冬夜兄さんの死は望んだことではなく、不慮の事故だったとうかがっています」

月郎君は御主人様の手に自分の手を重ねた。

「お父様は自分の子を殺してしまったことを深く嘆いておられました。そのことに耐えられず死を望まれたのです。お父様の決心は揺るぎのないものでした。そこで僕は提案したのです。お父様の罪を世界から秘匿すべきだと。子殺しでお父様が咎人《とがびと》となってしまうことが許せなかった。お父様の功績に傷となってのこってしまうのが容認できなかった。お父様は、僕の必死なお願いを聞き入れてくださいました。子殺しの罪の秘匿と自死、それを目的とする殺人の計画を、僕に依頼してくださいました。お父様は自らを被害者とする計画を僕にまかせてくださったのです」

月郎君はその時はじめて、クローゼットと書架の隙間から生み出される奇妙な空間について教わったという。

「これは僕とお父様の犯罪の共作なのです。僕とお父様の魂の繋がりです。僕はお父様の心臓にむかって凶器を振り下ろしましたが、そこにあるのは愛でした。お父様は人生の最後のパートナーに僕を選んでくださった。僕はお父様の死を神話にしたかったのです。子殺しという不名誉を隠し、お父様は謎めいた殺人事件の被害者として永遠に人々に語り継がれることでしょう」

彗星様がガラス張りの温室で私に語ったことは決して的外れではなかったようだ。彗星様が一番、月郎君の動機に近づいていたのかもしれない。

「子殺しの罪の秘匿……。御主人様の死を、神秘のベールで包もうとしたのですね。そして永遠の存在にしたかった」

私はあえて声に出す。お腹の中の胎児へ聞かせるためだ。

子殺しと聞いて、胎児はどう思うだろう。

息が次第に苦しくなってきた。床板の隙間から煙が侵入しはじめる。だけど私たちは動かなかった。このまま死んでもいい、とおたがいに思っているようだ。

「御主人様は、いつ、この御部屋に戻られたのですか？」

「ダイニングに用意されていた朝食のパンを、僕はひとつだけもらって、窓辺でちぎりながら口に入れていたのをおぼえていますか。その時、穂村さんと会話をしました。実は窓のすぐ外で、お父様が僕たちの話に耳をすましていたのです」

「なぜ、そのようなことを」

「お父様が部屋にもどる時、だれにも目撃されてはいけませんから。他の人たちの居場所を僕は穂村さんに聞き出していたのです。だれがどこにいるのかをお父様に伝えるためでした。特に危惧していたのは、穂村さんに発見されることです。いつも忙しそうに歩き回っていましたからね。でも、僕が穂村さんを引きつけておけば、お父様は安全に大樹館を移動できるというわけです。幸いなことに、ほとんどの人は部屋に閉じこもっていたようなので、お父様はだれにも見られることなく、この御部屋に戻ってくることができました。大樹回廊は使わず、普段は人が来ない場所にあるいくつかの階段を利用されたそうです」

月郎君はその後、冬夜様の書斎に立ち入って鞄を回収したそうだ。

「お父様の御指示でした。兄の荷物の中に、園芸用倉庫で起きた出来事を推測させるようなな、お父様とのつながりを示す品々が入っていましたから。兄の書斎の鍵は遺体のポケットから入手しておきました」

「車のタイヤをパンクさせたのも月郎様なのですか?」

「そうです。冬夜兄さんの件で、すぐに警察を連れて来られると不都合でした。時間稼《かせ》ぎをするため、ガレージでタイヤを破損させた後、大樹館にもどったのです。でも、電話を使えなくさせたのは僕ではありません。冬夜兄さんの仕業だったのでしょう。冬夜兄さんは……、おそらく、お父様を園芸用倉庫で殺そうとしていたのだと思います。事故に見せかけるなどの方法で……」

唐突な発言に眩暈がする。被害者だと思っていた冬夜様が、実際は罪を犯そうとしていた側だったかもしれないなど、想像もしていなかった話だ。

「冬夜兄さんは何らかの仕掛けを準備していたのです。犯行後、その仕掛けを片づける時間を確保するため、すぐに警察を呼んでほしくはなかった。だから電話を使えなくしたのです。あくまでも事故を装った計画だったのだと思います。だから、風の影響で電話線が途切れたのかもしれない、と受け取れるやり方で電話を使えなくさせていたのです。そうしておけば、警察を呼んでくるためには、だれかが麓の町まで行ってくる必要がある。兄は運転免許証を持ってはいないため、僕か彗星兄さんが出発していたはずです。その間に証拠隠滅をはかるつもりだったのでしょう」

冬夜様には御主人様を殺害する動機があったのだろうか。展示されている宝飾品を偽物と入れ替えるほどにお金が必要だった。そのことが関係しているのかもしれない。

「お父様はこの御部屋に戻られた後、しばらく休まれていました。僕は彗星兄さんから、一度、顔を見せるように言われていましたから。アトリエに顔を出さなくてはいけませんでした」

どちらが麓の町まで行ってくるか、の相談をしたいとのことだった。お二人は合流し、話しあいを経た後、彗星様が車で町へ向かうことになったのである。彗星様はガレージに赴き、自動車や二輪車のタイヤの破損に気付くことになる。一方の月郎君は、自分の部屋へもどるふりをしながら、再び御主人様の御部屋に向かったという。

「最後のお別れをする時、お父様は僕のことを抱きすくめてくださいました。それからベッドへ仰向けになり、恐怖で震える僕に目配せをされました。澄んだやさしい目をされていました」

月郎君はそして、手斧を御主人様の心臓にむかって振り下ろしたそうである。

御主人様が絶命されたのを確認し、彼は凶器を大樹の幹に突き立てた。

「残忍な犯罪者がこの凶事をなしたのだと誤認させたかったのです。大樹を傷つけるなど畏れ多いことですから。でも、お父様を殺害する行為と、大樹に斧を叩きつける行為は、心の奥深くで繋がっているような気がしたのです」

月郎君は事前に御主人様からこの御部屋の鍵を受け取っていた。扉に施錠して彼は大樹回廊を下りる。浴室で軽くシャワーを浴びて着替えた後、薬品保管庫で睡眠薬を、厨房で大量の氷を入手して部屋に戻ったという。

「睡眠薬と、氷ですか?」

厨房には製氷機があり大量の氷が貯蔵されている。睡眠薬が使用されたことには気付いていたが、氷は何に使ったのだろう。

「人の体温というものは、亡くなった後、一時間に〇・五度から一度くらいずつしか低下しないのだそうです。お父様が亡くなる前、そう教えてくださいました。だから、お父様の御遺体を冷やさなくてはいけませんでした。そのまま、何もしなければ、体温が残った温かい状態の遺体が発見されることになりますから」

月郎君の話によれば、御主人様が絶命されたのは午前十時前後だという。私と遠野さんが御遺体を発見したのは午後三時くらいだっただろうか。普通の体温低下を待った場合、順調に下がったとしても五度程度だ。この時期の室温よりも御遺体にのこる温もりの方がずっと上だったはずである。

「僕の目的は、お父様が冬夜兄さんの死には関わっていないと偽装することにありました。だから、お父様の死亡時刻を冬夜兄さんよりも前にできないかと思ったのです。夜明けよりも以前にお父様は亡くなっていたと判断されたなら、お父様が子殺しの罪を背負うことはなくなるはずでした」

月郎君は氷で御主人様の御遺体が濡れてしまわないように注意を払いながら、遺体にこもっている熱を取り除いたそうだ。死亡時刻は筋肉の硬直具合などによっても把握できるが、こちらは死後六時間から八時間のうちに全身に及ぶという。徒歩で警察を呼びに行き、戻ってくるまでの間には、全身が死後硬直で強ばっているという計算だった。

そこでふと、胎児から聞いた情報を思い出す。司法解剖を受けた御主人様の御遺体から、睡眠薬が検出されていたはずだ。

「確認させてください。月郎様は御主人様に睡眠薬を飲ませましたか？」

「いいえ」

月郎君は首を横にふり、どうしてそのような質問をするのだろうと不思議そうに私を見る。また、胎児の情報と食い違いが生じていた。歴史が変化した結果だろうか。それとも、他に理由があるのだろうか。

「クローゼットと書架の仕掛けを利用して不可能犯罪を演出するための方法はお父様が考案してくださいました。あらかじめ僕が書架の後ろに隠れておき、だれかに部屋を開けさせ、お父様の遺体を見つけてもらうのです。発見者が人を呼びにいったのを見計らい、書架を動かして僕は部屋を脱出するという流れです。そうすることにより密室状況が生み出され、だれがお父様を殺害したのか不明となるはずです」

しかし、この計画を成功させるには、遺体を発見する者はたった一人だけの方がいい。複数人がいると、だれかが室内にのこった場合、書架の後ろの空間から脱出する様を目撃される可能性がある。遺体の発見者として月郎君が選んだのは私だった。

「ダイニングに置いてあったサンドイッチに、睡眠薬の溶液をかけ、みんなを眠らせることにしました。穂村さんはいつも別室で食べていたから、サンドイッチを口にせず、一人だけ起きているだろうと……。全部に睡眠薬をかけるのではなく、いくつかわざと、かけずにのこしておいて、僕はそれを口にしていました」

ランチの後、大樹館にいる人々が寝静まった頃に、彼は御主人様の御部屋へ向かった。室内の最終チェックを終えた後、扉を施錠しないまま彼は地上階へ移動し、鍵を目立つ位置に置いたのである。私がそれを見つけたなら、無くしていた合い鍵だと思い込んで、すぐさま御主人様の御部屋に行き、扉を開けて様子を確認するだろうと期待していたのだ。

「鍵を置いた後、僕はすぐにこの部屋へ戻ってきて、扉を内側から施錠したのです。本来であれば室内に隠れている必要はありませんでした。鍵を大広間へ置きに行く時、部屋を施錠しておけばいいだけですから。でも、僕は室内にもどらなくてはいけませんでした」

「そうすべき理由があったのですか」

「氷の回収です。お父様の御遺体を、ぎりぎりまで冷やす必要があった。人の体というものは、あれほど熱がこもっているのかと、おどろいたものです。それから頃合いを見て、回収した氷と一緒に、書架の後ろの空間に潜んでいたのです」

しかし、彼にとって予想外の出来事が起きてしまう。鍵を開けて室内に入ってきたのが、私一人ではなかったことだ。

「書架の後ろで、しばらく待つことになりました。それから話し声が聞こえ、穂村さんと、赤空遠野さんの二人が部屋に入ってきたのです。僕はその様子をペリスコープ越しに見ていました」

「遠野様は二日酔いがひどくて果物ばかり召し上がっていましたから。睡眠薬を口にすることなく、眠らずにすんだのです」

遺体発見後、私と遠野さんはこの部屋を出た。遠野さんは大樹回廊の途中に座り、私だけで他の人を呼びに行った。

「二人がいなくなったので、隠れていた空間を出て、書架を元の位置にもどしました。本当はクローゼットの入れ替えもしたかったのですが、時間がかかるので後回しにしました。

部屋を後にすると、赤空さんの座っている後ろ姿が見えたのです」

月郎君は一刻も早くその場から逃げたかった。目撃されないよう慎重に自分の部屋までもどり、睡眠薬でずっと眠らされていたかのような演技をする必要があった。しかし、遠野さんがいるせいで大樹回廊を通ることができない。彼女よりも手前には、窓もなければ、隠れられる部屋もない。月郎君は決意すると、遠野さんを背後から襲うことにした。

「近くにあったランプを手にして、その土台を後頭部に向かってふり下ろしたのです。決して殺そうとしたわけではありません。うまく気絶させられたらと思ったのです。でも、もしも一度では眠ってくれず、僕の姿を目撃されていたなら……、その時は、殺害していたかもしれません。お父様と僕の共謀殺人が破綻してしまいますから。そうならなくて、良かった。彼女は、僕の姉になりますから」

月郎君は御主人様に寄り添い、睫毛を震わせながらさびしそうな表情をしている。

月郎君の告白に、私は息ができなくなった。

「お父様と僕は、本当の父と子ではありません。僕はお父様の血を受け継いではいない……。僕の父親は蘭堂与一。お母様は不貞をしていたのです。七歳の頃、僕はお母様にそのことを教わりました」

奥様と蘭堂与一の関係は知っていた。しかし子どもまで授かっていたとは想像外だ。少年の月郎君はその話を聞いてどのような思いを抱いただろう。御主人様との共犯関係を誇《ほこ》らしく感じている様子が月郎君の話からはうかがえる。血の繋がっていないという事実が背景にあったから、より強固な父子の結びつきを彼は求めていたのだろうか。

遠野さんを見た恋さんが、「あなたのことを、どこかで見たことがあるような気がします」という反応を示していた。私は気付かなかったけれど、もしかしたら遠野さんの顔立ちや髪をかき上げた時に見える耳の形などに、月郎君と似通った部分を発見していたのかもしれない。

遠野さんは蘭堂与一の娘なのだという話を月郎君に打ち明けた時、彼は動揺していたけれど、それは、自分の襲った相手が腹違いの姉だと知ったせいだったのだ。

また、胎児の暮らす世界において、行方をくらませた遠野さんを何年も月郎君が捜索していたらしい。事件の詳細を彼女に聞くためではなく、彼女が自分の姉だと気付いた故の行動だったのかもしれない。

「奥様の不貞のことは、私も把握しております」

「それなら話が早い。書架の後ろの空間は、語るのも恥ずかしいことだけど、お母様の不貞と無縁ではないでしょう。お母様はこの部屋でお父様と過ごされていました。そしておそらく、お父様が留守にしていた時は、蘭堂与一と……」

「御主人様が戻ってきた時、隠れるための空間だった、ということでしょうか」

「わざとそこに蘭堂与一を隠れさせておいて、見せつけていた可能性もあります。蘭堂与一が自死する前に大樹館の設計図をすべて燃やしたのは、この恥ずべき空間を隠すためだったのです。でも、お父様は不貞に気付いていらした。いつ、どのタイミングで把握したのかはわかりませんが、書架の後ろの空間について知っていたということは」

私は後方を振り返る。書架はさきほど私が動かしたままの状態だったから、彼が恥ずべき空間と呼んだ場所へ通じる暗い隙間は口を開けていた。

漂っている煙が濃くなり、空気は熱せられて汗ばんできた。照明がちらついて、ついに室内は暗くなる。それでも月郎君の顔が見えるのは、部屋の窓から入ってくる赤色の光のおかげだった。大樹館を覆う炎は、まだ最上階まで届いていなかったが、下の階層の燃えている光が回り込んできて、私たちを揺らめく赤色に染めていた。

「もうじきここも、だめそうですね」

消えた照明を見上げて月郎君が言った。電気系統が今までもっていたのはすごいことだ。

「穂村さんには申し訳なく思っています。屋敷に戻らず、あのまま麓を目指していたら、生き延びられたはずなのに。僕がここで引き止めなければ、燃え盛る大樹館から脱出することもできたかもしれない。それに、こちらの想定以上に穂村さんが疑われてしまい、部屋にまで閉じこめられてしまって……」

「私を犯人にしようと目論《もくろ》んでいたわけではなかったのですね？」

「ちがいます。僕とお父様の目的は事件を迷宮入りさせることでした。いつまでも解けない謎を最後の作品としてお父様は残していくおつもりだったのです。だれか一人を容疑者にして吊るし上げたいわけではなかったのです。お父様は、人間に殺されたのではなく、もっと大きな得体の知れない何かによって連れ去られたように、残された人々に想像させたかったのです。だからこそ密室殺人でなければいけなかった。密室という不可解な状況、その神秘性によって、お父様は永遠の存在となるのです」

血の繋がらない父子は、だれにも罪を被せようとはせず、悪意もなく、解けない謎をこの世に生み出そうとするのが目的だったらしい。いくつも謎はのこっている。だけど、時間がもう残されてはいない。

私はお腹に手をあてる。胎児の暮らす世界では、昨晩のうちに御主人様は亡くなっていた。でも、こちらの世界では朝方まで御存命だった。その食い違いがどうして発生したのか。もしかしたらすでに、胎児には正解がわかっているのだろうか。

「月郎様、お願いです。まだ今なら、間に合うかも知れません。大樹館を出ましょう。そして生きるのです」

手斧を握りしめたままの少年に話しかける。

「僕は真実を覆い隠すために戻ってきました。あなたの口を封じるために。あきらめてください。せめてもの償《つぐな》いに、僕も一緒に死にます」

「月郎様や御主人様とご一緒に、ここで生を終えるのも確かに悪くありません。でも、やめておきましょう。私は真実を世間に公表する気はありません。それなら、私たちはここで死ななくても良いはずです」

御主人様を害した者に報いを受けさせようと思っていたが、真相を聞くとその気持ちはなくなった。大樹館の殺人の謎は、御主人様が自分の命を利用して最後に作り上げた創作物なのだ。炎がすべてを灰にしてしまえば、クローゼットと書架が作り出す不思議な空間のことは誰にも知られず、真相は永遠の謎となるだろう。事件について様々に議論され、数多の推理が飛び交い、自称も他称も含めて多くの探偵たちが登場する未来が訪れる。大樹館は巨大な薪となって探偵たちの世界を作り、その創造主に御主人様はなるのだ。

だけど、私が真相を口にすれば、淡々とした事実が犯罪記録として残るだけとなり、そうしたムーブメントが起こることもない。世に出るはずだった探偵たちは他の仕事をして暮らすのだ。樹齢数千年の針葉樹が薪となって生み出された熱も、空しく放射されて冷えてしまうのだろう。

御主人様が望んでいる世界は前者にちがいない。数多の探偵たちが雑誌をにぎわせ、子どもたちの英雄となる未来。ならば私は真相を口にしないと誓える。口封じをするために月郎君が私を殺す理由などないのだ。

大樹館とともに死んでもいいと、さっきまでは思っていたけれど、可能であれば生きのびたくなったというのも事実だ。お腹の胎児を連れて炎に焼かれてしまう道を選べば、かつて私を連れて海に飛び込んだ母と同じになってしまう。だから私は最後まで抗《あらが》わなくてはいけない。

「僕が穂村さんを殺さなかったとしても、この炎上する大樹館から逃げ延びることなんてできるでしょうか。それに、助かった後で穂村さんが心変わりを起こして世間に公表する可能性だってありますし」

「私の心の中をお見せできればいいのに。だれにも話すつもりはないと、わかってくださるはずです」

窓の外を大量の煙が覆っている。火の粉が上昇気流に乗って飛び交い、命が宿ったかのように一塊《ひとかたまり》になって渦を巻く。どこか近い場所でガラスの割れる音や壁の崩れる音が聞こえてきた。足下が振動し小刻みに揺れているのは、どこかの階層で崩落が起きているせいだろう。屋敷の中心に聳えている大樹にもじきに炎がまとわりついて、空を焦がす大きな篝火《かがりび》となるはずだ。

「今さら回廊を走って逃げようとしても、充満する煙をすって、途中で意識を失ってしまいますよ」

月郎君は手斧を持ったまま私の横を通りすぎ、開け放しの状態だった扉を閉めると、その場から動かずに私を振り返る。扉を背にして私の逃げ道を塞いだ形である。

(おかあさん……)

胎児が言葉を発する。その声は月郎君には聞こえていない。

(ぶきを、うばって……。いきて、ください……)

月郎君から武器を奪う。そんなこと自分にできるだろうか。だけど、このまま時間が過ぎてしまえば、逃げることもできずに終わりをむかえてしまう。

炎の爆《は》ぜる音がする。御主人様の御部屋は地上から遠い場所にあり雑音とは無縁の場所だったが、今はずいぶん騒々しくなった。灼熱《しゃくねつ》の光と乱気流が、大樹館から剝ぎ取った様々なものを空に飛ばしている。

「わかりました、月郎様。では、こうしましょう」

決心すると、私はその場に屈んで両膝を床につける。月郎君にむかって頭を垂れると、髪が耳の横を流れた。後頭部まですっかり彼に見えるほどの前傾姿勢をとる。

「その凶器で私の首を切り落としてください。炎で焼け死ぬよりも、煙で息ができずに死んでしまうよりも、その方がずっといい。御主人様の御命を奪ったのと同じ道具で、私も死ぬことができたなら、旅立った先の世界でも、御主人様にお会いできるかもしれません」

処刑人の前に膝をついて首を差し出す罪人の格好だ。私は両手をお腹にあてる。そうすることで胎児が私に勇気をくれるから。

月郎君のいる方から、ほんのわずかに戸惑うような気配がある。今の私の視界には床しか映っていなかったので、彼がどんな表情をしているのかわからない。

私は注意深く床に映る影を見ていた。月郎君が近づいてきて、私に向かって凶器を振り下ろす瞬間、飛びかかるという計画だ。窓から入る炎の明かりによって、もうじき視界の隅に月郎君の影が落ちるだろう。それを見逃してはならない。

「どうせ死ぬのなら、月郎様の手で、私を殺してください」

私は待つ。月郎君の接近を。

息が苦しくて汗ばんできた。床板の隙間を通り抜けてくる煙が私の鼻先を横切っていく。しかし月郎君の動く気配はなかった。

ごとり、と重たい音がする。顔をあげると、彼の持っていた手斧が床に落ちていた。月郎君は悔しそうにくちびるを噛んでいる。そんな表情さえも美しくて見惚れてしまいそうだった。

「僕は、あなたを殺せそうにありません」

私は息を吐く。指が震えていたし、足も思うように動かなかった。もしも隙をついて飛びかかったとしても、これでは武器を奪うことなんてできなかったかもしれない。心に抱いていた恐れの感情は、しっかりと体に伝達されていた。心と肉体がまだ繋がっている証拠だなと思う。

「私を見逃してくださるのですか？」

「僕が手を汚さなくても、炎が逃してはくれないでしょう。運命は変わりません」

「それでも、死ぬのが先延ばしになったことは、ありがたいことです」

私は立ち上がって部屋の扉を開けた。大樹回廊の様子をうかがうと、灰色の煙が充満している。すぐに咳き込んでしまい扉を再び閉めることになった。とても無理だ。

「あきらめてください穂村さん。息を止めて地上までたどり着くことはできません」

「途中の窓から外に出て、屋根づたいに逃げましょう」

「炎に炙《あぶ》られるだけです」

月郎君は首を横にふると、ベッドのそばに近づいて膝をつき、御主人様の静かな寝顔を見つめる。私は窓を調べた。鋳鉄製のしっかりとした格子がはまっており、そこから出ることはできない。クレセント錠に触れてみると熱で温まっていた。彼の言う通り、私たちに逃げ場はなさそうだ。

ああ、もう、本当にだめなのだ。私はそのように理解する。

せっかく赦されたのに、と残念に思う。

「ごめんなさい」

お腹に手をあてて私はつぶやく。炎から逃げることができたなら、産んであげられたはずだ。私もベッドの脇に膝をついて、月郎君とは反対側から御主人様のお顔を見つめる。

「せめて御主人様のお近くで人生を終えられることは、最後の幸福なのかもしれません」

炎の迫る音が次第に大きくなり、断続的な振動や、小さな爆発や、悲鳴のような軋みが発生する。事件に関する謎はいくつも残っていた。だけど、この時間軸における私は、もうここまでだ。後は胎児に託すことにしよう。時間を超えた先にいる穂村ツバメが、ここで得た情報をもとに、非業の死を遂げた私の潔白を証明してくれるのを祈ることにした。

月郎君は長い睫毛をふせて御主人様の枕元で両手を組んだ。祈るように目を閉じる。

視界が遮られるほどの煙が充満している。もう私たちの口数も減ってしまい、後は最後の時間が訪れるのを待つだけとなった。その時、どこかから場違いなブザーの音が発生する。

私と月郎君は同時に顔をあげて視線を交わすと、音の発生源を探した。けたたましいその音は、私たちの神聖な終わりの空間にそぐわなかった。眠りに入ろうとしていたところを邪魔された気持ちだ。

目をこらすと、煙の向こうに赤色の光が点滅していた。炎の光ではなく、人工的な光の点滅である。壁の額縁に黄金螺旋の図形を描いた製図用紙が飾られている。オウムガイの殻を想像させる渦巻き模様だ。その渦巻きの中心部分にその光はあった。

私たちは立ち上がって額縁を間近から見つめる。表から見るとただの製図用紙だが、どうやらその裏側に小型のランプが仕込んであり、その光が透けて見えているらしい。

私は月郎君に視線を送る。彼は首を横にふり、額縁を手に取った。裏返してみたが、のっぺりとした木の板が張られているだけだ。

「重たい。厚みもあります。中に電子基盤が仕込まれているのかもしれません」

月郎君は額縁をいろんな角度から確認する。その間にブザー音は消えたけれど、渦巻き模様の中心の点滅は続いていた。

「警報器のような音でした」

今度は私が額縁を持ってみる。確かに見た目の印象より重かった。さきほどのブザーが警報だとしたなら、煙や熱を検知して鳴ったのにちがいない。そのような装置が御主人様の御部屋に備わっていたことも知らなかったが、どうしてこんな額縁の中へ隠すように仕込まれているのだろう。

私は、点滅している渦巻き模様の中心部分を、何となく人さし指で押してみた。それは無意識の行動で、特に意味があったわけではない。額縁の平らなガラスの面がへこむとも思ってはいなかった。だけど予想に反し、圧力を検知する機能が備わっていたらしい。額縁の中で、かくん、と何か小さな仕掛けが作動するような感触があった。

私たちの足の下で、小刻みな振動が生じる。ついに火災の影響で崩れるのかと思ったが、どうやら違うらしい。何かの機械が動き出すような気配があった。

かたかたと地震が発生し、御主人様の御部屋にあるものが一斉に音をたてる。机の上に置きっぱなしになっていた万年筆が転がって床に落ちた。しかしその揺れは地震のせいでも、火災のせいでもなかった。足下のおぼつかない感覚に襲われ、すぐそばに立っている月郎君と手をとりあう。

額縁を落としてしまい、足下でガラスの面が割れた。煙を吸ったせいで幻覚を見ているのだろうか。窓から差し込む炎の明るさが急激に変化する。まるで夕日の角度が変化したように、天井や壁を照らしている赤色の部分がずれはじめた。

「回転しています」

月郎君が呟いた。まさか。室内の様子を見たが、壁や家具はそのままだ。大樹の幹もそのままの位置で、床と天井を貫いて聳えている。だけど月郎君は、大樹の幹のある一点を注視していた。私もすこし遅れてそれに気付く。

手斧が突き立っていた場所に、刃先の食い込んでいた傷痕がのこっている。樹皮が抉れ、御主人様の血が付着しているのだが、その位置がゆっくりと右側へ動いていた。大樹の幹を軸に、部屋全体が時計回りに回転しているのだ。とても信じられないことだけど。

やがて振動は収まり、ふらつくような感覚も消えた。手斧がつけた傷痕も、最初の位置からすこしだけずれた場所に静止している。

「動いたのは、ほんのすこしだけのようです」

私の呟きに反応したのは胎児だった。

（おかあさん、へやが、かいてん、したのですか……）

しかし、何のために。

（さがして、ください……！　どこかに、みちが、あるはずです……！　それなら、つじつまがあう……！）

幼子の声に突き動かされて私は動いた。煙で咳き込みながら、部屋のどこかに、何らかの変化が起きていないかを調べはじめる。

「どうしたんですか、穂村さん」

「何かが変わったはずです。部屋が回転したことで、何かが……」

月郎君に返事をしながら私は涙を拭った。煙が目に染みて痛かった。呼吸をする度に喉へ痛みが走る。部屋の回転などという大掛かりな機構に蘭堂与一が関わっていないはずがない。なぜそんな仕掛けを造ったのか。どうしてこのタイミングでブザーが鳴り、回転をはじめたのか。

もしかしたら、どこかに脱出装置らしきものが隠されており、それを起動するスイッチが黄金螺旋の額縁だったのではないか。私はそう期待していた。額縁には電波を飛ばす送信機が仕込まれていたのだ。渦巻きの中心の光の点滅を押すことで、部屋を回転させるための信号が送信されたのだ。

火災などの緊急事態を想定し、最上階にいる御主人様が安全に地上まで逃げられるような工夫がなされていた可能性は充分にある。胎児の発言の、つじつまというのが、どういう意味なのかはわからないけれど。

「もしかしたら……」

咳をしながら月郎君は部屋の出入り口へと向かう。扉を開け放つと、外の景色が広がった。扉の向こう側にあったはずの円形の空間は見当たらない。月郎君は扉の手前で足下をおそるおそる確認している。

「穂村さん！　こっちです！」

そばに駆け寄り、部屋の回転によって生まれた変化を目の当たりにする。大樹回廊の終着点にあった円形の空間は、この御部屋から分離する構造になっていたようだ。時計回りに部屋がずれたせいで、部屋の外には何もない空間が広がっている。

灼熱の風が私と月郎君の髪と衣服の生地を激しく揺らす。火の粉が上昇気流に乗って飛び交い、黒煙が空まで渦を巻いていた。遠くの山々まで赤く燃えており、煙によって拡散された光が夜を染めている。

最上階から見下ろすと、地上にむかって大樹館は広がった構造になっており、大樹回廊に沿って連なる部屋や尖塔の螺旋が、スカートに巻き付くフリルのようにも見える。地上階の屋根は、高台から見下ろす麓の町のようでもあり、そのすべてが隙間なく炎に覆われていた。足を踏み外せば落下死する前に熱で全身が燃え上がるだろう。

視線を左にむけると、大樹回廊の終着点となっていた円形の空間の外壁が見えた。部屋の外に見慣れない金属製の足場と手すりが出現している。接合部の造りから普段は壁面や床下に収納されているのだろうとわかった。部屋の回転にともなって、円形空間の外壁部分から引き出される仕組みになっていたようだ。

金属製の足場は部屋の外から左側へと続いており、大樹回廊の終着点の床下あたりにむかって、ゆるやかな下りの傾斜になっている。その先にはU字型に刳り貫かれた暗闇が口を開けていた。大きな空間ではなく、人間が寝そべった状態でようやく入れるほどの幅と高さしかない。奥がどうなっているのかよくわからなかったが、入り口付近の形状から、どうやら滑り台の入り口らしいとわかった。床面の傾斜がずっと奥へ続いているのが見えたからだ。

これが緊急避難通路の正体だ。月郎君を見ると彼も同じ結論に至った表情でうなずきを返してくれる。大樹回廊の床下に、蘭堂与一はこんなものを隠していたのだ。

「生きてここを出るには、これを使うしかなさそうです」

月郎君が言った。U字形の暗闇の奥が、まだ無事だという確証はない。耐火性《たいかせい》のある頑丈な素材で造られていたとしても、これほどの火災だ。中は石釜《いしがま》のような温度だろうし、周辺の壁や天井の崩落に巻き込まれ、途中で途切れている可能性もあるだろう。それでも

〈脱出口の出現〉

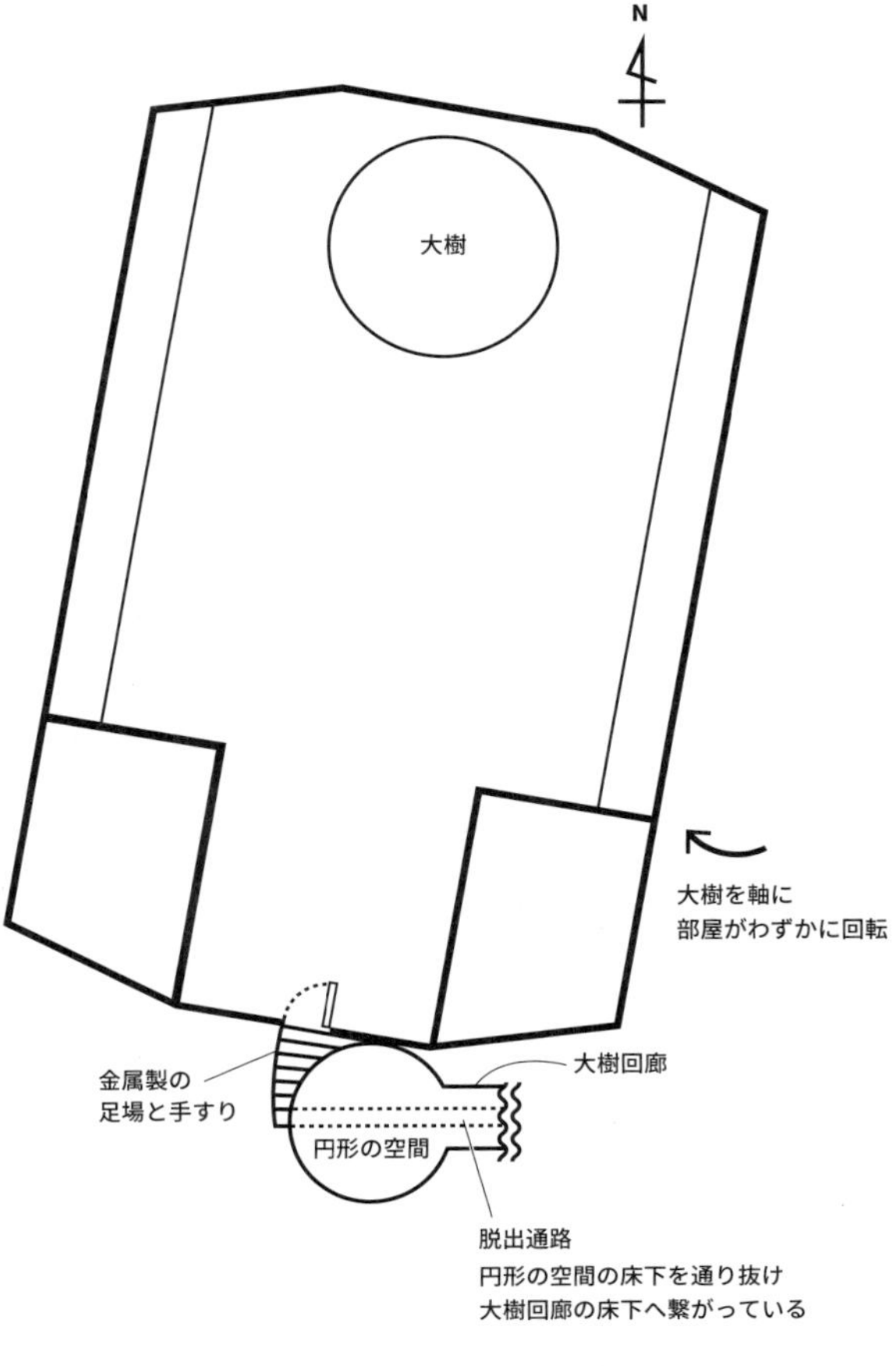
N
大樹
大樹を軸に
部屋がわずかに回転
金属製の
足場と手すり
大樹回廊
円形の空間
脱出通路
円形の空間の床下を通り抜け
大樹回廊の床下へ繋がっている

ここから逃げ延びるには、滑り台に身をゆだねるしか選択肢がのこされていなかった。
「月郎様、お先にどうぞ」
「僕からですか？」
「私が脱出した後、月郎様だけやっぱりここに残るという判断をされるような気がして怖いのです」

炎の赤色に染め上げられながら、美しい顔立ちの少年は、弱々しく微笑んだ。視界を横切る火の粉さえ、その瞬間は、月郎君を映えさせる存在である。
「迷っていました。僕は、そうすべきなんじゃないかと。でも、あなたがそう言うのなら」

少年は血の繋がらない父親の方を振り返る。室内の煙で視界は悪く、ベッドの輪郭だけがぼんやりと見えるだけだ。月郎君は一度、長い睫毛を伏せた。そして足場に出ると、U字形の暗闇へと足先から入る。一瞬で彼の姿は奥へと消えた。

今度は私の番だ。御部屋を出る前に、御主人様の方へ目を向ける。

煙の向こうに誰かが立っていた。

輪郭の曖昧な人影だったが、私にはそれが御主人様のお姿だとわかった。その時、周囲の様々な音が遠ざかり、静寂のむこうから、清らかな鳥のさえずりや、神聖な鐘《かね》の音色が聞こえてくる。むせかえるような煙の臭いも消え去り、透き通った朝の冷えた空気が肺の中に入ってくる。煙をすかして見える、立っているその影の周辺に、プリズムを通した光線のような、分離した七色の光があった。

しかし、煙がすこしだけ濃くなって、またすぐに薄くなった時、そこにはもう人影は見当たらなくなっている。私の見間違いだったのだろうか。それとも、御主人様がほんの一瞬だけ死者の国を抜け出して、私の前に現れてくださったのだろうか。

崩落の音と振動があり、火の粉が空に吹き上がる。私は御主人様の御遺体がある方に一礼した。顔を上げると、私は外の足場へと踏み出した。

鉄製の手すりに触れると火傷しそうなほど熱を持っている。風と火の粉が荒《あら》ぶっている中を移動し、大樹回廊の床下に隠されていたU字形の暗闇に向かって、足をそろえて入る。滑り台は摩擦係数の小さな素材で造られているらしく、まっすぐになった私の体は、ほとんど落下するような速度で螺旋を描きながら滑り出した。

暗闇が熱を持っていた。お仕着せの服から露出している肌の部分が焼けそうに熱い。息をすれば肺が燃えてしまいそうだった。脱出用の滑り台は最初のうち大樹回廊に沿って螺旋を描いていた。反時計まわりに急降下する私の体は常に右側へと慣性が働いている。しかしこれはおかしなことだった。大樹回廊は私の体が滑り落ちるほどの傾斜を持っていないはずである。だから、大樹回廊の床下にぴったりと沿わせる形で造られていたのは最初だけで、途中から分離する構造になっていたようだ。

急角度で私の肉体は滑り落ちる。大樹回廊の内側の小部屋が密集したあたりには、不自然に天井が低くなっている部屋や、途中で区切られている部屋や、三角形に欠けている部屋などがあった。もしかしたら、脱出用の滑り台を通すために、それらの部屋は不自然な形をしていたのではないかと想像する。大樹回廊のような大回りをせず、脱出のために特化された小さな半径のヘルタースケルターだ。

暗闇の中で螺旋を描きながら落ちて行く。もしもどこかに破損箇所があれば、次の瞬間に私の命は散るだろう。月郎君も一足先にそこで亡くなっており、一緒に熱で焼かれて私たちの体は消えてしまうのだろう。そのような恐ろしさがあるというのに、弾丸《だんがん》のような速度で滑りながら、私は愉快な気持ちになった。

まさか本当に部屋が回転するだなんて。きっと御主人様の発想に違いない。幼い頃に読んだ冒険小説。書架にあった少年少女向けの本。胎児が暮らす世界では、部屋が回転するなどという推理を披露した探偵は、ロマンばかりで稚気がすぎると失笑を買ったという。だけど、その探偵こそが、最も御主人様の精神に近づいていたのかもしれない。私は心の中で喝采《かっさい》を送った。稚気にあふれたロマン探偵に祝福を。

## 五

大樹館の周辺の山々は、数日間、燃えつづけた。彗星様や泉様、恋さんや航君や遠野さんは、無事に麓へ逃げられただろうか。情報を得る手段がなかったので、私と月郎君はみんなの無事を祈りながら、コンクリート造のシェルターでじっとしていることしかできなかった。しかし、どちらかというと生存が絶望視されているのは私たちの方だろうから、麓へ向かった方々のことを心配するというのもおかしな話だろう。

緊急避難用の滑り台は、大樹館の地上階を突き抜け、地中深くへと潜って行き、石階段を下りた先にあるガレージへと繋がっていた。コンクリート造の建築物の奥には、これまで知らなかったが、食料や水の備蓄された空間が隠されており、そこが滑り台の終着地点となっていたのである。

山の斜面が燃えて大量の煙と熱を放出しているはずだったが、その空間は過ごしやすい室温を保ち、空気も清浄《せいじょう》だった。簡易的ではあったがシャワー室やトイレもあり、発電用の設備もあった。数名分のマットレスと毛布、暇な時間を潰すためのボードゲーム、小説、楽器やレコードプレーヤーなどの用意もあった。

外の様子を確認するには、コンクリート製の重い扉をずらさなくてはいけなかった。シェルターの外にあるのは、熱気と黒色の煙が立ちこめるガレージ内部であり、そちら側から見ればコンクリート製の扉はのっぺりとした一枚の壁のように偽装されているのだ。

御主人様のクラシックカーや彗星様の車や月郎君の原動機付き二輪車は煤まみれになっていた。立ちこめている黒煙越しにガレージの外を確認できたが、昼も夜も関係なく赤色に燃えているのが遠くに見えた。タイヤの焼ける臭いがひどいため、山火事がおさまっていないことを察すると、すぐにまた重い隠し扉を閉ざして私たちは安全な空間にこもった。

私と月郎君はシェルター内を仕切りで二つに分け、それぞれを自分の生活空間に作り替えた。備蓄されていたビスケットをかじりながら、私と月郎君は事件について様々な考察をする。例えば早朝の園芸用倉庫で何が起きたのか、ということだ。

御主人様が冬夜様の命を奪ってしまった。

その結果、御主人様は自死を決意することになった。

「冬夜兄さんは、おそらくお父様の命を狙っていたのです。お父様を呼び出し、薬で眠らせるか、力ずくで意識を奪おうとしたのでしょう。それから時間差で棚が倒れるような仕掛けを作ろうとしていたのだと思います。棚と床の間に噛ませてあった木片はすべて外され、すこし押されただけで倒れやすい状態になっていた。時限式で棚が倒れる仕掛けを作り、自分は他の場所にいてアリバイを確保しようという計画だったのです」

天井の梁にU字釘が設置してあり、棚の天板には真新しい釘が刺さっていた。それらの情報を月郎君に教えて、私は持論を述べた。

「ワイヤーを釘に引っかけて、U字釘に通し、園芸用倉庫の外から引っ張ろうとしたのだと思います。そうすれば、棚に横向きの力がかかって倒れるはずです。裏口の扉の隙間からワイヤーの一端を出し、中層領域の大樹回廊の北側の手すり辺りから引っ張るつもりだったのではないでしょうか。棚の倒れる大きな音がしたら、他のみんなと一緒に倉庫へ駆けつけるつもりだったのです」

「他にも方法はありそうですね。例えば、ワイヤーの一端を棚の天板の釘に引っかけた後、梁のU字釘にワイヤーを通し、その真下に袋状のものを吊り下げるんです。棚の中段くらいの位置に、袋の口が開くような形で。それから棚の上に肥料の袋を載せ、ナイフか何かで袋に切り込みを入れる。砂時計の砂のようにこぼれ落ちた肥料が、時間をかけて袋に溜《た》まっていき、すこしずつ重くなっていくわけです。重みのかかったワイヤーはU字釘を経由して、棚の天板の釘を横向きに引っ張る。どこかのタイミングで、棚が倒れてしまうというわけです」

「でも、結局、それらの仕掛けは使われないまま終わったのですね。御主人様を事故死に見せかけようとした冬夜様の方が、なぜか亡くなってしまった……」

「僕の想像になりますが、冬夜兄さんがお父様を昏倒させようとした時、返り討《う》ちにあって頭を打ったのではないかと……」

冬夜様が亡くなっていた地点で、お二人の揉《も》みあう様子を想像してみた。そのような荒事があったのなら、棚に体がぶつかったのではないか。その拍子に棚は押されて倒れてしまうはずだ。すると、棚の倒れる方向が逆になってしまう。

棚にすこしも体をぶつけずに荒事が行われたのなら、冬夜様が返り討ちにあって亡くなった後も棚は倒れずに立っていたはずだ。

私たちはそれらの疑問について話しあう。シェルター内には発電機から供給される電気によって照明が点っている。不安定な電力によってゆらめく影を見つめながら、いつまでも答えは出てこない。

（ごしゅじん、さまは……、すべりだいを、つかって、いどうしたのかも……）

胎児が私にそうささやき、それを月郎君に教えることで全体像が見えてきた。

「棚の倒れるすさまじい音がするよりも前に、大樹館のどこかでかすかな振動が起きているような音を、僕はまどろみながら聞いていました。あれはお父様の御部屋が回転していた音だったのかもしれない。お父様は夜明け前、冬夜兄さんに呼ばれて園芸用倉庫に行かなくてはならなかったのでしょう。その際、脱出用の滑り台を利用したのです。回転したお父様の御部屋は、一定時間で自動的に元の位置へ戻る仕組みだったのかもしれない」

冬夜様は倉庫の二ヶ所ある出入り口のうち、廊下側の扉のそばで御主人様を待っていたはずだ。滑り台による移動経絡の存在を知らないのであれば、御主人様は大樹館内の廊下を通って現れると思っていたにちがいない。

「お父様が大樹館の中を通らなかったのは、他の人に会うリスクを避けたかったせいでしょう」

「でも、どのような理由で冬夜様は御主人様をお呼び出ししたのでしょう」

私は不思議に思い質問する。

「お父様は、あることを冬夜兄さんに相談していたのです。その話をするという名目で、冬夜兄さんは園芸用倉庫にお父様を呼び出すことができたのでしょう」

しかし、冬夜様が想定していた方とは逆の扉から御主人様は現れた。緊急避難用の滑り台でガレージ奥のシェルターに移動し、石階段を上り、大樹館裏手に面した園芸用倉庫の扉を開けて中に入ったのである。御主人様はそのようなルートをあらかじめ想定していたので、裏口の鍵を所持しておいたはずだ。また、自室の鍵も一緒に持ち歩かれていたのではないか。御部屋に戻る時、必要になるからだ。

園芸用倉庫の裏口は、普段、施錠されていた。錠が開いていたのは御主人様が鍵で開けたからにちがいない。倉庫に入ると御主人様は、棚に寄りかかって息を整えようとしたのではないか。長い石階段を上るのは体力を使うことだから。いつもなら棚に寄りかかったくらいではびくともしないが、その時は違った。冬夜様の企みによって楔の木片は外されており、棚がドミノのように倒れてしまう。不意をつかれた冬夜様は、不運にも逃げ遅れて棚の下に押しつぶされてしまったのである。

私と月郎君が御主人様の御部屋で火災の危機に直面していた時、部屋が回転して緊急避難経絡の出現を予測したお腹の中の胎児は、辻褄があう、という意味の発言をした。その時は意味がわからなかったけれど、最上階の御部屋から外に脱出する何らかの方法が存在したなら、御主人様はそれを使って外回りで裏口から園芸用倉庫に入った可能性があり、辻褄があう、と胎児は考えたわけだ。

「でも、冬夜様は、御主人様が裏口を開けて入ってきたことに、どうして気付かなかったのでしょうか？　倉庫の反対側にいて、気配や物音が聞こえにくかったせいでしょうか。外の風の音が大きくて、御主人様が鍵を開けている音もまぎれてしまったのでしょうか」

「冬夜兄さんは、それどころじゃなかったのかもしれませんよ。気になっていたことがあったんです。倉庫に入った時、殺虫剤の臭いがしませんでしたか？」

〈園芸用倉庫 現場断面図〉

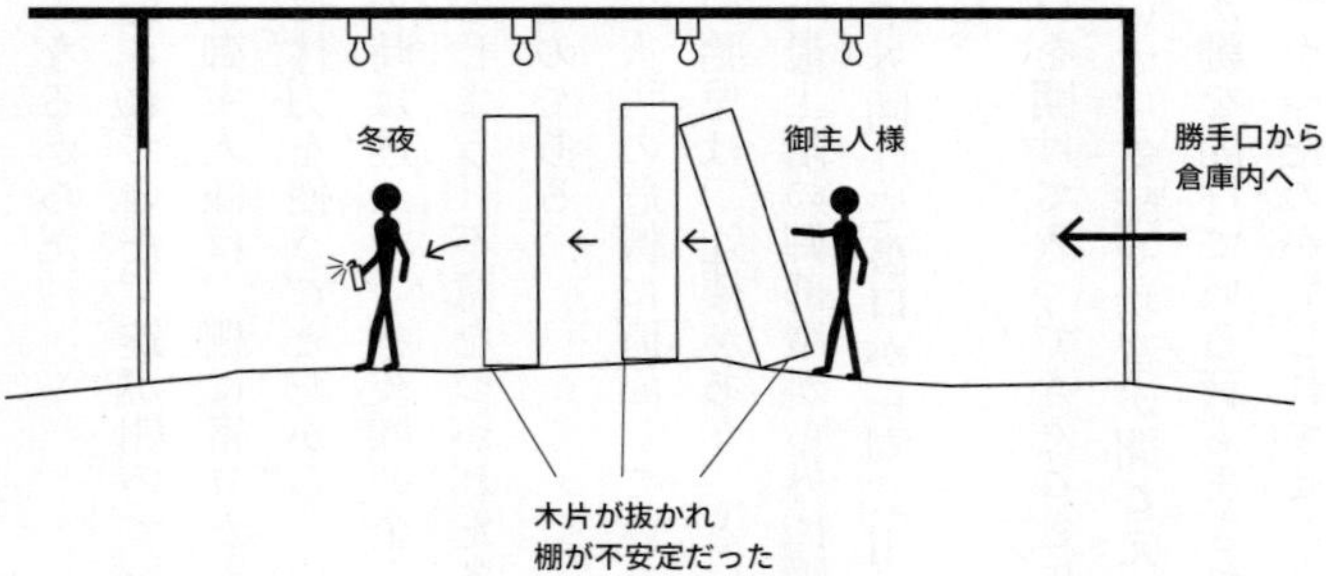

「そういえば……」

「あの時、ガスで噴射するタイプの殺虫剤の缶が転がっていました。棚が倒れた衝撃で缶が破損し、どこかに穴が開いたのかと思っていましたが、後で缶をよく調べても、穴など見当たりませんでした。冬夜兄さんは、お父様を待っている最中、苦手な虫が現れて、それを退治するはめになった。その間に、お父様が勝手口の方から現れたのです。そのせいで、気付くのが遅れてしまったのでしょう。僕の勝手な憶測ですけど、そういう顚末があったのだとすれば、ひとつだけ納得できることがあるんです」

月郎君は自分の手を見つめる。ほっそりとした指だ。

「お父様が誤って棚を倒してしまい、それが冬夜兄さんの命を奪ったのだとすれば、あの時の騒音が発生した瞬間に、冬夜兄さんは死んだのです。あの音で僕たちは飛び起きて音の発生源を探しに行きました。彗星兄さんと穂村さんに合流し、死体を発見するまで、十分くらいしか時間は経っていません。その間、お父様は、棚の下敷きになってしまった冬夜兄さんのそばで、自分が殺してしまったのだと、嘆いていらしたわけです。お父様は、僕たちの近づいてくる気配から逃げるように裏口から出て、その時に木箱を倒して扉を塞いだ。でも、ここで重要なのは、冬夜兄さんが亡くなってから発見までの時間が十分程度しかなかったという事実です。僕たちは、棚の下から突き出ていた冬夜兄さんの手をつかんで、引っ張り出そうと試みました」

「ここでもまた、死亡後の体温が関わってくるのですね。あの時、冬夜様の手は、ひんやりとしていたように思います」

人間の体温は、死亡後、一時間に〇・五度から一度の割合で低下し、室温に近づいていくのだという話だった。

「あの時、冬夜兄さんは死後十分ほどしか経過していなかった。そうだとしたら、触れた右手には、もっと体温が残っていなくてはおかしい。だから僕は、こう考えたのです。冬夜兄さんは、死ぬ直前まで殺虫剤のスプレーを噴射していたんじゃないかと。缶を持っていたせいで手が冷たくなっていたんじゃないかって。圧縮されたガスが薬剤を霧状にまき散らしながら噴出する時、缶の内部ではガスが膨張し、周囲の熱を集めるという現象が起きるのです。スプレー缶を持っていたならば、手のひらは、ひんやりと冷たくなっていたはずなのです」

心臓が停止すると血液の循環は起こらなくなる。体温を宿した血液が、棚の下から突き出ている手の先の方までたどり着かないため、手が温かさを取り戻すことはなかったのだ。

コンクリート造の空間には様々な物資が積まれている。その一画に木製の机と椅子があり、引き出しの中には万年筆とインクと原稿用紙の束が入っていた。このシェルターは御主人様の秘密基地でもあったのだろう。時折、こちらまでひっそり赴《おもむ》いて、お仕事をしていらしたのだろうと私たちは推測した。御部屋を訪ねてお声掛けをしてもお返事をいただけない日があったけれど、そういう時、ここに滞在していたのかもしれない。

机の周辺には執筆の資料と思われる書物が積んであった。外国語で記された古い歴史書、名前の知らない戦場写真家の写真集、美しい色彩の絵を集めた美術書。それらに混じって数冊のノートが見つかる。御主人様の御部屋で見つからなかったノート類はこちらに保管されていたらしい。

御主人様の筆跡で書かれた日誌もあり、極めて重要な内容が記されていた。御主人様は遺産のほとんどを各国の様々な団体へ寄付することを検討していたという。長男である冬夜様にだけその話を打ち明けていたらしい。

「なるほど、そういうことか……」

日誌を読んで月郎君が呟いた。冬夜様が不遜にも御主人様の命を狙った理由とは、これにちがいない。

他にも、彗星様との賭けについての記述もあった。使用人の穂村時鳥の心を動かして表情を変化させた方が勝ち、という内容の賭けを彗星様から挑まれ、御主人様はその遊びにつきあうことになったという。

そのことは彗星様からも話を聞いていた。彗星様が私に愛を囁いたのも、この企みが元凶である。御主人様が賭けに勝った場合の報酬は何だったのだろう。それについては書かれていなかったが、御主人様は、どうしたら私を驚かすことができるのかについて、密かに冬夜様に相談していたらしい。

日誌によれば冬夜様は私を驚かせるためにお芝居《しばい》することを御主人様に提案したという。

奥様の十三回忌の夜、まるで密室で殺されたように死んだふりをしてみてはどうか、と冬夜様は計画を立てたそうだ。

日誌にはその日の手順も記されていた。

まずは使用人に対するメモ書きを作成しておく。夕餉には参加せず、後で食事を部屋まで持ってきてほしい旨や、合い鍵をつかって部屋に入り食事の配膳をしてほしいと指示を書いておくのだ。その後、衣服やシーツを流血したかのように血糊で汚し、凶器の手斧をベッド付近に置いておく。部屋の扉を内側から施錠しておき、後は使用人がやってきて合い鍵で部屋に入るまで、ベッドに横たわって待機するだけでいい。

「お父様は、穂村さんをおどろかせるために死体の演技をするつもりだったのです。しかし冬夜兄さんの真意は別にあった。その状況を利用した殺人事件を計画していたのではないか、と……」

「冬夜様が、そんなことを？」

「そうとしか思えない証拠を見たのです。冬夜兄さんは、お父様に死体の演技をしてもらい、その流れで実際に殺してしまおうと考えていた。そうすることにより、普通では起こりえない状況を演出し、自分を容疑者候補から外そうとしたのです。そしてあわよくば、穂村さんに罪をなすりつけようと考えていたのでしょう」

お腹に手をあてて胎児と相談したかった。月郎君が話している内容は、胎児の世界で発生した殺人事件の真相にちがいない。

「十三回忌の夕餉がはじまるすこし前に、冬夜兄さんはお父様に直筆のメモを書かせ、血で汚れたように衣服を偽装させ、それから気付かれないように睡眠薬をお父様に飲ませたのです。僕が薬品保管庫から睡眠薬を持ち出す時、薬の数が減っていました。お父様は部屋の内側から扉を施錠し、室内でお一人になった後、ベッドで死体の演技をしているうちに深い眠りへと誘われてしまったわけです」

「夕餉の後、私はメモの指示に従い、お食事を運びました。もしも合い鍵を紛失しておらず、御部屋を開けていたら、血まみれの御主人様を見ておどろいていたことでしょう」

「本来ならその時点で演技はおしまいになり、お父様も起き上がる予定でした。でも、睡眠薬で深い眠りにつかれていたお父様は、穂村さんが入ってきたことに気付かず、ベッドに横たわったまま動かなかったはずです。穂村さんは、お父様が何者かに殺害されていると思い、人を呼びに部屋を出ていったことでしょう」

「もしも私が御主人様に駆け寄ってしがみつき、ただ眠っているだけだと気付いた場合はどうなるのでしょう」

「その場合は計画失敗として、殺人は中止にしていたはずです。彗星兄さんとの賭けでサプライズをしかけたのだと説明し、それでおしまいになっていたでしょう」

目を覚ました御主人様の口から、ただ演技をしていただけだと説明がなされれば、全員が納得していたにちがいない。私の行動次第でどうなるかわからない危うい殺人計画だが、冬夜様にとってはいつでも中止にできて、ごまかしのできるものだったようだ。

「私が血まみれの御主人様を発見することになった場合、冬夜様はどちらで待機されていたのですか？　書架の後ろの空間に隠れ、私がおどろいている様をペリスコープ越しに観察していらしたのでしょうか？」

「いいえ、クローゼットと書架の仕掛けについて、冬夜兄さんは教わっていなかったはずです。部屋の鍵の置き場所さえ、告げてはいなかったでしょう。だから冬夜兄さんは、部屋の外のどこかに潜んでいたはずです」

「どうしてそうわかるのです？」

「僕がやったみたいに、室内に隠れられる空間があると知っていたなら、お父様に亡くなったふりをしてもらう必要がないからです。お父様と一緒に室内に入り、扉を内側から施錠し、殺害し、書架の後ろの空間に隠れて穂村さんが来るのを待てばいい。部屋の鍵の場所を知っていて、それが使える状況だったなら、もっと簡単です。お父様を殺害した後、部屋を出て外から扉を施錠できますから。警察の現場検証が入る前に、隙を見て鍵を室内のどこかに戻せばいい。それができなかったから、密室状況を作るために、お父様ご自身に室内側から鍵をかけてもらう必要があったのです」

御主人様は御存命で死体のふりをされていただけだった。

冬夜様は御部屋の外に潜んでいた。

すると、私が合い鍵で部屋を開けた後、凶器は御主人様の胸に振り下ろされたということだろうか。

「冬夜兄さんは、高層領域の部屋のどこかに潜んでいたのでしょう。扉越しに大樹回廊の様子に耳を傾けていたはずです。穂村さんの驚いている声がして、人を呼びに行く足音が通りすぎるのを待ち、冬夜兄さんは部屋を出て最上階に移動するつもりだったのです。穂村さんの手によって開かれた扉を抜け、凶器を拾い上げ、眠ったままのお父様の胸にそれを振り下ろすのです。凶器を再び元の場所に戻し、だれかが来ないうちに最上階の部屋を出て、またどこかに隠れ潜むのです」

そのうちに私がだれかを連れて戻ってくる。彗星様か月郎君が、私の報告を受けて大急ぎで一緒に駆けつけてくるはずだ。冬夜様はそんな私たちが通りすぎた後、何食わぬ顔をして隠れ場所から出て、最後尾について来るという計画だったのではないか、と月郎君は推理する。

「騒ぎを聞きつけ、事情がよくわからないままやってきたという表情をしながら、冬夜兄さんはお父様の部屋に来たでしょう。おそらくそれが、最初に冬夜兄さんがやろうとしていた殺人計画だったのです」

しかし、私が部屋を開けなかったことにより、計画は台無しになる。御主人様は室内でしばらく眠りつづけ、睡眠薬の効果が切れたころにようやくお目覚めになったはずだ。推測になるが、冬夜様は状況の説明を何かに書き綴り、扉の下の隙間から御主人様のいる室内に差し込んでおいたのではないか。私を驚かせるというお芝居が不発に終わったことを報告し、そのための相談をしたいからと、夜明け前の時間帯を指定して園芸用倉庫に呼び出しをしたのだ。その際、人目を避けるようにとも書いておいたのだろう。だから御主人様は滑り台を利用して移動したのかもしれない。

「冬夜兄さんはすぐさま二番目の計画を実行へ移すことにしたのです。早急にお父様を亡き者にしなくては、遺産を全額寄付することが発表されてしまうかもしれないと、急いでいたのです。そこで今度は、事故に見せかけて殺害しようとしたわけです。ところで僕は、穂村さんにまだ話していないことがありました。他の説明のノイズになると思い、ずっと伏せていたのですが……」

月郎君は、考えをまとめるような時間をはさんだ後、再び口を開く。

「冬夜兄さんの遺体が倉庫で見つかった後、僕は外でお父様に会いました。いくつかの事情を聞き、嘆いているお父様を、人の来ない場所で休ませました。その後、お父様の姿を見られないように気をつけながら、僕たちは大樹館に戻りました。御部屋の片づけを行ったのですが、お父様の御部屋には、血のついた衣類とシーツがあったのです」

「私に仕掛けられたお芝居の汚れですね？」

「そうです。汚れた衣類やシーツは、回収して僕の部屋に隠しました。警察が到着する前にどこかで燃やそうと思っていたのです。お父様からは、血糊で汚れたものが部屋にあるという断片的な情報だけうかがっていたのですが、いかにも本物らしい血の汚れだったので驚きました。でも、冬夜兄さんがお芝居を利用して本物の殺人計画を練っていたのなら、血糊などつかうでしょうか。本来は警察がやってきて現場を詳細に調べたはずです。お父様の遺体の衣服やシーツに偽物の血が付着していたなら、すぐに判別できたでしょう」

「血糊は使われなかった、ということですか」

「はい。冬夜兄さんは、血糊だと偽りながら、本物の血液を利用して衣服やシーツ、床に置いた手斧の刃先などを惨《むご》たらしく汚したのです。お父様は衣服を汚した後、すぐに睡眠薬で眠ってしまい、それが本物の血であることに気付くことがなかったのです」

私はあの晩、御主人様の御部屋の扉の前で、確かに血の臭気を嗅いだ。だからもう御主人様は室内で亡くなられているのだと思い込んでしまった。しかしあの臭いは、御主人様の血の臭いではなかったというわけだ。

「お父様は僕に、冬夜兄さんの鞄も回収しておいてほしいとおっしゃいました。死んだふりのお芝居に関する小道具、例えば血糊の容器などが鞄に入っていると思われていたのかもしれません。でも、僕が回収した冬夜兄さんの鞄には、予想もしていなかった品々が入っていたのです。血のついた注射針や点滴チューブの類いです。冬夜兄さんは大樹館に到着した後、書斎で自分の腕から採血していたのです。お父様と冬夜兄さんは同じ血液型だったので、たとえ警察が調べたとしてもごまかせると判断したのでしょう」

月郎君はそれを見た時、冬夜様がひそかに殺害計画を目論んでいたのだと理解したそうである。冬夜様の右腕にあった注射の痕は、自分で採血した時のものだったのだろう。ベッドに残されていた血の汚れも、その際にできたものだったのだ。

胎児は、冬夜様の遺体の長袖に、注射の出血の汚れが付着していないことを気にしていた。冬夜様が自ら採血していたのなら、止血の処置をしたはずだから、長袖の生地に血の染みがなかったのも当然だ。

そういえば、大樹館に到着してしばらく経った頃、冬夜様の顔色がすこし悪かったのをおぼえている。遊戯室で彗星様にそのことを指摘されていた。もしかしたらその時、冬夜様は自分の体から血液を抜いた直後だったのかもしれない。

「でも、なぜ右腕から採血したのでしょうか。冬夜様は右利きです。だからきっと殺虫剤のスプレーも右手で持っていたのです。注射の痕が右腕にあったということは、左手で採血の作業をしていたことになりませんか。どうして利き腕じゃないほうで採血していたのでしょう」

「冬夜兄さんの左腕には火傷の痕があるのです。皮膚の火傷のせいで、血管が見えにくい状態にあったのです。だから、右腕に注射針を刺して採血をする必要があったのだと思います」

胎児が暮らす世界において、御主人様を亡き者にした犯人は冬夜様で間違いなさそうだ。疑わしい人物を用意して自分は逃げ切るという意図のために密室状態が作られていたのである。私は冬夜様に憤りを覚えたが、すでに亡くなっているため、感情の行き場がない。

「僕とお父様がひとつの殺人事件を共同で作り上げる前、お父様は冬夜兄さんの企みの中にいらしたのです。だからあの部屋には凶器となった手斧がすでに用意されていた。僕はその凶器を使って犯行を行いました」

犯人が異なるのだから、手斧の位置が違っていたのは当然だった。冬夜様はこの世界において、報いを受けて亡くなったようにも思える。御主人様を手にかけようとした罪で死んでしまったのだ。事故ではなく、罰を受けたのだ。

しかし、胎児の暮らす世界の冬夜様は、うまく逃げおおせてしまった。御主人様の遺産は寄付されることなく、三人の息子たちに分配され、冬夜様は大金を手に入れたという。

月郎君が近くにいない時、私は小声で胎児に話しかける。

「ねえ、胎児。あなたのいる世界と、私のいる世界とでは、御主人様を殺害した犯人が違っていました。あなたはそのことに、どの段階で気付いてた？」

（とうやおじさんの、しょさいに、くもがたじょうぎが、なかった……。それで、わかりました……）

胎児の暮らす世界には探偵たちがあふれており、様々な推理が議論されているわけだが、被害者は死体の演技をしていたという説も既出のものだという。しかしそれが真実であるという証拠もなく、犯人を特定するには至らなかった。

（とうやおじさんは、せいずしつに、いかなかった……。うそを、ついていたのです……）

胎児の暮らす世界で、御主人様の御遺体が発見された時、関係者がそれぞれ大樹館のどこにいたのかが警察の聞き取り調査によって明らかになっている。冬夜様はグラフの曲線を描くのに必要な雲形定規を求めて、大樹館中層領域にある製図室にいたと主張していた。製図室にいる時、大樹回廊の方が騒がしくなったので、御主人様の御部屋の異変に気付いたと。

（とうやおじさんが、むじつなら、くもがたじょうぎが、へやに、あったはず……。でも、それが、なかった……）

こちらの世界では夜に遺体発見の騒動が起きなかった。冬夜様が無実だった場合、グラフを描くために製図室から雲形定規を借りてくることができたはずだし、書斎の机でゆっくりと作業をしたはずだ。

しかし、書斎に雲形定規はなく、机に広げられたノートにも曲線のグラフは描かれてはいなかった。夜に遺体発見の騒動自体が起きなかったので、製図室にいたという嘘をつく必要もなかったのだ。

「あなたの世界で、冬夜様が製図室にいたと主張されていたのは、位置的にちょうどよかったからなのでしょうね」

冬夜様の書斎は中層領域の高い位置にあり、大樹回廊沿いに扉がある。御主人様の御部屋で御遺体を発見したなら、私は大急ぎでだれかを呼びに行ったはずだ。それなら、真っ先に叩くのは冬夜様の書斎の扉だった。ずっと書斎にいたと嘘をついた場合、どうしてすぐに出てこなかったのか、と疑われる可能性がある。だから、書斎にはいなかったことにしたのだろう。製図室は入り組んだ通路の奥にあり、他の人がなかなか近寄らない場所なので、都合が良かったのだ。

最後にもうひとつ、気になっている謎がある。クローゼットと書架の作り出す、例の不思議な空間である。手前と奥のクローゼットを入れ替えることで、それまで存在しなかった空間が無から生じたように感じられた。どのような仕組みなのだろう。

月郎君はあの仕掛けの存在を御主人様から直接に教えていただいたそうだが、その際に原理についても簡単にうかがったという。

「どうやらあの空間の出現には、数学的なトリックが関わっているようです。穂村さんは気付きませんでしたか。クローゼットを入れ替える前と後では、クローゼットと書架の隙間に変化が起きていたことを」

「隙間ですか？」

「はい。二つのクローゼットと書架、それらを取り巻く壁の間には、複数の隙間が存在しているのです。手の指を差し込める程度のわずかなものだから、普段は気にすることもないでしょう。だけど、クローゼットを入れ替えることにより、その隙間がぴったりと、閉じてしまうのです。もっと具体的に言うと、奥行きのあるクローゼットを手前に配置している時は隙間が存在せず、奥に配置している時はわずかな隙間が出現するのです。クローゼットの配置を入れ替えることにより消えてしまった隙間こそが、書架の後ろに出現した空間の正体です。普段は指が差し込める程度のわずかな隙間が、クローゼットを入れ替えると、書架の後ろに集まってきて、人が隠れられるほどのまとまった空間になるのです。部屋の南西に位置する斜めの壁の角度と、クローゼットや書架の寸法のバランスにより、そのようなことが起きるようです」

私と月郎君がクローゼットと書架のパズルについて話をしていると、お腹の中の胎児がそっと教えてくれた。

（おかあさん、ぼくも、このぱずるを、しっています……。おなじものでは、ないけれど……）

幼子の話によれば、面積増減パズル、あるいは面積消失パズルと呼ばれるものらしい。このパズルの原理には、黄金螺旋を描くフィボナッチ数が利用されるとのことだ。設計士の蘭堂与一は大樹館の螺旋構造について考える中で、フィボナッチ数のことや、面積が増減する不思議なパズルの存在を知り、あの仕掛けに流用したのかもしれない。あの空間にいる時、ここが螺旋の中心だと胎児は言った。あの空間こそが、設計士の螺旋に対する執着《しゅうちゃく》と理解を表現しているように感じられたのだろう。

「書架の後ろに、ちょうど人間が一人、隠れられる空間ができるように、早い段階から蘭堂与一は設計していたのでしょう。あの仕組みを成立させるためには、南西の壁の角度が関わってきます。つまり、後から思いついて造ったのではなく、部屋を設計する時点で計画していた仕掛けだったのです」

そう口にする時、月郎君は微妙な表情をしていた。奥様と蘭堂与一がいつから深い関係にあったのかを示唆《しさ》する情報だ。彼は恥じ入るようにうつむいた。

「部屋全体の寸法さえも、意図されたものだったのかもしれません。クローゼットを入れ替える時、ほどよく狭いように設計されているように思うのです」

「ほどよく狭いとは？」

「蘭堂与一は広々とした部屋を設計することもできたはずです。クローゼットの配置を替える時に混雑が起きず、それぞれがぶつからないような空間を。でも、実際は二つのクローゼットを入れ替える時に注意深く動かさなければぶつかってしまうほどの寸法におさえてあります。たぶん、手順の最後が書架の移動になるようにしたかったのです」

頭の中で部屋の図面を想像しながら考えてみる。言われてみると確かに、クローゼットの配置を替えようとするなら、書架を邪魔にならない場所へ遠ざけておく必要がある。結果的に、まずはクローゼットの配置替えを終わらせてから最後に書架を差し込むという手順になる。そうなるような狭さにわざと造ってあるのだと、月郎君は考えているようだ。

「クローゼットよりも先に書架を配置するような手順だった場合、書架の後ろに現れた空間が丸見えの状態になってしまいますから」

仕掛けの存在がばれないようにするには、書架よりも先に手前のクローゼットを所定の位置に置かせる必要があったのだろう。私は無意識に書架の移動を最後の手順にしていたけれど、それは蘭堂与一の設計による心理的誘導の結果だったのだ。

「最後に書架を差し込む隙間は、奥の方がずいぶん暗く感じました。室内の明かりが差し込まないように工夫されていたのかもしれませんね。奥行きがどれくらいあるのかを、暗闇で覆い隠していたのでしょう。恐るべき方ですね、蘭堂与一という人物は」

「彼のせいで僕はずっと苦しまなければならなかった。お父様が僕の本当のお父様だった

〈初期状態〉

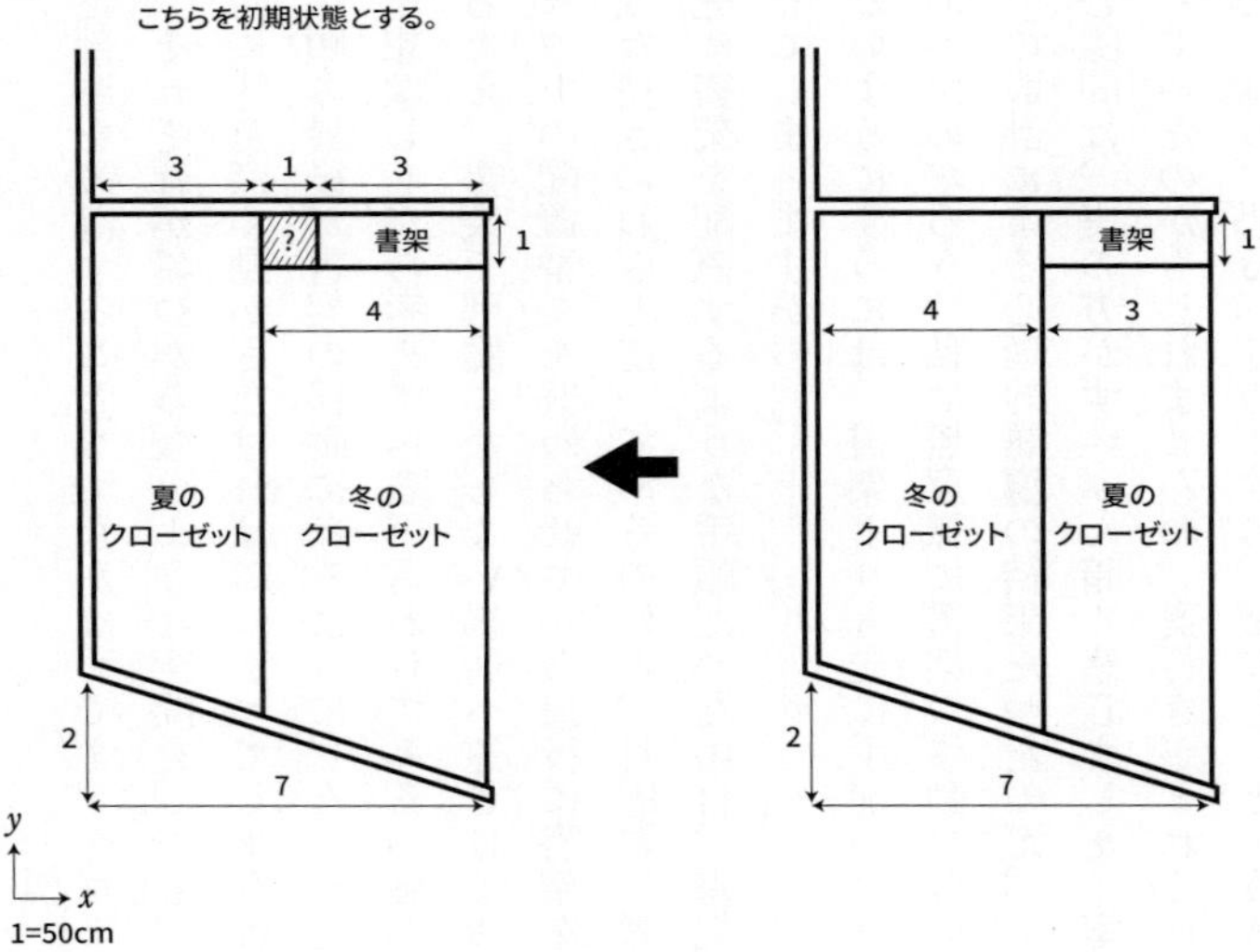
こちらを初期状態とする。
3
1
3
?
書架
1
4
夏の
クローゼット
冬の
クローゼット
2
7
y
x
1=50cm
書架
1
4
3
冬の
クローゼット
夏の
クローゼット
2
7

らどんなに良かっただろうかと、彼のことを恨んでいました。だけど、蘭堂与一が鬼才であったことは真実だったのでしょう」

時間が有り余っていたので、書架とクローゼットのパズルについての数学的な解法を試みることにした。クローゼットの配置を替えることで、はたしてどのような変化が起きていたのだろう。

まず、書架の後ろに縦横五十センチメートルほどの床面積が存在しているクローゼットの配置を初期状態とすることにした。こちらの配置の方が、クローゼットと書架と壁の間に隙間が存在しないため、図に描いた時、本物の状態に近いはずだ。もう一方の配置の場合、クローゼット周辺に隙間が生じるわけだが、簡略された図では隙間が省略されてしまうので真実を表現しているとは言い難い。

奥行きの深いクローゼットは普段、冬の衣類を入れていたクローゼットなので、冬のクローゼットと呼ぶことにした。奥行きの寸法は二百センチメートルである。

一方、夏の衣類を入れていたクローゼットの方は夏のクローゼットと呼ぶ。こちらの奥行きは百五十センチメートルで、初期状態では奥に配置されている。

書架の奥行きは、夏のクローゼットと同じ百五十センチメートルだ。普通の書架であれば横幅と呼ぶべき場所だけど、クローゼットに合わせて奥行きと表現することにする。

二つのクローゼットが接する南側の斜めに傾いている壁は、三百五十センチメートルの底辺を持ち、百センチメートルの高さを持った直角三角形の斜辺であると見なすことができる。南北方向をY軸とし、東西の方向をX軸として考えることにした。斜辺の傾きに沿ってクローゼットが移動するとき、X軸をどれくらい進んだら、Y軸方向に五十センチメートルずれるだろうか？

なぜ五十センチメートルが大事かというと、書架のY軸方向の幅であり、書架の後ろにある空間の一辺の長さだからだ。クローゼットが書架の横に並ぶためには、Y軸方向に五十センチメートルの距離をずれなくてはならない。直角三角形の半分の高さになる位置を考えると、X軸方向に百七十五センチメートル移動すれば、Y軸方向に五十センチメートルずれることになりそうだ。

私は図面を見つめながら何時間も熟考した。筆記具と紙がシェルター内にあったので、それを使って何枚も図を描いてみる。そのうち月郎君もこのパズルの計算に付き合ってくれるようになった。彼が睡眠中や、シャワーでそばにいない時、ひそひそ声で胎児にも相談をしながら考えた。

やがて、二つのクローゼットと書架が完全に調和する大きさのバランスは、それぞれの奥行きが百七十五センチメートルの時なのだと気付く。その条件の時、二つのクローゼットを入れ替えてもずれは生じずに、ぴたりと同じ状態に戻ってくれるようだ。

しかし、その理想的な寸法から、冬のクローゼットは二十五センチメートルほどX軸方向に長く設計された。夏のクローゼットと書架は、理想的な寸法から、X軸方向に二十五センチメートルほど短くなっている。そのせいでさまざまなずれが生じることになった。

〈入れ換え可能な寸法〉

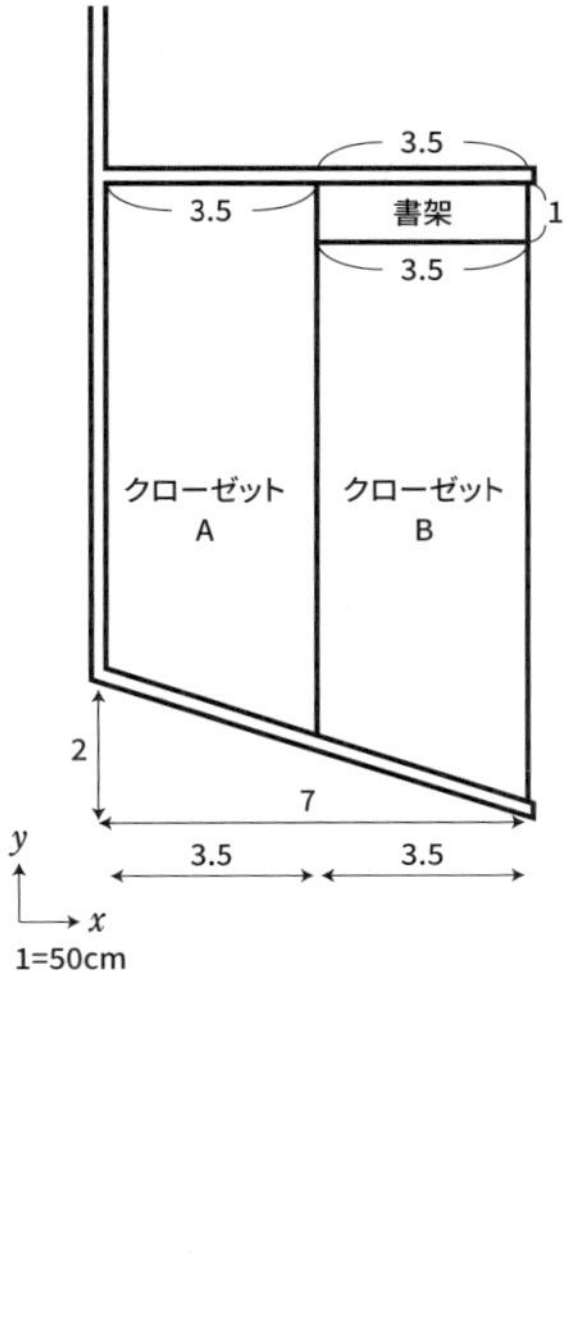

## 〈冬のクローゼットについての考察〉

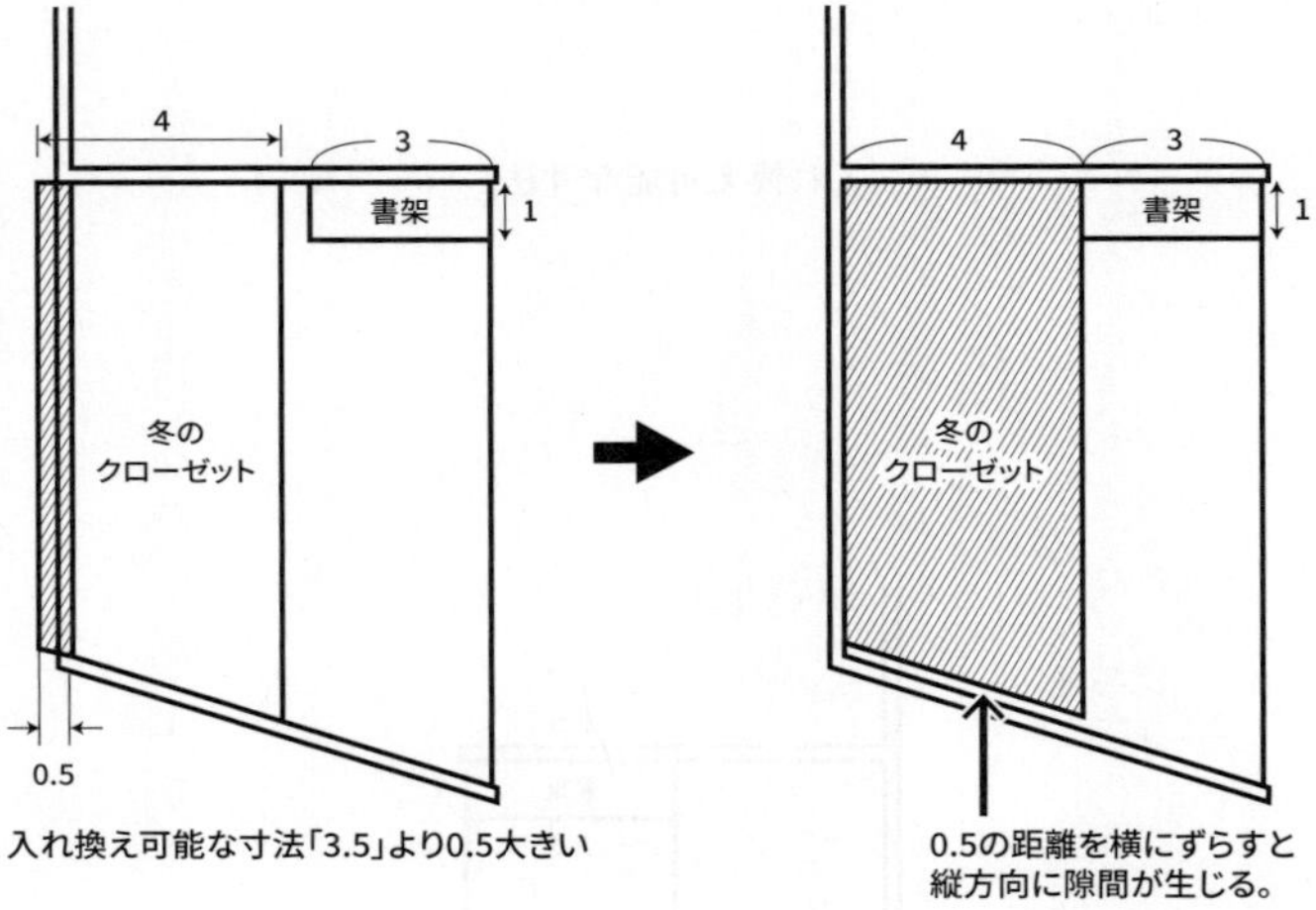


## 〈夏のクローゼットについての考察〉

入れ換え可能な寸法「3.5」より0.5小さい

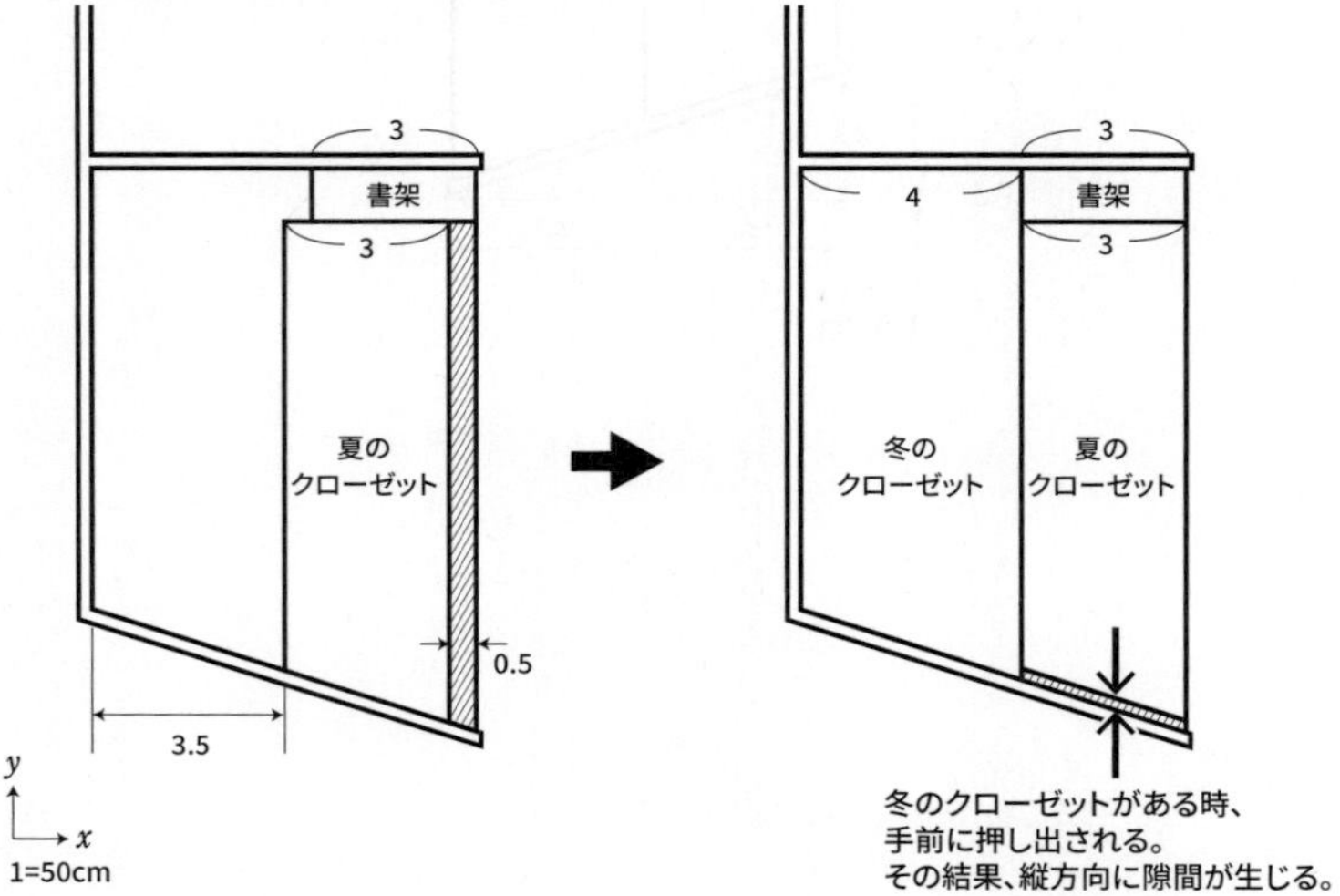

冬のクローゼットを奥に配置しようとした時、本来であればぴたりと収まる位置よりも、二十五センチメートル手前で奥につっかえてしまうことになる。それにより、Y軸方向にわずかな隙間ができてしまうのだ。

夏のクローゼットの場合はどうだろう。こちらは折れ戸のある正面側がX軸の方向に二十五センチメートルずれている。その影響でY軸方向の寸法がわずかに冬のクローゼットよりも小さくなっていたはずだ。実物を見てもその差はあまりに微小だったので認識できなかったけれど。

結果、このクローゼットがY軸方向にぴたりと収まるのは、室内側からX軸方向に二十五センチメートル引っ込んだ位置だったと推測できる。

しかしここで、先に配置された冬のクローゼットが邪魔をする。奥行き二百センチメートルのクローゼットの存在により、本来ならぴたりと収まる位置まで入っていくことができず、夏のクローゼットは、二十五センチメートル手前で停止せざるを得ない。結果、室内との境界で面がそろうことになるが、Y軸方向には隙間が生じることになる。

それぞれのクローゼットのそばに生まれた隙間は、どれくらいの大きさだったのだろう。これは斜めの壁を斜辺とする直角三角形を用いて計算できそうだ。X軸方向に百七十五センチメートルを移動すると、Y軸方向に五十センチメートルずれるという比率が当てはめられる。

それぞれのクローゼットは、形が奇麗に収まる理想の位置から、X軸方向に二十五センチメートルずれなくてはならなかった。二つのクローゼットを斜めの壁に沿ってずらしていくと、計算した結果、どちらもY軸方向に七・一四センチメートルほど移動することになる。本当は小数点以下がずっと続く数字のようだけど、小数点以下第三位以降は切り捨てて省略することにしよう。

クローゼットの配置を入れ替えることで生じる、Y軸方向の隙間の幅は、七・一四センチメートルという結果になった。しかしこれで終わりではない。奥に配置された冬のクローゼットには、壁との間に二つの隙間が生じることになるので、この数字を二で割ったものが実際の隙間の幅だ。つまり三・五七センチメートルが奥に配置された冬の衣類のクローゼットの両隣に生まれる空隙《くうげき》である。ただし、これらは手前にある書架や夏のクローゼットにさえぎられているので室内側からは見えない。

重要なのは、手前に配置された夏のクローゼット周辺の隙間の大きさである。こちらは、ペリスコープが隠されていた壁と書架、書架とクローゼット、クローゼットと斜めになっている壁、合計三ヶ所の隙間が生じる。七・一四センチメートルの隙間を三ヶ所に等しく分配したなら、それぞれが二・三八センチメートルの空隙となる。

二・三八センチメートル。

室内側から見えていた隙間の幅は、そのような数字だった。手の指が入る程度の大きさである。その隙間は縦の線となって室内側にも見えていたはずだが、寄せ木細工風の模様によって私たちの視線はその上を素通りしてしまった。また、クローゼットや書架の大きさにくらべ、その隙間はあまりに小さく、存在しないも同然として無視してしまったというのも事実だろう。

だけど、はたしてこの考え方は合っているのだろうか。念のためさらに答え合わせの計算を試みた。

二つのクローゼットの横に生じたY軸方向の幅はどちらも七・一四センチメートルだった。クローゼットの奥行きはそれぞれ、二百センチメートルと、百五十センチメートルだ。

ということは、冬のクローゼットの隣には二百×七・一四平方センチメートルの面積が生じ、夏のクローゼットの隣には百五十×七・一四平方センチメートルの面積が生じることになる。それぞれ計算すると、一四二八平方センチメートルと、一〇七一平方センチメートルだ。

二つの隙間の面積を合計すると、二四九九平方センチメートルという結果になる。小数点以下の数字をできるだけ切り捨てずに計算していけば、この面積は二千五百平方センチメートルに近づいていくようだ。それなら私のたどり着いた解答はおそらく合っている。

初期状態で書架の後ろにあった縦横五十センチメートルの床面積、つまり二千五百平方センチメートルは、クローゼットを入れ替えることでこのように分配され、私たちの認知の外側へと隠されていたのだ。

重たいコンクリート製の扉をずらして、私たちはガレージ内の様子を確認する。煤けて黒い壁面や床は熱を帯びていたが火傷するほどではなくなっていた。ゴムの焼けた異臭が漂い、ガレージの正面扉のガラスが割れている。内部まで炎が侵入したらしく、歴史的価値のあったクラシックカーやその他の乗り物もすべて無残な黒色の物体になっている。

外の火災はほとんどおさまっていた。私と月郎君は数日ぶりにシェルターを出て周囲を散策する。割れたガラスの破片や熱で変形した金属片が散らばっており、それらを踏み越えて外に出た。

灰色の世界が広がっていた。

山々からすっかり針葉樹林が消え失せて見晴らしが良い。所々で火が燻《くすぶ》っているらしく、細い煙が青空にたなびいていた。鳥や虫の姿は見られず、生きている存在は私と月郎君しかいないようだ。風に巻き上げられた白色の灰が雪のように降ってくる。

かろうじてのこっている石階段の先を見上げると、巨大な残骸となった大樹館の痕跡があった。煉瓦や石の壁が崩れて山になっている。大樹は幹の根元の部分だけになっていた。炭化した巨大なぼろぼろの柱のような幹が、大樹館の残骸の中心に立っているのだが、途中で折れて鋭く細くなり、歪なモニュメントに生まれ変わっていた。私と月郎君はしばらく呆然とその光景を見上げていた。

大樹館の事件と山火事による焼失は、本質的には無関係のはずなのに、私にはなぜか大樹館自身がこの運命を引きよせたように思えてならなかった。偉大な主の死とともに、その役目を終えてこの地上から去ることを、大樹館自身が決めたのだ。自ら巨大な薪となり、新たな世界を後に残して。

風の中に不思議な清浄さがあった。地上の様々な雑念を焼却して洗い流したかのような真新しい涼《すず》しさが空の上から運ばれてくる。月郎君が頰を涙で濡らしていた。御主人様の死と、自分の引き受けた役回りのことを思い出していたのだろう。愛する人の心臓にむかって凶器を振り下ろしたことを。

月郎君が涙を手で拭う。空から降って頰についていた灰が線になってのこった。

口数のすくないまま、私たちは灰の世界を歩いた。

# 終章

大きなお腹でバス停まで移動する時、街角で売られている新聞に、大樹館の殺人事件のことが書いてあるのが見えた。あれから何ヶ月も経っている。焼け落ちた大樹館の残骸を大勢の人が調べたけれど、犯人の特定には至っておらず、御主人様や冬夜様の御遺体さえ発見できていなかった。事件については生存者が語ることを元に調査をするしかない状態で、私は月郎君に約束した通り、真相については口をつぐんでいた。

偉大な小説家の死と大樹館の焼失、そして芸術作品のコレクションが失われたことは悲劇として世界中に報道された。私たちはこれから御主人様が物語を紡ぐことのない世界で暮らして行かなければならない。それは愛の喪失と同義であり、大勢の人々が絶望した。一時的に社会は混乱したが、次第に鎮静化してきている。新たな物語が生まれないこの世界で、私たちはこれからどう生きるべきか、人々は議論を続けていた。

御主人様と冬夜様の不可解な死は様々な憶測を生み、今後も世界中で語り継がれ、大勢の探偵たちが持論を展開するのだろう。すでに様々な推理が飛び交っており、冬夜様生存説なども真剣に考えられている。

胎児の暮らす世界と違って、私は警察に疑われることなく普通に暮らすことができている。警察はどちらかというと、外部からの侵入者の犯行を疑っているようだ。私が一時的に御主人様の御部屋の合い鍵を紛失していたという証言を警察は重要視しており、その合い鍵を手に入れた何者かが、あの夜に侵入していたのではないかと考えられていた。その侵入者は大樹館の芸術品を入手するのが目的であり、火の手を免れた絵画が裏社会で極秘に売買されているのではと囁かれている。

赤空遠野さんもこの世界では行方をくらませることなく芸術大学に今も通っていた。彗星様は彼女との恋人関係を解消し、他の女性とつきあったり別れたりを繰り返している。そういえば月郎君は遠野さんと連絡を取り合い、姉弟《きょうだい》であることを告げたらしい。大樹館の事件を通じ、月郎君の中で、自分の出生の秘密と向き合う心構えができたのだろう。背が伸びて、すこしだけ男らしい気配が見えるようになった。それなのに、少女のように神秘的な美しい外見は些《いささ》かも損《そこ》なわれておらず、どうなっているのだろうかと目の保養になる。

ちなみに彗星様は、遠野さんと月郎君に血の繋がりがあると知った時、「どうりで耳の形が同じだったわけだ」とつぶやいたらしい。遠野さんの絵を描いた時、部位が似ていると気付いたものの、まさか姉弟だとは想像もしなかったそうだ。

泉様は女優のお仕事に復帰することが決まった。恋さんも以前から役者のお仕事に興味があったらしく、泉様と一緒に映画デビューするという。一方、航君に関しては月郎君から近況をうかがった。航君の霊的な体質に関するレポートを月郎君が大学で発表したところ、本を出版しませんかというお話を出版社からいただいたそうだ。オカルト研究者の間で航君は注目される存在となっていた。泉様、恋さん、航君、それぞれの活動は、もしかしたら冬夜様が存命だった場合は実現しなかったことなのかもしれない。

冬夜様と言えば、こちらの世界では被害者だけど、胎児の暮らす世界においては私利私欲のために御主人様を殺害した犯罪者である。御主人様の遺産を受け継いで、泉様や二人の子どもたちを束縛しながら日々を過ごしていた。その冬夜様にも、司法の鉄槌《てっつい》が下されたようである。

（ああ、お母さん。お母さんの、おかげです。冬夜おじさんは、罰せられることに、なりました……）

きちんとしたお別れを言わないまま声が聞こえなくなったので残念に思っていたのだが、私のお腹が西瓜《すいか》のように大きくなった頃、再び幼子の声が胎内から発せられるようになった。どういうわけか言葉が以前よりもしっかりと発音されるようになっていた。赤ん坊の脳や神経が発達したおかげだろう、と彼は説明した。

（こちらの世界では、シェルターのそんざいは、見つかっていませんでした。あの土地は、たちいりきんしの廃墟になっており、僕はそこへ、いってきたのです……）

大樹館の最上階の御部屋が回転する構造だったことや、緊急避難用の滑り台が隠されていたことも、胎児の世界では知られていなかった。建設に関わっていた者たちがそれらを隠し通していたのは、御主人様への忠誠心の表れだったらしい。

火災ですべてが灰になったあの土地は、彼が暮らしている未来の世界において、様々な植物が生い茂る荒れ地となっているらしい。まどろみの時間遡行に関する実験が終わった後、穂村ツバメはその場所に赴いて、コンクリート造のガレージを茂みの中から探し出したという。

「一人であんな所へ行ったのですか？」

（だいがくの教授に、そうだんを、したのです。教授と、警察のひともいっしょに、おおぜいで探索をしました……）

教授は彼に協力的だった。彼の世界において、ガレージ奥のシェルターの存在はだれにも知られていない。もしも本当にシェルターが見つかったのなら、穂村ツバメは実際に時間遡行を行っていたことの証明となるはずだ。警察にとっても悪い話じゃない。重大事件に関わる情報が得られるかもしれなかった。

半信半疑の者もいたらしいが、彼らはガレージ奥で重たいコンクリート製の隠し扉を発見したという。扉を動かすと通路が出現し、その先には発電機や備蓄食料、御主人様が仕事をした机などが、火災の熱から守られて砂ぼこりに覆われながら存在していたそうだ。

（日誌がこちらにもありました。そこに冬夜おじさんの、ていあんした計画が、かいてあったのです……）

御主人様に死体の演技をさせて私を驚かせる例のお芝居の件だ。それは事件の真相へ繋がる重要な証拠となった。警察はあらためて冬夜様に取り調べを行い、ついに自白を引き出したとのことである。

胎児の話によれば、冬夜様はずっと罪の意識に嘖《さいな》まれており、飲酒の量も増え、鬱状態が続いていたらしい。特に初夏は鳥の鳴き声や翼のはためく音を耳にすると怯えていたというが、時鳥という鳥の存在に対して恐怖していたのかもしれない。

「あなたがいる世界で冬夜様が罰せられるのなら、泉様や恋様や航様もすこしは自由な暮らしができるでしょうか。そうなるといいですね」

また、例のクローゼットパズルについても穂村ツバメは調査済みで、蘭堂与一が設計の参考にしたと思われるパズルが特定されていた。ニューヨークの数学者でアマチュア奇術師のポール・カリーという人物がこの種のパズルをいくつか発表しているのだが、その中のひとつが原型らしいとのことだ。日本のアマチュア奇術師の近藤博《こんどうひろし》氏がそのパズルに絵をつけて物語性を導入したものが本に紹介されていたという。

(そのパズルには、ひまわりの絵が、えがかれているのです……)

「ひまわり、ですか」

それは数枚のカードによって構成され、ひまわりの絵が描かれた二枚の台形のカードを入れ替えることにより、太陽の描かれたちいさなマスが出現したり、消滅したりするのだという。太陽の描かれたマスが見えている時、ひまわりの絵はそちらの方を向き、太陽が消えたなら、ひまわりはそっぽを向くように計算されているそうだ。太陽の描かれたマス目こそが、書架の後ろに出現したり消えたりする空間である。ひまわりの描かれた台形のカードが、つまり二つのクローゼットだ。蘭堂与一はそのパズルを立体の世界に持ち込んで設計したのだろう。

「御主人様の御部屋には、ひまわりの絵が飾られていたけれど、フィボナッチ数との関連だけではなく、ひまわりのパズルへの示唆も含んでいたのでしょうね」

事件に関する報告を一通り終えても、まだ幼子の声は繋がっていた。私たちはおしゃべりをしながら散歩を楽しんだ。

春の終わり頃、太陽の放つ光が心地良い。太陽光線は宇宙空間を通り抜けてきた電磁波の一種であり、それが私を暖めていた。出産の予定日は、もうすぐそこだ。お腹の中にいる彼は、胎児というよりも赤ん坊という名称の方がしっくりとくる大きさになっている。

幼子の声は今回も聞こえなくなったり、再び聞こえたりを繰り返す。聞こえなくなったら、お腹の中の彼が、まどろみから覚めたのだとわかった。ぐるぐると身をくねらせ、つっぱった手や足がお腹の内側から皮膚を押し、私のその部分が山脈のように盛り上がるのだった。

穂村ツバメが被験体として参加している科学実験は、もうじき充分なデータが揃い、正式に学会で発表されるらしい。まどろみの時間遡行のため、彼の体には様々な薬が投与されていたけれど、内臓への負荷を考慮すると、被験体としての参加は今回かぎりでやめなくてはならないという。

(だから、お母さん、もうじき僕は、おわかれをしなくては、なりません……)

公園の木漏れ日の下で日傘《ひがさ》を差している時、お腹の中の赤ん坊がさみしそうな声をだした。その声は身体的に接触している相手にだけ届く意思の言葉である。彼が生まれて臍の緒が途切れてしまっても、抱っこをしている間は体が触れているはずだから、声のやり取りはできるのではないかと期待していたが、そう都合よくはいかないらしい。そもそも、時間が枝分かれしてそれぞれの未来へと離れ離れになったはずなのに、また繋がることができたというのが奇跡なのだ。それ以上の多くを望んではいけないのだろう。

「さみしくなりますね」

（はい、とても。でも僕は、お母さんとおはなしができて光栄でした。僕のいる世界では、お母さんはずっとまえに亡くなってしまいましたから……）

彼は私という死者と対話をしながら、遠い過去に思い出となってしまった母親の窮地を救ったことになる。

（僕はずっと、じぶんをせめていました。お母さんをうしなってからずっと、僕だけが、こうしていきていることを、こころのどこかで、おいめにかんじていたのです……）

私を無事に生還させたことで、彼の中にあった後悔は消えたという。これからは前向きに人生を送ることができる。彼がそう思えるように変化してくれたのなら、あの場で死なずに生きる選択をして良かった。

「ありがとう。あなたのような息子を持って、私は幸せです」

（お母さん、こちらこそ。僕は、あなたの息子に生まれてよかった……）

彼との対話はこれで最後になるだろう、という予感があった。

公園の木漏れ日の下で、私たちは静かに話をする。

「ねえ、あなたに言っておかなくてはならないことがあるのです。彗星様のことを憎んだり悪く言ったりしてはいけません」

（お母さんは、死ぬ前にも、おなじようなことをおっしゃいました。それはなぜです……？）

「私はあの方を利用していただけなのです。私はそういう嘘をついたのです。だれがあなたのお父様だったとしても、あなたが存在していることは奇跡です」

胎児が彗星様のことを父親だと認識していることに気付き、私はひそかに驚いた。胎児によれば、母親からそのように聞かされたとのことだったが、胎児の世界の私が、そのように嘘をついたのだと即座に理解した。子どもを納得させるため、私は彗星様を利用してしまったのだろう。

私が子どもを産んだとしても彗星様は無関係である。子どもの父親は自分かもしれない、などとも彼は思わないはずだ。なぜなら私たちの関係はそうなる前に終わっており、彼にとってはまったく身に覚えのないことだから。

風が吹き抜けると木漏れ日はいっせいに揺れ動き、私の立っている場所の地面が波打っているようにも見えた。気持ちのいい植物の匂いがする。草花、虫、ありとあらゆる生命の気配がした。

それから少しの間、個人的な思い出や、彼が記憶している向こうの世界の私のことなど、ささやかなことについて話をした。子どものころ、寝る時に聞かせてくれた子守歌。好物の御菓子を買ってくれた時のこと。母親と暮らしていた部屋の窓から電車が見えていたこと。手をつないで川べりをあるくのが楽しかったこと。ご飯のお茶碗が欠けていたこと。やがて、私のお腹の子どもが、まどろみから目覚めるような気配がある。ぐりぐりと身じろぎをすると、ああ、眠りから覚めるのだな、とわかる。

(お母さん、そろそろ、おわかれのようです……)

「穂村ツバメ。あなたに会えるのを、楽しみにしています」

(がんばって、僕を、産んでください……)

「ええ、がんばります」

(さようなら、お母さん……)

それからまもなく幼子の声は聞こえなくなった。胎動は活発になり、未来の自分の意識との重ね合わせ現象がなくなって、赤ん坊は無垢の塊となる。

出産予定日、私は産院の一室に待機させられた。寝台に横たわり、開け放した窓から入ってくる風に、カーテンがゆらめいているのをただ眺めていた。破水して唐突に陣痛《じんつう》がはじまったけれど、助産師が見たところ、まだまだしばらくかかるとのことだった。痛みはやがて波のように引いたけれど、時間をおいてまたやってきた。その繰り返しである。

痛みの間隔が短くなり、常に苦しい状態になって、私は分娩室へ寝台ごと運ばれた。一時間ほど痛みと向き合いながらいきむと、私のお腹の中から、ついに男の子の赤ん坊が生まれてきてくれた。臍の緒のつながった彼は、助産師の手によって私との繋がりを断たれ、木の枝になっていた林檎《りんご》が地上へ落ちるかのように、たった一人で世界に下り立ったのである。

助産師が私の胸の上にその子を乗せてくれたので抱きしめた。ほかほかで湯気の見えるようだった。まだ目の開いていないしわだらけの赤い顔だ。あなたはこういう顔をしていたのね、と思った。ずっと声だけだったから、どんな姿をしているのか知らなかったのだ。だけど私は、あなたが聡明で、やさしく、母親思いの子どもであることを知っている。これからよろしく、穂村ツバメ。私は誇らしい感情に包まれて心から笑った。

参考文献

『新・遊びの博物誌』　坂根厳夫（朝日新聞社）

本書は、書き下ろしです。

**使用書体**
本文――――A P-OTF 秀英明朝 Pr6N L＋游ゴシック体 Pr6N R〈ルビ〉
柱―――――A P-OTF 凸版文久ゴ Pr6N DB
ノンブル―――ITC New Baskerville Std Roman

星海社
FICTIONS
オ1-03

大樹館《たいじゅかん》の幻想《げんそう》

2024年9月17日　第1刷発行　定価はカバーに表示してあります

著　者――乙一《おついち》
©Otsuichi 2024 Printed in Japan

発行者――太田克史《おおたかつし》
編集担当――太田克史
編集副担当――丸茂智晴《まるもともはる》

発行所――株式会社星海社
〒112-0013 東京都文京区音羽 1-17-14 音羽 YK ビル 4F
TEL 03(6902)1730　FAX 03(6902)1731
https://www.seikaisha.co.jp

発売元――株式会社講談社
〒112-8001 東京都文京区音羽2-12-21
販売 03(5395)5817　業務 03(5395)3615

印刷所――TOPPAN株式会社
製本所――加藤製本株式会社



ISBN978-4-06-536023-1　N.D.C.913 444p 19cm　Printed in Japan

ラインナップ

# 『永劫館超連続殺人事件 魔女はXと死ぬことにした』

## 南海遊

Illustration／清原紘

## 「館」×「密室」×「タイムループ」の三重奏《トリプル》本格ミステリ。

「私の目を、最後まで見つめていて」

そう告げた“道連れの魔女”リリィがヒースクリフの瞳を見ながら絶命すると、二人は１日前に戻っていた。

母の危篤を知った没落貴族ブラッドベリ家の長男・ヒースクリフは、３年ぶりに生家・永劫館《えいごうかん》に急ぎ帰るが母の死に目には会えず、葬儀と遺言状の公開を取り仕切ることとなった。

大嵐により陸の孤島《クローズド・サークル》と化した永劫館で起こる、最愛の妹の密室殺人と魔女の連続殺人。そして魔女の“死に戻り”で繰り返されるこの超連続殺人事件の謎と真犯人を、ヒースクリフは解き明かすことができるのか——

# 『涜神館殺人事件』

手代木正太郎

## 超常現象渦巻く
## 悪魔崇拝の館で始まる、
## 霊能力者連続殺人事件！

“妖精の淑女”と渾名されるイカサマ霊媒師・グリフィスが招かれたのは、帝国屈指の幽霊屋敷・涜神館。悪魔崇拝の牙城であったその館には、帝国が誇る本物の霊能力者が集っていた。交霊会で得た霊の証言から館の謎の解明を試みる彼らを、何者かの魔手が続々と屠り去ってしまう……。この館で一体何が起こっていたのか？　この事件は論理で解けるものなのか？　殺人と超常現象と伝承とが絡み合う先に、館に眠る忌まわしき真実が浮上する――!!

SEIKAISHA

## 星々の輝きのように、才能の輝きは人の心を明るく満たす。

その才能の輝きを、より鮮烈にあなたに届けていくために全力を尽くすことをお互いに誓い合い、杉原幹之助、太田克史の両名は今ここに星海社を設立します。

出版業の原点である営業一人、編集一人のタッグからスタートする僕たちの出版人としてのDNAの源流は、星海社の母体であり、創業百一年目を迎える日本最大の出版社、講談社にあります。僕たちはその講談社百一年の歴史を承け継ぎつつ、しかし全くの真っさらな第一歩から、まだ誰も見たことのない景色を見るために走り始めたいと思います。講談社の社是である「おもしろくて、ためになる」出版を踏まえた上で、「人生のカーブを切らせる」出版。それが僕たち星海社の理想とする出版です。

二十一世紀を迎えて十年が経過した今もなお、講談社の中興の祖・野間省一がかつて「二十一世紀の到来を目睫に望みながら」指摘した「人類史上かつて例を見ない巨大な転換期」は、さらに激しさを増しつつあります。

僕たちは、だからこそ、その「人類史上かつて例を見ない巨大な転換期」を畏れるだけではなく、楽しんでいきたいと願っています。未来の明るさを信じる側の人間にとって、「巨大な転換期」でない時代の存在などありえません。新しいテクノロジーの到来がもたらす時代の変革は、結果的には、僕たちに常に新しい文化を与え続けてきたことを、僕たちは決して忘れてはいけない。星海社から放たれる才能は、紙のみならず、それら新しいテクノロジーの力を得ることによって、かつてあった古い「出版」の垣根を越えて、あなたの「人生のカーブを切らせる」ために新しく飛翔する。僕たちは古い文化の重力と闘い、新しい星とともに未来の文化を立ち上げ続ける。僕たちは新しい才能が放つ新しい輝きを信じ、それら才能という名の星々が無限に広がり輝く星の海で遊び、楽しみ、闘う最前線に、あなたとともに立ち続けたい。

星海社が星の海に掲げる旗を、力の限りあなたとともに振る未来を心から願い、僕たちはたった今、「第一歩」を踏み出します。

二〇一〇年七月七日

星海社　代表取締役社長　杉原幹之助
代表取締役副社長　太田克史